T0243849

Kiss Me

Objetivo: tú y yo

Primera edición: abril de 2024
Título original: *The Mistake. Off-Campus 2*

© Elle Kennedy, 2015, 2021
© de la traducción, Lluvia Rojo Moro, 2016
© de esta edición, Futurbox Project, S. L., 2024
Todos los derechos reservados.
Se declara el derecho moral de Elle Kennedy a ser reconocida como la autora de esta obra.

Diseño de cubierta: Sourcebooks
Adaptación de cubierta: Taller de los Libros
Ilustración de cubierta: Aslıhan Kopuz

Publicado por Wonderbooks
C/ Roger de Flor n.º 49, escalera B, entresuelo, despacho 10
08013, Barcelona
www.wonderbooks.es

ISBN: 978-84-18509-70-4
THEMA: YFM
Depósito Legal: B 6139-2024
Preimpresión: Taller de los Libros
Impresión y encuadernación: Liberdúplex
Impreso en España – *Printed in Spain*

ELLE KENNEDY

Kiss me

Objetivo: tú y yo

Traducción de
Lluvia Rojo Moro

wonderbooks

Abril

Que te mole la novia de tu mejor amigo es una mierda.

Básicamente, hay dos factores importantes. En primer lugar, está el factor de la «incomodidad». Y es que es la hostia de incómodo. No puedo hablar por todos los hombres del mundo, pero estoy bastante seguro de que ningún tío quiere salir de su dormitorio y toparse con la chica de sus sueños después de que ella haya estado toda la noche en los brazos de su mejor amigo.

Y después está el factor «odio hacia uno mismo». Eso es un hecho, porque resulta bastante difícil no odiarte a ti mismo cuando te dedicas a fantasear con la chica por la que tu mejor amigo pierde el culo.

Por el momento, la incomodidad, sin duda, va ganando la batalla. A ver, vivo en una casa con paredes finísimas, lo que significa que escucho cada uno de los gemidos entrecortados que se escapan de la boca de Hannah. Cada suspiro y jadeo. Cada golpe de cabecero contra la pared mientras mi colega se tira a la chica en la que no puedo dejar de pensar.

Es superdivertido.

Estoy en mi cama, boca arriba, mirando fijamente al techo. Ya ni siquiera finjo mirar mi biblioteca de canciones del iPod. Me pongo los auriculares para ahogar los sonidos de Garrett y Hannah en la otra habitación, pero todavía no le he dado al *play*. Supongo que esta noche me apetece torturarme a mí mismo.

A ver, que no soy idiota. Sé que está enamorada de Garrett. Veo cómo lo mira y veo lo bien que están juntos. Llevan seis meses saliendo y ni siquiera yo, el peor amigo del planeta, puede negar que están hechos el uno para el otro.

Y joder, Garrett merece ser feliz. Él va de cabrón arrogante, pero la verdad es que es un puto santo. El mejor extremo con el que he patinado en la vida y la mejor persona que he conocido nunca, y estoy tan seguro de mi condición de hetero que puedo asegurar que si yo jugara en la otra acera, no solo me follaría a Garrett Graham: también me casaría con él.

Eso es lo que hace que todo esto sea un millón de veces más jodido. Ni siquiera puedo odiar al tío que se está enrollando con la chica a la que deseo. No hay fantasías de venganza que valgan, porque no odio a Garrett, ni lo más mínimo.

Una puerta chirría al abrirse y oigo pasos en el pasillo; ruego a Dios para que ni Garrett ni Hannah llamen a mi puerta. O abran siquiera la boca, porque oír cualquiera de sus voces en este momento solo me daría aún más bajón.

Por suerte, el fuerte golpe que hace temblar el marco de la puerta tiene su origen en mi otro compañero de piso, Dean, que entra en mi habitación sin esperar a ser invitado.

—Hay fiesta en la fraternidad Omega Fi esta noche. ¿Te apuntas?

Salto de mi cama más rápido que una gacela, porque en este instante la idea de ir a una fiesta suena que te cagas de bien en mis oídos. Pillarme un superpedo es una manera cien por cien segura de dejar de pensar en Hannah. Aunque en realidad…, quiero pillarme un superpedo y *además* follarme a alguien sin parar. Así, si una de esas dos actividades no me ayuda con mi objetivo —no pensar en Hannah—, la otra me servirá como plan alternativo.

—¡Por supuesto! —respondo a la vez que busco algo que ponerme.

Me meto una camiseta limpia por la cabeza e ignoro la punzada de dolor que siento en el brazo izquierdo desde la fortísima carga que recibí la semana pasada en la final del campeonato. Me dolió un huevo, sí, pero el golpe mereció totalmente la pena: por tercer año consecutivo, el equipo de *hockey* de Briar se llevó otra victoria en la *Frozen Four*. Supongo que se le puede llamar el triplete definitivo y todos los jugadores, yo incluido, seguimos recogiendo los frutos de ser campeones nacionales en tres ocasiones.

Dean, que juega de defensor como yo, lo llama las tres efes de la Victoria: fiestas, felicitaciones y follar. Es un análisis bastante fiel de la situación, porque he tenido las tres cosas desde nuestra gran victoria.

—¿Te toca a ti no beber y conducir? —pregunto mientras me pongo una sudadera de capucha negra encima de la camiseta y subo la cremallera. Mi amigo resopla.

—¿De verdad me haces esa pregunta?

Niego con la cabeza.

—Ya. No sé en qué estaría pensando. La última vez que Dean Heyward-DiLaurentis estuvo sobrio en una fiesta fue... *nunca*. El tío se bebe hasta el agua de los floreros y fuma porros como una locomotora cada vez que sale de casa, y si alguien piensa que eso afecta a su rendimiento en el hielo de alguna manera, está más que equivocado. Es una de esas raras criaturas que pueden irse de fiesta como el Robert Downey Jr. de antes y ser tan exitoso y respetado como el Robert Downey Jr. de hoy en día.

—No te preocupes, le toca a Tuck —me dice Dean, que se refiere a nuestro otro compañero de piso, Tucker—. El muy flojeras sigue de resaca por lo de anoche. Dice que necesita un descanso.

Sí, y lo cierto es que no me extraña. Los entrenamientos de fuera de temporada no empiezan hasta dentro de otro par de semanas, y todos hemos estado disfrutando de nuestro tiempo de descanso «un poco» demasiado. Pero eso es lo que pasa cuando uno está de subidón por la *Frozen Four*. El año pasado, después de ganar, estuve pedo dos semanas seguidas.

No me apetece para nada que llegue el momento de esos entrenamientos. La fortaleza, el ejercicio y todo el enorme esfuerzo que se necesitan para mantenerse en forma resultan agotadores, y es incluso más agotador cuando a la vez hay que trabajar jornadas de diez horas. Pero no es que tenga alternativa, la verdad. Los entrenamientos son necesarios si quiero estar preparado para la próxima temporada, y el trabajo, bueno, le hice una promesa a mi hermano y da igual lo enfermo que me ponga toda la situación: no puedo fallar. Jeff me despellejaría vivo si no cumplo mi parte del trato.

Nuestro conductor para la noche nos está esperando junto a la puerta principal cuando Dean y yo bajamos. Una barba de color marrón rojizo devora todo el rostro de Tucker; le da un aspecto de hombre lobo, pero él está decidido a probar este nuevo *look* desde que una chica a la que conoció en una fiesta la semana pasada le dijo que tenía cara de bebé.

—Eres consciente de que esa barba de yeti no te hace parecer más varonil, ¿verdad? —comenta Dean alegremente mientras salimos por la puerta.

Tuck se encoge de hombros.

—La verdad es que mi intención es parecer un tipo duro.

Yo suelto una risa.

—Bueno, pues eso tampoco, «cara de bebé». Pareces un científico loco.

Tucker estira su dedo corazón mientras se dirige hacia el lado del conductor de mi *pick-up*. Me instalo en el asiento del copiloto de la cabina y Dean se sube en la parte de atrás mientras dice que prefiere ir fuera para pillar un poco de aire fresco. Yo creo que lo único que quiere es que el viento le despeine el pelo de esa manera desaliñada y *sexy* por la que las chicas pierden las bragas. Para que conste, Dean es vanidoso hasta decir basta. Pero lo cierto es que parece un modelo, así que imagino que se puede permitir ser vanidoso.

Tucker arranca el motor y yo repiqueteo mis dedos sobre los muslos, impaciente por ponernos en marcha. Muchos estudiantes de las fraternidades me cabrean con sus rollos elitistas, pero estoy dispuesto a pasarlo por alto porque…, joder, porque si hacer fiestas fuese un deporte olímpico, todas y cada una de las fraternidades masculinas y femeninas de Briar tendrían una medalla de oro.

Mientras Tuck da marcha atrás para salir de nuestro camino de entrada, mi mirada se detiene en el Jeep negro de Garrett, brillante y reluciente en su plaza de aparcamiento, mientras su dueño pasa la noche con la chica más guay del planeta y…

¡Y ya está bien! Esta obsesión con Hannah Wells está empezando a volverme loco. Tengo que echar un polvo. *¡Cuanto antes!*

Tucker está visiblemente callado durante el trayecto hasta la casa Omega Fi. Es posible que incluso esté frunciendo los labios, pero es difícil de saber si tenemos en cuenta que parece que alguien le ha afeitado todo el cuerpo a Hugh Jackman y ha pegado su pelo en la cara de Tuck.

—¿Y este castigo de silencio a qué viene? —pregunto sin darle mucha importancia.

Gira la cabeza hacia mí, me ofrece una mirada amarga y después vuelve a posarla en la carretera.

—Eh, venga. ¿Es por las coñas que hacemos con tu barba? —Me cabreo—. Porque es el primer capítulo de *Barbas para principiantes*, hermano: si uno se deja barba de ermitaño, tus amigos se burlan de ti. Fin del capítulo.

—No es por la barba —murmura.

Arrugo la frente.

—Vale. Pero estás cabreado por algo. —Cuando tampoco responde, decido presionar un poco más—. ¿Qué pasa contigo, tronco?

Sus enfadados ojos se encuentran con los míos.

—¿Qué pasa conmigo? Nada. Pero *¿contigo?* Contigo pasan tantas cosas que ni siquiera sé por dónde empezar. —Maldice en voz baja—. Tienes que parar con esa mierda ya, tío.

Ahora sí que estoy totalmente confundido, porque hasta donde yo sé, todo lo que he hecho en los últimos diez minutos es tener ganas de ir a una fiesta.

Tucker se percata de la confusión que muestra mi cara y me ofrece una aclaración en un tono sombrío.

—Lo de Hannah.

Aunque mis hombros se ponen rígidos, trato de mantener la expresión de confusión en mi rostro.

—No tengo ni idea de a qué te refieres.

Sí, he elegido mentir. Algo que, en realidad, no es nada nuevo para mí. Parece que todo lo que he hecho desde que llegué a Briar es mentir.

Sin ninguna duda, estoy destinado a la NHL. ¡Liga profesional hasta el final!

Me encanta pasar los veranos currando de mecánico en el taller de mi padre. ¡El dinerito me viene guay!

No babeo por Hannah. ¡Está saliendo con mi mejor amigo!

Mentiras, mentiras y más mentiras, porque en cada uno de esos tres casos, la verdad es una mierda absoluta, y lo último que quiero en el mundo es que mis amigos y compañeros de equipo sientan pena por mí.

—Reserva esas trolas para Garrett —contesta Tucker—. Y, por cierto, tienes suerte de que Garrett esté distraído con todo el enamoramiento y demás, porque si no fuera así…, sin duda se daría cuenta de tu actitud.

—¿Sí? ¿Y qué actitud es esa? —No puedo evitar los nervios en mi tono de voz ni la tensión defensiva en mi mandíbula. No me gusta nada que Tuck sepa que siento algo por Hannah. Y me gusta aún menos que haya decidido sacar el tema ahora, después de todos estos meses. ¿Por qué no puede olvidarse del puto asunto? La situación ya es lo bastante jodida para mí como para encima tener a alguien que me lo restriegue por toda la cara.

—¿En serio? ¿Quieres que te haga una lista? Vale. —Una nube oscura atraviesa flotando sus ojos mientras empieza a soltar todas las cosas que me han hecho sentir la hostia de culpable todo este tiempo—. Sales del salón o la cocina cuando entran ellos. Te escondes en tu cuarto cuando Hannah se queda a pasar la noche. Si ella y tú estáis en la misma habitación, la miras fijamente cuando crees que nadie te ve. Tú…

—Vale —interrumpo—. Lo pillo.

—Y no me hagas empezar con el rollo de putón verbenero que llevas últimamente —dice Tucker, enfadado—. Siempre has sido un ligón, pero, tronco, te has liado con cinco chicas esta semana.

—¿Y?

—Pues que es *jueves*. Cinco tías en cuatro días. Joder, haz la cuenta, John.

Oh, mierda. Me ha llamado por mi nombre. Tucker solo me llama John cuando *realmente* se cabrea conmigo.

Pero es que resulta que ahora *yo* también me he cabreado con él, así que también lo llamo por su nombre.

—¿Qué hay de malo en eso…, John?

Sí, los dos nos llamamos John. Quizá deberíamos hacer un juramento de sangre y formar un club o algo así.

—Tengo veintiún años —continúo, enfadado—. Tengo permiso para enrollarme con chicas. No, mejor dicho, ¡debo! enrollarme con chicas, porque de eso precisamente va el ir a la universidad. De divertirse, y de follar, y de disfrutar al máximo cada momento antes de salir al mundo real y que la vida se vuelva una puta mierda.

—¿De verdad pretendes hacerme creer que todos esos rollos con tías forman parte de tu rito de paso por la universidad? —Tucker niega con la cabeza y después deja escapar un suspiro y suaviza el tono—. Así no vas a conseguir sacártela de la cabeza, tío. Podrías acostarte con cien tías esta noche y aun así no habría ninguna diferencia. Tienes que aceptar que no va a pasar nada con Hannah y seguir adelante con tu vida.

Tiene toda la razón del mundo. Soy consciente de que he estado revolcándome en mi propia mierda y tirándome a tías a diestro y siniestro para distraer mi mente.

Y soy igualmente consciente de que tengo que dejar de ir de fiesta en fiesta para olvidar. Tengo que sacarme la diminuta astilla de esperanza y simplemente aceptar que no va a pasar *nada* entre nosotros.

Pero creo que quizá empiece a trabajar en eso mañana.

¿Esta noche? Esta noche me quedo con el plan original: emborracharme, echar un polvo, y a la mierda todo lo demás.

GRACE

Empecé mi primer año de universidad siendo virgen.

Y empiezo a pensar que voy a acabarlo de la misma forma.

No es que haya nada malo en ser un miembro más del club V. ¿Y qué si estoy a punto de cumplir diecinueve años? Estoy lejos de que me llamen solterona y, desde luego, no me van a cubrir de alquitrán y plumas en la calle por seguir teniendo el himen intacto.

Además, no es que no haya tenido la oportunidad de perder mi virginidad este año. Desde que llegué a la Universidad Briar, mi mejor amiga me ha arrastrado a más fiestas de las que puedo contar. Y, desde luego, muchos chicos han flirteado conmigo. Algunos de ellos me han entrado directamente. Uno incluso me envió una foto de su pene con un mensaje que decía: «Es todo tuyo, nena». Eso fue…, bueno, vale, superasqueroso, pero estoy segura de que si realmente me hubiera MOLADO ese tío, me podría haber sentido, no sé, ¿halagada? Tal vez.

Pero no me he sentido atraída por ninguno de esos chicos. Y, por desgracia, todos los que sí me llaman la atención ni siquiera me miran.

Hasta esta noche.

Cuando Ramona anunció que íbamos a la fiesta de una fraternidad, no tenía grandes esperanzas de encontrar a nadie interesante. Da la impresión de que cada vez que vamos a la calle donde están todas las fraternidades, lo único que hacen los chicos es intentar liarnos a Ramona y a mí para que nos enrollemos con ellos. Pero esta noche…, esta noche he conocido a un chico que me gusta un poco.

Se llama Matt. Es guapo y no emana para nada energía de cabronazo. Y no solo está bastante sobrio, sino que también habla usando oraciones completas y no ha dicho la palabra «coleguita» ni una sola vez desde que hemos empezado a hablar. O mejor dicho, desde que ha empezado a hablar. Yo no he dicho mucho, pero estoy perfectamente feliz aquí de pie escuchándolo; me da la oportunidad de admirar su mandíbula cincelada y la adorable forma en la que su pelo rubio se curva bajo sus orejas.

Para ser honesta, probablemente sea mejor que yo no hable. Los chicos guapos me ponen nerviosa. Y cuando digo nerviosa, me refiero a que la lengua se me traba y el cerebro deja de funcionar correctamente. Todos mis filtros se evaporan y de repente empiezo a contar la historia de cuando me hice pis en los pantalones en tercero durante una excursión a la fábrica de sirope de arce, o el miedo que me dan las marionetas, o que tengo un leve trastorno obsesivo compulsivo que puede hacerme empezar a ordenar la habitación de cualquiera en cuanto gira la cabeza hacia otro lado.

Así que sí, es mejor que simplemente sonría y asienta y suelte un «¿en serio?» de vez en cuando, para dejar claro que no soy muda. Pero a veces eso no es posible, sobre todo cuando el chico guapo en cuestión dice algo que requiere una respuesta de verdad.

—¿Quieres ir afuera a fumar esto? —Matt saca un porro del bolsillo de su camisa y lo sostiene frente a mí—. Lo encendería aquí, pero el presidente me echaría de la fraternidad si lo hago.

Me muevo con torpeza.

—Eh... no, gracias.

—¿No fumas hierba?

—No. A ver, sí que he fumado alguna vez, pero no lo hago a menudo. Me hace sentir súper... *mareadilla*.

Él sonríe y en sus mejillas aparecen dos hoyuelos preciosos.

—Ese es un poco el sentido de fumar marihuana.

—Sí, supongo. Pero también me hace sentir muy cansada. Ah, y cada vez que fumo acabo pensando en una presentación en Power Point que mi padre me obligó a ver cuando tenía trece años. Aparecían un montón de estadísticas acerca de los efectos de la marihuana en las células del cerebro y cómo, contrariamente a lo que dice la creencia popular, la marihuana es en realidad altamente adictiva. Y después de cada diapositiva, mi padre me miraba y me decía: «¿Quieres perder las células de tu cerebro, Grace? ¿Quieres?».

Matt me mira fijamente y una voz en mi cabeza grita «¡Para!», pero es demasiado tarde. Mi filtro interno me ha fallado una vez más y las palabras siguen saliendo de mi boca.

—Pero supongo que eso no es tan malo como lo que hizo mi madre. Ella intenta ser la típica madre guay, así que cuando yo tenía quince años me llevó a un aparcamiento oscuro, sacó un porro y anunció que íbamos a fumar juntas. Era como una escena de *The Wire*. Espera un momento, nunca he visto *The Wire*. Va de drogas, ¿verdad? En fin, que yo estaba allí sentada, al borde de un ataque de pánico todo el rato porque estaba convencida de que nos iban a arrestar. Y mientras tanto, mi madre me preguntaba cómo me sentía y si estaba «disfrutando de la maría».

Milagrosamente, mis labios por fin dejan de moverse.

Pero los ojos de Matt ya se han vuelto vidriosos.

—Eh... sí, bueno. —Mueve el porro con torpeza—. Voy a salir a fumar esto. Ya nos vemos por ahí.

Consigo reprimir un suspiro hasta que se ha ido y, a continuación, suelto el aire lentamente mientras me doy una bofetada mental. Mierda. No sé por qué me molesto en intentar hablar con los chicos. Entro en todas las conversaciones nerviosa, pensando que voy a avergonzarme a mí misma, y luego acabo avergonzándome a mí misma porque estoy nerviosa. Estoy condenada desde el principio.

Con otro suspiro, voy al piso de abajo y busco a Ramona por la planta principal. La cocina está llena de barriles de cerveza y de chicos de fraternidad. Lo mismo ocurre con el comedor. El salón está lleno de chicos muy borrachos que hablan muy alto y de un montón de chicas ligeras de ropa. Aplaudo su valentía, porque la temperatura que hace en la calle es bajísima y la puerta principal se ha estado abriendo y cerrando toda la noche, haciendo que el aire frío circule por toda la casa. Yo, en cambio, estoy cómoda y calentita en mis vaqueros ajustados y mi jersey ceñido.

No veo a mi amiga por ningún sitio. Mientras la música hiphop explota en los altavoces a un volumen ensordecedor, busco el teléfono móvil en mi bolso para comprobar la hora y descubro que es cerca de la medianoche. Incluso después de ocho meses en Briar, todavía experimento una pequeña sensación de alegría cada vez que salgo más tarde de las once, que era mi hora de llegar a casa cuando vivía con mis padres. Mi padre era un verdadero tiquismiquis con la hora de llegar a casa. En realidad, es un verdadero tiquismiquis con *todo*. Dudo que haya quebrantado alguna norma en su vida, lo que hace que me pregunte cómo él y mamá se las arreglaron para seguir casados durante todo el tiempo que lo estuvieron. Mi madre es un espíritu libre que está en el polo opuesto de mi estricto y conservador padre, pero supongo que eso solo demuestra que toda la teoría esa de que los opuestos se atraen tiene cierto sentido.

—¡Gracie! —Una voz femenina grita sobre la música, y lo siguiente que sé es que Ramona aparece junto a mí y lanza sus brazos alrededor de mis hombros en un fuerte abrazo.

Cuando se echa hacia atrás, observo un instante sus ojos brillantes y sus mejillas sonrojadas y sé que está borracha. Ella también va vestida con poca ropa, como la mayoría de las chicas que hay en la habitación: su minifalda apenas le cubre los muslos y su top rojo revela un escote bastante importante. Los tacones de sus botas de cuero son tan altos que ignoro por completo cómo puede caminar con ellos. Pero está superguapa y atrae un buen número de miradas cuando engancha su brazo al mío.

Estoy bastante segura de que la gente que nos ve de pie, una al lado de la otra, está rascándose la cabeza mientras se pregunta cómo narices podemos ser amigas. A veces, yo me pregunto lo mismo. En el instituto, Ramona era la malota que quería pasárselo bien y que fumaba cigarrillos detrás del edificio; y yo era la niña buena que editaba el periódico del insti y organizaba todos los eventos solidarios. Si no hubiéramos sido vecinas puerta con puerta, Ramona y yo probablemente no habríamos sabido de la existencia de la otra, pero caminar juntas al instituto todos los días había generado una amistad de conveniencia que, con el tiempo, se convirtió en un vínculo real. Tan real que, cuando estábamos buscando universidades, nos aseguramos de mandar las solicitudes a las mismas escuelas y, cuando a las dos nos admitieron en Briar, pedimos a mi padre que hablara con el responsable de la residencia para que pudiéramos ser compañeras de cuarto.

Pero si bien nuestra amistad ha empezado fuerte este año, no puedo negar que nos hemos distanciado un poco. Ramona ha estado superobsesionada con integrarse y con ser popular. No habla de otra cosa, y últimamente me estoy dando cuenta de que ella… me molesta un poco.

Mierda. Solo *pensarlo* me hace sentir como una mala amiga.

—¡He visto que te ibas arriba con Matt! —me susurra al oído—. ¿Os habéis liado?

—No —contesto con tristeza—. Creo que lo he asustado.

—Oh, no. Le has contado lo de tu fobia a las marionetas, ¿verdad? —pregunta antes de lanzar un suspiro exagerado—. Cariño, tienes que dejar de soltar todas tus locuras y cosas raras a la primera de cambio. En serio. Guarda todas esas cosas para más tarde, para cuando estés en una relación más seria y sea más difícil que él huya.

Me resulta imposible no reírme.

—Gracias por el consejo.

—Bueno, ¿estás lista para irte o quieres que nos quedemos un rato más?

Echo un vistazo por la habitación otra vez. Mi mirada se detiene en una esquina, donde dos chicas en vaqueros y sujetador se están enrollando, mientras uno de los chicos de la fraternidad Omega Fi graba el apasionado *show* con su iPhone.

La imagen me hace ahogar un gemido. Me apuesto diez dólares a que el vídeo acaba en una de esas webs de porno gratis. Y las pobres chicas probablemente no se enterarán de nada hasta dentro de unos años, cuando una de ellas esté a punto de casarse con un senador y la prensa desentierre todos sus trapos sucios.

—No me importaría irme ahora —admito.

—Sí, creo que a mí tampoco.

Levanto las cejas.

—¿Desde cuándo te da igual salir de una fiesta antes de la medianoche? —Frunce los labios.

—No tiene mucho sentido quedarse aquí. Alguien me ha ganado y se lo ha llevado antes que yo.

No me molesto en preguntar de quién habla, ya que es el mismo chico del que lleva hablando desde el primer día del semestre.

Dean Heyward-Di Laurentis.

Ramona ha estado obsesionada con el guapísimo chico de tercero desde que se encontró con él en una de las cafeterías del campus. Obsesionada, pero de verdad. Me ha arrastrado a casi todos los partidos que Briar ha jugado en casa solo para ver a Dean en acción. Tengo que admitir que el tío está buenísimo. También es un muy buen jugador, según dice el cotilleo popular, claro. Pero, por desgracia para Ramona, Dean no sale con estudiantes de primero. Ni se acuesta con ellas, que es lo único que realmente quiere de él, de todos modos. Ramona nunca ha salido con nadie más de una semana.

La única razón por la que quería venir a la fiesta de esta noche era porque se había enterado de que Dean estaría aquí. Pero está claro que cuando el tipo dice que su regla es rechazar a las estudiantes de primero, no lo dice de coña. No importa cuántas veces se le tire encima Ramona: él siempre se va con otra.

—Antes de irnos, voy un momento al baño —le digo—. ¿Nos vemos fuera?

—Vale, pero date prisa. Le he dicho a Jasper que ya nos íbamos y nos está esperando en el coche.

Ramona mira hacia la puerta principal y me deja con una punzada de resentimiento. O sea, que me ha preguntado si quería irme cuando ya había tomado la decisión por las dos. Guay. Pero me trago el cabreo recordándome a mí misma que Ramona *siempre* ha hecho eso, y que nunca me molestó en el pasado. Sinceramente, si no fuera por las decisiones que toma y porque me obliga a salir de mi zona de confort, probablemente me habría pasado todo mi tiempo de instituto en la oficina del periódico, escribiendo la columna de consejos y ofreciendo a los estudiantes recomendaciones sobre la vida, sin haber experimentado nunca la vida por mí misma.

Aun así…, a veces me gustaría que Ramona al menos me preguntara lo que pienso sobre algo, antes de tomar una decisión.

La cola del baño de abajo es inmensa, así que me abro paso entre la multitud y subo arriba, al lugar donde Matt y yo hemos estado hablando antes. Me estoy acercando al baño cuando la puerta se abre y una rubia guapa sale de dentro.

Da un respingo al verme y, a continuación, me ofrece una sonrisita altiva y se ajusta la parte de debajo de un vestido que solo puede describirse como *indecente*. De hecho, veo sus bragas de color rosa.

Mis mejillas se calientan y aparto la mirada, avergonzada, esperando a que la chica llegue a las escaleras antes de agarrar el pomo de la puerta. Nada más poner mi mano en el picaporte, la puerta se abre de nuevo y sale otra persona.

Mi mirada se topa con los ojos azules más intensos que he visto nunca. Solo tardo un segundo en reconocerlo y, cuando lo hago, mi rostro arde todavía más.

Es John Logan.

Sí, John Logan. También conocido como el defensor estrella del equipo de *hockey*. Sé todo esto no solo porque Ramona ha estado siguiendo a su amigo Dean durante meses, sino porque su cara cincelada e increíblemente atractiva apareció en la portada del periódico de la uni la semana pasada. Desde la victoria del equipo en el campeonato, la publicación ha sacado entrevistas de todos los jugadores, y no voy a mentir: la entrevista de Logan fue la única a la que presté atención.

Y es porque el tío está más bueno que el pan.

Al igual que la rubia, parece sorprendido de encontrarme en el pasillo y, al igual que la rubia, se recupera rápidamente de su sorpresa y me lanza una sonrisa.

Después se sube la cremallera de los pantalones.

Ay. Dios. Mío.

No me puedo creer que acabe de hacer lo que ha hecho. Mi mirada baja involuntariamente a su ingle, pero él no parece preocupado por eso. Arquea una ceja, se encoge de hombros y luego se va.

Uau. Pues nada.

Eso debería haberme asqueado. Y no lo digo por el evidente polvo en el cuarto de baño. Lo que acaba de hacer con la cremallera debería haberlo colocado directamente en el saco de los gilipollas.

Pero, en vez de eso, saber que acaba de enrollarse con esa chica en el aseo provoca en mí un arrebato de celos inesperado.

No estoy diciendo que me apetezca tener un lío fortuito en un cuarto de baño, pero…

Bueno, miento. *Por supuesto* que me apetecería. Al menos, si es con John Logan, claro que me apetece. Pensar en sus manos y en sus labios sobre mi cuerpo desata en mí una oleada de escalofríos que sube serpenteando por mi columna vertebral.

¿Por qué *no puedo* enrollarme con chicos en los cuartos de baño? Estoy en la universidad, joder. Se supone que debo divertirme y cometer errores y «buscarme a mí misma», pero no he hecho ni una mierda este año. He estado viviendo a través de Ramona, viendo a mi mejor amiga, una «malota», asumir riesgos y probar cosas nuevas, mientras que yo, la chica buena, se queda ahí, aferrada a la cautelosa forma de ver la vida que mi padre ha perforado en mi cerebro desde que llevaba pañales.

Pues bien, estoy cansada de ser cauta. Y estoy cansada de ser la niña buena. El semestre está a punto de terminar. Tengo dos exámenes que estudiar y un trabajo de Psicología que escribir, pero ¿quién dice que no puedo hacer todo eso y además tener un poco de diversión entre medias?

Solo quedan unas pocas semanas para que acabe mi primer año de universidad y ¿sabes qué? Voy a hacer un buen uso de ellas.

CAPÍTULO 2

LOGAN

He decidido bajar el ritmo de fiestas. Y no ha sido *solo* porque anoche acabé tan hecho polvo que Tucker tuvo que llevarme cargado sobre su hombro escaleras arriba hasta mi habitación, porque estaba demasiado mareado para poder caminar.

No *solo,* pero sí que ha sido un factor importante para tomar la decisión que he tomado. Así que ahora es viernes por la noche y no solo he rechazado la invitación a la fiesta de uno de los chicos del equipo, sino que todavía estoy dándole vueltas al mismo vaso de *whisky* que me he servido hace más de una hora. Tampoco le he dado ni una calada al porro que Dean me pasa una y otra vez.

Esta noche nos quedamos en casa charlando, desafiando el frío de principios de abril apiñados en el pequeño patio. Le doy una calada a mi cigarrillo mientras Dean, Tucker y nuestro compañero de equipo, Mike Hollis, se pasan el porro. Solo escucho a medias el resumen, increíblemente obsceno, del polvo que Dean echó anoche. Mi mente vaga de nuevo a mi propio rollo, con la chica absolutamente *sexy* que me obligó a seguirla a uno de los cuartos de baño de arriba para aprovecharse de mí.

Es cierto que estaba borracho y que mi memoria puede ser un poco confusa, pero recuerdo *perfectamente* cómo se corrió en toda mi mano después de meterle un dedo. Y recuerdo aún más perfectamente ser el receptor de una mamada espectacular. Pero no pienso contarle nada de eso a Tuck, ya que, tal y como parece, mantiene un recuento de mis rollos. Cabrón entrometido.

—Espera, retrocede un momento. ¿Que hiciste qué?

El tono elevado de Hollis me devuelve al presente de una sacudida.

—Le he enviado una foto de mi polla. —Dean lo dice como si fuese algo que hace todos los días.

Hollis lo mira con la boca abierta.

—¿De verdad? ¿Le has enviado una foto de tu paquete? ¿En plan «ahí va un recuerdo del sexo que hemos tenido»?

—Naah. Más bien como una invitación para otra ronda —responde Dean con una sonrisa.

—¿Cómo coño algo así haría que quisiera volver a acostarse contigo? —Hollis parece dudar—. Probablemente ahora piense que eres un gilipollas.

—Ni de coña, hermano. Las nenas aprecian una buena foto de una polla. Créeme.

Hollis aprieta sus labios como si intentara no reírse.

—Ya, ya. Por supuesto.

Echo la ceniza en el césped y doy otra calada a mi cigarrillo.

—Solo por curiosidad. Una «buena foto de una polla», ¿qué requiere? Es decir, ¿es cuestión de la iluminación?, ¿de la pose?

Estoy siendo sarcástico, pero Dean responde con voz solemne.

—Bueno, el truco consiste en mantener los huevos fuera de la foto.

La respuesta le arranca una carcajada a Tucker, que se atraganta con su cerveza.

—En serio, tío —insiste Dean—. Los huevos no son fotogénicos. Las mujeres no quieren verlos.

La risa de Hollis sale disparada y unas bocanadas de humo blanco flotan en el aire de la noche.

—Tronco, has invertido mucho tiempo en reflexionar sobre el tema. Es un poco triste.

Yo también me río.

—Espera un momento, ¿eso es lo que haces cuando estás en tu habitación con la puerta cerrada? ¿Hacerte fotos del pito?

—Oh, vamos, como si yo fuera el único que alguna vez se ha hecho una foto de su polla.

—Eres el único —decimos Hollis y yo al unísono.

—Y una mierda. Sois unos mentirosos. —De repente, Dean se da cuenta de que Tucker no ha abierto la boca para negar nada y enseguida salta sobre el silencio de nuestro compañero de equipo—. Ja. *¡Lo sabía!*

Arqueo una ceja y miro a Tuck, que puede, o no, estar sonrojándose bajo los cinco centímetros de barba.

—¿En serio, tío? ¿De verdad?

Él me ofrece una tímida sonrisa.

—¿Os acordáis de la chica con la que salí el año pasado? ¿Sheena? Bueno, pues ella me envió una foto de sus tetas. Me dijo que tenía que devolverle el favor.

La mandíbula de Dean se desploma y abre la boca de par en par.

—¿Polla por tetas? Hermano, te han timado. De ninguna manera es comparable, vaya, ni remotamente.

—Entonces, ¿cuál es el equivalente a unas tetas? —pregunta Hollis con curiosidad.

—Los huevos —contesta Dean antes de darle una profunda calada al porro. Suelta un anillo de humo mientras todo el mundo se ríe de su observación.

—Acabas de decir que las mujeres no quieren ver unos huevos —señala Hollis.

—Y no quieren, pero cualquier idiota sabe que una foto de las tetas requiere una foto frontal completa a cambio. —Resopla—. Es de sentido común.

Alguien se aclara la garganta en la puerta corredera que hay a mi espalda. Ruidosamente.

Me doy la vuelta y me encuentro a Hannah allí de pie; mi pecho se tensa tanto que me duelen las costillas. Lleva puestos unos *leggings* y una de las camisetas para entrenar de Garrett. Su pelo oscuro está suelto y cae sobre uno de sus hombros. Está preciosa.

Y sí, soy un cabronazo de amigo, porque de repente me la imagino con *mi* camiseta. Con *mi* número dibujado a la espalda. Ya te digo, a eso lo llamo yo «aceptar la situación».

—Eh… vale —dice de forma pausada—. Solo por cerciorarme de que no lo he entendido mal. ¿Estáis hablando de enviarles fotos de vuestros penes a las chicas? —La diversión brilla en su mirada mientras observa uno por uno a todo el grupo.

Dean resopla.

—Exacto. Y no nos mires así, Wellsy. ¿Vas a quedarte ahí de pie y nos vas a decir que Garrett no te ha enviado ninguna foto de su paquete?

—No pienso molestarme en contestar a eso. —Suspira y apoya el antebrazo en el borde de la puerta—. Garrett y yo vamos a pedir *pizza*. ¿Queréis apuntaros? Ah, y pondremos una peli en el salón. Le toca elegir a él, por lo que probablemente será una película de acción de las malas. Si queréis verla con nosotros, estáis invitados.

Tuck y Dean aceptan eufóricamente al instante, pero Hollis sacude la cabeza con pesar.

—Quizá la próxima vez. Mi último examen final es el lunes y me toca pasarme el resto del fin de semana empollando.

—Puf. Bueno, buena suerte. —Hannah le sonríe antes de soltar el marco de la puerta y dar un paso atrás—. Si queréis opinar sobre los ingredientes de la *pizza,* será mejor que entréis ahora; de lo contrario, la encargaré con verduras. Ah, y ¿qué narices pasa contigo, Logan? —Sus ojos verdes se dirigen a mí—. Dijiste que solo fumabas tabaco en las fiestas. ¿Voy a tener que darte una paliza?

—Inténtalo, Wellsy; molaría verlo. —Mi tono rebosa humor, pero un segundo después de que entre en el apartamento, el humor se desvanece.

Estar cerca de ella es como un puñetazo en el estómago. Y la idea de sentarme en el sofá con ella y Garrett comiendo *pizza,* mirando una película y viendo cómo se hacen mimos… es cien veces *peor* que un golpe en las tripas. Es como si un equipo de *hockey* al completo te estrellara contra la valla.

—¿Sabes qué? Creo que al final sí que voy a ir a la fiesta de Danny. ¿Me puedes llevar en coche a la zona de residencias? —le pregunto a Hollis—. Iría yo por mi cuenta, pero no sé si acabaré bebiendo.

Dean clava el porro en el cenicero que hay en la tapa de la barbacoa.

—No vas a beber ni una gota, tronco. El conserje de la residencia de Danny es un nazi total. Patrulla las salas comunes e inspecciona las habitaciones de forma aleatoria. No es coña.

No me importa. Solo sé que no puedo quedarme aquí. No puedo estar de tranqui con Hannah y Garrett; no hasta que consiga gestionar mi absurdo enchochamiento.

—En ese caso, no beberé. Pero necesito un cambio de aires. Llevo en casa todo el día.

—Un cambio de aires, ¿eh? —La expresión de Tucker me dice que puede leer lo que me pasa.

—Sí —le digo con frialdad—. ¿Tienes algún problema con eso?

Tuck no contesta.

Apretando los dientes, me despido y sigo a Hollis a su coche.

Quince minutos más tarde, estoy en el pasillo del segundo piso de la Residencia Fairview y todo está tan inquietantemente silencioso que mi ánimo se desploma aún más. Mierda. Supongo que es verdad que el conserje es un tipo duro. No escucho ni un ruido en ninguna de las habitaciones, y ni siquiera puedo llamar a Danny para ver si la fiesta al final se ha cancelado o qué. Con las prisas por escapar de casa, se me ha olvidado coger el teléfono.

Es la primera vez que vengo a la residencia de Danny, así que me quedo quieto en el pasillo un momento, tratando de recordar el número de la habitación que me ha enviado en un mensaje hace un rato. ¿220? ¿O era 230? Paso por cada puerta comprobando los números y mi dilema se resuelve solo cuando veo que la habitación 230 no existe. 220. Esa es.

Golpeo mis nudillos contra la puerta. Casi de inmediato, unos pasos suenan al otro lado. Al menos, hay alguien dentro. Es una buena señal.

A continuación, la puerta se abre y me encuentro mirando a una total desconocida. Vale, es una desconocida muy guapa, pero una desconocida al fin y al cabo.

La chica parpadea con sorpresa cuando me ve allí de pie. Sus ojos marrón claro son del mismo color que su cabello, que cuelga en una larga trenza por encima de su hombro. Lleva pantalones a cuadros holgados y una sudadera de color negro con el logotipo de la universidad en la parte de delante y, por el silencio absoluto que reina en la habitación a su espalda, resulta evidente que he llamado a la puerta equivocada.

—Hola —le digo con torpeza—. Bueno... eh... supongo que no es la habitación de Danny, ¿no?

—Eh, no.

—Mierda. —Aprieto los labios—. Me dijo que era la habitación 220.

—En ese caso, uno de los dos debe de tener el número mal. —Hace una pausa—. Por si te sirve de algo, no hay nadie llamado Danny en esta planta. ¿Es un estudiante de primero?

—De tercero.

—Oh. Vale. Pues entonces, definitivamente, no vive aquí. Esto es una residencia para estudiantes de primero. —Mientras habla, juega con la parte de abajo de su trenza y no me mira a los ojos ni una sola vez.

—Mierda —murmuro de nuevo.

—¿Estás seguro de que tu amigo te dijo que vivía en la Residencia Fairview?

Dudo. Estaba seguro, pero ahora... no tanto. Danny y yo no solemos pasar mucho tiempo juntos, al menos no los dos solos. Por lo general, nos vemos en las fiestas posteriores a los partidos o cuando viene a mi casa con el resto de nuestros compañeros de equipo.

—Ya no estoy seguro —respondo con un suspiro.

—¿Por qué no lo llamas? —Sigue sin encontrar mi mirada. Ahora mira hacia abajo, a sus calcetines de lana a rayas, como si fueran las cosas más fascinantes que ha visto nunca.

—Me he dejado el móvil en casa. —Mierda. Mientras reflexiono sobre mis posibles opciones, me paso una mano por el pelo. Está creciendo y necesita desesperadamente un corte, pero siempre se me acaba olvidando—. ¿Te importa si uso el tuyo?

—Eh... no, claro.

Parece indecisa, pero aun así abre más la puerta y me hace un gesto para que entre. Su habitación es la típica habitación doble con dos de todo, pero mientras que un lado está limpio como una patena, el otro es una pocilga desordenada. Es evidente que esta chica y su compañera de dormitorio tienen una filosofía muy diferente sobre la pulcritud.

Por alguna razón, no me sorprende cuando se dirige hacia el lado arreglado. Sin duda, tenía pinta de ser ella la fanática del orden. Va al escritorio y desconecta un teléfono móvil del cargador para, a continuación, pasármelo.

—Toma.

Un instante después de que el teléfono cambie de manos, se arrastra hacia la puerta.

—No tienes que irte tan lejos —digo secamente—. A menos que estés pensando en salir huyendo.

Sus mejillas se tiñen de un color rosado. Con una sonrisa, deslizo mi dedo por la pantalla del teléfono hasta que aparece el teclado numérico.

—No te preocupes, preciosa. Solo voy a usar el móvil. No voy a matarte.

—Oh, ya lo sé. O, por lo menos, *creo* que ya lo sé —balbucea—. Quiero decir que… pareces un tipo majo, pero, claro, un montón de asesinos en serie probablemente también parecen majos cuando los conoces. ¿Sabías que Ted Bundy era realmente encantador? —Sus ojos se abren—. Qué fuerte, ¿no? Imagina que un día estás caminando tranquilamente y conoces a un tipo superguapo y encantador, y te dices a ti misma: «Oh, ¡Dios mío! Es perfecto», y un minuto después estás en su casa y encuentras una sala de trofeos en el sótano con trajes de piel humana y muñecas Barbie con los ojos arrancados y…

—Dios —interrumpo—, ¿te han dicho alguna vez que hablas mucho?

Sus mejillas enrojecen todavía más.

—Lo siento. A veces hablo sin parar cuando estoy nerviosa.

Le lanzo otra sonrisa.

—¿Te pongo nerviosa?

—No. Bueno, quizá un poco. Quiero decir que… no te conozco, y… sí, «cuidado con los desconocidos» y todo eso; aunque estoy segura de que no eres peligroso —añade apresuradamente—. Pero ya sabes…

—Sí. Ted Bundy —continúo, haciendo un esfuerzo para no reírme.

Juguetea con su trenza de nuevo y su evasiva mirada me da la oportunidad de estudiarla con más atención. Uau, es muy guapa. No es un superpibón ni nada, pero tiene un rollo fresco de «chica normal» que la hace de veras atractiva. Pecas en la nariz, rasgos delicados y una piel suave y cremosa que parece recién sacada de un anuncio de maquillaje.

—¿Vas a llamar?

Parpadeo y, de pronto, recuerdo que ese es el motivo por el que he entrado en esta habitación. Miro el móvil que sostengo en la mano y analizo el teclado numérico con la misma atención con la que la estaba analizando a ella hace un instante.

—Te ayudo: usa los dedos para marcar el número y después le das a la tecla verde.

Levanto la cabeza y su sonrisa apenas contenida provoca una risa que sale de mi garganta.

—Una gran ayuda. —Coincido—. Pero... —Dejo escapar un suspiro triste—. Acabo de caer en que no me sé su número. Lo tengo guardado en mi móvil.

Mierda. ¿Es este mi castigo por fantasear con la novia de Garrett? ¿Quedarme colgado un viernes por la noche sin teléfono ni coche? Supongo que me lo merezco.

—A la mierda. Voy a llamar a un taxi —me decido al fin. Por suerte, me sé de memoria el teléfono del servicio de taxi del campus, así que marco ese número y me ponen en espera de inmediato. Cuando el hilo musical empieza a sonar en mi oído, ahogo un gemido.

—Estás en espera, ¿eh?

—Sí. —La miro de nuevo—. Por cierto, me llamo Logan. Gracias por dejarme usar tu teléfono.

—Sin problema. —Hace una pausa—. Me llamo Grace.

Un clic suena en mi oído, pero en lugar de la voz de la operadora, oigo otro clic seguido de otra dosis de música. No me sorprende. Es viernes por la noche, el momento de más lío para los taxis del campus. Quién sabe cuánto tiempo voy a tener que esperar.

Me hundo en el borde de una de las camas —la que está perfectamente hecha— y trato de recordar el número del servicio de taxi de Hastings, la ciudad donde viven la mayoría de los estudiantes que residen fuera del campus, y donde está mi casa. Pero me he quedado en blanco, así que suspiro y aguanto un poco más el hilo musical. Mi mirada se desplaza al portátil abierto al otro lado de la cama y, cuando me doy cuenta de lo que aparece en la pantalla, miro a Grace con sorpresa.

—¿Estás viendo *La jungla de cristal?*

—En realidad es *La jungla 2: alerta roja.* —Parece avergonzada—. Estoy teniendo una noche especial de *La jungla de cristal.* Acabo de terminar la primera.

—¿Te mola Bruce Willis o algo así?

Eso la hace reír.

—No. Simplemente me gustan las películas de acción antiguas. La semana pasada vi la saga de *Arma letal.*

La música en mi oído se detiene otra vez, un clic y vuelve a sonar, lo que provoca que una maldición salga de mis labios. Cuelgo y me vuelvo hacia Grace.

—¿Te importa si uso tu ordenador para buscar el número de los taxis de Hastings? Igual tengo más suerte allí.

—Claro. —Después de un instante de vacilación, se sienta a mi lado y coge el portátil—. Déjame que te abra una ventana del navegador.

Cuando va a minimizar el vídeo, se activa otra vez la película y el sonido explota en los altavoces. Cuando la escena de pelea en el aeropuerto llena la pantalla del ordenador, me acerco de inmediato para verla.

—Oh, uau, esta pelea es la leche.

—Sí, ¿verdad? —exclama Grace—. Me encanta. Bueno, en realidad, me encanta toda la película. No me importa lo que diga la gente, a mí me parece impresionante. Obviamente, no es tan buena como la primera, pero la verdad es que no es tan mala como la gente piensa.

Está a punto de darle al botón de pausa, pero le paro la mano.

—¿Podemos terminar de ver esta escena?

Su expresión es de gran sorpresa.

—Eh, sí, vale. —Traga saliva visiblemente y añade—: Si quieres, puedes quedarte y ver toda la peli. —Sus mejillas se sonrojan nada más expresar la invitación—. A no ser que tengas que ir a algún otro sitio.

Lo pienso un segundo antes de negar con la cabeza.

—Naah, no tengo que ir a ningún otro sitio. Puedo quedarme aquí un rato.

Ahora en serio, ¿cuál es la alternativa? ¿Ir a casa a ver cómo Hannah y Garrett se dan de comer *pizza* el uno al otro y se besan durante la película?

—Oh, vale —dice Grace con cautela—. Eh… guay.

Me río.

—¿Esperabas que dijera que no?

—Un poco —admite.

—¿Por? En serio, ¿qué chico rechazaría ver *La jungla 2*? Lo único que podría mejorar este acuerdo es que me ofrecieras algo de alcohol.

—No tengo nada. —Se detiene para pensar—. Pero tengo una bolsa entera de ositos de gominola escondidos en el cajón de mi escritorio.

—Cásate conmigo —le digo al instante.

Entre risas, avanza hacia el escritorio, abre el cajón de abajo y, efectivamente, saca una enorme bolsa de chucherías. Mientras me deslizo hacia la cama y me inclino hacia atrás en la pila de almohadas de su cabecero, Grace se arrodilla frente a la mininevera junto al escritorio y me pregunta:

—¿Agua o Pepsi?

—Pepsi, por favor.

Me pasa la bolsa de ositos de gominola gigante y la lata de refresco y después se instala en la cama a mi lado y coloca el portátil en el colchón entre los dos.

Me meto un osito en la boca y enfoco mi mirada en la pantalla. Vale. Sin duda, no es así como esperaba que transcurriera la noche, pero, qué coño, será mejor que me deje llevar.

CAPÍTULO 3

GRACE

John Logan está en mi cuarto.

No, ¡John Logan está *en mi cama!* No estoy preparada para esto *ni de coña.* De hecho, siento la tentación de escribirle un mensaje a escondidas a Ramona con un SOS para pedirle consejo, porque no tengo ni idea de lo que hacer o decir. En el lado positivo, estamos viendo una película, lo que significa que no tengo que hacer o decir nada, excepto mirar al portátil, reírme de los chistes cuando toca y fingir que el chico más buenorro de Briar no está sentado ¡en mi cama!

Pero es que encima está caliente, en lo que tiene que ver con su temperatura corporal, claro. En serio, el calor que emana de su cuerpo es como un horno y, dado que mi temperatura ya ha subido por su presencia, sin olvidar el hormigueo que siento, el calor que irradia me está empezando a hacer sudar.

Tratando de no llamar la atención, me quito la sudadera y la coloco junto a mí, pero el movimiento hace que Logan gire la cabeza en mi dirección. Sus profundos ojos azules se fijan en mi camiseta ajustada y descansan un rato en mi pecho. Oh, Dios. Me está mirando las tetas. Y aunque tengo una talla normalita, por cómo arde su mirada, uno podría pensar que tengo unos melones rollo estrella del porno.

Cuando se da cuenta de que lo he pillado mirándome, se limita a guiñarme un ojo y vuelve a centrar la atención en la pantalla.

Ya es oficial: he conocido a un chico que guiña un ojo y *funciona.*

Prestar atención a la película es imposible. Mi mirada está puesta en la pantalla, pero mi mente está en otro lugar. Está centrada por completo en el chico que hay a mi lado. Es mucho más corpulento de lo que pensaba. Una espalda increíblemente ancha, pecho musculoso, piernas largas que se extienden por delante de él. Lo he visto jugar al *hockey*, así que sé que es agresivo en el hielo, y tener ese cuerpo tan potente a unos centímetros del mío dispara un escalofrío por mi columna vertebral. Parece mucho más mayor y masculino que los chicos de primero con los que he estado charlando durante todo el año.

A ver, tonta. Es que él va a tercero. Exacto. Pero... parece incluso más mayor. Todo ese rollo masculino que tiene..., me dan ganas de arrancarle la ropa y lamer ese cuerpo como si fuera un helado de cucurucho.

Me meto un osito en la boca y espero que el masticar lleve un poco de saliva a mi necesitada garganta seca. En la pantalla, la mujer de McClane está en el avión discutiendo con el presentador de noticias que les causó problemas en la primera entrega y, de repente, Logan me mira; la curiosidad inunda su expresión.

—Oye, ¿crees que serías capaz de aterrizar un avión si no tuvieras otra opción?

Me río.

—¿No me has dicho que ya habías visto la película? Sabes que ella no tiene que aterrizar el avión, ¿verdad?

—Ya, eso ya lo sé, pero me pregunto qué haría yo si estuviera en un avión y fuera el único que puede aterrizarlo. —Suspira—. No creo que fuera capaz de conseguirlo.

Me sorprende que tarde tan poco en admitirlo. Otros chicos intentarían actuar en plan machito y fardar de que pueden aterrizar esa cosa con los ojos cerrados o algo así.

—Yo tampoco —confieso—. Si acaso, puedo imaginarme jorobando la situación todavía más. Probablemente, despresurizaría accidentalmente la cabina tocando el botón equivocado. Así que no. Tengo miedo a las alturas, por lo que estoy bastante segura de que me desmayaría nada más entrar en la cabina y mirar por el parabrisas.

Se ríe, y el ronco sonido de su garganta pone en marcha una nueva ronda de hormigueo por mi piel.

—Podría ser capaz de volar un helicóptero —reflexiona—. Probablemente, eso sea más fácil que un avión, ¿no?

—Es posible. Lo cierto es que no sé nada de aviación. —Ahora me toca a mí suspirar—. No se lo digas a nadie, pero a veces no estoy segura de entender cómo es posible que los aviones se queden en el aire.

Se ríe y, a continuación, ambos nos centramos en la peli de nuevo. Me doy unas palmaditas en la espalda mentalmente. Acabo de mantener una conversación completa con un chico guapo sin balbucear de forma incoherente. Me merezco una estrella de oro por eso.

Que no se me malinterprete, todavía estoy meganerviosa, pero hay algo en Logan que me hace sentir bien. Él es supertranquilo y, además, es difícil sentirse intimidada por un hombre cuando está masticando *ositos de gominola*.

Mientras vemos la película, lo miro cada pocos segundos para admirar su perfil cincelado. Tiene la nariz ligeramente torcida, como si se la hubieran roto una o dos veces. Y la atractiva curva de sus labios es… pura tentación. Me muero por darle un beso tanto, *tanto*, que me cuesta pensar con claridad.

¡Dios! Y soy una pringada, porque besarme es probablemente lo último que ahora mismo se le pasa por la cabeza. Se ha quedado para ver *La jungla 2*, no para perder el tiempo con una estudiante de primero que hace una hora lo ha comparado con Ted Bundy.

Me obligo a concentrarme en la película, pero ya temo el momento en que llegue a su fin, porque entonces Logan tendrá que irse.

Pero cuando los créditos finales aparecen en la pantalla, no hace ni un solo movimiento que indique que vaya a levantarse. En vez de eso, se gira y pregunta:

—¿Qué te ha pasado?

Frunzo el ceño.

—¿Qué quieres decir?

—Es viernes por la noche, ¿cómo es que estás aquí sentada viendo películas de acción?

La pregunta me irrita un poco.

—¿Qué hay de malo en eso?

—Nada. —Se encoge de hombros—. Solo te pregunto por qué no estás de fiesta o algo así.

—Ya fui a una fiesta anoche. —No le recuerdes que lo viste allí, no le recuerdes que lo viste allí—. Por cierto, te vi allí. —Mierda.

Parece sorprendido.

—¿Sí?

—Sí. En la casa Omega Fi.

—Eh, no recuerdo haberte visto. —Me lanza una mirada tímida—. La verdad es que no recuerdo mucho de lo que pasó. Me pillé un pedo bastante gordo.

Me duele un poco que no recuerde nuestro encuentro a la salida del cuarto de baño, pero rápidamente me regaño a mí misma por sentirme insultada. Estaba borracho y acababa de liarse con una chica. Por supuesto que no se acuerda de mí.

—¿Te divertiste en la fiesta? —Por primera vez desde que ha entrado en mi habitación, su tono de voz tiene un punto extraño, como si tratara de mantener una charla casual y no se sintiese cómodo con ello.

—Claro, supongo. —Me detengo—. En realidad... lo retiro. Me lo pasé bien hasta que me humillé totalmente delante de un chico.

La incomodidad de su gesto desaparece cuando se ríe.

—¿Sí? ¿Qué hiciste?

—Hablar sin parar. Mucho, mucho. —Me encojo levemente de hombros—. Tengo la muy mala costumbre de hacer eso con todos los chicos.

—Ahora mismo no estás hablando así —señala.

—Ya, ahora... ¿No te acuerdas del rollo que te he soltado sobre los asesinos en serie hace un par de horas?

—Créeme, me acuerdo. —Su sonrisa me acelera el pulso. Dios, tiene una sonrisa *megasexy*. Un poco torcida y, cada vez que la dispara, sus ojos brillan juguetonamente—. Ya no te pongo nerviosa, ¿verdad?

—No —miento. Me pone nerviosa al máximo. ¡Es John Logan, joder! Uno de los chicos más populares de Briar. Y yo soy Grace Ivers, joder, una de las miles de chicas que babean por él.

Su mirada me analiza prolongadamente y es tan *sexy* que crepita por mi piel como una corriente eléctrica. Esta vez no hay duda del interés que muestran sus ojos.

¿Debo dar un paso? Debo dar un paso, ¿verdad? Acercarme más o algo. Besarlo. ¿O quizá mejor pedirle que me bese? Mi cerebro viaja a toda velocidad a mis días de instituto, intentando repasar todos los besos de entonces, si aquellos chicos a los que acerqué mis labios fueron los que dieron el primer paso, o si fue algo más en plan «sí, ahora toca besarnos». La diferencia es que todos esos besos fueron con chicos que no eran ni la mitad de increíblemente guapos que este.

—¿Quieres que me vaya?

Su voz ronca me provoca un sobresalto y me doy cuenta de que llevo casi un minuto entero mirándolo fijamente, sin decir una sola palabra.

Mi boca está tan seca que tengo que tragar un par de veces antes de contestar.

—No. Bueno, quiero decir, puedes quedarte, si quieres. Podemos ver otra cosa, o...

No llego a terminar la frase, porque él se acerca a mí y me toca la mejilla, y mis cuerdas vocales se congelan mientras mi corazón late como un tambor.

¡John Logan me está tocando la mejilla!

Las yemas de sus dedos están duras, siento el roce áspero contra mi piel, y huele tan bien que me siento un poco mareada cuando inhalo el ligero aroma de su loción para después del afeitado.

Acaricia suavemente mi mejilla y tengo que reprimirme para no ponerme a ronronear como un gato hambriento de afecto.

—¿Qué haces? —susurro.

—Bueno, me estabas mirando como si quisieras besarme. —Sus ojos azules se entrecierran—. Así que estaba pensando que... quizá lo haga yo.

CAPÍTULO 4

GRACE

Mis palpitaciones están fuera de control. Es un rápido redoble de tambor en mis oídos, un martilleo frenético contra mis costillas.

Oh, Dios mío. ¿Quiere besarme?

—A no ser que haya malinterpretado todo —suelta.

Trago saliva mientras trato desesperadamente de controlar mi pulso acelerado. Hablar no es una opción. Mi garganta se ha bloqueado. A pesar de que mis habilidades motoras no funcionan a plena capacidad, consigo negar con la cabeza.

Su risa calienta el aire que hay entre nosotros.

—¿Eso es un «no» a mi malinterpretación de lo que ha pasado, o un «no» a que te bese?

Milagrosamente, soy capaz de producir una frase completa como respuesta.

—Quiero que me beses.

Sigue riendo cuando se acerca a mí, se estira en la cama a mi lado y me coloca suavemente sobre mi espalda. Cada músculo de mi cuerpo se tensa por la expectación mientras se cierne sobre mí. Cuando apoya su mano en mi cadera, tiemblo con suficiente fuerza como para que se dé cuenta.

Una sonrisa curva sus labios. Unos labios que están cada vez más cerca de los míos. A centímetros de distancia. A milímetros de distancia.

Y después su boca roza la mía, y ¡ostras!, estoy besando a John Logan.

Casi de inmediato, mi mente se inunda de tantos pensamientos que es difícil concentrarse en uno solo. Oigo los sermones interminables de mi padre sobre el respeto hacia mí misma y sobre cómo debo comportarme correctamente y no volverme loca en la universidad. Y luego está la alegre voz de mi madre, casi ordenándome que me divierta y que viva la vida al máximo. Y en algún lugar entre las dos, hay una voz excitada que grita: «¡Estás besando a John Logan! ¡Estás besando a John Logan!».

Su boca es cálida y sus labios son firmes cuando me besa. Lo hace con suavidad al principio. Un coqueteo suave y sensual que me hace gemir. Lame mi labio inferior, lo muerde suavemente antes de que la punta de su lengua toque la unión de mis labios. Sabe a gominola y, por alguna razón, eso me hace gimotear de nuevo. Cuando su lengua finalmente se desliza dentro de mi boca, deja escapar un gemido ronco que resuena a través de mí y se instala en mis entrañas.

Besar a Logan es la cosa más increíble que he experimentado jamás. Olvídate de las vacaciones en familia en Egipto cuando tenía nueve años. La gloria de las pirámides, los templos y la esfinge no son nada comparado con la sensación de tener los labios de este tío pegados a los míos.

Nuestras lenguas se encuentran y él emite otro sonido grave y ronco, y desliza una mano por mi cuerpo hasta llegar a mi pecho izquierdo. Oh, mierda. Alerta de fase dos. Pensé que nos quedaríamos en la primera fase y solo nos besaríamos, pero ahora me está *metiendo mano*. No llevo sujetador debajo de la camiseta, así que cuando su pulgar roza la finísima tela y presiona sobre mi pezón, un fogonazo de calor se dispara desde las puntas de mis pechos hasta el clítoris. Todo mi cuerpo arde y está tenso por la emoción. La lengua de Logan explora mi boca mientras frota mi pezón hinchado y sus caderas se mueven ligeramente contra las mías. Su erección es como un hierro caliente que aprieta un lado de mi muslo, y saber que le pongo cachondo hace que yo me excite de una forma increíble.

Con una respiración pesada, separa nuestras bocas.

—¿Debería preocuparme que tu compañera de cuarto vaya a entrar de repente?

—No, no viene a casa esta noche. Se ha ido a un bar del pueblo y después tiene pensado quedarse a dormir en casa de una chica de la fraternidad Kappa Beta, Caitlin. Algo que, en mi opinión, es muy mala idea porque la última vez que salió con

Caitlin, casi la arrestan por embriaguez pública, pero después Ramona coqueteó con el policía y…

Logan me calla con otro beso.

—Con decir «no» habría bastado —murmura contra mis labios. Después coge mi mano y la coloca directamente sobre el bulto duro que hay en sus pantalones. En el mismo aliento, me cubre mi sexo con la mano sobre mi pijama.

Oh, mierda. Alerta de fase dos en la planta de abajo.

No me preocupa la respuesta de mi cuerpo al movimiento de su mano: un solo deslizamiento lento de la palma de su mano es todo lo que necesito para que una explosión de placer entre en erupción dentro de mí. No, es mi mano la que me provoca una oleada de nerviosismo. Una mano que en estos momentos acaricia la erección que crece tras la cremallera de sus vaqueros.

He masturbado a chicos antes; también he hecho algunas mamadas exitosas; sé a ciencia cierta que fueron un gran éxito porque…, bueno, semen y todo eso. Pero no tengo la experiencia suficiente como para considerarme una maestra experta en penes ni nada parecido. Y en todos esos encuentros anteriores con penes, *solo* estaba involucrado mi novio del instituto, Brandon, que era igual de inexperto que yo.

Si los rumores que he escuchado sobre Logan son verdad, el tío se ha acostado con la mitad de las chicas de Briar. Suena como una estadística irrealmente alta, y eso me hace creer que no es exacta, pero, aun así, lo que sí está claro es que se ha liado con mucha más gente que yo.

—¿Esto te parece bien? —pregunta mientras me acaricia entre las piernas.

Asiento con la cabeza y le acaricio de nuevo; un gemido torturado sale de su boca.

—Joder, espera. —Se incorpora un poco en el colchón y mi corazón se detiene cuando se baja la cremallera de los pantalones. Baja los vaqueros lo justo como para liberar su erección de sus bóxers; a continuación, tira de la goma de mi pijama y de mis bragas.

Un segundo después, su mano roza mi sexo desnudo y mis caderas se levantan de forma involuntaria en busca de un contacto más cercano.

Logan juguetea con la punta de su dedo índice sobre mi clítoris.

—¿Mejor? —pregunta con voz grave y áspera.

Muuuuucho mejor. Es tan bueno que mi cabeza da vueltas, lo que limita mi respuesta a un balbuceo entrecortado sin sentido.

Sonríe ante mi incoherente respuesta, se inclina y me besa de nuevo. Con su mano libre, sujeta mi mano derecha y la dirige a su erección, envolviendo suavemente mis dedos temblorosos a su alrededor. Es larga y dura, su carne caliente se desliza con facilidad dentro de mi puño cerrado.

Mi cuerpo está en llamas. Olas de excitación crecen en mis entrañas y, cuando empuja su dedo corazón dentro de mí, mis músculos internos lo abrazan; la presión es tan intensa que me olvido de cómo respirar.

No dejamos de besarnos. Ni siquiera para coger aire. Los dos estamos jadeando, con nuestras lenguas enredadas y nuestras manos trabajando. Su pulgar presiona mi clítoris mientras su dedo se mueve dentro de mí y el placer que sube en espiral a través de mi cuerpo se hace más fuerte, se concentra en un nudo apretado de expectación que provoca que el movimiento de mis caderas sea aún más arrítmico.

Los minutos pasan. O quizá sean horas. No tengo ni idea, porque estoy demasiado atrapada en las increíbles sensaciones que todo esto me produce. Acaricio su erección, apretando el capullo con cada movimiento ascendente, hasta que sus caderas empiezan a moverse y una orden áspera sale de su boca.

—Más rápido.

Acelero el ritmo y arremete contra mi puño con un gemido grave; su aliento me hace cosquillas en los labios mientras rompe el beso. Tiene los ojos cerrados, sus facciones están tensas y sus dientes se clavan en su labio inferior.

—Voy a correrme —murmura.

La excitación ondea entre mis piernas y sé que él siente lo mojada que estoy, porque gime de nuevo y su dedo se hunde más adentro, más rápido. Unos segundos más tarde, se echa sobre mí, apoyando la frente en mi hombro, mientras sus caderas empujan hacia adelante una última vez antes de parar.

El líquido brota en mi mano y sus ojos se abren lentamente y el placer tranquilo que hay en ellos me quita el aliento. Uau. No creo haber visto jamás algo más *sexy* que la imagen de John Logan justo después de tener un orgasmo.

Su respiración sigue siendo pesada cuando encuentra mi mirada.

—¿Te has corrido?

Mierda. Claro. Su dedo sigue dentro de mí. Ya no se mueve, pero me recuerda el orgasmo que he estado a punto de tener antes de distraerme con la expresión de su cara mientras se corría, el movimiento incansable de sus caderas y los sonidos *supersexys* que emitía.

Pero admitir que no me he corrido me da demasiada vergüenza, y como él ya lo ha hecho, me sentiría incómoda pidiéndole que continuara.

Así que asiento con la cabeza y le digo:

—Sí, claro.

Una sombra de duda atraviesa sus ojos, pero antes de que pueda parpadear, se sienta bruscamente y dice:

—Tengo que irme.

Ignoro la decepción y el cabreo a partes iguales que aprietan mi vientre. ¿En serio? ¿Ni siquiera va a quedarse a charlar unos minutos de postrollo? Todo un caballero.

Ahora todo es incluso más incómodo. Coge un pañuelo de la caja que hay sobre la mesa y se limpia. Yo finjo que todo está guay mientras me subo los pantalones y él hace lo mismo. Incluso me las arreglo para soltar una sonrisa natural mientras utiliza mi móvil para llamar a un taxi. Afortunadamente, esta vez consigue que le pasen con la operadora de inmediato, lo que significa que la situación incómoda no va a durar mucho más tiempo.

Lo acompaño hasta la puerta, donde vacila por un instante.

—Gracias por invitarme —dice con voz ronca—. Me lo he pasado muy bien.

—Eh, sí, claro. Yo también.

Un segundo después, desaparece.

CAPÍTULO 5

LOGAN

Entro en mi habitación después de mi ducha matinal y oigo el tono de llamada en mi teléfono. Como toda la gente de mi edad solo envía mensajes, sé muy bien quién está al otro lado de la línea sin necesidad de mirar la pantalla.

—Hola, mamá —saludo, sujetando el borde de mi toalla mientras me dirijo a la cómoda.

—¡¿Mamá?! Vaya, vaya. ¿Así que es cierto? Creía haber dado a luz a un bebé precioso hace veintiún años, pero eso parece un recuerdo lejano, porque si de verdad tuviese un hijo, probablemente me llamaría más de una vez al mes, ¿no te parece?

Me río a pesar de la punzada de culpa que se me clava en el pecho. Tiene razón. Últimamente he sido un desastre de hijo; demasiado ocupado con la postemporada y los trabajos de clase del semestre como para llamarla todo lo que debería haberlo hecho.

—Lo siento —le digo con remordimiento—. Siempre es una locura al final del semestre.

—Lo sé. Y por eso no te he molestado. ¿Estás estudiando mucho para los exámenes?

—Por supuesto. —Sí, ya. Ni siquiera he abierto un libro todavía.

Mi madre lee la realidad que esconde mi evasiva respuesta.

—No le tomes el pelo a tu madre, Johnny.

—Vaaale. No he empezado todavía —admito—. Pero sabes que trabajo mejor bajo presión. ¿Puedes esperar un segundo?

—Sí.

Dejo el teléfono y me quito la toalla, después cojo unos pantalones de chándal y me los pongo. Mi pelo sigue mojado y salpica gotas por mi pecho desnudo, así que me froto la cabeza con la toalla antes de coger el teléfono de nuevo.

—Ya estoy —le digo—. Y bueno, ¿cómo va el trabajo? ¿Qué tal está David?

—Bien y genial.

Durante los siguientes diez minutos, ella charla sobre su trabajo —es la gerente de un restaurante en Boston— y después me comenta lo que ha hecho mi padrastro. David es contable y es tan aburrido que a veces hasta duele estar cerca de él. Pero también quiere a mi madre con todo su corazón y la trata como la reina que es, así que me resulta imposible odiarlo.

Al cabo del rato, saca el tema de mis planes de verano, con ese tono cauteloso que siempre utiliza cuando habla de mi padre.

—¿Así que entiendo que vas a trabajar con tu padre otra vez?

—Sí. —Hago un esfuerzo por parecer relajado. Mi hermano y yo nos pusimos de acuerdo hace mucho tiempo para ocultarle la verdad a mamá.

Ella no necesita saber que papá vuelve a beber y me niego a sacar esa mierda de nuevo. Mi madre salió de eso y necesita *quedarse* fuera. Merece ser feliz y, a pesar de lo aburridísimo que es, David la hace feliz.

Ward Logan, en cambio, la hizo desdichada. No la pegó ni abusó de ella verbalmente, pero mi madre era la que tenía que ir solucionando sus papeletas. Fue la que tuvo que lidiar con sus rabietas de borracho y sus constantes visitas al centro de desintoxicación. La que lo arrastró aquella vez por el pasillo cuando llegó a casa totalmente pedo y se desmayó en el vestíbulo.

Joder, nunca olvidaré aquella noche. Yo tenía ocho o nueve años. Mi padre llamó por teléfono a casa a las dos de la mañana y se puso a gritar e insultar como un loco y empezó a ponerse supernervioso, porque se había puesto hasta arriba de alcohol en un bar, se había metido en el coche y no tenía ni puta idea de dónde estaba. Era un invierno gélido y mi madre no nos quería dejar a mi hermano y a mí solos en casa, así que nos forró de ropa y los tres condujimos durante horas en su busca. Lo único que teníamos era la mitad del nombre de una calle, porque la señal estaba cubierta de nieve y mi padre estaba demasiado borracho como para caminar y limpiar la puta placa.

Después de encontrarlo y arrastrarlo hasta el coche, recuerdo colocarme en el asiento de atrás y sentir algo que nunca había sentido: lástima. Sentí *lástima* por mi padre. Y no puedo negar que sentí alivio cuando mi madre lo mandó de vuelta al centro de desintoxicación al día siguiente.

—Espero que os pague lo que os merecéis, cariño —dice mi madre con un tono de voz molesto—. Tú y Jeffrey trabajáis muchas horas en el taller.

—Por supuesto que nos paga. —Pero ¿lo que nos merecemos? Ni de coña. Gano lo suficiente como para pagar el alquiler y los gastos durante el año escolar, pero, sin duda, no es lo que *debería* estar ganando por un trabajo a tiempo completo.

—Bien. —Hace una pausa—. ¿Podrás tomarte una semana de descanso para venir a visitarnos?

—Planeo hacerlo —le aseguro. Jeff y yo ya hemos elaborado un calendario para que los dos podamos ir a Boston y pasar un tiempo con nuestra madre.

Charlamos durante unos minutos más y luego cuelgo y bajo al piso de abajo para buscar algo de comer. Me preparo un tazón de cereales; aburridos cereales con fibra y sin azúcar que Tuck nos obliga a comer porque, por alguna razón, está en contra del consumo de azúcar. Cuando me pongo cómodo en la barra, mi mente viaja a lo que pasó anoche.

Haberme pirado de la habitación de Grace cinco segundos después de que me hiciera una paja fue una cabronada. Soy consciente. Pero tenía que salir de allí. Un segundo después de recuperarme del orgasmo, mi primer pensamiento fue: ¿qué diablos hago aquí? En serio. A ver, vale, Grace es supermaja, y *sexy* y divertida, pero ¿he caído tan bajo que ahora me dedico a meterle el dedo a chicas al azar a las que ni siquiera conozco? Y esta vez no puedo usar el alcohol como excusa, porque estaba más sobrio que mi abuela.

¿Y lo peor? Que ni siquiera se corrió, joder.

Aprieto los dientes al recordarlo. Hubo un montón de gemidos, eso sí, pero estoy 99 por ciento seguro de que no tuvo un orgasmo, por mucho que dijera que sí. O, mejor dicho, por mucho que me *mintiera* diciéndome que sí. Porque cuando una mujer suelta un evasivo «sí, claro» después de preguntarle si ha tenido un orgasmo, es que miente. ¿Y ese «eh, sí, claro. Yo también» con la boca pequeña que me soltó cuando le dije que me lo había pasado muy bien? Ya le vale con darle de leches al ego de un tío. No solo no se corrió, sino que... ¿mi compañía tampoco fue de su agrado?

No sé lo que me hace sentir eso. A ver, que no soy gilipollas. No vivo en una burbuja mágica donde los orgasmos caen del cielo a la cama de una mujer cada vez que tiene relaciones sexuales. Sé que a veces fingen.

Pero estoy bastante seguro de que hablo en nombre de la mayoría de los tíos cuando digo que me gusta pensar que *no* fingen conmigo. Joder. Debería haberle pedido el número de teléfono. ¿Por qué coño no me dio su número?

Pero sé la respuesta. Este último mes, no he tenido el suficiente interés como para pedirle el número de teléfono a ninguna chica después de enrollarnos. O, mejor dicho, he estado demasiado pedo antes, durante y después del rollo como para acordarme de pedir nada.

El ruido de unos pasos en el pasillo me saca de mis pensamientos; levanto la vista a tiempo para ver a Garrett entrar en la cocina.

—Buenos días —dice.

—Buenos días. —Me meto una cucharada de cereales en la boca y hago un esfuerzo por ignorar la instantánea sacudida de incomodidad que siento al verlo; al mismo tiempo, me odio a mí mismo por sentirme así. Vaya mierda.

Garrett Graham es mi mejor amigo. Por el amor de Dios, no tengo que sentirme *incómodo* cerca de él.

—Oye, al final ¿qué acabaste haciendo anoche? —Coge un bol de la alacena, una cuchara del cajón y se sienta a mi lado en la barra.

Mastico antes de contestar.

—Estuve con una chica. Vimos una peli.

—Qué guay. ¿Alguien que yo conozca?

—Naah, la conocí ayer. —Y probablemente nunca la vuelva a ver porque, según parece, soy un amante egoísta y una compañía aburrida.

Garrett vuelca unos cereales en su cuenco y coge el cartón de leche que he dejado fuera de la nevera.

—Oye, ¿has llamado ya al agente?

—No, todavía no.

—¿Por qué no?

Porque no valdría para nada.

—Porque no lo he hecho. —Mi tono es más duro de lo que habría querido y los ojos grises de Garrett parpadean dolidos.

—No tienes que echarme la bronca. Solo era una pregunta.

—Lo siento. Yo... lo siento. —Explicación muy concreta, sí, señor. Ahogando un suspiro, me meto otra cucharada de cereales en la boca.

Un breve silencio se instala entre nosotros, hasta que Garrett finalmente se aclara la garganta.

—Mira, te entiendo, ¿vale? No te pillaron para los *drafts* y eso es una mierda, pero no significa que te hayas quedado sin opciones. Eres libre y no estás atado a ningún equipo, lo que quiere decir que puedes firmar con quien te quiera. Y, sin duda, te querrán.

Tiene razón. Estoy seguro de que hay muchos equipos que quieren que juegue con ellos. Estoy seguro de que alguno de ellos incluso me habría seleccionado en los putos *drafts*..., si me hubiera presentado al proceso de selección. Pero Garrett no sabe eso. Él piensa que no me han seleccionado estos últimos dos años y... ¿He dicho ya el mal amigo que soy? Le he mentido haciéndole creer eso. Pero por muy jodido que parezca, que mi mejor amigo crea que no me han seleccionado me da mucho menos bajón que admitir que nunca voy a jugar en un equipo profesional.

A ver, Garrett no quería optar tan pronto. Él quería licenciarse, sin sentir la tentación que provoca que un equipo te fiche. Muchos jugadores universitarios optan por abandonar la uni en cuanto firman con un equipo; es difícil no hacerlo cuando tienes un equipo profesional activando todos sus recursos para convencerte de que dejes la universidad antes de tiempo.

Pero Garrett es un tipo inteligente. Él sabe que perdería su opción a ganar el premio de la NCAA, y también sabe que la firma de un contrato no garantiza el éxito inmediato, o ni siquiera tiempo de juego en el hielo.

Joder, si ambos vimos lo que pasó con Chris Little, nuestro compañero de equipo en primero. Al tío lo seleccionan en los *drafts,* lo pilla un equipo profesional, juega la mitad de temporada y ¿después? Una lesión brutal acaba con su carrera. Para siempre. Little no solo no pondrá nunca más un pie sobre el hielo, sino que además se gastó hasta el último centavo que ganó con el contrato en médicos; lo último que oí es que se ha metido a estudiar formación profesional. Soldadura, o alguna movida así.

Así que sí, Garrett lo está llevando de manera inteligente. ¿Yo? Yo sabía desde el principio que no entraría en la liga profesional.

—Lo que quiero decir es que a Gretzky no lo pillaron en los *drafts* y mira adónde llegó. El tipo es una *leyenda.* Posiblemente, el mejor jugador de la historia del *hockey.*

Garrett sigue hablando, todavía intenta asegurarme que todo irá bien y yo estoy indeciso entre pegarle un grito para que se calle o darle un abrazo de oso por ser un amigo tan increíble.

No hago ninguna de las dos cosas y, en su lugar, elijo calmarlo.

—El lunes llamo a un agente —miento.

Asiente complacido.

—Bien.

El silencio vuelve a la habitación y dejamos los cuencos vacíos en el lavavajillas.

—Oye, esta noche vamos al Malone's —dice Garrett—. Yo, Wellsy, Tuck y quizá Danny. ¿Te apuntas?

—No puedo. Tengo que empezar a estudiar para los exámenes.

Es triste, pero empiezo a perder la cuenta de todas las mentiras que le he dicho a mi mejor amigo.

GRACE

—Perdona, ¿puedes repetirlo? —Ramona me mira con incredulidad; tiene los ojos tan abiertos que parecen dos platos oscuros.

Me encojo de hombros como si lo que acabara de contar no fuera gran cosa.

—John Logan estuvo aquí anoche.

—John Logan estuvo aquí anoche —repite.

—Sí.

—Vino a nuestra residencia.

—Sí.

—Tú estabas en esta habitación, él entró y después los dos estuvisteis aquí. En esta habitación.

—Sí.

—Así que John Logan apareció en nuestra puerta y entró, y estuvo aquí. Contigo. Aquí.

La risa burbujea en mi garganta.

—Sí, Ramona. Ya hemos dejado claro que él estuvo aquí. En esta habitación.

Su boca se abre de par en par. Luego se cierra de golpe. A continuación, se abre de nuevo para liberar un grito tan ensordecedor que me sorprende que el agua de mi vaso no tiemble rollo *Parque Jurásico*.

—¡Oh, Dios mío! —Corre hacia mi cama y se sienta—. ¡Cuéntamelo todo!

Sigue con la ropa de fiesta de la noche anterior: un diminuto minivestido que escala por sus muslos cuando se sienta y tacones de aguja plateados que se quita lanzándolos lejos de una patada con un movimiento excitado de piernas.

En cuanto Ramona ha entrado en la habitación, solo he esperado tres segundos para contarle las noticias, pero ahora, con su entusiasmada mirada fija en mí, noto una cierta reticencia agolpándose en mi garganta. De repente, me da vergüenza decirle lo que pasó anoche, porque…, bueno…, lo digo y ya: porque fue *decepcionante*.

Me divertí mucho viendo la película con él. Y me encantó cuando nos enrollamos…, al menos hasta el último momento. Pero, al final, el tío se corrió y *se largó*. ¿Quién hace eso?

No me extraña que todos sus líos tengan lugar en las fiestas de fraternidad. Probablemente las chicas están demasiado borrachas como para darse cuenta de si tienen un orgasmo o no. Demasiado borrachas como para darse cuenta de que lo único que ofrece John Logan es publicidad engañosa.

Pero ya he abierto la boca, así que ahora tengo que seguir adelante y darle a Ramona *algo* de información. Mientras me mira embobada, le explico que Logan se presentó en la puerta equivocada y se quedó a ver una película.

—¿Visteis una película? ¿Eso es todo?

Siento que mis mejillas se calientan.

—Bueno...

Otro grito sale de su boca.

—¡Oh, Dios mío! ¿Te lo has tirado?

—No —respondo enseguida—. Por supuesto que no. Casi no lo conozco. Pero..., bueno, nos enrollamos.

Soy reacia a revelar más información, pero esa confesión es suficiente para iluminar los ojos de Ramona. Parece una niña a la que acaban de regalar su primera bicicleta. O un poni.

—¡*Te has liado* con John Logan! ¡Uauuuuu! ¡Es taaaaaan fuerte! ¿Besa bien? ¿Se quitó la camiseta? ¿Se quitó los pantalones?

—No —miento.

Ya es imposible que mi mejor amiga se esté quieta. Ramona salta de la cama y rebota sobre las puntas de sus pies.

—No me lo puedo creer. No puedo creer que no estuviera aquí para verlo todo.

—¿Ahora te va el rollo *voyeur*? —pregunto con sequedad.

—Si el rollo *voyeur* es con John Logan... eh... ¡sí! Os miraría a los dos enrollaros durante horas. —Ramona jadea de repente—. Ay, Dios, ¡envíale un mensaje ahora mismo y dile que te mande una foto de su polla!

—¿Qué? ¡No!

—Venga, vamos, probablemente se sentirá muy halagado y... —Otro jadeo—. No, ¡mándale un mensaje e invítalo a que venga aquí esta noche! Y dile que se traiga a Dean.

Odio aguarle la fiesta, pero, teniendo en cuenta cómo Logan se largó anoche, no tengo más remedio que echar un jarro de agua fría sobre la alegría de mi amiga.

—No podría aunque quisiera —confieso—. No tengo su número.

—¿Qué? —Parece destrozada con la noticia—. ¿Qué coño te pasa? Al menos le darías el tuyo, ¿no?

Niego con la cabeza.

—Se olvidó el móvil en casa, y no surgió la oportunidad de darle mi número.

Ramona se queda en silencio un momento. Sus ojos marrón claro enfocan mi cara, los entrecierra inquisitivamente, como si intentara cavar un túnel en mi cerebro mediante telepatía.

Yo me muevo inquieta.

—¿Qué? —pregunto con timidez.

—Dime la verdad —dice—. ¿Realmente estuvo aquí?

El *shock* me sacude.

—¿Estás de coña? —Cuando ella se encoge ligeramente de hombros, mi sorpresa se convierte en horror—. ¿Por qué iba yo a hacer algo así?

—No sé... —Se coloca un mechón de pelo oscuro detrás de la oreja, con evidente incomodidad—. Es solo que..., ya sabes, él es mayor, y está buenísimo, y no os disteis los teléfonos...

—¡¿Así que eso significa que miento?! —Salto disparada de la cama y me pongo en pie. Me siento más que insultada.

—No, por supuesto que no. —Empieza a recular, pero ya es demasiado tarde. Estoy cabreada y me dirijo hacia la puerta—. ¡¿Adónde vas?! —grita detrás de mí—. Jo, vamos, Grace. Te creo. No tienes que irte así, hecha una furia.

—No me voy de ninguna manera. —Le lanzo una mirada fría sobre mi hombro y cojo mi bolso—. He quedado con mi padre en quince minutos. Tengo que irme.

—¿En serio? —dice ella con escepticismo.

—Sí. —Necesito esforzarme para no fruncir el ceño en su dirección—. Pero eso no significa que no esté supercabreada contigo en este momento.

Viene hacia mí a toda velocidad y lanza sus brazos alrededor de mi cuello antes de que pueda detenerla, apretando lo bastante fuerte como para impedir que el flujo de aire entre en mis pulmones. Es uno de sus «abrazos de perdón, marca de la casa Ramona». Un abrazo del que he sido receptora tantas veces que he perdido la cuenta.

—Por favor, no te enfades conmigo —me suplica—. Siento haberte dicho eso. Sé que no te inventarías algo así. Y cuando vuelvas, quiero escuchar todos los detalles, ¿vale?

—Sí... bueno... —murmuro, no porque lo diga en serio, sino porque quiero salir de aquí antes de soltarle una bofetada en la cara.

Se aparta con el alivio grabado en sus rasgos.

—Genial. Te veo en un ra...

Salgo por la puerta antes de que pueda terminar la frase.

CAPÍTULO 6

GRACE

Mi padre todavía no ha llegado al Coffee Hut cuando entro, así que me dirijo a la barra a pedir un té verde y después busco un par de sillones cómodos en una esquina del local. Es sábado por la mañana y la cafetería está desierta. Imagino que la mayoría de la gente estará curándose de sus resacas de la noche del viernes.

Cuando me acomodo en el sillón aterciopelado, la campana sobre la puerta tintinea y mi padre entra en la cafetería. Lleva su chaqueta marrón característica y unos pantalones caquis almidonados, un modelo al que mi madre siempre llama su «*look* de profesor serio».

—Hola, cariño —me saluda—. Voy a por un café.

Un minuto más tarde, se acomoda a mi lado; parece más agobiado que de costumbre.

—Siento llegar tarde. He pasado por la oficina a recoger unos papeles y una estudiante me ha entretenido. Quería hablar de su proyecto de fin de semestre.

—No te preocupes, acabo de llegar. —Abro la tapa de mi taza y el vapor sube hasta mi cara. Soplo el líquido caliente un instante y después le doy un sorbo—. ¿Qué tal la semana?

—Caótica. Me preocupaba la calidad de los trabajos que me estaban entregando, así que he ampliado las horas de tutorías para que los estudiantes que tengan dudas sobre el examen puedan venir. He estado en el campus hasta las diez de la noche cada día.

Frunzo el ceño.

—Sabes que tienes un asistente, ¿verdad? ¿No puede ayudarte?

—Lo hace, pero ya sabes que me gusta interactuar con mis alumnos.

Sí, sí que lo sé. Y estoy segura de que, justo por eso, todos sus estudiantes lo adoran. Mi padre enseña biología molecular para estudiantes de postgrado en Briar, un curso que no creo que sea demasiado popular; sin embargo, hay lista de espera para entrar en su clase. Me he sentado en algunas de sus conferencias durante los últimos años y debo admitir que tiene una manera estupenda de hacer que un material absolutamente aburrido parezca interesante.

Mi padre sorbe su café y me mira por encima del borde de la taza.

—Bueno, he hecho una reserva en el Ferro para el viernes a las seis y media. ¿Le va bien a la cumpleañera?

Elevo las cejas. No soy *para nada* de ese tipo de personas que adoran los cumpleaños. Prefiero las celebraciones de perfil bajo y, en mi mundo perfecto, ni siquiera se celebraría. Pero mi madre es un monstruo de los cumpleaños. Fiestas sorpresa, regalos de broma, obligar a los camareros a cantar en los restaurantes... Lo que quiere es infligir la mayor cantidad de dolor y tortura posible. Creo que avergonzar a su única hija le da un chute de adrenalina. Pero desde que se mudó a París hace tres años, no he tenido la oportunidad de pasar mi cumpleaños con ella, así que ha reclutado a mi padre para que tome el control en las funciones de humillación.

—La cumpleañera solo aceptará ir si le prometes que nadie le va a cantar nada en la mesa.

Mi padre palidece.

—Señor, ¿crees que *yo* quiero pasar por eso? De ninguna manera, cariño. Vamos a tener una cena agradable y tranquila, y cuando hables con tu madre y le cuentes cómo ha ido, puedes decirle que una banda de mariachis se acercó a nuestra mesa y te cantó solo a ti.

—Trato hecho.

—¿Seguro que no te importa que no cenemos el día de tu cumpleaños? ¿De verdad? Si quieres celebrarlo la noche del miércoles, puedo cancelar las tutorías.

—El viernes es perfecto —le aseguro.

—Muy bien, en ese caso tenemos una cita. Ah, anoche volví a hablar con tu madre —añade—. Me preguntó si habías reconsiderado lo de cambiar tu vuelo a mayo. Le encantaría verte durante tres meses en lugar de dos.

Dudo un instante. Me apetece muchísimo visitar a mi madre este verano, pero ¿tres meses? Incluso dos es demasiado..., por eso insistí en volver la primera semana de agosto, a pesar de que el semestre no empieza hasta final de mes. A ver, no quiero que se me malinterprete: adoro a mi madre. Es divertida y espontánea, y tan dicharachera y llena de vida que es como tener a tu propia animadora personal agitando sus pompones mientras te persigue. Pero a la vez es... agotadora. Es una niña en el cuerpo de una mujer adulta que actúa dejándose llevar por sus caprichos, sin detenerse a tener en cuenta las consecuencias.

—Lo pensaré —respondo—. Necesito pensar si tengo la energía suficiente como para seguirle el ritmo.

Mi padre se ríe.

—Bueno, ambos sabemos que la respuesta a eso es «no». Nadie tiene energía suficiente para seguirle el ritmo a tu madre, cariño.

Desde luego, él no la tuvo, pero, por suerte, su divorcio fue amistoso al cien por cien. Creo que cuando mi madre le dijo que quería dejarlo, mi padre se sintió más aliviado que disgustado. Y cuando decidió mudarse a París con el propósito de «encontrarse a sí misma» y «volver a conectar con su arte», él la apoyó en todo.

—Te diré algo este fin de semana, ¿de acuerdo? —Voy a coger mi té, pero mi mano se congela cuando el tintineo de la puerta suena de nuevo.

Un chico de pelo oscuro con una chaqueta de *hockey* de Briar entra y, por un momento de infarto, creo que es Logan.

Pero no. Es otro chico. Más bajo, más ancho y no tan devastadoramente guapo.

La decepción palpita en mí, pero me obligo a quitármela de encima. Incluso si Logan hubiese entrado por esa puerta, ¿qué espero que pueda pasar? ¿Que se acerque a la mesa y me bese? ¿Que me invite a salir?

Ya, seguro que sí. Le di un orgasmo anoche y ni siquiera se quedó el tiempo suficiente para darme un beso de despedida. Así que sí, tengo que enfrentarme a los hechos: solo soy una más en la larga lista de conquistas de John Logan.

Y, honestamente, me parece perfecto que sea así. Por muy decepcionante que haya podido ser, eh… haber sido «conquistada» por Logan, es, de lejos, el momento más destacado en mi primer año de universidad.

LOGAN

—¿Alguna vez una chica ha fingido un orgasmo contigo? —suelto. Son las ocho de la mañana del lunes y golpeo nerviosamente mis dedos sobre la encimera de la cocina mientras miro a mi compañero de piso.

Dean, que estaba yendo hacia la nevera, se detiene en seco de una forma tan brusca que, si hubiera llevado patines, en este momento estaría limpiando virutas de hielo de mi cara.

—Lo siento, no te he oído bien. ¿Qué has dicho?

Su expresión es la personificación de la inocencia, por lo que, hasta después de decirlo otra vez, no veo que me está tomando el pelo. Dean se parte de risa, literalmente, y unas lágrimas corren por sus mejillas mientras tiembla por las carcajadas.

—Te he entendido a la perfección la primera vez —grazna—. Solo quería oír cómo me lo preguntabas de nuevo… Oh, joder… Creo que podría mearme en los pantalones… —Otro aullido sale de su garganta—. ¿Te has zumbado a una tía y ha fingido correrse?

Aprieto los dientes con tanta fuerza que me hago daño en las muelas. ¿Qué coño me ha hecho pensar que confiar en Dean sería una buena idea?

—No —murmuro.

Dean sigue riéndose como un loco.

—¿Cómo sabes que fingió? ¿Te lo dijo después? Oh, Dios, por favor, ¡dime que sí!

Miro fijamente mi taza de café.

—No me dijo nada. Solo me dio esa sensación, ¿vale?

Dean abre la nevera y coge un cartón de zumo de naranja, todavía riéndose para sus adentros.

—Esto no tiene precio. El semental del campus no puede hacer que una chica se corra. Es oficial, tronco, me has dado suficiente munición como para meterme contigo durante años.

Sí, estoy seguro de eso. Nadie dijo que yo fuese un tipo listo.

¿Y por qué coño sigo obsesionado con esto? Me he pasado todo el fin de semana luchando contra la tentación de ir a ver a Grace. Me he obligado a estudiar para los exámenes. He jugado en la consola al *Ice Pro* en un maratón de seis horas con Tuck. Incluso he limpiado mi cuarto y he hecho la colada.

Pero esta mañana, nada más abrir los ojos, no podía soportarlo más.

Se me da guay, hostias. Las mujeres saben que cuando se enrollan con John Logan, van a salir con una sonrisa de satisfacción en la cara, y me enloquece pensar que Grace haya podido quedarse insatisfecha. La idea me ha carcomido la cabeza durante días. Varios días, joder.

¿Sabes qué? A tomar por culo. Puede que no tenga su número, pero sé dónde vive, y ni de coña seré capaz de concentrarme en absolutamente nada hasta que no arregle esta movida.

Dejar a una chica con las ganas no solo es vergonzoso: es inaceptable.

Treinta minutos más tarde, estoy delante de la puerta de Grace.

Aparecer en la residencia de una chica a las ocho y media de la mañana puede no ser la mejor forma de ganar puntos, pero, dado que mi estúpido ego se niega a olvidarse del tema, tomo aire y toco en la puerta con los nudillos.

Grace aparece al cabo de un segundo. Vestida solo con un albornoz.

Sus ojos se abren como platos cuando me ve, y la voz que le sale es una especie de gritito agudo.

—Hola.

Trago saliva y hago todo lo posible para no pensar en que, probablemente, esté desnuda bajo la bata. La tela de toalla blanca cuelga hasta sus rodillas, el cinturón está sujetado con firmeza alrededor de su cintura, pero la parte de arriba está ligeramente abierta y veo su escote.

—Hola. —Mi voz suena ronca, así que me aclaro la garganta—. ¿Puedo entrar?

—Eh... Claro.

Ella cierra la puerta detrás de mí y luego se da la vuelta, con una sonrisa incómoda en los labios.

—No tengo mucho tiempo. Mi último seminario de Psicología es en una hora y tengo que vestirme y atravesar todo el campus andando.

—Está bien. Yo tampoco tengo mucho tiempo. Tengo grupo de estudio en treinta minutos. —Meto las manos en los bolsillos para evitar que se muevan inquietas. Estoy nervioso y no tengo ni idea de por qué. Nunca había tenido problema para hablar con las chicas.

—¿Qué pasa? —Con aire despreocupado, se sujeta la apertura del albornoz, como si se hubiera dado cuenta de que está peligrosamente cerca de abrirse por completo.

—No acabaste, ¿verdad? —La pregunta sale volando antes de que pueda detenerla.

—Acabar ¿qué...? —Se detiene y un rubor ascendente aparece en sus mejillas cuando cae en lo que acabo de decir—. Oh. ¿Te refieres a...?

Aprieto los dientes y asiento.

—Bueno..., no —confiesa—. No acabé.

Me esfuerzo por mantener la boca en una posición que no me permita fruncirla.

—¿Por qué me dijiste que sí lo habías hecho?

—No sé. —Suspira—. Tú ya habías terminado. Y supongo que no quería dañar tu ego, ni nada de eso. El otro día leí un artículo sobre que los hombres son sensibles a ese tipo de cosas. Cómo se desencadenan sentimientos negativos si una mujer no alcanza el orgasmo. Pero ¿sabías que aproximadamente el 10 por ciento de las mujeres no tienen ningún orgasmo durante la actividad sexual? Así que, teniendo en cuenta esa estadística, los hombres realmente no deberían sentirse...

—Estás hablando sin control otra vez.

Su expresión es tímida.

—Lo siento.

—No me molesta. Me alegra escuchar que estás preocupada por mi ego. —Sonrío—. Porque hay razones para estarlo.

Grace parece sorprendida.

—¿Por?

—Porque no me he quitado de la cabeza que la última vez no te di un orgasmo. —Me encojo de hombros—. Y me muero de ganas de cambiar eso.

CAPÍTULO 7

LOGAN

En cuestión de segundos, las mejillas de Grace van del color blanco azucena al rosa pálido. Tiene la cara más expresiva que he visto en mi vida, muestra todo lo que siente a toda velocidad. Agradezco que sea tan fácil de leer porque, de lo contrario, su prolongado silencio tras mi último comentario podría haberme dejado preocupado. Pero la intriga que brilla en sus ojos confirma que no la he asustado.

—¿En serio? —Arruga la frente.

—Sí. —Mis labios se curvan en una pequeña sonrisa mientras doy un paso hacia ella—. ¿Y? ¿Vas a dejarme hacerlo o qué?

La alarma revolotea en su rostro.

—Dejarte hacerme ¿qué?

—Hacer que te corras.

Estoy contento de ver cómo la incomodidad en su expresión se funde en excitación. Oh, sí, sí…, no la estoy asustando para nada. Está cachonda.

—Eh… —Deja escapar una risa ahogada—. Esta es la primera vez que un chico aparece en mi puerta preguntándome eso. Te das cuenta de lo fuerte y loco que suena, ¿verdad?

—¿Quieres que hablemos de cosas locas? Me he pasado todo el puto fin de semana fantaseando con hacer esto. —La frustración crece en mi pecho—. Normalmente no soy un cabrón, ¿vale? Puede que me mole divertirme y tal, pero siempre me aseguro de que las chicas con las que estoy se lo pasen bien y disfruten.

Suspira.

—Yo me lo pasé bien.

—Te lo habrías pasado mejor si no me hubiese pirado después de correrme.

Se ríe de nuevo y eso me hace suspirar.

—Me estás matando, preciosa. Te estoy contando que me muero de ganas de darte un orgasmo que te haga gritar y ¿te ríes de mí? —Sonrío—. ¿Acaso no acabas de confirmar que mi ego es frágil?

Sus labios continúan temblando.

—Pensaba que tenías que irte —me recuerda.

—Tardo diez minutos en llegar a la biblioteca desde aquí, lo que significa que tengo veinte minutos. —Mi sonrisa se vuelve traviesamente diabólica—. Si no puedo hacer que te corras en veinte minutos, entonces es evidente que estoy haciendo algo mal.

Grace juguetea con un mechón de pelo mojado; está visiblemente nerviosa. Mi mirada se centra en sus labios, que brillan cuando saca un poco la lengua para humedecerlos. Las ganas de besarlos bulle mi sangre, y la expectación que se respira en el aire es lo suficientemente densa como para tensar mi garganta.

Doy otro paso.

—¿Y?

—Mmm… —Su respiración se acelera—. Claro. Si quieres… Una risa se me escapa.

—Vaya si quiero, joder. Pero ¿tú quieres?

—Eh, s… sí. —Se aclara la garganta—. Sí.

Me acerco un poco más y sus ojos arden de nuevo. Me desea. Yo también a ella, pero le ordeno a mi polla, que se endurece por segundos, que se comporte. Esto no es para nosotros, compañera. Es solo para ella.

Mi polla me responde con unos cuantos espasmos, pero ni de coña voy a permitir que pase a la acción en este momento. Si fuese cualquier otra chica, podría sugerir un polvo rápido, pero a no ser que mi radar «detecta vírgenes» esté escacharrado, no tengo duda de que Grace no se ha estrenado aún. No solo no tengo el tiempo ahora mismo para eso, sino que tampoco estoy especialmente ansioso por asumir la responsabilidad de ser el primero.

Pero esto —agarro el cinturón del albornoz y tiro de él lentamente—, *esto* sí que lo puedo hacer. Y esta vez tengo la intención de hacerlo bien.

No abro el albornoz del todo. Solo deslizo una mano por el hueco de la tela y froto con suavidad la carne desnuda de su cadera. Ella tiembla nada más tocarla. Sus ojos marrón claro miran fijamente mi cara con intensidad y, cuando mi mano vuelve a acariciarla con delicadeza, gime en voz baja y se acerca más a mí.

—Sube a la cama —digo con voz ronca mientras la empujo suavemente hacia atrás.

Se sienta en el borde, pero no se tumba. Su mirada sigue clavada en mí, como si esperara a que le diera otra orden.

Suelto aire, me arrodillo frente a ella y le doy un último tirón al albornoz, con lo que cae de sus hombros. El oxígeno que acabo de liberar entra de una bocanada en mis pulmones. Dios de mi vida. Su cuerpo desnudo hace que me duela la polla. Es delgada, con unas caderas diminutas, piernas largas y suaves, y unas tetas tirando a pequeñas, coronadas con unos preciosos pezones rosados. La saliva inunda mi boca mientras me inclino para pasarle la lengua por un pezón. No puedo controlarme. Necesito saborearla.

—Oh, joder —gruño contra el pezón hinchado antes de chuparlo entre mis labios.

Grace gime, arquea la espalda y empuja su pecho dentro de mi boca. Dios, quiero chuparle las tetas y jugar con ellas todo el día. Siempre he sentido debilidad por las tetas, y la idea de quedarme aquí en esta posición durante toda la eternidad lanza un fogonazo de calor a la punta de mi polla. Pero el imprudente balanceo de las caderas de Grace me recuerda que en este caso el tiempo es oro, y que ni de coña pienso largarme de aquí hasta que no se corra.

Libero su pezón con un chasquido y le pongo mis manos en los muslos. Tiemblan bajo mis dedos y me provocan una sonrisa.

—¿Estás bien?

Asiente con la cabeza sin decir nada.

Satisfecho de que todavía esté de acuerdo con lo que está pasando, le abro más las piernas, me deslizo más cerca del suelo y acerco mi boca a su coño.

Erección instantánea.

Joder, me encanta comerle el coño a las chicas. La primera vez que lo hice tenía quince años, y me puse tan sumamente cachondo que me corrí en los pantalones. Ya no me corro tan rápido, pero no puedo negar que sentir el coño suave y caliente de Grace bajo mi lengua me pone la polla más dura que un palo.

Lamo su clítoris a golpes lentos y provocativos que le hacen gemir. Se desploma sobre los codos y miro hacia arriba para descubrir que ha cerrado los ojos. Sus labios están separados, su pulso late visiblemente en el centro de la garganta, y eso es todo lo que necesito para seguir adelante.

Mi lengua recorre su hendidura hasta el centro. Dios. Está empapada. Quizá sí *debería* preocuparme porque se pudiera repetir el antiguo incidente de mi primera vez y acabe corriéndome en los pantalones, y es que mis huevos están tan apretados que están cerca de desaparecer.

Aprieto los cachetes del culo para controlar el hormigueo salvaje que nace en la base de mi columna vertebral y me concentro en que ella disfrute. Lamo el botón hinchado que reclama mi atención, agitando suavemente mi lengua contra él, besando, chupando…, midiendo cada una de sus respuestas para aprender lo que le gusta. Lento y suave, resuelvo. Sus gemidos son más desesperados y sus caderas se mecen más rápido cuando la provoco.

Pero el hecho de provocarla me provoca *a mí,* y ahora mi polla presiona con fuerza contra mi cremallera. Probablemente, cuando acabemos con esto, tendrá la marca de la cremallera en toda su extensión.

Meto con cuidado la punta del dedo índice dentro y, de inmediato, me siento recompensado con un grito gutural.

—¿Te gusta? —murmuro, mirando en su dirección.

Sus párpados están entornados.

—Mmmmmm.

La satisfacción me golpea, incitándome, aumentando todavía más mi determinación a hacer que pierda el control. Retomo mi tarea. Caricias suaves y lánguidas en el clítoris, mientras mi dedo entra más y más, hasta que por fin está completamente dentro de ella. Está muy apretado. *Muy* apretado. Y empapado. Dios. *Muy* empapado.

Y si no llega al orgasmo pronto, mis pantalones también van a acabar empapados. Estoy tan cerca de explotar que...

—Ya, ya... —gime ella.

Y ya te digo que si ya. Se está corriendo. Su clítoris bombea contra mi lengua mientras su coño me aprieta el dedo como un guante de acero. No es de las que gritan mucho. Tampoco de las de gimen a tope, pero los sonidos entrecortados que salen de su boca son más *sexys* que cualquier ruido de estrella porno que haya escuchado jamás.

La acompaño en su orgasmo, acariciando su canal interior y chupando su clítoris mientras se estremece en silencio en la cama. Varios segundos después, comienza a reír y se retuerce mientras trata de deshacerse de mi contacto.

—Demasiado sensible —suelta. Levanto la cabeza con una sonrisa.

—Lo siento.

—Oh, Dios mío, no está permitido que digas eso en este momento. No después de... —Aspira una bocanada—. Ha sido... increíble. —Tarda en sentarse y sus ojos están nublados de placer—. No sé qué más decir. En serio. ¿Gracias?

La risa cosquillea mi garganta.

—¿De nada?

Mis piernas se sienten inusualmente débiles cuando me pongo de pie. Sigo con una empalmada brutal, pero el despertador de la mesilla de noche revela que tengo once minutos para llegar a la biblioteca. En cualquier otra circunstancia, no me preocuparía llegar tarde, pero este es el último grupo de estudio antes del examen final de *Marketing* de mañana, y no puedo darme el lujo de hacer pellas. Ya voy al examen con un 5 en el curso, y suspender es una posibilidad que me acojona y un resultado que me niego a permitir. El curso es un requisito indispensable para la graduación y no tengo intención de repetirlo el año que viene.

—Tengo que irme ya o llegaré tarde al grupo de estudio. —Me encuentro con sus ojos—. ¿Me puedes dar tu número?

—Oh. Eh...

Su vacilación desencadena una punzada de ansiedad en mí. ¿Una de las raras veces que le pido el teléfono a una chica y no está segura de si dármelo o no? ¿Después de haberla llevado hasta las estrellas?

Dios. ¿Me está fallando mi estilo?

Levanto una ceja, mi tono de voz adquiere un punto desafiante.

—A no ser que no me lo quieras dar.

—No. Quiero decir, sí, sí que quiero. —Se muerde el labio inferior—. ¿Te lo doy ahora?

Fuerzo una risa que espero suene ligona y no nerviosa.

—Ahora estaría bien. —Cojo mi teléfono del bolsillo trasero de mi pantalón y abro una nueva página de contacto—. Dime.

Grace enuncia una serie de números. Lo hace tan rápido que tengo que pedirle que se detenga y lo repita. Escribo su nombre y le doy a guardar. A continuación, guardo el teléfono.

—Quizá podríamos vernos de nuevo en algún momento, ¿no? Podríamos ver la siguiente de la *Jungla de cristal*.

—Sí, claro. Suena bien.

¿En serio? ¿Otro «sí, claro»? ¿Qué hay que hacer para sacarle un «¡Me encantaría!» a esta chica?

—Vale. Guay. —Trago saliva—. Entonces, supongo que te llamaré.

Ella no dice nada y el silencio se instala entre nosotros. Me siento abrumado por una ola de incomodidad.

Entonces, me agacho un poco y hago la cosa más estúpida jamás vista, y eso es mucho decir, porque anda que no habré hecho méritos en estupideces los últimos años.

La beso en la frente.

No en los labios. Ni en la mejilla. ¡En la puta *frente!*

Cojonudo, hermano.

Me mira divertida, pero no le doy la oportunidad de que comente mi absurdo impulso.

—Te llamo —murmuro.

Y, por segunda vez en tres días, me marcho del dormitorio de Grace sintiéndome imbécil.

GRACE

La clase magistral de Psicología dura tres horas y, honestamente, no he escuchado ni una palabra de lo que ha dicho el profesor. Ni una sola palabra.

Durante ciento ochenta minutos, lo único que he hecho ha sido recordar cada increíble segundo de cada cosa increíble que Logan me ha hecho esta mañana.

¿Se puede proponer a alguien para que lo nombren santo? ¿Cuáles son los requisitos? ¿Se puede proponer la *lengua* de alguien para que la nombren santa? ¿O tal vez exista un premio al mejor orgasmo otorgado por el Departamento de Sexualidad? Si es así, Logan merece ganar.

Todavía me desconcierta que se presentara en mi puerta, prácticamente *exigiendo* que le dejara darme un orgasmo. Supongo que su ego es tan sensible como decía el artículo de la *Cosmo*, pero ¿sabes qué? Me pareció que tenía cierto encanto. Y resulta extrañamente satisfactorio que alguien con la autoestima tan alta como John Logan en realidad haya dudado de sus proezas sexuales.

Es gracioso. Hace menos de una semana me estaba lamentando de la falta de emociones en mi vida y ahora mira: jugadores de *hockey sexys* aparecen en mi puerta para ponerme megacachonda.

A tomar por saco. El premio me lo doy a mí misma.

Logan sigue dominando mis pensamientos cuando me encuentro con Ramona y las otras chicas para el almuerzo. Me uno a ellas en nuestra mesa de siempre, la que está contra la pared del fondo del amplio comedor.

El comedor Carver Hall es mi lugar favorito del campus. Quien lo diseñara no debió de prestar mucha atención al resto de edificios del campus, porque Carver Hall no tiene nada que ver: tiene un rollo a chalet rústico. Techos altos, paredes con friso de madera y unas lámparas ornamentales que arrojan un suave resplandor amarillo sobre el espacio en vez de las lámparas de luz fluorescente que se ven en el resto de los comedores. Y está a solo dos minutos de mi residencia, lo que significa que tengo la oportunidad de disfrutar de su esplendor todos los días.

Pongo mi bandeja sobre la mesa y abro la lata de refresco mientras me siento en una silla vacía.

—Ey —saludo a todas—. ¿De qué estamos hablando?

Ramona, Jess y Maya se callan al instante. Las expresiones de sus rostros reflejan destellos de secretismo que me dicen exactamente cuál era el tema de conversación: *yo.*

Entrecierro los ojos.

—¿Qué pasa?

Ramona eleva la mirada tímidamente.

—Vale, no te enfades, pero… les he contado lo de Logan.

El cabreo empieza a inundarme, pero está dirigido sobre todo a mí misma. No sé por qué me molesto en contarle cosas privadas a Ramona. Pedirle que guarde un secreto es como lanzar una pelota y pedirle a un perro que no la persiga. Pues bien, yo he lanzado la maldita pelota y ahora Ramona viene corriendo con ella en la boca. Y este año resulta que ha conocido y se ha hecho mejor amiga de dos chicas a las que les mola el cotilleo incluso más que ella. Jess y Maya pasan tanto tiempo diseccionando la vida de los demás que deberían crear una web y hacerle la competencia a Perez Hilton.

—Entonces, ¿es cierto? —pregunta Jess—. ¿En serio te has liado con él?

Me siento incómoda hablando de Logan con ellas, pero conozco a estas chicas y no van a dejarme en paz hasta que les dé algo de información. En un intento por parecer casual, giro unos *fettuccini* en mi tenedor y tomo un bocado. Entonces miro a Jess y le digo:

—Sí.

—¿Eso es todo? *¿Sí?* —Parece horrorizada—. ¿Eso es todo lo que vas a decir?

—Ya os lo he dicho, chicas, está siendo muy muy discreta con él. —Ramona sonríe—. Está claro que tenemos que recordarle a Grace la regla número uno de la amistad, también conocida como «la regla de no escatimar en detalles cuando una se enrolla con el tío más bueno del campus».

Mastico la pasta.

—Yo no soy de las que hacen algo y van por ahí contándolo.

Maya toma la palabra con cierto tono de burla en su voz.

—Bueno, ya sabes, teniendo en cuenta la falta total de información, uno podría pensar que ni siquiera ha pasado.

¿Uno podría pensar?

Mi cabeza gira hacia Ramona. Increíble. ¿Eso es lo que va soltando por ahí? ¿Dejando que la gente se crea que soy una loca mentirosa compulsiva?

Ramona se apresura a defenderse de mi acusación tácita.

—Oye, que eso ya lo hemos aclarado, ¿recuerdas? Me creo totalmente que te hayas liado con él, cariño.

—Dos veces. —La confesión se me escapa antes de que pueda detenerla. Mierda.

La mandíbula de Ramona se abre de pronto.

—¿Qué quieres decir con eso de *dos veces*?

Me encojo de hombros.

—Ha vuelto esta mañana.

Mis palabras consiguen dos jadeos seguidos por dos chillidos agudos de Jess y Maya. Ramona sigue extrañamente tranquila, pero, cuando analizo su expresión, me resulta imposible descifrar nada.

—¡Oh, Dios mío! ¡¿En serio?! —exclama Jess.

—¿Cuándo ha sido eso? —pregunta Ramona.

Su tono es demasiado educado como para no ponerme los pelos de punta.

—Justo después de que te fueras a clase. Pero no se ha quedado mucho tiempo.

Sus ojos oscuros siguen entrecerrados.

—¿Al menos esta vez te ha dado su número de teléfono?

—No —admito—. Pero ahora él sí tiene el mío.

—Así que aún no tienes forma de localizarlo. —No es una pregunta. Ni siquiera es una afirmación amable. Hay cierto tonito de duda en su voz y, cuando miro al otro lado de la mesa, es imposible no descifrar la sonrisa que hay en el rostro de Maya.

No me creen.

Ramona podrá negarlo hasta la saciedad y dar marcha atrás hasta salir de Massachusetts, pero mi mejor amiga todavía piensa que me lo estoy inventando. Y ahora está reclutando a nuestras amigas para que también duden de mí.

¿Nuestras amigas?

El tono despectivo de mi voz interior me ha planteado un buen asunto a considerar y, cuando le doy otra vuelta en mi cabeza, de repente caigo en que no puedo pensar en una sola persona con la que haya estado este año que no me la haya presentado Ramona. La única vez que invité a algunas chicas de mi clase de Literatura Inglesa a venir a nuestra habitación, Ramona estuvo riendo y charlando con ellas toda la noche, les dijo que se lo había pasado genial y después, cuando se fueron, me dijo que eran aburridas y que no se me ocurriera traerlas otra vez si estaba ella.

Ay, mierda. ¿Por qué permito que dirija mi vida así? Lo toleraba en el instituto porque... Joder, ni siquiera sé por qué lo toleraba. Pero ya no estamos en el insti. Esto es la universidad y debería poder pasar mi tiempo con quien me diera la gana, sin que me preocupe lo que Ramona piense de nadie.

—No —respondo con los dientes apretados—. No tengo forma de localizarlo. Pero no te preocupes, estoy segura de que mi rollo imaginario se pondrá en contacto conmigo, tarde o temprano.

Ella frunce el ceño.

—Grace...

—Voy a la resi a trabajar en mi proyecto. —Mi apetito ha desaparecido. Cojo mi bandeja a medio terminar y me levanto—. Hasta luego.

Quizá soy una ingenua, pero pensé que la universidad sería diferente. Pensé que todos los cotilleos y puñaladas por la espalda y toda esa mierda dejaría de existir una vez acabara el instituto, pero supongo que uno se puede topar con chicas malas en cualquier nivel del sistema educativo. Es como visitar una granja: si vas allí sin esperar ver montones de mierda de vaca por todas partes, prepárate para un duro despertar. Y ahí va una buena pregunta para el examen de acceso a la universidad: «ESCUELA es a CHICAS MALAS lo que GRANJAS es a _____».

Mierda. La respuesta a eso es *mierda*.

Ramona me alcanza justo cuando salgo fuera, sus tacones repiquetean en la piedra caliza mientras se apresura hacia mí.

—Grace, espera.

Mi mandíbula se tensa cuando me doy la vuelta.

—¿Ahora qué pasa?

El pánico ilumina sus ojos.

—Por favor, no te enfades conmigo. Odio cuando te enfadas conmigo.

—Vaya, siento que estés disgustada, Ramona. ¿Qué puedo hacer para que te sientas mejor?

Su labio inferior tiembla.

—No tienes que ser sarcástica. He venido a pedir disculpas.

Por el amor de Dios, si se lanza a montar su *show* de lágrimas de cocodrilo me puede dar algo, en serio.

—No voy a tener esta conversación contigo otra vez —le digo con frialdad—. Me da igual que pienses que estoy mintiendo. Yo sé que no es así y es lo único que me importa, ¿vale? Solo sé que me resulta increíblemente insultante que mi mejor amiga desde que tengo seis años crea que yo...

—Estoy celosa —exclama.

Paro de hablar.

—¿Qué?

Su rostro se derrumba cuando nuestras miradas se encuentran. Baja la voz y, a continuación, repite sus palabras.

—Estoy celosa, ¿vale?

El infierno debe de haberse congelado. No hay otra explicación para lo que acabo de oír. En trece años de amistad, Ramona nunca ha admitido estar *celosa* de mí.

—Llevo todo el año intentando ligarme a Dean —se lamenta—. Todo el puto año detrás de él y no sabe que existo, y tú acabas de enrollarte con su mejor amigo sin ni siquiera *intentarlo*. —Una mirada extrañamente vulnerable suaviza sus rasgos—. Me he comportado como una zorra total y lo siento mucho. Me sentía insegura y lo he pagado contigo y no es justo, pero, por favor, no te enfades conmigo. El miércoles es tu cumpleaños. Quiero celebrarlo contigo y quiero que todo esté bien entre nosotras de nuevo y...

La interrumpo con un suspiro.

—Todo está bien, Ramona.

—¿De verdad?

La ira que había fluido libremente por mis venas se disipa cuando observo su esperanzada expresión. Esta es la Ramona en la que he invertido trece años de mi vida. La chica que me escuchó hablar durante horas de mis amores de instituto, la que me llevaba los deberes a casa cuando estaba enferma, la que me enseñó a maquillarme y la que amenazaba con partirle la cara a cualquiera que me mirara mal. Puede ser egoísta y superficial a veces, pero también es increíblemente leal y superdulce cuando se le cae la careta de chica malota y guay.

Toda la desagradable movida que acaba de pasar ahí dentro con Jess y Maya sigue escociendo, pero no puedo tirar a la basura años y años de amistad por algo tan trivial.

—Todo está bien —le aseguro—. Te lo prometo.

Una brillante sonrisa llena su cara.

—Guay. —Lanza sus brazos alrededor de mi cintura y me da un abrazo de oso que casi me hace vomitar—. Y ahora, vámonos a casa. Quiero que me cuentes todas las guarradas que John Logan te ha hecho esta mañana. Con *absoluto* detalle.

CAPÍTULO 8

LOGAN

El miércoles por la mañana voy a Munsen en coche. Mi nivel de entusiasmo está donde siempre está en estos casos. ¿En una escala del 1 al 10 en felicidad y diversión? Un cero.

No es habitual que tenga que ir a casa durante el curso escolar, pero a veces no hay alternativa. Por lo general, ocurre si el mecánico que trabaja en el taller de mi padre a tiempo parcial no puede cubrir a Jeff cuando este lleva a mi padre a sus citas con el médico. Hoy es uno de esos días, pero me convenzo a mí mismo de que puedo gestionar un par de horas de cambios de aceite y puestas a punto sin volverme loco.

Además, será un buen calentamiento para el verano. Tiendo a olvidar lo mucho que odio trabajar en el taller, y ese primer día de regreso siento como si me acabaran de enviar a la primera línea en una zona de guerra. Mi estómago se retuerce y el miedo me da una bofetada cuando asumo que esta será mi vida durante los próximos tres meses. Al menos, dar el primer paso hoy me ayudará a deshacerme de parte del pánico. La camioneta de Jeff ya no está cuando aparco mi *pick-up* frente al taller mecánico «Logan e hijos». El nombre es un poco irónico, ya que se llama así desde mucho antes de que mis padres tuvieran ningún hijo. Mi abuelo dirigía el negocio antes de que mi padre se hiciera cargo y supongo que en algún momento albergó la esperanza de engendrar una buena prole masculina. Sin embargo, solo engendró uno, por lo que técnicamente el taller debería haberse llamado Logan e *hijo*.

El taller es una edificación pequeña de ladrillo en cuyo interior solo hay espacio para dos elevadores. Pero los escasos metros cuadrados en realidad no afectan mucho al negocio, ya que no está en auge, que digamos. L & H genera el suficiente dinero para cubrir los gastos y pagar las facturas de mi padre y la hipoteca de nuestro bungaló, que se encuentra en la parte trasera de la propiedad. Cuando era pequeño, odiaba que nuestra casa estuviera tan cerca del taller. Solíamos despertarnos de repente en medio de la noche con golpes en la puerta de algunos clientes con el coche averiado, o por las llamadas telefónicas de la compañía de grúas avisando de que nos traían un vehículo.

Desde el accidente de mi padre, lo cierto es que esa proximidad se ha convertido en una ventaja, ya que uno puede ir de casa al trabajo en menos de un minuto.

No es que él ahora pase mucho tiempo en el taller. Jeff es el que hace todo el trabajo, mientras que papá bebe hasta la estupidez en el sillón reclinable de la sala de estar.

Me acerco a la puerta de metal abollado, que está cerrada y con el cierre echado. Un trozo de papel está pegado con un poco de cinta americana y enseguida reconozco la letra de mi hermano.

LLEGAS TARDE.

Dos palabras, todo en mayúsculas. Mierda, Jeff estaba enfadado.

Utilizo mi juego de llaves para abrir la puerta lateral, a continuación accedo al interior y le doy al botón que hace que la enorme puerta mecánica vaya hacia arriba. Todavía hace frío afuera, pero yo siempre dejo la puerta abierta, no me importa que la temperatura sea gélida. Es mi único requisito para trabajar aquí. El penetrante olor a aceite y tubo de escape me da ganas de suicidarme.

Jeff me ha dejado una lista de cosas que hacer, pero por suerte no es demasiado larga. El viejo Buick aparcado en la calzada necesita un cambio de aceite y que le sustituya un faro. Eso está tirado. Me planto un mono azul con el logotipo de L & H en la parte posterior, giro el dial de la radio hasta la primera emisora de *heavy* que aparece y me pongo a currar.

Pasa una hora antes de que me tome el primer descanso. Bebo agua directamente del grifo del lavabo de la oficina y después salgo a la calle a fumarme un cigarrillo rápido.

Acabo de pisar la boquilla con mi bota de punta de acero cuando oigo el sonido de un motor en la distancia. Mi pecho se contrae cuando vislumbro el parachoques delantero de la furgoneta blanca de mi hermano, que atraviesa los árboles que bordean el largo camino.

Como un cobarde, entro al taller y corro hasta el capó abierto del Buick. Me inclino y finjo que reviso el motor. También finjo que estoy demasiado centrado en mi trabajo como para escuchar los portazos de las puertas de la furgoneta y la áspera voz de mi padre soltándole algo a mi hermano. Oigo dos pares de pasos, uno lento y pesado, que se aleja del camino de tierra, y otro rápido y cabreado, que entra en el taller. Jeff.

—No has podido acercarte a saludar, ¿no? —me pregunta mi hermano mayor, enfadado.

Me enderezo y cierro el capó.

—Lo siento, estaba terminando con esto. Me pasaré por casa antes de irme.

—Más te vale, porque me acaba de soltar una bronca por esa movida y ni siquiera he sido yo el que no ha ido a saludar. —Las oscuras cejas de Jeff se juntan para formar un ceño disgustado. Tengo la sensación de que quiere darme alguna lección más, así que, rápidamente, antes de que siga, cambio de tema.

—Y entonces, ¿qué ha dicho el médico?

Jeff responde en tono regular.

—Que tiene que dejar de beber o se va a morir.

No puedo evitar resoplar.

—Buena suerte con eso.

—Por supuesto que no va a dejarlo. Él está bebiendo *para* morir. —Jeff sacude la cabeza con furia—. Antes del accidente, era una adicción. Ahora creo que es un propósito.

Dios. Nunca he escuchado un análisis más deprimente en mi vida.

No obstante, no puedo discutírselo. El accidente fue realmente el punto de inflexión; provocó que mi padre recayera y prácticamente borró todos los años de sobriedad. Los *buenos* años, joder. Tres años enteros volviendo a tener un padre.

Cuando yo tenía catorce años, su último periodo en la clínica de desintoxicación milagrosamente funcionó. Había estado sobrio un año entero antes de que mi madre se marchara, y esa fue la única razón por la que accedió a que nos quedáramos con él. Durante el divorcio, tuvimos la posibilidad de elegir con cuál de los dos queríamos vivir y, como Jeff no quería cambiarse de instituto y se negó a dejar a su novia, decidió quedarse con nuestro padre. Y yo elegí quedarme con mi hermano mayor. No solo porque lo idolatraba, sino porque cuando éramos pequeños, los dos hicimos la promesa de cuidar siempre el uno del otro.

Después de eso, papá se mantuvo sobrio dos años más, pero creo que el universo estaba decidido a que a la familia Logan no se le permitiera ser feliz y, cuando yo tenía dieciséis años, mi padre sufrió un brutal accidente de coche mientras regresaba después de dejarnos con nuestra madre en Boston.

Sus dos piernas quedaron aplastadas. Y cuando digo «aplastadas», me refiero a que tuvo suerte de no quedarse paralítico. Tenía unos dolores de morir, pero los médicos eran reticentes a recetar analgésicos a un hombre con un historial destructivo de adicciones. Dijeron que había que vigilarlo 24 horas al día, así que Jeff dejó la universidad para volver a casa y ayudarme a cuidar de él. David, el nuevo marido de mamá, se ofreció a pedir un préstamo para contratar a alguien que cuidara a papá, pero le aseguramos que podíamos gestionarlo. Porque, en ese momento, honestamente, pensábamos que podíamos. Las piernas de papá se curarían, y si iba a rehabilitación, tal y como los médicos habían indicado, podría volver a caminar con normalidad en el futuro.

Pero, una vez más, el universo tenía otra dosis de «que os jodan» para los Logan. Papá estaba en tal agonía que volvió a beber para minimizar el dolor. Tampoco terminó su rehabilitación física, lo que significa que sus piernas no se curaron como deberían haberlo hecho.

Así que ahora tiene una cojera muy pronunciada, dolor constante y dos hijos que se han resignado ante el hecho de que estarán cuidando de él hasta el día que se muera.

—¿Qué hacemos? —pregunto con gravedad.

—Lo mismo de siempre. Hacemos lo que hay que hacer y cuidamos de nuestra familia.

La frustración retuerce mis tripas y se enreda con el nudo de culpa que ya descansa ahí. ¿Por qué es *nuestra* obligación sacrificarlo todo por él?

«Porque es tu padre y está enfermo. Porque a tu madre le tocó hacerlo durante catorce años y ahora os toca a vosotros».

Otro pensamiento emerge a la superficie, uno que ya he tenido antes y que hace que me entren ganas de vomitar cada vez que aparece por mi cabeza.

Las cosas serían mucho más fáciles si se muriera.

Cuando la bilis quema mi garganta, aparto esa idea repugnante y egoísta. No quiero que se muera. Es posible que sea un desastre, un borracho y un auténtico gilipollas a veces, pero sigue siendo mi padre, joder. Él es el hombre que me llevaba a los entrenamientos de *hockey*, lloviera o hiciera sol. El que me ayudó a memorizar las tablas de multiplicar y el que me enseñó a atarme los zapatos.

Cuando estaba sobrio, era muy buen padre, y eso es algo que solo hace que toda esta situación sea mucho peor. Porque no puedo odiarlo. No lo odio.

—Oye, he estado pensando… —Paro, tengo demasiado miedo a la reacción de Jeff. Toso, saco otro cigarrillo del paquete y me voy hacia la puerta—. Vamos a hablar fuera un momento.

Un segundo después, aspiro una buena calada de mi cigarro con la esperanza de que la nicotina me dé una dosis muy necesaria de confianza. Jeff me mira con desaprobación antes de soltar un suspiro de derrota.

—Dame uno de esos, anda.

Mientras se lo enciende, exhalo una nube de humo y me obligo a continuar.

—Un agente de Nueva York ha mostrado cierto interés. Es un agente deportivo muy gordo. —Dudo—. Piensa que no tendré ningún problema en firmar con un equipo si voy por libre.

Las facciones de Jeff se endurecen al instante.

—Eso podría significar firmar por una buena cantidad. Y un contrato. ¡Dinero, Jeff! —La desesperación aprieta mi garganta—. Podríamos contratar a alguien para llevar el taller y a un enfermero a tiempo completo para papá. Tal vez incluso podríamos pagar la casa…, si el contrato es lo suficientemente grande.

Mi hermano suelta una carcajada burlona.

—¿Cómo de grande es el contrato que crees que puedes pillar, John? Seamos serios, por favor. —Sacude la cabeza—. Mira, ya hemos hablado de esto. Si lo que querías era ir a la liga profesional, deberías haber elegido la ruta de los clubes. Pero querías licenciarte en la universidad. No puedes tener las dos cosas.

Sí, elegí la licenciatura. Porque sabía muy muy bien que si optaba por la alternativa, nunca dejaría la liga y eso significaría joder bien a mi hermano. Habrían tenido que quitarme el palo de *hockey* haciendo palanca, de mis manos muertas y congeladas, para que dejara de jugar.

Pero ahora que se acerca el momento en el que Jeff y yo nos intercambiamos el papel, estoy aterrado.

—Podría ser un montón de dinero —murmuro, pero mi débil intento de convencerlo no funciona. Jeff ya está negando con la cabeza.

—Ni de coña, Johnny. Tenemos un trato. Incluso si firmaras con un equipo, no te darían todo ese dinero por adelantado y se necesitaría mucho tiempo para ponerlo todo en orden por aquí. Yo no tengo tiempo, ¿vale? Medio segundo después de que te pongan tu diploma en la mano, me largo de aquí.

—Oh, vamos. ¿Esperas que crea que vas a desaparecer de pronto rollo Houdini?

—Kylie y yo nos vamos a Europa en mayo —dice Jeff en voz baja—. Salimos el día después de tu graduación.

La sorpresa me golpea.

—¿Desde cuándo es eso?

—Llevamos planeándolo durante mucho tiempo. Ya te lo dije; queremos viajar un par de años antes de casarnos. Y luego queremos pasar un tiempo en Boston antes de buscar una casa en Hastings.

Mi pánico se intensifica.

—Pero ese sigue siendo tu plan, ¿no? Vivir en Hastings y trabajar aquí, ¿verdad?

Ese era el trato que hicimos cuando yo acabé el instituto. Jeff se encarga del fuerte mientras yo estoy en la universidad; después me ocupo yo, hasta que él y su novia se instalen por la zona, y entonces él volverá a gestionar el taller y yo seré otra vez libre.

Claro que, para entonces, yo ya tendré veinticinco años y las probabilidades de jugar al *hockey* profesional no serán tan favorables. Sí, puede ser que acabe en la Liga AHL en alguna parte, pero, en ese punto, no sé lo interesados que estarán muchos de los equipos de la NHL en pillarme a mí.

—Ese sigue siendo el plan —me asegura—. Kylie quiere vivir en un pueblo y criar a nuestros hijos aquí. Y a mí me gusta ser mecánico.

A mí, para nada.

—Y tampoco me importa cuidar a papá. Yo... —Respira con dificultad—. Yo solo necesito un descanso, ¿vale?

Mi garganta se ha cerrado con fuerza, así que me conformo con asentir con la cabeza. Después, apago el cigarrillo y fuerzo una sonrisa hasta que finalmente recupero mi voz.

—Todavía tengo que cambiar ese faro. Será mejor que me ponga a ello.

Caminamos hacia el interior del taller. Jeff se dirige a la oficina mientras yo arrastro los pies hasta el Buick.

Quince minutos más tarde, cuelgo mi mono en uno de los ganchos de la pared, grito un «adiós» precipitado y prácticamente corro hasta mi *pick-up*.

Y espero con todas mis fuerzas que mi hermano no se dé cuenta de que no he ido a saludar a nuestro padre.

CAPÍTULO 9

LOGAN

Lo único que quiero hacer esta noche es tirarme en el sofá y ver el primer partido de los *play-offs* de la temporada. Ni siquiera importa que Boston no juegue hoy: durante la postemporada veo cualquier partido que me pongan enfrente. Nada consigue hacer que mi sangre corra con más fuerza, ni que mi corazón palpite a más velocidad que los *play-offs* de *hockey*. Pero Dean tiene otros planes. Cuando dejo el baño después de mi ducha, me está esperando en el pasillo con sus ojos verdes entrecerrados de impaciencia.

—Dios, hermano, ¿qué coño hacías ahí dentro? ¿Afeitarte las piernas? ¡Las chavalas de trece años tardan menos en ducharse que tú!

—He estado ahí dentro literalmente *cinco* minutos.

Paso frente a él y entro en mi habitación, pero me sigue. Para Dean, los límites carecen de sentido.

—Date prisa y vístete. Vamos a ver una peli y no quiero perderme los tráilers.

Lo miro.

—¿Me estás pidiendo una cita?

La pregunta hace que me gane un corte de mangas.

—Ya te gustaría a ti.

—No, por lo que parece, ya te gustaría *a ti*. —Cojo unos bóxers del cajón superior de la cómoda y le lanzo una mirada directa—. ¿Te importa?

—¿En serio? Si he visto tu polla cientos de veces en el vestuario. Vístete de una puta vez. —Cruza los brazos sobre el pecho y golpea el zapato contra el suelo.

—Lárgate. Esta noche voy a ver el partido de los Red Wings.

—Oh, venga ya, si ni siquiera te gusta Detroit. Y hoy es el día del espectador y las entradas están a mitad de precio. Llevo una semana esperando para ver la peli de Statham por ir esta noche.

Ahora lo miro boquiabierto. ¿Va en serio?

—A ver, idiota, si estás forrado. Si alguien debe pagar el precio completo por una entrada de cine, ese eres tú.

—Estaba siendo majo y solidario, gilipollas. He esperado al día barato para que tú pudieras pagarlo. —Después me ofrece su sonrisa marca registrada, la que hace que las nenas se quiten las bragas y se le tiren a la polla.

—No me vengas con tu sonrisa *sexy*. Me está acojonando.

Su boca se queda congelada en su sonrisa *sexy*.

—Dejaré de sonreír así cuando te comprometas a ser mi cita esta noche.

—Eres la persona más pesa...

La sonrisa se amplía, e incluso me guiña levemente el ojo.

Diez minutos más tarde, estamos en la calle.

Los cines de Hastings solo tienen tres salas y hay un único estreno por semana, lo que realmente limita la selección. Por suerte para Dean, la película de Jason Statham que tanto le pone está en cartel. Dean es superfan de Statham. Si alguien me dijera que se pone delante de su espejo a hablar con acento británico y a transportar cosas de un lado a otro de su cuarto, me lo creería.

Sigo sin estar de humor para ver una película, pero la verdad es que después de que Dean me convenciera, reconozco que salir de casa no ha sido una idea tan mala. Normalmente, los miércoles Hannah viene después del trabajo, así que, con un poco de suerte, ella y Garrett ya estarán acostados cuando Dean y yo regresemos a casa. Y sí, me sé su horario de trabajo; así de patético y pringado soy. Muy triste.

En el lado positivo, no he estado tan obsesionado con ella como de costumbre. La persona que ha monopolizado mis pensamientos todo el fin de semana no ha sido Hannah, sino Grace. Dios, no quiero ni pensar en el espectacular sexo oral del lunes.

Anoche, cuando me hice una paja, pensaba en sus cremosos muslos y en su firme y apretado...

—Ey. Logan.

Parpadeo confuso cuando Grace entra en mi línea de visión. Por un segundo, me pregunto si mi mente calenturienta de alguna manera ha evocado su imagen..., pero no. Está aquí, a unos centímetros de la taquilla.

—Ey —la saludo.

Sonríe y se coloca un mechón de pelo detrás de la oreja. Lleva un jersey ceñido, unas mallas negras y una chaqueta cortavientos azul desabrochada. Parece que acaba de salir de una página del catálogo de Abercrombie & Fitch. Me gusta su rollo cómodo pero *sexy*.

Oigo un «ejem» suave y me fijo en que hay alguien a su lado. Una chica con curvas, de pelo negro, con una falda de cuero marrón y un jersey de pelo rojo. Me está mirando con la boca abierta. Tan abierta que su mandíbula prácticamente roza el suelo.

Alguien me da un golpecito en la espalda.

—Tronco —dice Dean, cabreado—. Sigue el plan, ¿vale? Tú pagas las entradas. Yo pago las palomitas.

Le pongo un billete de veinte dólares en la mano.

—Cambio de planes. Yo pillo la comida.

Él resopla y niega con la cabeza y, a continuación, lanza una mirada de admiración a las tetas de la amiga de Grace antes de irse a por las entradas.

—¿Qué habéis venido a ver? —le pregunto a Grace.

Ella sonríe.

—¿Tú qué crees? —Sostiene sus dos entradas y me río cuando veo el título de la película de Statham.

Claro. Había olvidado lo fanática que es de las pelis de acción.

—Nosotros también vamos a ver esa. Deberíamos sentarnos todos juntos —afirmo.

Su amiga emite otro ruido agudo. En realidad, es más bien un suspiro, con una pequeña dosis de silbido. Hay mucha información en ese ruidito.

Grace le hace gestos a su amiga.

—Te presento a Ramona. Ramona, este es Logan.

Su amiga me mira de arriba abajo.

—Ya sé quién es.

Joder. Ya he visto antes esa mirada. Muchas, muchas veces, en las caras de muchas, muchas chicas. Es como si me estuviera imaginando desnudo y dentro de ella.

Lástima que no esté interesado en cumplir esa fantasía. Estoy totalmente concentrado en Grace y en el desfile de imágenes guarras que atraviesan a fogonazos intermitentes mi cabeza: la forma en la que sus ojos se pusieron vidriosos cuando mi lengua tocó su clítoris por primera vez. O los ruidos entrecortados que hizo cuando se corrió. O...

—Hoy es el cumpleaños de Grace —anuncia su amiga.

Los rasgos de Grace se arrugan con incomodidad.

—Ramona.

—Mierda, ¿en serio? —Sonrío—. Feliz cumpleaños, preciosa.

No me pasa desapercibido que la mandíbula de su amiga cae de nuevo, o que Grace se mueve incómoda con vergüenza.

—Gracias. —Resopla con cierta tristeza—. Hoy cumplo diecinueve. Toma ya.

Suelto una pequeña risa.

—Supongo que no eres una persona muy de cumpleaños, ¿eh?

—Para nada. Mi madre me ha traumatizado para toda la vida.

De repente, su amiga se ríe.

—Oye, ¿te acuerdas de aquel año en la feria de primavera, cuando tu madre entró por sorpresa en el escenario durante la actuación de aquel grupo de folk y se puso a cantar un rap de cumpleaños para ti?

—¿Quieres decir que si recuerdo el día en que me puse a investigar cómo emanciparme de mis padres? —responde Grace con sequedad—. Como si fuera ayer.

Ramona me lanza una mirada de complicidad.

—Quería invitar a algunos amigos a la residencia para celebrarlo, pero me ha amenazado con cortarme los dos brazos y obligarme a comérmelos si lo hacía, así que hemos llegado a un trato: ir al cine.

Dean interrumpe nuestra conversación, que frunce el ceño cuando ve mis manos vacías.

—Joder, ¿tengo que hacerlo yo todo? —Entonces, como si de repente recordara que está en presencia de dos chicas muy guapas, lanza una sonrisa—. ¿Qué pasa, tronco, no me vas a presentar?

—Esta es Grace y... —Mierda, ya se me ha olvidado el nombre de la amiga.

—Ramona —contesta ella y fija su hambrienta mirada en Dean.

Puede comérselo con los ojos todo lo que quiera, pero casi puedo garantizar que, en cuanto Dean se entere de que Ramona va a primero, mi amigo no le devolverá esa mirada. Dean es un auténtico zorrón, pero tiene una regla estricta: no se lía con chicas de primero. La verdad es que cuando pienso en el pequeño incidente de la tía acosadora de principio de curso, no lo culpo. Dean se había enrollado con una estudiante de primero que, después de una noche de exquisita pasión, decidió que estaban locamente enamorados el uno del otro. A continuación, procedió a presentarse en nuestra casa a todas horas del día y de la noche, a veces con ropa, otras veces *sin* ropa, generalmente armada con flores, cartas de amor y mi objeto favorito: una foto enmarcada de sí misma con la camiseta de *hockey* de Dean.

A veces, cuando estoy durmiendo, todavía la oigo llorar ¡Deeeeeeeeeaaaan! fuera de mi ventana.

Huelga decir que Dean evita a las más jóvenes desde entonces. Las llama «dependientes a nivel 10».

Los cuatro nos detenemos en el mostrador de la tienda para que Dean compre sus palomitas; unos minutos más tarde, entramos en la oscura sala, donde los tráilers acaban de empezar. El espacio está lleno. Hay más posibilidades de que el propio Jason Statham aparezca en persona, para ofrecernos comentarios de la película, a que encontremos cuatro asientos juntos. Pero, desde donde estoy, veo varios pares de butacas disponibles.

Las chicas van por delante de nosotros, así que me inclino hacia Dean y le susurro:

—¿Te importa si nos separamos? Quiero sentarme con Grace. Es su cumpleaños.

Su mirada desciende hasta el innegablemente estupendo culo de Ramona.

—No me parece mal.

Tanto Grace como Ramona se muestran de acuerdo cuando les sugiero sentarnos por separado. Al instante, Ramona coge del brazo a Dean y le susurra algo al oído que le hace reír; a continuación, se pierden en la oscuridad en busca de asientos libres.

Grace y yo hacemos lo mismo. Nos encontramos con dos sitios vacíos a mitad de la sala, justo en el pasillo, y, una vez que estamos instalados, se desliza más cerca de mí para susurrarme:

—¿Estás seguro de que tu amigo estará bien sentado con Ramona? Te lo digo porque le estará entrando todo el rato.

Sus labios están prácticamente en mi oreja y su olor es increíble. No podría nombrar aromas florales ni aunque mi vida dependiera de ello, pero Grace huele dulce y femenina y, cuando se pasa la mano por el pelo, una deliciosa ráfaga de aire flota junto a mis fosas nasales.

—No te preocupes. Dean puede arreglárselas por sí solo —le susurro con una sonrisa.

Nuestras miradas se dirigen a la pantalla, que muestra un tráiler que cautiva al instante a Grace. Es una superexplosión de disparos, con grandes estrellas de Hollywood y armas aún más grandes, y su expresión de emoción me da unas ganas de besarla que me muero. Joder, su amor por las películas de acción me pone a mil.

Antes de que pueda detenerme, le cojo la mano.

Ella pega un respingo sorprendida, luego se relaja y me mira mientras sonríe antes de volver a centrar su atención en la pantalla.

Todavía no alcanzo a entenderla. Es dulce, pero sin llegar a ser ingenua. Emana un rollo inocente, pero también parece muy segura de sí misma. No me agobia con un aluvión de preguntas, ni flirtea conmigo hasta abrumar. Joder, ni siquiera ha sacado el tema de que juego al *hockey*, algo que suele ser lo primero que hacen las chicas cuando estoy cerca. Es una locura pensar que casi no sé nada de ella pero que aun así tuve mi cara entre sus piernas hace un par de días y... Oh, mierda, ahora estoy pensando en su coño otra vez.

De puta madre. Y ahora tengo una erección de proporciones monstruosas.

Con torpeza, me muevo en mi asiento mientras trato de resistir la tentación de deslizar mi mano debajo de mis vaqueros para reorganizar aquello discretamente. O quizá deba deslizar mi mano debajo de *sus* pantalones y darle un regalo de cumpleaños que recuerde siempre.

No hago ninguna de las dos cosas. Los sonidos de las palomitas crujiendo y los envoltorios de chocolatinas abriéndose resuenan a nuestro alrededor para recordarnos de forma descarada que estamos rodeados de gente. Trato de concentrarme en los créditos que parpadean en la pantalla, pero cuando la película ya lleva diez minutos, mi erección todavía está a tope. ¿Cuánto tiempo tiene que durar una erección antes de que sea peligroso? ¿Tres horas? ¿Cuatro? Ni de coña esta película dura tanto, ¿verdad? Joder. Espero que no.

CAPÍTULO 10

GRACE

Por primera vez en mucho tiempo, no estoy enfadada con Ramona por convencerme para salir por ahí en mi cumpleaños. Quería evitar a toda costa los gritos y felicitaciones, quedándome tranquilamente en la residencia, pero me colgó a Jason Statham delante de mi nariz como si fuera una zanahoria. Hemos sido amigas el tiempo suficiente como para que Ramona conozca todas mis debilidades... Y las explota a toda costa.

Pero ahora le debo una de las grandes por usar a Statham como chantaje esta noche, ya que, de lo contrario, no estaría sentada junto a Logan en este momento.

Dicho esto, todavía no estoy segura de lo que siento por él. La primera impresión, cuando salió pitando de mi dormitorio la otra noche, no fue la mejor, que se diga. Pero no puedo negar que la segunda impresión fue un éxito orgásmico. Así que supongo que en este momento tiene una equis en ambas columnas, en la de los pros *y* en la de los contras.

Ponle *dos* equis en la parte de los pros... Porque a mitad de la película, me besa.

No es un besito. No es un roce de sus labios. Es un beso *sexy,* con su lengua enredándose en la mía, un beso que hace que mi corazón lata más fuerte y alto que las ensordecedoras explosiones que salen en la pantalla. Me pierdo en su beso, en *él,* en el hábil movimiento de su lengua y en la calidez de su mano que abraza el costado de mi cuello.

Solo cuando oigo las risitas de los chicos sentados junto a nosotros me acuerdo de dónde estamos. Con pudor, me separo y la mirada de Logan, con sus párpados medio caídos, se concentra en mi boca, húmeda e hinchada por sus besos. Se inclina más cerca.

—En una escala del 1 al 10, ¿cuánto te importaría perderte un par de minutos de la película?

Medito la respuesta.

—¿Dos?

—Dios, gracias.

Tira de mí para ponerme de pie. Como estamos junto al pasillo, no tenemos que pedirle a nadie que nos deje pasar, con lo que nos evitamos a nosotros mismos y a los que nos rodean esa horrible interrupción de «disculpa, lo siento mucho» que los aficionados al cine tanto detestan. Sin soltarnos las manos, bajamos de puntillas por las escaleras. Veo las cabezas de Dean y Ramona cerca de la primera fila, pero ninguno de los dos se percata de nuestra escapada.

—¿A dónde vamos? —le susurro.

Lo único que consigo como respuesta es una sonrisa pícara. Me lleva por el pasillo oscuro hacia las puertas de la sala, pero, en lugar de atravesarlas, tuerce a la izquierda y gira la manivela de una puerta que ni siquiera sabía que existía.

Estamos dentro de un armario. Está absolutamente oscuro y huele a productos de limpieza, pero, de repente, el cuerpo de Logan se aprieta contra el mío y todo lo que huelo es a *él*. Jadeo cuando su boca cubre la mía, porque no he podido ver que se acercaba para darme un beso. En realidad, no veo nada de nada. Pero lo que sí puedo hacer es *sentir*. Los duros músculos del pecho de Logan tensan la camisa de manga larga que lleva puesta. El seductor juego de persuasión de su lengua, que se desliza entre mis labios entreabiertos y llena mi boca.

Envuelvo mis brazos alrededor de su cuello y le devuelvo el beso con ansia. Un segundo después, me apoya contra la pared y empuja un musculoso muslo entre mis piernas. El contacto inesperado desencadena una sacudida instantánea de excitación, que sube en espiral por mis entrañas.

Me besa como si nada le bastara, chupa mi lengua como si estuviera hecha de caramelo. Después, me agarra el culo con la mano y tira de mí, con lo que junta las partes inferiores de nuestros cuerpos.

—Ojalá pudiera follarte aquí mismo —dice como un gruñido contra mi cuello antes de hundir los dientes en él y provocarme una punzada de dolor que de inmediato alivia con la lengua.

No era consciente de que mi cuello tuviera tantas terminaciones nerviosas sensibles. Estoy ardiendo, siento pinchazos en cada centímetro de la piel, un hormigueo cada vez que sus labios recorren mi carne febril.

Mi clítoris se hincha, *duele,* y la tensión que hay entre mis piernas crece y crece hasta que, sin ningún pudor, me froto contra su muslo en un intento desesperado de aliviar el dolor. Nunca hasta ahora me había enrollado con nadie en público, y la idea de que cualquiera pueda entrar y pillarnos ahora mismo es tan emocionante que mis caderas se mueven más rápido, anhelando más fricción.

—Sí, cariño, sigue haciendo eso —murmura—. Frota tu coño contra mí...

Oh, Dios.

Que me digan guarradas es algo... diferente para mí. Y emocionante. Y estoy tan excitada que ya no puedo pensar con coherencia.

Traza un camino de besos que lo lleva de vuelta a mi boca, hundiendo su lengua profundamente, imitando los movimientos de sus caderas. Si hace una semana alguien me hubiera dicho que John Logan estaría frotándose contra mí en el armario de una sala de cine, me habría partido de risa.

Pero aquí estamos, y es absolutamente *increíble.* Mi clítoris late cada vez que la costura de su cremallera lo presiona y, o estoy malinterpretando por completo el hormigueo salvaje que siento ahí abajo o..., creo que podría correrme así. Completamente vestida, sin ningún contacto además de su muslo frotando mi... Oh, Dios, sí, estoy a punto de tener un orgasmo.

Un ruido desesperado se apresura a salir de mi boca, pero inmediatamente lo absorbe otro beso abrasador de Logan, cuyas caderas se mueven con más fuerza, más rápido, hasta que el nudo de placer explota en una oleada de pura felicidad que me atraviesa y provoca un zumbido en los dedos de mis manos y curva los de mis pies.

La cabeza de Logan cae en el hueco de mi cuello y deja escapar un gruñido grave. Respira con fuerza contra mi piel mientras todo su cuerpo tiembla.

—*Joder*. Eso ha sido *supersexy* —dice a los pocos segundos.

Envuelve sus brazos alrededor de mi cuello, sujetándome con fuerza contra su durísimo pecho mientras ambos nos recuperamos. Los dos respiramos con dificultad y nuestros latidos golpean al unísono. Pasa un minuto antes de que me suelte y dé un paso hacia atrás.

Mis ojos se han adaptado a la oscuridad y alcanzo a ver cómo coge una pila de servilletas de papel de una estantería. Introduce una mano dentro de sus pantalones y después hace una pelota con las servilletas y la tira a la papelera que hay junto a la puerta.

Regresa a mi lado y con voz ronca lleva su boca a mi oreja y dice:

—Feliz cumpleaños.

Me echo a reír. No tengo ni idea de por qué, pero este rollo tan surrealista que acabamos de tener me tiene temblando de diversión, lo que le provoca una carcajada profunda.

—Gracias —respondo entre risas.

Sus labios rozan los míos por un momento fugaz y, entonces, coge mi mano y me lleva a la puerta. Se detiene frente a ella y se inclina caballerosamente antes de mantenerla abierta para mí.

—Después de ti, preciosa.

Ay, ay, ay. Esas cuatro palabras hacen que mi corazón pase de estado sólido a líquido. Lo siento como una especie de papilla caliente y pegajosa en mi pecho.

Bueno, al menos he descubierto lo que siento por él.

Creo que este chico podría molarme. *Mogollón*.

LOGAN

La noche siguiente, estoy luchando a muerte contra Tucker en un intenso juego de *Ice Pro* cuando Dean entra en la sala de estar sin camisa y descalzo. Se pasa una mano por el pelo rubio y de punta antes de ponerse cómodo en el sillón que hay junto al sofá.

—Oye, necesito hablar contigo de tu estudiante de primero.

—¿Qué estudiante de primero? —Tucker suelta la pregunta mientras sus ojos permanecen pegados a la pantalla.

Los míos hacen lo mismo.

—¿Te refieres a Grace? —le digo, ausente.

Mi equipo está pateándole el culo al de Tuck, probablemente porque el idiota se niega a jugar con nadie que no sea Dallas, a los que han eliminado de los *play-offs* ¿cuántas veces? ¿Un millón de años seguidos? Yo, por supuesto, juego exclusivamente con los Bruins de Boston, porque es el equipo con el que crecí, al que sigo desde niño y en el que siempre me he imaginado jugar algún día.

—Sí, me refiero a Grace. A menos que haya otra estudiante de primero a la que hayas llevado al cine y le hayas succionado la boca durante toda la peli. —El comentario de Dean rezuma sarcasmo. Le doy al botón de pausa en el juego para tomar un sorbo de mi Coca-Cola. Sí, Coca-Cola. Todavía estoy haciendo un esfuerzo para rebajar el ritmo de fiestas. Bueno, eso y que mi primer examen es mañana y no quiero aparecer con resaca.

—Yo no la he llevado al cine —respondo—. Nos encontramos con ellas allí, ¿recuerdas?

—Oh, vaya que si lo recuerdo. También recuerdo la parte de la succión de boca. En serio, hermano, cada vez que me daba la vuelta, le estabais dando como si fuerais estrellas porno.

Menos mal que no le he contado lo que hicimos en el armario. Probablemente no habría parado de hacer comentarios.

—Espera un momento, ¿estás saliendo con una de primero? —La expresión de Tuck es ilegible, pero estoy bastante seguro de oír cierto tono de alivio en su voz.

—Naah, no estamos saliendo.

—Mejor —dice Dean, que asiente enérgicamente—. Esas chavalas tan jóvenes son demasiado dramáticas.

Tucker se ríe.

—¿Dramática? ¿Así es como llamamos ahora a Bethany? Porque eso no es drama, tronco. Eso es *acoso* en toda regla.

—Fue un coñazo, eso es lo que fue —murmura Dean—. Y muchas gracias por recordarme lo de esa tía. Esta noche voy a tener pesadillas. Cabrón.

Resoplo.

—No te preocupes. Grace no es así. Nada de dramas con ella.

Precisamente, esa es una de las razones por las que me siento tan atraído por ella. Es la chica más sencilla que he conocido jamás. Además, cuando estoy con ella, no pienso en Hannah en absoluto, lo cual es...

«¿Así que la estás utilizando para no pensar en Hannah?».

La acusación vuela en mi cabeza como un equipo de *hockey* a la ofensiva.

No. Por supuesto que no la estoy utilizando.

¿Lo estoy haciendo? ¡No! Eso es una locura. Grace me gusta de verdad, y joder, *me flipa* enrollarme con ella.

Pero... es cierto que sirve de gran distracción de toda la movida de Hannah.

¿Una gran distracción?

Dios de mi vida. Soy un puto cabrón. Mientras la culpa inunda mi estómago, de repente asimilo la cabronada irrefutable que he hecho. Y, en ese preciso instante, me doy cuenta de que no puedo seguir viendo a Grace. ¿Cómo podría, cuando una parte de mí lo ve como una *distracción*? Cuando todavía experimento ese horrible nudo en mis entrañas cada vez que veo a Garrett y a Wellsy juntos... Cuando todavía estoy consumido por la envidia y la ansiedad y tanto odio hacia mí mismo.

Antes le he enviado un mensaje a Grace con mi número, y estaba pensando en preguntarle si quería salir mañana por la noche, pero ni de coña puedo hacerlo ahora. He podido ser un cabrón por usarla como diversión de forma no intencionada, pero ahora que soy consciente de mi *cabronada,* me niego a dejar que continúe. No sería justo para Grace.

—¿Nada de drama? —repite Dean, sacándome de una sacudida de mis pensamientos problemáticos—. Sí, siento decírtelo, pero el tren del drama ya ha salido de la estación. Eso es justo lo que quería decirte.

Frunzo el ceño.

—¿De qué hablas?

—¿Sabes quién es Piper?

Tucker resopla.

—¿De verdad hay que preguntar eso? *Todos* sabemos quién es Piper.

La arruga de mi frente se hace más profunda, porque si Piper Stevens está involucrada en lo que Dean está a punto de decir, significa que no va a ser bueno. Piper es la «conejita» número uno, la hincha de *hockey* y mayor perseguidora de jugadores del reino. También está la hostia de buena, por lo que la mitad de los chicos de nuestro equipo se han acostado con ella. Logro del que, por cierto, está increíblemente orgullosa y feliz, y no tarda en anunciar a los cuatro vientos.

Desde luego, yo no tengo ningún problema con eso. Cada vez que oigo a alguien referirse a ella como una puta, amenazo con soltar una hostia porque ¿qué coño? La mayoría de los tíos que conozco han follado a diestro y siniestro en su paso por la universidad y nadie pestañea *cuando* lo hacen. Así que no, no voy a juzgar a Piper por su vida sexual increíblemente activa.

Pero con lo que sí tengo un problema es con el hecho de que ella es una capulla integral, que propaga rumores horribles y más cotilleos que una revista del corazón de Hollywood.

—He estado por ahí con Niko esta tarde y me ha dicho que Piper ha estado soltando mierda sobre tu chica de primero —dice Dean con rotundidad.

Mi columna se pone rígida.

—¿Qué?

—Sí. Al parecer, la hermana pequeña de Piper es amiga de Grace, y supongo que Grace le contó lo de vuestro lío. Pero, por alguna razón, la hermana piensa que está fardando de algo que no es verdad.

—¿Me lo estás preguntando o me lo estás contando? —digo.

—¿Ambas cosas? No lo sé. He renunciado a tratar de entender las complejidades de las mujeres.

—Vaya novedad —dice Tuck con tono solemne.

Dean hace un ruido ronco en el fondo de su garganta.

—Solo sé que Piper está soltando por ahí que una patética estudiante de primero miente al contar que se ha liado contigo, algo que, obviamente, es absurdo, ya que anoche disfruté de un asiento en primera fila de vuestro rollo, ya sabes, cuando tu lengua se puso a intentar pescar manzanas en la parte posterior de su garganta…

—El cine estaba lleno de estudiantes de Briar. Si nos viste tú, estoy seguro de que otras personas también lo hicieron.

—Oh, claro que te vieron, amigo.

—Entonces, ¿por qué hay gente que se cree la mierda que está soltando Piper? No es que intentara ocultar nada.

—Tronco, si uno cuenta trolas con seguridad, la gente se las cree. —Se encoge de hombros—. Bueno, solo he pensado que debías saber que Piper está haciendo de Piper una vez más. También lo está tuiteando todo, o eso dice Niko. Ha creado un *hashtag* bastante cruel sobre tu chica.

¿*Qué*? Pillo mi teléfono de la mesa de centro y abro mi cuenta de Twitter.

—¿Cuál es el *hashtag*?

—Ni idea. Estoy seguro de que lo verás si te metes en la cuenta de Piper.

Escribo rápidamente el nombre de Piper en el cuadro de búsqueda, hago clic en su perfil y empiezo a leer los primeros diez o doce tuits de la página. Cada uno provoca que la ira en mi interior se temple, se caliente y hierva hasta que, finalmente, se desborda y hace que me ponga de pie, tambaleándome, de pura indignación.

Dios. No puede ser.

¿Sabes esas pesadillas en las que estás caminando por el pasillo de tu instituto, o subes al escenario de un auditorio para dar un gran discurso... y, de repente, te das cuenta de que estás completamente desnuda y todo el mundo te está mirando? ¿Y entonces todos esos pares de ojos se hacen más y más grandes y parece que tienes láseres calientes clavados en la piel...? Pues ahora mismo estoy viviendo ese sueño. Por supuesto, estoy completamente vestida, pero, a pesar de la insistencia de Ramona al afirmar que nadie me mira, yo *sé* que no me estoy imaginando ni las curiosas miradas ni las muecas sonrientes de mis compañeros de uni.

Ojalá Maya Stevens arda en el infierno. Esa cabrona ha conseguido lo imposible: que me dé miedo entrar en el Carver Hall, mi lugar favorito del campus.

En realidad, es bastante impresionante que, incluso con la limitación de los 140 caracteres, la hermana de Maya haya conseguido crear la bonita historia de una pobrecita heroína cuyo feroz anhelo por un jugador de *hockey* la lleva a inventarse una superhistoria de amor, llena de corazones en llamas e interminable pasión.

En otras palabras, Piper me está llamando mentirosa de mierda.

—Esto es tan humillante... —murmuro mientras jugueteo con mi tenedor con el pollo salteado de mi plato—. ¿Podemos irnos ya?

La barbilla de Ramona sobresale en actitud orgullosa.

—No. Es fundamental mostrar a la gente que lo que anda diciendo Piper no te importa un pepino.

Es más fácil decirlo que hacerlo. Mi cerebro sabe que no debería preocuparme por unos estúpidos tuits insultantes, pero mi estómago no ha recibido la nota. Cada vez que las palabras #GraceMienteSinGracia destellan en mi cabeza, mis entrañas se retuercen como un *pretzel* mortificado.

¿Qué leches le pasa a la gente? Es indignante cómo se otorgan a sí mismos el derecho a decir lo que les dé la gana, por muy venenoso y doloroso que sea, sin que les importe una mierda la persona que lo sufre. En realidad, ¿sabes qué? Ni siquiera estoy enfadada con los chismosos. Estoy enfadada con el que inventó internet, por ofrecer a todos los idiotas del mundo una plataforma sobre la que escupir su veneno.

Puto internet.

Mi mejor amiga entiende mi silencio como una invitación para seguir con el cotilleo.

—Piper es una zorra, ¿vale? Ya sabes lo posesiva que se vuelve con los jugadores de *hockey*. Actúa como si todos y cada uno de ellos fueran suyos; menuda gilipollez. Probablemente está consumida por los celos al ver que has conseguido cazar a uno de los jugadores estrella, a quien, por cierto... —Ramona baja la voz a un tono conspirativo—... lleva persiguiendo desde primero y él no para de rechazarla.

Madre del amor hermoso. ¿Ahora estamos cotilleando sobre *Piper*? ¿Hay *algún* adulto maduro en esta universidad de mierda?

—¿Podemos, por favor, no hablar de ella? —Aprieto los dientes, lo que dificulta que pueda darle un bocado a los tallarines que acabo de acercar a mi boca.

—Vale —cede—. Pero que sepas que yo te cubro en esta historia, nena. Nadie suelta mierda sobre mi mejor amiga y vive para contarlo.

Prefiero no recordar que Piper no habría empezado a soltar mierda si *alguien que yo me sé* no hubiera dado a entender a Maya que yo me lo había inventado todo.

—Si quieres, podemos hablar de *mi* desgracia —dice con tristeza—. O lo que es lo mismo: Dean no me pidió el número después de la película de anoche.

Ramona deja de hablar cuando oímos pasos detrás de nosotras. Mis hombros se tensan y después se relajan cuando veo que se trata de Jess. Pero después se tensan de nuevo porque ¡es Jess! Estupendo. Que empiece otra ronda de tortura.

—Ey —me saluda Jess, con los ojos inundados de compasión—. Siento mucho lo de la mierda esa de Twitter. Maya no debería haberle dicho nada a su hermana. Es una *cotilla*.

Si tuviera un diccionario conmigo, lo abriría por la letra H, se lo pasaría a Jess y le obligaría a leer la definición de «hipócrita».

Por suerte, mi teléfono vibra antes de sucumbir y soltar una buena bordería en su dirección.

Cuando veo el nombre de Logan en la pantalla, mi corazón da un vuelco involuntario. Estoy tentada a saltar sobre la mesa y mover el teléfono de un lado a otro, para demostrarle a todo el mundo en el Carver Hall que, contrariamente a lo que ha sugerido Piper Stevens, John Logan es «consciente de mi existencia». Pero me resisto a la tentación porque, a diferencia de algunos, no necesito un diccionario que me recuerde el significado de «carente de sentido»; ya sé lo que significa.

El mensaje de Logan es corto.

Él: ¿Dónde estás?

Rápidamente contesto:

Yo: En el comedor.

Él: ¿En cuál?

Yo: Carver Hall.

No hay respuesta. Pues vale. No estoy segura de qué sentido ha tenido esa conversación, pero su consecuente silencio tiene un efecto desalentador en mi ya golpeada confianza en mí misma. Me muero de ganas de hablar con él desde anoche, pero no me ha llamado, ni me ha enviado ningún mensaje, ni tampoco ha intentado hacer nuevos planes. Y ahora que por fin se pone en contacto conmigo…, ¿este es el resultado? ¿Dos preguntas seguidas de silencio sepulcral?

Me horrorizo al darme cuenta de que estoy a punto de llorar. Ni siquiera estoy segura de con quién estoy cabreada. ¿Logan? ¿Piper? ¿Ramona? ¿Conmigo misma? Pero eso no importa. Me niego a llorar en medio del comedor, o a darle a nadie la satisfacción de verme salir pitando de aquí cinco minutos después de entrar. Las chicas de la mesa de al lado no han parado de sonreír desde que me he sentado y todavía siento cómo me miran. No puedo descifrar ni una palabra de su susurrada conversación, pero, cuando miro otra vez, las cinco que están ahí apartan rápidamente sus miradas.

Ignóralas.

A pesar de que mi apetito ha desaparecido junto con mi autoestima, me obligo a mí misma a comerme la comida. Hasta el último bocado, empujo el sofrito de pollo en mi garganta mientras finjo preocuparme por la conversación de Ramona y Jess, que, gracias a Dios, ha pasado a un tema que no me involucra.

Quince minutos. Ese es el tiempo que transcurre antes de que ya no pueda soportarlo más. Me duelen los ojos por el incesante parpadeo necesario para detener el flujo de lágrimas que amenaza con aparecer. Estoy a punto de arrastrar mi silla hacia atrás y soltarles a mis amigas la excusa de que necesito irme a estudiar cuando ambas se quedan en silencio. Jess se detiene, literalmente, a mitad de frase. La mesa de al lado también se ha quedado sospechosamente tranquila. Ramona parece estar luchando contra una sonrisa mientras mira más allá de mis hombros, hacia la puerta.

Con el ceño fruncido, me muevo en mi silla, giro la cabeza y me encuentro a Logan ahí plantado.

—Ey —dice con tranquilidad.

Estoy tan sorprendida de verlo que lo único que consigo es devolverle una mirada atónita. Estando así, yo sentada y él de pie a mi lado, parece todavía más grande de lo normal. Una camiseta de *hockey* de Briar se estira sobre sus enormes hombros, su cabello oscuro está despeinado por el viento y sus mejillas, sonrojadas por el esfuerzo. Parece que acabe de llegar de correr.

Nuestras miradas se quedan fijas durante un momento de infarto y, a continuación, hace lo ultimísimo que esperaba.

Se inclina y me besa.

En la boca.

Con lengua.

Ahí mismo, en el comedor.

Cuando se retira, estoy feliz de encontrarme con Ramona y Jess con la boca abierta, igual que las chicas de la mesa de al lado. «Ya no os apetece cuchichear tanto, ¿verdad?».

Todavía estoy saboreando la miel de la victoria cuando Logan me lanza esa sonrisa torcida que tanto adoro.

—¿Estás lista, preciosa?

No teníamos planes. Él lo sabe y yo lo sé, pero no voy a permitir que nadie más lo sepa, así que le sigo el rollo y respondo:

—Sí. —Empiezo a levantarme—. Devuelvo la bandeja y nos vamos.

—No te preocupes por eso, ya lo hago yo. —Me arranca la bandeja de las manos y añade—: Un placer verte de nuevo, Ramona. —A continuación, me planta otro beso en los labios y se dirige al carro de las bandejas.

Todas y cada una de las chicas del comedor admiran la forma en que sus pantalones cargo negros abrazan su espectacular culo. Yo incluida.

Una vez que he salido del trance provocado por mirarle el trasero de reojo, me dirijo a mis amigas, que siguen aturdidas.

—Lamento irme tan deprisa, pero tengo planes esta noche.

Logan vuelve al cabo de un segundo y, mientras coge mi mano y salimos del comedor, planto en mi cara la sonrisa más alegre que soy capaz de crear. Nada más sentarme en el asiento de copiloto de su *pick-up*, el dique contra el que he luchado toda la noche para que se mantuviera intacto se rompe en pedazos. Cuando las lágrimas se desbordan, hago un frenético intento de secarlas con las mangas de mi jersey antes de que él se dé cuenta.

Pero es demasiado tarde.

—Ey, oye, no llores. —Rápidamente, acerca la mano al salpicadero y coge un paquete de pañuelos.

Maldita sea, no puedo creer que esté llorando delante de él. Estornudo mientras me entrega los pañuelos.

—Gracias.

—No hay de qué.

—No, no solo por los pañuelos. Gracias por aparecer y rescatarme. Todo este día ha sido tan humillante… —murmuro.

Suspira.

—Supongo que has visto lo de Twitter.

Mi vergüenza se triplica.

—Que sepas que no he ido por ahí contándole a la gente lo nuestro. La única persona que sabe que nos enrollamos es Ramona.

—Obvio. Ella estaba en el cine. —Su sonrisa es tranquilizadora—. No te preocupes, no tienes mucha pinta de que te mole el F y F.

Lo miro sin entender nada.

—¿F y F?

Se ríe.

—Follar y fardar.

—¿Follar y fardar? —Me río a través de las lágrimas, porque la frase es superabsurda—. No sabía yo que eso existía.

—Créeme, existe. Las chicas que van persiguiendo a los jugadores de *hockey*, a las que llamamos «conejitas», son expertas en eso. —Su tono de voz se suaviza—. Y para tu información, la tía que comenzó la mierda esa en Twitter… es una superconejita. Y sigue enfadada conmigo porque la rechacé el año pasado.

—¿Por qué la rechazaste? —He visto a la hermana de Maya y es muy guapa.

—Porque es demasiado insistente. Y un poco pesada, si quieres que te diga la verdad. —Gira la llave de contacto y me mira de reojo—. ¿Quieres que te lleve a casa? Porque estaba pensando en llevarte a otro lugar primero, si es que te apetece.

Mi curiosidad se despierta.

—¿A dónde?

Sus ojos azules brillan con picardía.

—Es una sorpresa.

—¿Una sorpresa buena?

—¿Las hay de otro tipo?

—Eh, *sí*. Ahora mismo puedo pensar en un centenar de malas sorpresas.

—Di una —me desafía.

—Vale... Te han organizado una cita a ciegas, tú te presentas en el restaurante y Ted Bundy está sentado en la mesa.

Logan me sonríe.

—Bundy es tu respuesta comodín, ¿eh?

—Eso parece.

—De acuerdo. Lo pillo. Te prometo que es una buena sorpresa. O, como poco, es neutral.

—Vale. Sorpréndeme, entonces.

Retira el coche de la zona de *parking* y gira hacia la carretera que se aleja del campus. Cuando miro por la ventanilla y veo los árboles pasar, un profundo suspiro sale de mi pecho.

—¿Por qué las personas a veces son tan capullas?

—Porque lo son —contesta—. Honestamente, no vale la pena enfadarse más. ¿Mi consejo? No pierdas el tiempo obsesionándote con las cosas estúpidas que hace la gente estúpida.

—Me resulta un poco difícil cuando manchan mi nombre.
—Pero sé que tiene razón. ¿Por qué molestarse en gastar energía mental en abusonas como Piper Stevens? Dentro de tres años ni siquiera recordaré su nombre.

—En serio, Grace, no te estreses. Ya sabes lo que dicen... Los que odian, disfrutan odiando. Los que se enfadan, disfrutan enfadándose.

Me río de nuevo.

—Ese va a ser mi nuevo lema.

—Guay. Buena decisión.

Pasamos el cartel de color azul cielo con las palabras «¡Bienvenidos a Hastings!» y miro por la ventana de nuevo.

—Crecí a la vuelta de la esquina —le digo.

Parece sorprendido.

—¿Eres de Hastings?

—Sí. Mi padre ha sido profesor en Briar durante veinte años. Me he pasado toda la vida aquí.

En lugar de dirigirse al centro de la ciudad, Logan se desvía en dirección a la carretera. Pero no nos quedamos en ella por mucho tiempo. Pasamos unas cuantas salidas y entra en la que dice «Munsen», el pueblo de al lado.

Una incómoda sensación me invade. Es superextraño que un pintoresco pueblo de clase media como Hastings esté a la misma distancia del campus de una universidad de la Ivy League y de una ciudad que mi padre, un hombre que no dice palabrotas si puede evitarlo, llama «un sitio de mierda».

Munsen consta de edificios venidos a menos que necesitan desesperadamente algunas reparaciones, unos cuantos centros comerciales de carretera y degradadas casas pequeñas de madera, que parecen más bien bungalós, con césped descuidado. El supermercado que pasamos tiene un letrero de neón parpadeante con la mitad de las letras apagadas. El único edificio que no está en ruinas es una pequeña iglesia de ladrillo con un letrero que dice en letras mayúsculas enormes: «DIOS CASTIGA A LOS PECADORES».

Los habitantes de Munsen sí que saben cómo dar la bienvenida.

—Y aquí es donde *yo* crecí —dice Logan con brusquedad.

Mi cabeza gira hacia él.

—¿De verdad? No sabía que también eras de la zona.

—Sí. —Me lanza una mirada autodespectiva antes de centrarse en la carretera plagada de baches que hay frente a nosotros—. No es nada interesante. Y créeme, es incluso más feo a la luz del día.

La camioneta rebota cuando atravesamos un bache especialmente profundo. Logan ralentiza la marcha y estira una mano hacia mi lado del parabrisas.

—El taller de mi padre está a una calle. Es mecánico.

—Qué guay. ¿Te ha enseñado muchas cosas de coches?

—Sí. —Golpea ligeramente el salpicadero con orgullo—. ¿Oyes el ronroneo *sexy* que sale de este bebé? Reconstruí el motor entero el verano pasado.

Estoy realmente impresionada. Y un poco cachonda, la verdad, porque me gustan los hombres que trabajan con las manos. No, me corrijo: me gustan los hombres que saben usar las manos. La semana pasada, el chico que vive al fondo del pasillo de mi piso en la residencia llamó a la puerta y me pidió que le ayudara a cambiar... ¡una bombilla! Tampoco es que yo sea MacGyver ni nada parecido, pero, vaya, soy capaz de cambiar una simple bombilla.

Mientras atravesamos una zona residencial, un fogonazo de recelo se enciende dentro de mí. ¿Me estará llevando a la casa de su infancia? Porque no estoy segura de estar preparada para...

No. Ahora cogemos otro camino de tierra y salimos del pueblo. Otros cinco minutos y llegamos a un gran claro. Hay una torre de agua a lo lejos, con el nombre de la ciudad grabado en uno de los lados, que parece brillar a la luz de la luna: un faro completamente blanco que destaca en medio del paisaje oscuro.

Logan aparca a cincuenta metros de la torre y mi pulso se acelera cuando comprendo que es precisamente ahí adonde vamos. Mis manos tiemblan mientras lo sigo hacia una escalera de acero que empieza en la base de la torre y se extiende hacia arriba, tan alto que no veo dónde termina.

—¿Vamos ahí arriba? —pregunto—. Si es que sí..., no, gracias. Me dan pánico las alturas.

—Oh, mierda. Lo olvidé. —Se muerde el labio un segundo antes de mirarme con seriedad—. ¿Te enfrentarías a tu miedo por mí? Te prometo que valdrá la pena.

Me quedo mirando la escalera y siento todo el color desaparecer de mi cara.

—Eh...

—Vamos —me persuade—. Tú subes primero y yo estaré aquí todo el tiempo y te cogeré si te caes. Palabra de honor.

—¡¿Si me caigo?! —grito—. Ni siquiera estaba pensando en la posibilidad de *caerme*. Oh, Dios mío, ¿qué pasa si me caigo?

Se ríe con suavidad.

—No lo harás. Pero, como te acabo de decir, yo me quedaré aquí abajo todo el rato para cogerte si pasa algo, en la superremota posibilidad de que ocurra. —Logan flexiona los brazos como si fuera un culturista que acaba de ganar un premio—. Mira estas armas, preciosa. ¿De verdad crees que no puedo sostener tus cuarenta kilos?

—Cincuenta y cuatro, si no te importa.

—Bah. Puedo levantar eso con un dedo.

Mi mirada se desplaza de nuevo a la escalera. Algunos de los peldaños están cubiertos de moho, pero, cuando doy un paso y me acerco, rodeo uno con los dedos y me parece lo suficientemente resistente. Respiro para tranquilizarme. Bueno. Es una torre de agua, no el Empire State. Y me había prometido a mí misma que probaría cosas nuevas antes de terminar mi primer año de universidad.

—Vale —murmuro—. Pero si me caigo y no me coges y, por algún milagro, logro sobrevivir y sigo pudiendo usar mis brazos... te daré una paliza *hasta matarte*.

Sus labios se contraen.

—Trato hecho.

Inhalo una bocanada de aire tambaleante y luego empiezo a subir. Un pie tras otro. Un pie tras otro. Puedo hacer esto perfectamente. No es más que una diminuta torre de agua. Solo es un... Mi estómago da un vuelco al cometer el error de mirar hacia abajo cuando estoy junto a la señal de mitad de recorrido. Logan espera pacientemente abajo. Un destello de luz de luna enfatiza el brillo de sus ojos azules.

—Lo tienes controlado, Grace. Lo estás haciendo guay.

Sigo adelante. Un pie después del otro; un pie después del otro. Cuando llego a la plataforma, el alivio me invade. Uau. Sigo viva.

—¿Estás bien? —grita desde el suelo.

—¡Sí! —respondo en un grito.

Al contrario que yo, Logan sube por la escalera en cuestión de segundos. Alcanza la plataforma, me coge de la mano y me lleva más lejos, hasta donde la pasarela de metal se ensancha y nos ofrece un lugar agradable —¡y seguro!— para sentarnos. Se deja caer de golpe y sus piernas cuelgan sobre el borde, sonriendo ante mi más que evidente reticencia a hacer lo mismo.

—Venga, no vas a acobardarte ahora. Ya has llegado hasta aquí...

Ignorando a mi estómago revuelto, me siento a su lado y, con cuidado, pongo mis piernas en la misma posición que las suyas. Cuando estira un brazo alrededor de mi hombro, me acurruco desesperadamente más cerca de él e intento no mirar hacia abajo. O hacia arriba. O hacia ningún lugar.

—¿Estás bien?

—Mmm... ¿Sí? Mientras siga mirándome las manos, no tendré que pensar en la caída de cincuenta metros que hay hasta mi muerte.

—Esta torre ni de coña mide cincuenta metros.

—Bueno, es lo suficientemente alta como para que mi cabeza se abra como una sandía si golpea el suelo.

—Por Dios. Necesitas trabajar con urgencia tu técnica para el romance.

Lo miro boquiabierta.

—¿Se supone que esto es *romántico?* Espera un momento, ¿te pone que las chicas te vomiten encima o algo así?

Se echa a reír.

—No vas a vomitar. —Pero para mi gran alivio, me sujeta con más firmeza. El calor de su cuerpo es una buena distracción para mi situación actual. Igual que lo es su loción para después del afeitado. ¿O es colonia? ¿O es su aroma natural? Ay, Dios, si ese es su olor natural, deberían embotellar esa fragancia picante, llamarla «Orgasmo» y vendérsela a las masas.

—¿Ves ese estanque de allí? —pregunta.

—No. —He cerrado los ojos, así que lo único que veo es el interior de mis párpados.

Me pellizca en las costillas.

Ayudaría si abrieras los ojos. Vamos, mira.

Abro los ojos y sigo la punta de su dedo hacia donde señala.

—¿Eso es un estanque? Parece más bien un pantano de barro.

—Sí, se pone fangoso en primavera. Pero durante el verano hay agua. Y en invierno se congela y todo el mundo va a patinar. —Hace una pausa—. Mis amigos y yo jugábamos al *hockey* allí cuando éramos pequeños.

—¿Era seguro patinar?

—Ah, sí, el hielo es sólido. Nadie se ha caído dentro, que yo sepa. —Hace otra pausa, esta vez más larga y cargada de tensión—. Me encantaba venir aquí. Pero es raro… Parecía mucho más grande cuando era niño. Era como si patinara en un océano. Luego, cuando fui creciendo, me di cuenta de lo pequeño que realmente es. Puedo patinar de un extremo a otro en cinco segundos. Lo he cronometrado.

—Un niño siempre ve las cosas más grandes.

—Supongo. —Se mueve para verme la cara—. ¿Tenías un lugar así en Hastings? ¿Algún lugar al que te escapabas cuando eras pequeña?

—Por supuesto. ¿Conoces el parque que hay detrás del mercado de los agricultores? ¿El que tiene un bonito quiosco de música?

Asiente con la cabeza.

—Solía ir allí cada dos por tres a leer. O a hablar con la gente, si es que alguien andaba por ahí.

—Las únicas personas a las que he visto en ese parque son los ancianos de la residencia que hay al lado.

Me río.

—Sí, la mayoría de la gente a la que conocí tenía más de sesenta años. Contaban historias superchulas de los «viejos tiempos». —Me muerdo el interior de la mejilla cuando algunas historias no tan chulas me vienen a la cabeza—. En realidad, a veces las historias eran increíblemente tristes. Hablaban mucho de sus familias, que nunca iban a visitarlos.

—Eso es superdeprimente.

—Sí —balbuceo.

Logan deja escapar una respiración entrecortada.

—Yo seré uno de ellos.

—¿Quieres decir que tu familia no te visitará? Oh, no creo.

—No, yo seré el miembro de la familia que no visita —responde con tono tenso—. Bueno, eso no es del todo cierto. Sin duda, visitaría a mi madre, pero si mi padre estuviera en una residencia…, probablemente no pondría ni un pie ahí.

Una ola de tristeza me invade.

—¿No os lleváis bien?

—La verdad es que no. Se lleva mejor con una caja de cerveza, o con una botella de *bourbon*.

Eso me entristece todavía más. No me puedo imaginar no estar cerca de mis padres. Sus personalidades son absolutamente diferentes, pero tengo un fuerte vínculo con ambos.

Logan se queda en silencio otra vez y no me siento cómoda insistiendo en sacar más detalles. Si hubiese querido decirme algo más, lo habría hecho.

En vez de eso, lleno el incómodo vacío cambiando de tema para volver a centrarlo en mí.

—Supongo que hablar con los ancianos era deprimente a veces, pero no me importaba escuchar. De todas formas, creo que eso es todo lo que realmente querían. Alguien que los escuchara. —Aprieto los labios—. Fue en aquella época cuando decidí que quería ser terapeuta. Me di cuenta de que tenía un talento especial para empatizar y entender a la gente. Y para escuchar sin juzgar.

—¿Vas a licenciarte en Psicología?

—Este año no me he matriculado en nada específico, porque no sabía si prefería tirar hacia la psicología o la psiquiatría. Pero he decidido que no quiero ir a la escuela de Medicina. Además, la psicología abre muchas más puertas que la psiquiatría. Podría ser terapeuta, trabajadora social, consejera… Eso suena mucho más gratificante que prescribir pastillas.

Reposo mi cabeza en su hombro mientras miramos hacia la pequeña ciudad que se extiende más allá de la torre. Tiene razón, no hay mucho que ver en Munsen, así que me centro en el estanque y me imagino a Logan cuando era un niño pequeño. Sus patines volando a través del hielo, sus ojos azules encendidos disfrutando de la certeza de que el estanque es un océano, de que el mundo es grande y luminoso y lleno de posibilidades.

Su tono se vuelve reflexivo.

—Así que tienes un talento para entender a la gente, ¿eh? ¿Puedes entenderme a mí?

Sonrío.

—Aún no te tengo pillado el rollo del todo.

Su risa ronca calienta mi mejilla.

—Yo tampoco me he pillado el rollo del todo todavía.

CAPÍTULO 12

GRACE

—Confianza en una misma —dice Ramona.

La miro con expresión dubitativa mientras se sube unas medias totalmente negras hasta el muslo. Acabo de preguntarle qué es lo que, según ella, más les pone a los chicos cuando se trata de sexo y, dado que esperaba una respuesta grosera, su sinceridad me ha cogido por sorpresa.

—¿En serio?

—Oh, sí. —Asiente rápidamente—. Los hombres aprecian a una mujer que tiene confianza en sí misma y que está segura con su sexualidad. Y tomar las riendas tampoco hace daño. A ellos les gusta cuando tú das el primer paso.

—Pues resulta que se me da fatal dar el primer paso —confieso.

Ramona va a su armario y hurga en el fondo. A continuación, sale con un par de zapatos de tacón negros.

—A ver, él te gusta, ¿verdad?

—Claro.

—Y quieres tener relaciones sexuales con él, ¿no?

Esta vez soy más lenta en responder. ¿Quiero acostarme con él? ¿Seguro? No estoy en contra de esa idea, y no es que aún sea virgen porque esté reservándome para el hombre con el que me voy a casar, o el amor de mi vida. Sé que el sexo es un hito monumental para algunas chicas, pero, personalmente, no creo que perder la virginidad vaya a ser la cosa más importante que haga en la vida.

Logan me atrae, sí, y si acabamos acostándonos esta noche, pues genial. Si no lo hacemos, también bien. Después de cómo conectamos en la torre de agua la otra noche, estoy más interesada en salir con él que en desnudarme.

Aunque desnudarme, al menos parcialmente, sin duda forma parte de la agenda de esta noche.

Hace una hora le he enviado un mensaje para pedirle que viniera a casa, y Ramona ha accedido a dejarme la habitación libre. A pesar de que sigue de resaca después de ayer, se ha comprometido a estar fuera hasta la medianoche. Ahora solo son las siete, lo que nos da a Logan y a mí mucho tiempo para estar juntos. Y quizá mantener relaciones sexuales. O quizá *no* mantener relaciones sexuales. He decidido que ya veré qué pasa.

—¿Grace?

Salgo de golpe de mis pensamientos.

—Sí, supongo que quiero acostarme con él. Si el momento es el adecuado.

—Entonces tienes que separarte de la multitud.

Arrugo la frente.

—¿Qué quieres decir?

—Oh, vamos, ¿te das cuenta de la cantidad de chicas con las que se ha acostado? Un harén. Y es John Logan, cariño... Apuesto a que es superbueno en la cama. No quieres ser otra chica más a la que mira con esos ojos azul claro y se la tira. Quieres mostrar confianza, ser *sexy* y tomar el control. Enséñale que ha conocido a su media naranja.

Me muerdo el labio. Mostrarme confiada y *sexy* no es mi estilo. ¿Y tomar el control? Siempre he estado más cómoda sentada en el lado del copiloto y he dejado que la otra persona lleve el volante.

—Ah, y necesitas mostrarle que te va el rollo morboso. Que estás preparada para cualquier cosa.

Una risa nerviosa me hace cosquillas en la garganta.

—Ya, ya. ¿Cómo se supone que voy a hacer eso?

—No lo sé. Métele un dedo en el culo cuando le estés haciendo una mamada.

Casi me atraganto con mi propia lengua.

—¿¡Qué!?

Ramona me ofrece una sonrisa descarada.

—Oh, Dios, vaya si se nota que eres virgen. El juego anal puede ser muy divertido.

—No quiero a nadie cerca de mi culo, muchas gracias. Y estoy bastante segura de que él no me quiere cerca del suyo.

—Ja. No tienes ni idea de lo dura que se le pone a un tío con un buen masaje de próstata. En serio, su orgasmo sería espectacular.

—No le voy a dar ningún masaje de próstata —digo con timidez.

Nos miramos por un momento y luego nos echamos a reír, y me siento bien al reírme con ella de nuevo. Ni siquiera me importa ya que plantara la semilla que Maya y Piper utilizaron para hacer crecer un árbol de mentiras. Ramona es mi mejor amiga y la conozco desde que teníamos seis años. ¿A veces es egoísta? Sí. ¿Es demasiado cotilla? Absolutamente. Pero también es dulce y leal, y siempre está ahí para mí cuando la necesito.

—Está bien, nada de meterle el dedo en el culo —cede—. Pero lo de la confianza va en serio. Se volverá loco.

—Lo haré lo mejor que pueda.

Ramona entrecierra los ojos mientras mira de arriba a abajo mi *look* con minuciosa atención.

—Vas a cambiarte antes de que venga, ¿verdad?

Echo un vistazo a mis vaqueros ajustados y a mi top corto y blanco.

—¿Qué hay de malo en lo que llevo? ¿Sabes qué? Mejor no respondas a eso. Estoy cómoda así y no voy a cambiar mi forma de vestir por un chico.

—Bien, pero quítate el sujetador. —Sube y baja las cejas—. Así podrá ver tus pezones a través del top y estará cachondo y aturdido desde el principio.

—Tomaré eso en consideración.

Ramona me da un beso en la mejilla y, a continuación, suelta un gritito.

—Oh, Dios mío. No puedo creer que vayas a tener relaciones por primera vez esta noche.

—Solo si el momento es el adecuado —le recuerdo.

—Cariño, es John Logan —dice con una sonrisa—. No hay nada malo en hacerlo.

LOGAN

Ella: ¿Vienes a mi resi esta noche?

He estado mirando el mensaje de texto de Grace desde que he salido de la ducha. Y eso ha sido, oh, hace treinta y ocho minutos. Espera... Miro el reloj despertador. Ya son treinta y nueve minutos.

Debería responder. No he hablado con ella desde el jueves. Por supuesto, no es una cantidad inmensa de tiempo, si tenemos en cuenta que es sábado y que ayer tenía planes para cenar con su padre. Así que, técnicamente, solo he estado evitándola durante un día y medio.

No obstante, ella no sabe que la estoy evitando. Si lo supiera, no me habría invitado a su residencia.

Así es como yo lo veo. Tengo tres opciones.

Opción 1: no hacer caso de la invitación.

Y si vuelve a mandarme otro mensaje, ignorarlo también. Y luego seguir ignorándola, hasta que pille que no estoy interesado, lo cual es una mentira enorme, porque *sí* estoy interesado. Me divierto con ella y, si no estuviera tan jodido en la cabeza por la movida con Hannah, sin duda seguiría viendo a Grace.

Joder, no debería haber permitido que la cita improvisada del jueves sucediera. No es justo haberle dado falsas esperanzas.

Lo que me lleva a la opción 2: responder el mensaje y rechazar la invitación. Decirle que no puedo verla más porque [inserte aquí su excusa de mierda].

Excepto que..., bueno, excepto que me han despachado por mensaje alguna vez y es una puta mierda.

Y eso nos lleva a la opción 3: ir allí y hablar con ella en persona. Esa es la opción madura, por la que sin duda debo optar. Pero la idea de vislumbrar la más mínima pizca de dolor o decepción en sus ojos me revuelve el estómago.

Sé un hombre de una vez.

Mierda. Supongo que es hora de ponerme los pantalones de chico mayor. Sé un hombre, sé fuerte, apechuga y esas cosas. Después de nuestra noche en la torre de agua, Grace merece mucho más que un «no» por mensaje.

Mientras ahogo un suspiro, tiro la toalla con la que me he estado cubriendo los últimos... cuarenta y dos minutos ya. Cojo unos bóxers y unos pantalones vaqueros limpios, me los abrocho y me pongo el suéter negro que mi madre me regaló por Navidad. Me queda más justo que las camisetas que normalmente uso, pero es el primero que encuentro en mi cómoda y tengo demasiada prisa como para cambiarme.

Cojo el teléfono de la cama y escribo a Grace.

Yo: ¿Cuándo?

Ella: Ahora, si quieres. 😊

Lo subraya con un emoticono sonriente. Mierda.

Yo: Voy.

Diez minutos más tarde, apago el motor de mi coche en el aparcamiento que hay detrás de la zona residencial del campus y me dirijo andando a la Residencia Fairview. Cuando llego a la puerta, me siento abrumado por la duda. Y por una dosis importante de nervios. Tomo una respiración profunda. Joder, no es que vaya a romper con ella. No somos pareja. Simplemente, le hago saber que mi situación no es la mejor para continuar con lo nuestro en este momento. Eso no quiere decir que hayamos acabado para siempre. Es solo que... hemos «acabado para ahora mismo».

«¿Acabado para ahora mismo?». Brillante, tronco. Vas a asombrarla con tu prosa lírica.

Llamo con el puño en la puerta, armado con mi superimpresionante discurso de despedida, pero cuando se abre, no tengo oportunidad de abrir la boca. En realidad, borra eso, rectifico: no tengo oportunidad de decir nada. Mi boca sí está abierta, porque Grace tira de mí hacia su dormitorio oscuro y me besa. Si mi boca estaba cerrada, ¿cómo se supone que ha podido meter su lengua dentro?

Ese beso es completamente inesperado y más *sexy* que cualquier cosa que haya experimentado en mi vida. Envuelve sus brazos alrededor de mi cuello y me apoya en la puerta todavía abierta. Se cierra cuando mis hombros chocan contra ella y de repente estoy atrapado entre la puerta y el suave y cálido cuerpo de Grace.

Sus labios juguetean con los míos hasta que dejo de ver con nitidez. A continuación, se separa un instante sin aliento.

—Llevo todo el día queriendo hacer esto.

Se inclina de nuevo.

Oh, joder. No dejes que te bese de nuevo. No...

Mi lengua se enreda con la suya en otro duelo encendido. Mierda. Pongo mis manos en sus caderas con la intención de empujarla suavemente y crear distancia, pero ya no tengo control sobre mis propios dedos. Se deslizan hacia abajo y se clavan en su firme culo, acercándola más en lugar de distanciarla.

Con su boca aún pegada a la mía, agarra la parte de debajo de mi suéter y tira hacia arriba. No sé cómo, pero encuentro la fuerza de voluntad para romper el beso.

—¿Qué haces? —grazno.

—Quitarte la ropa.

Oh, mierda. Mierda, mierda, mierda. La única razón por la que le permito quitarme el jersey es porque la tela está atrapada alrededor de mi barbilla y cuello, y necesito mi boca para hablar con ella, para detener esto. Pero entonces lanza el jersey a un lado y toca mi pecho desnudo, y mi cerebro cortocircuita. Acaricia delicadamente con los dedos mi abdomen y emite un sonido entrecortado. Es una mezcla de gemido y gruñido tan *sexy* que envía una chispa de lujuria directamente a mi polla. Mis huevos se tensan y se elevan dolorosamente cuando sus dedos encuentran la hebilla del cinturón.

—Grace, yo... —En lugar de terminar esa frase, suelto un quejido en voz alta porque, mierda puta, no solo me baja los pantalones.

Ella se agacha y se pone de rodillas y empieza a hacerlo.

111

Estoy bastante seguro de que acabo de asegurarme una plaza en el infierno por esto. He venido aquí para terminar lo nuestro y, en su lugar, estoy empujando mi polla en su cálida y húmeda boca.

Maldito sea el que inventó las mamadas. Son tan buenas... y hacen cosas terribles con tu mente, o lo que es lo mismo, la vacían de todo pensamiento lúcido. No puedo centrarme en nada que no sea la succión apretada alrededor de mi capullo, el camino de exploración de la lengua de Grace mientras me lame arriba y abajo por mi pene, antes de chupar la punta de nuevo.

Enredo una mano instintivamente en su pelo, temblando mientras agarro la parte posterior de su cabeza para acercarla. Ella gime y el sonido vibra a través de mi cuerpo, una promesa seductora que hace que me tambalee y esté cerca de perder el control. Dios. No tengo ni idea de cuánto tiempo está arrodillada dándome placer, pero, de repente, la necesidad de *tocarla* me consume. Necesito deslizar mis manos por todo su cuerpo y hacerla enloquecer tanto como me está haciendo enloquecer ella a mí ahora.

Con un ruido estrangulado, salgo de su boca y la cojo por debajo de los brazos para ponerla de pie. Y entonces vuelvo a besarla, frenéticamente, casi desgarrando su ropa, hasta que se queda desnuda. Oh, Dios bendito, está desnuda. ¿Cómo narices, en un lapso de *cinco minutos*, he dejado que esto se me fuera de control?

Pero no puedo parar, joder. No puedo dejar de besarla. No puedo dejar de estrujar sus tetas. No puedo *no* llevarla a la cama y poner mi cuerpo encima de ella. Mi pene está entre nuestros cuerpos, un peso pesado en su vientre plano, y la base se frota contra su clítoris mientras nos besamos tan profundamente que parece que quisiéramos tragarnos el uno al otro.

«¡Para esto ya!», me regaña una voz. Dios, no *puedo*. La deseo demasiado. «¡¡Para esto ya!!».

Sí, esa voz es mi conciencia tratando de impedir que cometa un grave error. ¿Por qué no puedo hacerle caso? ¿Por qué no puedo...?

Grace rompe el beso y me mira con sus ojos marrones, nebulosos, y de pronto toda su bravuconería se ha ido. La mujer

segura y *sexy* que me ha atacado en la puerta se ha transforma-
do en una chica tímida y sonrojada que dice:

—Eh, bueno…, escucha… No me he acostado nunca con
nadie.

Oh, *mierda.*

Esas siete palabras parten mi corazón en dos.

¡Hijo de puta! Ni de coña. Ni de casualidad le puedo hacer
esto.

¿Liarme con ella cuando sé que voy a dejarla? Criticable.
Pero ¿hacer que pierda su virginidad? Imperdonable.

Ah, ¿y mi plaza en el infierno? Sigue totalmente asegurada.

El silencio se extiende entre nosotros mientras busco las palabras correctas que decir. Algo que es superdifícil cuando los
dos estamos desnudos. Cuando mi polla está tan dura que podría cortar un diamante por la mitad.

Grace deja escapar un suspiro tembloroso.

—¿Eso es un problema para ti?

Abro la boca.

Y digo:

—Sí.

Grace parece sorprendida.

—¿Qué?

—Quiero decir, no. No hay nada malo en ser virgen. Pero…
no podemos hacer esto. —Me levanto a trompicones de la
cama, con la misma gracia que un potro recién nacido. En serio,
mis piernas se tambalean a más no poder y analizo el cuarto en
busca de mis pantalones. Siento su mirada en mi espalda. Tiene
los ojos clavados en mí. No quiero mirarla más porque sé que
todavía está desnuda, pero no puedo evitar mirar un instante de
reojo y su expresión de dolor parte mi pecho en dos.

—Lo siento —le digo con firmeza—. No puedo hacer esto.
Es tu primera vez y te mereces algo…, *alguien…,* mucho mejor
que yo para tu primera vez.

Ella no pronuncia ni una palabra, pero incluso en la oscuridad veo el fuerte rubor en sus mejillas. Y cómo se muerde el
labio inferior, como si intentara no llorar.

Su silencio hace que el sentimiento de culpa que corre por
mis venas sea más profundo.

113

—Ahora mismo estoy en un momento superjodido. Me lo paso genial contigo, pero... —Trago saliva—. No puedo darte nada serio.

Grace finalmente habla, su voz suena firme y tensa de vergüenza.

—No te estoy pidiendo que te cases conmigo, Logan.

—Lo sé. Pero el sexo..., el sexo es serio, ¿sabes? Especialmente para una virgen. —Me trabuco con las palabras, me siento un completo idiota—. Tú no quieres hacer esto conmigo, Grace. No estoy bien de la cabeza ahora mismo y creo que he tratado de distraerme de toda la mierda que hay en mi vida, e intentando conseguir a otra persona y...

—¿Otra persona? —me interrumpe. Ahora hay un punto de enfado en su tono—. ¿Estás interesado en otra persona?

—Sí. No —corrijo rápidamente. A continuación gruño—. Pensé que lo estaba y quizá todavía lo esté. No lo sé, ¿vale? Solo sé que esa chica me ha tenido hecho polvo durante meses, y no es justo para ti si... hacemos esto... cuando yo... —Me detengo. Estoy demasiado confundido e incómodo como para seguir adelante.

Evitando mi mirada, Grace baja de la cama y coge una camiseta del respaldo de la silla del escritorio.

—¿Me estabas utilizando para olvidar a otra persona? —Se mete de golpe la camiseta por la cabeza—. ¿He sido tu *distracción*?

—No. Te lo prometo, me gustas mucho. —Me estremezco al darme cuenta del tono de súplica de mi voz—. No he estado utilizándote de forma intencionada. Eres la hostia de increíble, pero yo...

—Oh, Dios mío, no —me corta—. Por favor..., cállate, Logan. En este momento no soportaría el rollo de «no eres tú, soy yo». —Se pasa ambas manos por el pelo, su respiración empieza a ser poco profunda—. Oh, Dios. Esto ha sido un error tan grande.

—Grace...

Me interrumpe de nuevo.

—¿Me harías un favor?

Es difícil hablar con el nudo gigante que tengo instalado en la garganta.

—Lo que necesites.

—Vete.

El puto nudo casi me ahoga. Respiro profundamente, ignorando la sensación de ardor en la garganta y el dolor en el pecho.

—Lo digo en serio. Vete, ¿vale? —Me mira fijamente—. Quiero que te vayas ahora mismo.

Debería decir algo más. Pedirle disculpas de nuevo. Tranquilizarla. Consolarla. Pero me aterra pensar que, si me acerco, acabe dándome una bofetada o, peor aún, que empiece a llorar.

Además, ya está yendo hacia la puerta para abrirla. No me mira mientras espera. Mientras espera a que me vaya.

Mierda. La he cagado a lo bestia... Me duele el corazón, literalmente, cuando me dirijo tambaleando hacia la puerta. Me detengo en el umbral mientras busco el coraje para mirarla a los ojos de nuevo.

—Lo siento.

—Sí, deberías sentirlo.

Lo último que oigo cuando salgo al pasillo es el sonido de un portazo detrás de mí.

Siempre me he negado a usar el alcohol como herramienta para el olvido. Si estoy triste, o cabreado, o dolido, lo evito a toda costa, porque me aterroriza la idea de llegar a depender de eso algún día. La idea de convertirme en un alcohólico.

Pero joder, ahora mismo me vendría muy bien un trago.

Luchando contra mi impulso, paso corriendo junto al mueble bar del salón y voy hacia la puerta corredera de la cocina. Tabaco. Un hábito igualmente destructivo, pero que en este momento es el mal menor. Inundaré mis venas de nicotina y tal vez eso me ayude a pasar la enorme bola de culpabilidad que tengo instalada en la boca del estómago.

—¿Todo bien?

Yo, un jugador de *hockey* grande y fuerte, salto un metro en el aire al oír la voz de Hannah.

Me doy la vuelta y la veo ahí de pie en el fregadero con un vaso vacío en la mano. Estaba tan ensimismado que he debido de pasar justo por delante de ella en mi carrera hacia la puerta.

¡Dios! Es la *última* persona que quiero ver en este momento.

Y mira por dónde, otra vez lleva puesta la camiseta de Garrett. Restregándome lo suyo por toda la cara, ¿no?

—Sí, todo bien —murmuro y me alejo de la puerta. Cambio de planes. Ya no necesito una sobredosis de nicotina. Mi objetivo ahora es esconderme en mi habitación.

—Logan. —Se acerca a mí con pasos cautelosos—. ¿Qué te pasa?

—Nada.

—Mentira. Pareces disgustado. ¿Estás bien?

Me estremezco cuando me toca el brazo.

—No me apetece hablar, Wellsy. De verdad que no me apetece nada.

Sus ojos verdes analizan mi rostro. Y lo hacen durante tanto tiempo que me retuerzo incómodo en mi sitio y rompo el contacto visual. Intento dar un paso más, pero ella me detiene de nuevo: bloquea mi camino a la vez que emite un gemido de frustración.

—¿Sabes qué? —anuncia—. Ya no soporto más esta mierda.

Parpadeo con sorpresa.

—¿De qué hablas?

En lugar de responder, me coge del brazo con tanta fuerza que es un milagro que no me lo disloque. A continuación, me arrastra a la mesa de la cocina y me empuja con fuerza hasta sentarme en una silla. Dios. Tiene una fuerza increíble para ser tan pequeña.

—Hannah... —empiezo, inquieto.

—No. Se ha acabado eso de andarse con rollos. Vamos a zanjar esta historia. —Tira de una silla y se sienta a mi lado—. Garrett siempre me dice que lo superarás, pero no hace más que empeorar, y no me gusta esta sensación incómoda que hay entre nosotros. Antes pasabas el rato con nosotros, venías al Malone's y veíamos pelis; ahora ya no, y echo de menos salir por ahí contigo, ¿vale? —Está tan cabreada que veo cómo le tiemblan los hombros—. Así que vamos a aclarar las cosas entre nosotros, ¿de acuerdo? Enfrentémonos directamente con lo que sea.

Coge aire en una respiración profunda, me mira a los ojos y me pregunta:

—¿Sientes algo por mí?

Oh, joder.

¿Por qué no me habré ido directamente a mi habitación? ¡¿Por qué?!

Aprieto los dientes y echo mi silla hacia atrás.

—Bueno, esto ha sido muy divertido, pero creo que voy a subir arriba a pegarme un tiro.

—Siéntate —dice con severidad.

Mi culo se queda en el aire sobre la silla, pero su tono directo me recuerda demasiado al entrenador Jensen echándonos la bronca en los entrenamientos, y mi miedo a la autoridad gana la partida. Me dejo caer y suelto un suspiro cansado.

—¿Qué sentido tiene hablar de esto, Wellsy? Los dos conocemos la respuesta a esa pregunta.

—Tal vez, pero quiero oírte decirlo.

El cabreo me aprieta la garganta.

—De acuerdo, ¿quieres oírlo? ¿Que si siento algo por ti? Sí, creo que sí.

Se queda un poco en *shock,* como si en el fondo no esperara que respondiese. Y damos la entrada a... el silencio más largo de la historia. Del tipo «encuentra una soga ya y átatela alrededor del cuello para colgarte», porque cuanto más tiempo permanece en silencio, más patético me siento.

Cuando por fin habla, me pilla desprevenido.

—¿Por qué?

Mi frente se arruga.

—¿«Por qué» qué?

—¿Por qué te gusto?

Si en algún momento ha pensado que con eso aclararía la situación, se ha equivocado del todo. Sigo desconcertado. ¿Qué tipo de pregunta es esa?

Hannah niega con la cabeza, como si ella también intentara verle el sentido.

—Amigo, he visto a las chicas que traes a casa y con las que coqueteas en el bar. Tienes un tipo de tía concreto. Alta, delgada y generalmente rubia. Y siempre están manoseándote y cubriéndote de elogios. —Resopla—. Y, en cambio, yo no hago más que insultarte todo el rato.

No puedo evitar sonreír. Su sarcasmo más bien cruza la línea al territorio del insulto.

—Y a ti te atraen las chicas que buscan algo temporal. Ya sabes, las que quieren pasar un rato divertido y ya. Yo no soy una chica a la que le mole pasar un rato divertido y ya está. A mí me gustan las relaciones serias. —Frunce los labios, pensativa—. Nunca me ha dado la sensación de que a ti te molen las relaciones.

La acusación que plantea me pone los pelos de punta.

—¿Por qué? ¿Porque me gusta jugar? —La indignación hace que mi tono salga más duro de lo que pretendía—. ¿Alguna vez has pensado que tal vez es porque todavía no he conocido a la chica adecuada? Pero no, claro, es imposible que yo quiera a alguien a quien dar mimos, y con quien ver películas, alguien que lleve mi camiseta y que me anime en los partidos, alguien que haga la cena conmigo como hacéis tú y Garr...

Su carcajada corta mi discurso de cuajo.

Entrecierro los ojos.

—¿De qué hostias te ríes?

En cuestión de segundos, la risa desaparece y su tono se vuelve serio.

—Logan..., durante todo ese discurso que has soltado..., no has dicho ni una vez que quieras hacer todo eso conmigo. Has dicho «alguien». —Su rostro brilla—. Acabo de entenderlo todo.

Bueno, pues mejor para ella, porque yo no tengo ni puta idea de lo que quiere decir.

—Todo este tiempo he creído que me mirabas en plan «quiero algo contigo», pero en realidad nos estabas mirando a «nosotros». —Se vuelve a reír—. Y todas esas cosas que acabas de enumerar, son cosas que Garrett y yo hacemos juntos. Amigo, tú no quieres nada conmigo. Tú lo que quieres es a mí y a Garrett.

La alarma se instala en mi interior.

—Mira, si acabas de sugerir que quiero un trío contigo y mi mejor amigo, te aseguro que ni de coña.

—No. Pero quieres lo que Garrett y yo tenemos. Quieres la conexión y la cercanía, y todo ese rollo pasteloide de una relación.

Mi boca se cierra de golpe. ¿Es cierto eso?

Mientras sus palabras van calando en mí, mi confundido cerebro repasa a toda velocidad las fantasías que he tenido con Hannah estos últimos meses y..., bueno, si he de ser honesto, la mayoría no han sido de carácter sexual. A ver, alguna que otra sí, pero porque soy un tío y ella está muy buena. Y, además, está cerca de mí todo el rato y, por lo tanto, proporciona imágenes fácilmente disponibles a mi «álbum para pajas». Pero aparte de alguna que otra fantasía con ella desnuda, lo normal es que me imagine escenas para todos los públicos. Un ejemplo: los veo a ella y a Garrett acurrucados en el sofá y deseo estar en el lugar de Garrett.

Pero... ¿deseo estar en el lugar de Garrett con ella en concreto..., o en su lugar en general?

—Mira, Logan, me caes bien. De verdad, me caes guay. Eres divertido y dulce, y eres supersarcástico, que es una cualidad que me encanta en un chico. Pero tú no... —Parece incómoda—... no haces que mi corazón vibre. Supongo que esa es la mejor manera de decirlo. No, ni siquiera eso. —Su voz adquiere un tono distante—. Cuando estoy con Garrett, mi mundo se llena de vida. Estoy tan llena de emoción que siento como si mi corazón se desbordara; y sé que esto va a sonar como una exageración o incluso como un rollo un poco obsesivo, pero a veces creo que necesito a Garrett más de lo que necesito la comida o el oxígeno. —Me mira a los ojos—. ¿Me necesitas más que al oxígeno, Logan?

Trago saliva.

—¿Soy la última persona en la que piensas cuando te vas a la cama y la primera en la que piensas cuando te despiertas?

No contesto.

—¿Lo soy? —insiste.

—No. —Mi voz sale ronca—. No lo eres.

Joder.

Puede que Hannah esté en lo cierto. Durante todo este tiempo me he sentido culpable por desear a la chica de mi mejor amigo, pero creo que lo que realmente deseaba era tener la relación que tiene mi mejor amigo. Alguien con quien pasar el tiempo. Alguien que me excite y que me haga reír. Alguien que me haga... feliz.

Alguien como... ¿Grace?

El pensamiento burlón se clava en mi mente como un machete afilado.

Mierda.

Sí, alguien como Grace. Alguien exactamente como Grace, con sus rollos de Ted Bundy y su presencia tranquilizadora y... *¡Hola, ironía!* He roto con ella para evitar entrar en una relación seria y ahora resulta que eso es justo lo que quería desde el principio.

—Mierda. Yo... la he cagado. —Me froto los ojos y emito un gemido suave.

—No, eso no es verdad. Somos buenos amigos, Logan. Te prometo...

—No, no la he cagado con nosotros. He cortado con una chica genial esta noche porque estaba fatal y megaconfundido con toda esta movida.

—Oh, mierda. —Me mira con pena—. ¿Por qué no la llamas y le dices que has cambiado de opinión?

—Me ha echado de su cuarto. —Me quejo de nuevo—. Ni de coña va a coger el teléfono si la llamo.

La voz de Garrett nos interrumpe desde el pasillo.

—En serio, Wellsy, ¿cuánto tiempo tardas en pillar un vaso de agua? ¿Tengo que enseñarte a usar el grifo? Porque si es así, me parece supertriste que... —Deja de hablar en cuanto me ve—. Ey, hola, tío. No sabía que estabas en casa.

Me apresuro a levantarme de la silla, pero eso no consigue aliviar la sospecha en los ojos de Garrett. La situación me provoca una oleada de culpa. Dios, ¿cree que acaba de pasar algo entre nosotros? ¿Acaso cree en serio que se me ocurriría insinuarme a su chica?

Que yo mismo me esté preguntando eso muestra que el estado de nuestra amistad es aún más precario de lo que pensaba.

Trago saliva y me acerco a él.

—Oye... Siento haberme comportado como un idiota últimamente. He estado... despistado.

—Despistado —repite con escepticismo.

Asiento con la cabeza. Sigue mirándome.

—Ahora ya lo tengo claro. En serio.

Garrett mira por encima de mi hombro y, aunque yo no puedo ver la cara de Hannah, lo que ocurre entre ellos hace que sus fuertes hombros se relajen. Después sonríe y me da una palmadita en el brazo.

—Bueno, pues menos mal, tronco. Porque estaba considerando seriamente ascender a Tuck al número 1 en la escala de amigos.

—¿Estás de coña? Eso sería un gran error, G. Es un amigo terrible. ¿Le has visto la barba?

—Ya te digo.

Y, simplemente así, todo vuelve a estar bien entre nosotros. En serio, cuando se trata de enterrar el hacha de guerra, las chicas necesitarían aprender de los chicos. Conocemos muy bien esa lección.

—Bueno, tengo que hacer una llamada —le digo—. Buenas noches, chicos.

Mientras salgo de la cocina, busco el teléfono de Grace para llamar. Los mensajes no son una opción. Quiero que escuche mi voz. Quiero que escuche lo jodido que estoy por todo lo que ha pasado esta noche.

La frustración llega cuando el tono de llamada suena una y otra vez y después salta el buzón de voz.

La segunda vez que llamo, me lleva directamente al buzón de voz, lo que me dice que muy probablemente le ha dado al botón de ignorar.

Mierda.

Con una aplastante sensación de derrota, abro un nuevo mensaje y le escribo preguntando si podemos hablar.

Luego subo a mi habitación y espero.

CAPÍTULO 14

LOGAN

Pasa de medianoche y todavía no hay noticias de Grace. Ya he enviado tres mensajes y ahora estoy tumbado sobre mi edredón, mirando al techo y luchando con valentía contra el impulso de enviar un cuarto.

Tres mensajes rayan la desesperación.

Cuatro sería patético.

Joder, me gustaría que me respondiera. O que me llamara. O *algo*. En este punto, estaría encantado si una paloma mensajera tocara con el pico en mi ventana y me entregara una carta escrita a mano con perfecta caligrafía.

A ver, tronco. No te va a llamar. Asúmelo.

Sí, supongo que no lo hará. Supongo que la he cagado de verdad. Y supongo que me merezco esta mierda.

No solo le di falsas esperanzas… La manejé hasta el punto de que quiso perder su *virginidad* conmigo para después tirarle su ofrecimiento a la cara y decirle que estaba interesado en otra persona. Joder, me sorprende no tener ningún dolor en mi cuerpo ahora mismo; ya sabes, por las agujas afiladas que Grace le estará clavando a mi muñeco de vudú.

Mi teléfono vibra y me lanzo sobre mi mesilla de noche como un saltador de altura olímpico. Me ha contestado. Dios. Joder. Gracias. Eso significa que no me ve como al anticristo que…

El mensaje *no* es de Grace.

Es de un número desconocido y necesito al menos diez segundos para asimilar lo que estoy leyendo. Flipo del cabreo.

> Ey, soy Ramona. Acabo de enterarme de lo q ha pasado entre tú y Grace. Te apetece q vaya a tu casa a consolarte? 😊

Un emoticono. ¿De verdad me ha enviado un puto emoticono?

Dejo caer el cacharro como si me abrasara. Como si el mensaje fuera contagioso, y el mero hecho de tocar el teléfono al que se ha enviado me fuera a convertir en una persona tan despreciable como la que ha escrito esas palabras.

¿Por qué coño la mejor amiga de Grace me está tirando los trastos? ¿Quién es capaz de *hacer* eso?

Estoy tan cabreado que recojo el teléfono y le envío una captura de pantalla del mensaje a Grace, sin detenerme a cuestionar mis acciones. Añado un pequeño texto:

> **Yo:** Creo que deberías ver esto.

Y entonces, como ya estoy metido hasta el cuello, le envío otro mensaje que dice:

> **Yo:** ¿Podemos hablar? Por favor.

Tampoco responde. Ni ahora ni cuando el reloj dice que son las tres de la mañana, que es cuando finalmente me meto, patético de mí, bajo las sábanas y caigo en un inquieto sueño.

GRACE

Me levanto a las cinco y media de la mañana. No por elección, sino porque mi mente traicionera decide que es hora de volver a la consciencia y sumirme en la miseria un poco más.

La humillación de ayer por la noche me da una bofetada en la cara nada más abrir los ojos. La ropa que llevaba sigue esparcida por el suelo. No me molesté en recogerla y tampoco lo hizo Ramona, que llegó a casa alrededor de la medianoche.

«No ha pasado nada. Le gusta otra persona».

Esa fue toda la información que le di ayer por la noche y debió de ver en mi cara la devastación que sentía porque, por una vez en su vida, no me dio la lata para conseguir más detalles. Simplemente, me abrazó, me dio un apretón compasivo en el brazo y se metió en la cama.

Ahora está durmiendo pacíficamente, con la mejilla apretada contra la almohada y uno de sus brazos extendido sobre el colchón. Bueno, al menos una de nosotras estará descansada durante el día de hoy.

Ignoro mi sensatez y miro el teléfono. Tal y como imaginaba, hay dos mensajes no leídos parpadeando en la pantalla. Con esos dos, la suma total es de cinco.

Logan debe de tener *muchas* ganas de hablar conmigo.

Imagino que la culpa convierte a algunos chicos en auténticos charlatanes. Una persona inteligente eliminaría los mensajes sin leerlos. No, mejor dicho, borraría su número de la lista de contactos. Pero no me siento demasiado inteligente en este momento. Me siento una estúpida. Una estúpida integral y total. Por invitarlo anoche. Por permitirme sentir algo por él.

Por leer los mensajes que no deja de envi…

Pero ¿qué coño…?

Parpadeo. Una vez. Dos veces. Tres, cuatro y cinco veces, pero nada de eso aporta sentido a lo que veo.

> Ey, soy Ramona. Acabo de enterarme de lo q ha pasado entre tú y Grace. Te apetece q vaya a tu casa a consolarte? 😏

Mi cabeza se dirige a la cama de Ramona. Sigue dormida como un tronco. Pero ese es, indiscutiblemente, su número de teléfono junto a la hora en la que se envió el mensaje. Las 00.16, aproximadamente veinte minutos después de que llegara a casa anoche.

Me quedo mirando su cuerpo dormido, esperando a que aparezca la furia. A que mis entrañas se tensen y mi sangre hierva por la sensación total y cruda de traición.

Pero no ocurre nada. Estoy... fría. Entumecida. Y tan absolutamente agotada que siento como si alguien me hubiera llenado de arena los ojos.

Mis dedos tiemblan mientras aparece el siguiente mensaje:

Él: ¿Podemos hablar? Por favor.

Pues no, no podemos. De hecho, no quiero hablar con nadie en este momento. No quiero hablar con Logan y, desde luego, tampoco con Ramona.

Lleno mis pulmones con una aspiración irregular. A continuación, me levanto y arrastro mis pies hacia la puerta. Cuando salgo al pasillo, me dejo caer contra la pared, me deslizo hacia el suelo y acerco mis rodillas a la cara. Mi teléfono descansa sobre una rodilla. Lo miro fijamente durante varios segundos hasta que al fin decido darle la vuelta y abrir mi lista de contactos.

Quizá sea demasiado temprano para llamar a mi padre, pero en París, mi madre estará despierta y probablemente esté preparando la comida en este momento.

La sensación de entumecimiento no desaparece cuando marco su número. En todo caso, empeora. Ni siquiera siento el latido de mi corazón. Cabe la posibilidad de que ya no lata. Que esa parte de mí se haya apagado.

—¡Cariño! —La voz alegre de mi madre llena mi oído—. ¿Qué haces tan temprano?

Trago saliva.

—Hola, mamá. Yo... eh, tengo una clase a primera hora.

—¿Tienes clase los domingos? —Parece confundida.

—Oh. No, no tengo. Quería decir que tengo grupo de estudio.

Mierda, los ojos me empiezan a escocer, y no porque esté cansada. Joder. Adiós al entumecimiento... Estoy a nada de echarme a llorar.

—Mira, quería hablar contigo sobre mi viaje a París. —Mi garganta se cierra y cojo aire otra vez con la esperanza de que se abra—. He cambiado de opinión en cuanto a las fechas. Quiero ir antes.

—¿En serio? —dice encantada—. ¡Yuju! ¡Eso es genial! Pero ¿estás segura? Me dijiste que quizá tenías planes con tus amigos. No quiero que vengas antes por mí.

—Los planes se han cancelado. Y quiero ir antes, de verdad. —Parpadeo con rapidez para evitar que las lágrimas se abran paso—. Cuanto antes, mejor.

CAPÍTULO 15

GRACE

Mayo

La gente dice que la primavera en París es mágica.

Tienen razón.

Esa ciudad ha sido mi hogar durante las dos últimas semanas y una parte de mí desea poder quedarse aquí para siempre. El apartamento de mi madre está en el Viejo París. El barrio es precioso... Calles estrechas y sinuosas, edificios antiguos, tiendecitas supermonas y panaderías en cada esquina. También es conocido como el barrio gay de la ciudad, y sus vecinos de los pisos de arriba y abajo son dos parejas gays que ya nos han llevado a cenar dos veces desde que llegué aquí.

El apartamento tiene un solo dormitorio, pero el sofá cama que hay en el salón es muy cómodo. Me encanta despertar con la luz del sol entrando por los ventanales del pequeño balcón con vistas al patio interior del edificio. El débil olor a pintura al óleo que flota en el salón me recuerda a mi infancia, cuando mi madre se pasaba horas y horas trabajando en su estudio. Con los años, fue pintando cada vez menos, y ha admitido en más de una ocasión que la pérdida de su arte fue una de las razones por las que se divorció de mi padre.

Se sentía como si se hubiera desconectado de quien era realmente. Sentía que ser un ama de casa en un pequeño pueblo de Massachusetts no era para lo que había venido a este mundo. Unos meses después de que yo cumpliera dieciséis años, me dijo que me sentara y me planteó una pregunta seria... ¿prefería tener una madre triste pero cerca de mí, o una madre feliz pero lejos?

Yo contesté que quería que fuera feliz. Y ella es feliz en París, eso es indiscutible. Se ríe todo el tiempo, sus sonrisas le llegan hasta los ojos, y las docenas de lienzos brillantes que llenan el rincón de la esquina que utiliza como estudio demuestran que está haciendo lo que más le gusta.

—¡Buenos días! —Mamá sale de su dormitorio y me saluda con un tono de voz que contiene el canto alegre de una princesa de Disney.

—Buenos días —contesto medio dormida.

El espacio es abierto con cocina americana, así que puedo ver todos sus movimientos mientras se dirige a la encimera de la cocina.

—¿Café? —pregunta en voz alta.

—Sí, por favor.

Me siento y me estiro. Bostezo mientras cojo el teléfono de la mesa de centro para ver la hora. Mamá no tiene relojes en casa porque dice que el tiempo lastra las mentes, pero mi Trastorno Obsesivo Compulsivo no me permite relajarme a menos que sepa qué hora es.

Las nueve y media. Ignoro por completo los planes que tiene hoy para nosotras, pero espero que no impliquen caminar mucho, porque mis pies siguen doloridos tras la visita de cinco horas al Louvre de ayer.

Estoy a punto de dejar el móvil otra vez en la mesa cuando suena en mi mano. Me cabrea ver el nombre de Ramona en la pantalla. Son las dos y media de la mañana en Massachusetts. ¿No tiene nada mejor que hacer, además de agobiarme? Por ejemplo, ¿*dormir*? Aprieto los dientes, lanzo el teléfono a la cama y lo dejo sonar.

Mamá me mira desde la barra de la cocina.

—¿Quién de los dos es? ¿Tu novio o tu mejor amiga?

—Ramona —balbuceo—. De la que, por cierto, no quiero hablar, dado que ya no es mi mejor amiga, de la misma forma que Logan no es mi novio.

—Y, sin embargo, siguen llamando y mandándote mensajes, lo que significa que ambos todavía se preocupan por ti.

Sí, bueno, me importa un bledo que se preocupen. Ignorar a Logan es mucho más fácil que ignorar a Ramona, eso sí. Lo he conocido por un total de, ¡tachán!, ocho días. A ella la conozco desde hace ¡trece años!

La forma en la que todo se ha venido abajo es casi patética. Uno pensaría que una amistad de más de una década terminaría con una gran tormenta, pero mi final con Ramona no fue más que un chisporroteo. Ramona se despertó, vio mi cara y supo que Logan me había reenviado su mensaje. A continuación, activó su «operación rescate», pero ninguno de sus trucos habituales funcionó.

El abrazo «Perdóname», las lágrimas de cocodrilo… Era como si tirara de las fibras sensibles de un robot. Me quedé allí como una estatua, hasta que por fin comprendió que no iba a tragarme la mierda que intentaba colarme. Al día siguiente, me mudé a mi casa y le dije a mi padre que la residencia era demasiado ruidosa y que necesitaba un lugar tranquilo para estudiar durante los exámenes.

No he visto a Ramona desde entonces.

—¿Por qué no escuchas lo que tenga que decirte? —Mamá lo pregunta con cautela—. Sé que has dicho que no tenía una explicación que darte, pero eso era antes, quizá eso haya cambiado.

¿Una explicación? Dios, ¿cómo se explica semejante traición a tu mejor amiga?

Por extraño que parezca, Ramona ni siquiera ofreció una excusa. Nada de «estaba celosa», «estaba borracha» o «me dio un flus». Lo único que hizo fue sentarse en el borde de la cama y susurrar: «No sé por qué lo hice, Gracie».

Bueno, esa explicación no fue lo suficientemente buena para mí entonces y, desde luego, tampoco es lo bastante buena ahora.

—Ya te lo he dicho, no me interesa escuchar lo que tenga que decir. Al menos, no por el momento. —Bajo de la cama y camino hacia la barra de la cocina para coger la taza de cerámica que me ofrece—. No sé si estaré preparada para hablar con ella alguna vez.

—Oh, cariño. ¿De verdad vas a tirar tantos años de amistad por un chico?

—No se trata de Logan. Se trata del hecho de que ella sabía que yo estaba dolida. Sabía que me sentía humillada por lo que había pasado con él y, en vez de apoyarme, ¡esperó hasta que me quedé dormida para *insinuársele!* Es bastante evidente que no le importó una mierda; ni yo, ni mis sentimientos.

Mamá suspira.

—No puedo negar que Ramona siempre ha ido un poco... a lo suyo.

Resoplo.

—¿Un poco?

—Pero también ha sido tu mayor apoyo —me recuerda—. Siempre ha estado ahí a tu lado cuando la has necesitado. ¿Recuerdas, cuando ibais a quinto, aquella niña horrible que te acosaba en el colegio? ¿Cómo se llamaba? ¿Brenda? ¿Brynn?

—Bryndan.

—¿Bryndan? Ay, señor, vaya nombrecito. ¿Qué les pasa a los padres últimamente? —Mamá sacude la cabeza con asombro—. En fin, ¿recuerdas cuando Bryn...? Si es que ni siquiera me sale ese nombre tan absurdo. Bueno, ¿recuerdas cuando esa niña te acosaba? Ramona era como un *pit bull;* gruñía y babeaba, lista para protegerte hasta su último aliento.

Ahora es mi turno para suspirar.

—Sé que estás tratando de ayudar, pero ¿podrías, por favor, dejar de hablar de Ramona?

—Bueno, pues entonces hablemos del chico. Porque también creo que deberías llamarlo.

—Tenemos opiniones distintas.

—Cariño, es evidente que se siente mal por lo que pasó, de lo contrario no intentaría ponerse en contacto contigo. Y... bueno, ibas a, eh..., darle tu flor...

Escupo el café que tengo en la boca, literalmente. El café chorrea por mi barbilla y cuello, y cojo rápidamente una servilleta para limpiarlo antes de que me manche el pijama.

—Por Dios, ¡mamá! No vuelvas a decir eso *nunca más.* Te lo ruego.

—Solo intentaba ser maternal —dice con timidez.

—Está el ser maternal y después está el parecer de la Inglaterra victoriana.

—De acuerdo. Te lo ibas a tirar...

—¡Eso tampoco es maternal! —Una carcajada se me escapa y necesito un instante antes de ser capaz de hablar sin reír—.

Una vez más, sé que estás intentando ayudar, pero Logan también está descartado. Sí, es verdad que pensé en acostarme con él. Pero no pasó. Y ya está, fin de la historia.

Una cierta congoja nubla su expresión.

—Bien, no volveré a darte la brasa con el tema. Pero, dicho esto, me niego a dejar que te pases el resto del verano enfurruñada.

—No he estado enfurruñada —protesto.

—No hacia el exterior. Pero puedo leerte el pensamiento, Grace Elizabeth Ivers. Sé cuándo sonríes de verdad y cuándo sonríes para guardar las apariencias, y hasta ahora me has dado dos semanas de sonrisas falsas. —Se endereza; tira de sus hombros hacia abajo—. Creo que es hora de hacer que sonrías de verdad. Quería que bajáramos al canal para caminar por la rivera, pero ¿sabes qué? Cambio de planes de urgencia. —Aplaude—. Se impone hacer algo drástico.

Mierda. La última vez que usó la palabra «drástico» junto a una excursión, acabamos en un salón de belleza de Boston y se tiñó el pelo de rosa.

—¿Como qué? —pregunto con cautela.

—Vamos a visitar a Claudette.

—¿Quién es Claudette?

—Mi peluquera.

Oh, Dios. Acabaré con el pelo de color rosa. *Lo presiento.* Mamá me sonríe.

—Confía en mí, no hay nada como un buen cambio de imagen para animar a una chica. —Me coge la taza de café de la mano y la coloca sobre la encimera—. Vístete mientras pido cita. ¡Hoy nos lo vamos a pasar *genial!*

CAPÍTULO 16

LOGAN

Junio

Llevo treinta y tres días de tortura en Logan e hijos cuando tengo la primera bronca con mi padre. Ya me lo esperaba y, de alguna manera —bastante retorcida, por cierto—, hasta tenía ganas de que llegase. Desde que me mudé otra vez a casa después de las clases, mi padre básicamente me ha dejado en paz.

No me ha preguntado sobre la uni ni el *hockey*. No me ha soltado los habituales dardos de culpabilidad sobre que todo me da igual y no los visito. Lo único que ha hecho ha sido quejarse del dolor de piernas y ofrecerme latas de cerveza mientras suplicaba:

—Tómate una birrita con tu padre, Johnny.

Sí, claro. Como si eso fuese a ocurrir alguna vez.

No obstante, agradezco que no haya estado encima de mí. La verdad es que me siento demasiado cansado como para pelearme con él ahora mismo. He cumplido con el estricto programa de entrenamiento, que los entrenadores han diseñado para que los jugadores nos mantengamos en forma fuera de temporada. Y eso significa levantarse al amanecer para hacer ejercicio, trabajar en el taller hasta las ocho de la tarde, ponerse a entrenar otra vez antes de acostarse, dormir durante la noche y vuelta a empezar al día siguiente.

Una vez por semana, voy al estadio cutre de Munsen para practicar lanzamientos y hacer ejercicios de patinaje con Vic, uno de nuestros segundos entrenadores, que viene desde Briar para asegurarse de que me mantengo en forma. Lo adoro por eso y espero con ganas el día en que toca ir al hielo, pero, por desgracia, no es hoy.

El cliente al que estoy atendiendo en este momento es el capataz de la empresa de construcción del pueblo. Se llama Bernie y es un buen hombre... Bueno, eso si uno ignora sus constantes intentos de persuadirme para que me una a la liga de *hockey* de verano de Munsen, algo que no me apetece nada.

Bernie se ha presentado hace tres minutos con un clavo de cinco centímetros clavado en el neumático delantero de su *pickup,* me ha soltado la habitual chapa sobre que tendría que formar parte de la liga del pueblo, y ahora estamos valorando las distintas opciones para el problema de su rueda.

—Mira, puedo hacer un apaño, si quieres —le digo—. Quito el clavo, parcheo el agujero e inflo el neumático. Es, sin duda, la opción más barata y rápida, pero tus neumáticos no están del todo bien, Bern. ¿Cuándo los cambiaste por última vez?

Se frota la tupida barba canosa.

—¿Hace cinco años? Tal vez seis.

Me arrodillo junto a la rueda delantera izquierda y le echo otro vistazo rápido.

—El dibujo de las cuatro ruedas está gastado. No llega al mínimo de 1,6 mm legal, pero está muy muy cerca. Dentro de unos pocos meses podría dejar de ser seguro conducir el vehículo.

—Puf, chaval, en este momento no tengo dinero para cambiarlos. Además, mi equipo está llevando a cabo un trabajo bastante gordo en Brockton. —Le da un buen golpe al capó—. Necesito a esta pequeña conmigo todos los días esta semana. Por ahora, hazme solo el apaño.

—¿Estás seguro? Te lo digo porque tendrás que volver cuando el dibujo esté peor. Te recomiendo que los cambies ahora.

Él rechaza la sugerencia agitando una mano carnosa.

—Lo haremos la próxima vez.

Asiento con la cabeza sin discutir más. La primera regla de la empresa: el cliente siempre tiene razón. Además, no es que sus neumáticos vayan a reventar en las próximas horas. Todavía queda bastante tiempo para que el dibujo esté completamente gastado.

—De acuerdo. Ahora mismo lo hago. Solo debería llevarme unos diez minutos, pero primero tengo que acabar con la alineación de este Jetta, así que tardaré más bien una media hora. ¿Quieres esperar en la oficina?

—No, voy a dar una vuelta y a fumar un cigarro. Tengo que hacer unas llamadas. —Me mira fijamente—. Y por el amor de Dios, te necesitamos en el hielo los jueves por la noche, chaval. Piénsatelo, ¿de acuerdo?

Asiento con la cabeza otra vez, pero ambos sabemos cuál será mi respuesta. Cada año, los Munsen Miners me lanzan una invitación y, cada año, la rechazo. Honestamente, me resulta demasiado deprimente incluso el mero hecho de considerar la oferta. No hace más que recordarme que el año que viene pasaré de un equipo de primera división a los Munsen Miners. Exacto, seré el jugador estrella de una liga *amateur,* en un equipo bautizado con una actividad que este pueblo ni siquiera ha conocido. No hay minas en Munsen y nunca las ha habido.

Menos de un minuto después de que Bernie salga a la calle, mi padre sale de la oficina y viene hacia mí. Gracias a Dios, sus manos no se aferran a ningún recipiente que contenga alcohol. Al menos tiene la delicadeza de no beber delante de nuestros clientes.

—¿Qué coño ha sido eso? —pregunta.

Adiós a la protección de los clientes… Farfulla muchísimo y se tambalea en su bastón, y de repente me alegro de que haya estado encerrado en la oficina todo el día, fuera de la vista de la gente.

Ahogo un suspiro.

—¿De qué hablas?

—¿Qué tipo de venta es esa? —Tiene las mejillas rojas de la indignación y, a pesar de llevar más de un mes en casa, me sigue sorprendiendo lo demacrado que está. Es como si toda la piel de la cara, brazos y torso hubieran tomado la decisión de trasladarse a su tripa, formando una barriga cervecera muy poco favorecedora que sobresale por debajo de su camiseta raída. Quitando la tripa, está flaco como un lápiz, y me da pena verlo de esta manera.

He visto fotos de él cuando era más joven, y es innegable que era un tipo guapo. Y tengo recuerdos de él cuando estaba sobrio. Cuando tenía la sonrisa fácil y siempre saltaba con una broma o una carcajada. Echo de menos a ese hombre. Joder, hay veces que lo echo mucho de menos.

—¿Un apaño de treinta pavos en vez de cuatro neumáticos nuevos? —dice enfurecido—. ¿Qué coño te pasa?

Me esfuerzo por controlar mi cabreo.

—Le he recomendado neumáticos nuevos. No los ha querido.

—¡*No* se recomienda! ¡Se *presiona* a los clientes! Se les presiona con tanta fuerza que acaban cediendo, joder.

Miro con preocupación hacia donde está Bernie, pero, afortunadamente, está al otro lado del camino de la parte delantera, aspirando un cigarrillo mientras habla por teléfono. Madre mía. ¿Y si hubiera estado al lado? ¿Mi padre habría sido capaz de contenerse de decir una mierda así enfrente de un cliente fiel? Sinceramente, no lo sé.

Solo es la una y media de la tarde y va dando tumbos como si se hubiera metido todo el *stock* de una tienda de vinos y licores.

—¿Por qué no vas un rato a casa? —le digo en voz baja—. Estás andando con cierta dificultad. ¿Te duelen las piernas?

—No me duele nada. ¡Estoy cabreado!

Dice «eztoy cabeado». Genial. Está tan borracho que ahora cecea.

—¿Qué haces tú aquí si vas a tirar el dinero como si creciese en los árboles? Le dices que los neumáticos no son seguros y punto. ¡No te quedas ahí de pie charlando de tu puto equipo de *hockey*!

—No estábamos hablando de *hockey*, papá.

—Y una mierda. Os he oído. —El hombre que venía a todos mis partidos de *hockey* en el instituto y se sentaba detrás del banquillo a animarme a todo pulmón... ahora me sonríe con burla—. Te crees una superestrella del *hockey*, ¿a que sí, Johnny? Pero naah, no lo eres. Si de verdad eres tan bueno, ¿por qué nadie te ha seleccionado?

Mi pecho se tensa.

—Papá... —La tranquila advertencia viene de Jeff, que limpia sus manos cubiertas de grasa con un trapo y se acerca a nosotros.

—¡No te metas en esto, Jeffy! Estoy hablando con tu hermano mayor. —Papá parpadea—. Quiero decir, tu hermano pequeño. Él es el pequeño, ¿verdad?

Jeff y yo intercambiamos una mirada. Mierda. Papá está *realmente* fuera de sí.

Por lo general, uno de nosotros lo vigila durante todo el día, pero esta mañana, desde que hemos subido la persiana, hemos estado a tope de trabajo. Yo no me había preocupado mucho, porque papá se había quedado en la oficina, pero ahora me maldigo a mí mismo por olvidar una regla importante en el manual de los alcohólicos: ten siempre una bebida a mano.

Debe de tener botellas escondidas en la oficina, de la misma manera que las escondía cuando él y mamá todavía estaban juntos. Una vez, cuando yo tenía doce años, salía agua sin parar del inodoro, así que subí a arreglarlo y, cuando levanté la tapa, me encontré con una botella de medio litro de vodka flotando en la cisterna.

Un día como otro cualquiera en la casa de los Logan.

—Pareces cansado —dice Jeff, que sujeta firmemente el brazo de nuestro padre—. ¿Por qué no vas a casa y te echas una siesta?

Parpadea una vez más, la confusión eclipsa su ira. Por un momento, parece un niño perdido y, de repente, tengo ganas de llorar como un bebé. Es en momentos como este cuando quiero cogerlo de los hombros, sacudirlo y pedirle por favor que me explique por qué bebe. Mamá dice que es genético, y sé que la familia de mi padre tiene un pasado de depresión y de alcoholismo. Y joder, quizá sea por eso. Quizá esas sean las razones por las que no puede dejar de beber. Pero una parte de mí sigue sin poder aceptarlo del todo. Maldita sea, tuvo una buena infancia, tuvo una mujer que lo amaba, dos hijos que hacían todo lo que estaba en sus manos por complacerlo. ¿Por qué eso no puede ser suficiente para él?

Sé que tiene un problema de adicción. Sé que está enfermo. Pero me cuesta tanto meterme eso en la cabeza..., entender que una botella de alcohol es lo más importante de su vida. Tan importante que está dispuesto a tirar a la basura todo lo demás.

—Supongo que estoy un poco cansado —murmura papá; sus ojos azules siguen nublados por la confusión—. Voy a, eh…, voy a dormir un rato.

Mi hermano y yo lo observamos mientras se aleja cojeando y después Jeff se vuelve hacia mí con la mirada triste.

—No le hagas caso. Eres buen jugador.

—Sí, claro. —Aprieto la mandíbula y regreso al elevador, donde me espera el Jetta deportivo en el que he estado trabajando—. Tengo que terminar esto.

—John, no sabe de lo que habla…

—Olvídalo —murmuro—. Yo ya lo he olvidado.

Cierro más tarde de lo habitual. Mucho más tarde de lo habitual porque, cuando han llegado las ocho, no soportaba la idea de ir a casa para cenar. Jeff ha aparecido sobre las nueve y me ha traído un poco de pastel de carne, y con tranquilidad me ha informado de que papá estaba «un poco más sobrio». Algo que es para partirse de risa porque, aunque él parase de beber de golpe en este mismo instante, tiene tanto alcohol fluyendo por sus venas que tardaría días en salir de su sistema. Ahora son las diez y cuarto y albergo la esperanza de que papá esté dormido cuando entre por la puerta. No, mejor dicho, *rezo* para que sea así. Ahora mismo, no tengo energía para lidiar con él.

Salgo del taller por la puerta lateral y me detengo un segundo para dejar las llaves del Jetta en el pequeño buzón clavado en la pared. Su propietaria, una chica guapa de pelo castaño, profesora del colegio de primaria de Munsen, se supone que recogerá el coche esta noche. Ya lo he aparcado en la calle en la zona de recogidas.

Compruebo que el candado de la puerta del garaje esté bien cerrado y me dirijo hacia el camino de la casa cuando unos faros aparecen atravesando los árboles y un taxi acelera por el camino de entrada. Un hombre mayor está detrás del volante y me mira con recelo cuando la puerta de atrás del coche se abre y sale Tori Howard. Sus botas de tacón alto levantan una nube de polvo cuando pisan la tierra seca.

Saluda con la mano cuando me ve y, a continuación, le indica con otro gesto al conductor que ya se puede marchar. Un segundo más tarde, balancea sus curvas hacia donde estoy yo.

Tori tiene veintilargos y es absolutamente preciosa. Se mudó a Munsen hace un par de años y trae su coche al taller para una revisión de vez en cuando; pero, créeme, su coche no es lo único que quiere que le revise. Cada vez que la veo me tira los tejos, pero no he aceptado ninguna de sus más que evidentes ofertas, porque Jeff suele estar por ahí cuando viene y no quiero que piense que me acuesto con las clientas.

Pero esta noche es solo para nosotros dos, sin Jeff a la vista.

Una sonrisa eleva las comisuras de sus labios mientras se acerca a mí.

—Ey.

—Ey. —Le hago un gesto a las luces traseras del taxi que se va—. Deberías haberme dicho que no tenías a nadie que te trajera a por el coche. Jeff o yo podríamos haberte ido a buscar.

—Oh, ¿en serio? No tenía ni idea de que esta empresa ofreciera el servicio completo —se burla.

Me encojo de hombros.

—Nuestro objetivo es satisfacer al cliente.

Su sonrisa se hace más grande y caigo en lo guarro que ha sonado ese comentario. No intentaba flirtear, pero ahora sus ojos brillan de forma seductora.

De repente, me doy cuenta de que son casi del mismo tono de marrón que los ojos de Grace. Pero Grace nunca me miró como si quisiera engullirme. Había algo serio en su mirada. También había excitación, eso seguro, pero distaba mucho de la forma calculada y evidente en la que Tori me mira en este momento.

Y ya está bien, joder, necesito dejar de pensar en Grace. Ni siquiera puedo contar cuántas veces la he llamado este verano, pero su continuo silencio me dice todo lo que necesito saber. No quiere escuchar mis disculpas. No quiere volver a verme.

Y, sin embargo, no puedo luchar contra la esperanza de que tal vez, en algún momento, cambie de idea.

—¿Sabes qué? Cada vez que te veo, estás más guapo —dice Tori arrastrando las palabras.

Lo dudo. En todo caso, estoy más cansado. Y estoy bastante seguro de que ahora mismo tengo una mancha negra de aceite en la mejilla, pero a Tori no parece importarle.

Pone morritos.

—¿Qué? ¿No vas a devolverme el cumplido?

No puedo evitar sonreír.

—Tori, eres guapa y ya lo sabes. No hace falta que yo te lo diga.

—No, pero a veces está bien escucharlo.

No estoy seguro de que me guste mucho hacia dónde está yendo esta conversación, así que cambio de tema.

—Recibiste mi mensaje, ¿verdad? Te he explicado todo lo que le hemos hecho a tu coche, pero puedo recordártelo ahora, si quieres.

—No es necesario. Parecía muy exhaustivo. —Ladea la cabeza—. Y entonces, ¿tienes planes interesantes para esta noche?

—No. Me voy a pegar una ducha y a acostarme. Ha sido un día muy largo y el de mañana lo será todavía más.

—Una ducha, ¿eh? ¿Sabes? —dice como el que no quiere la cosa—. Me acaban de instalar una segunda alcachofa en mi ducha. —Y no hay nada casual en el final de esa frase—. En las películas siempre veo esas duchas increíbles con un montón de alcachofas y rociadores y me pregunté: «¿Por qué no puedo tener yo algo así?». Y me dije: «¡Claro que puedes!». —Sonríe—. Así que llamé a un fontanero, vino la semana pasada y la instalé. Ni siquiera puedo describir lo increíble que es. Agua cayendo por delante y por detrás... Es maravilloso.

Yyyyyyyy mi polla está medio empalmada.

Y no es que vaya a juzgarme a mí mismo ni nada así, porque primero: llevo casi tres meses sin follar; y segundo: cuando una mujer guapa te habla de su ducha, algo no marcha bien contigo si tu cerebro no evoca la imagen de ella en esa ducha de la que habla. Desnuda. Con agua cayéndole... *por delante y por detrás.*

—Deberías venir a probarla algún día —dice, y su guiño es tan sutil como una palmada en el culo.

La duda se instala en mi pecho. En cualquier otro momento, me autoinvitaría de inmediato, pero todavía estoy aferrándome a la esperanza de que Grace pueda... ¿Pueda qué? ¿Escribirme un mensaje? ¿Aceptar mis disculpas? Incluso si lo hiciera, eso no significaría que quisiera salir conmigo. Joder, ¿por qué lo haría? Quiso follar conmigo y la rechacé.

Como mi silencio se prolonga, Tori deja escapar un suspiro.

—He escuchado lo que se dice por ahí de ti, Logan, y debo decir que me decepciona ver que los rumores no son verdad.

Entrecierro los ojos.

—¿Rumores sobre mí?

—Ya sabes, que eres una máquina del sexo. Que te va cualquier cosa. Que eres bueno en la cama. —Me lanza una sonrisa descarada—. O puede que todo sea cierto y que simplemente no te molen las chicas más mayores. Pero quiero que sepas que hice una encuesta entre algunos amigos, y todos coincidieron en que una diferencia de edad de seis años no me convierte en una asaltacunas.

Una risa se me escapa.

—Claro que no eres una asaltacunas, Tori.

—Entonces supongo que no soy tu tipo.

Mi mirada se posa en las turgentes tetas que hay bajo su camiseta apretada y las piernas bien formadas que no acaban nunca. ¿Que no es mi tipo? Ya te digo. Es exactamente el tipo de mujer que normalmente me atrae.

Entonces, ¿qué narices me detiene? ¿Grace? Porque después de meses de silencio total, quizá sea el momento de aceptar por fin la indirecta de Tori.

—Naah, eso no es verdad —digo con aire despreocupado—. Normalmente me pillas cuando estoy distraído.

—Mmm. Bueno, ¿estás distraído ahora?

—No. De hecho... —Mi mirada se detiene en su pecho otra vez antes de mirar a sus ojos—. Me vendría muy bien una ducha.

Julio

Garrett me da una sorpresa cuando aparece en el taller el jueves por la noche, y lo hace con *pizza* y unas cervezas. No nos vemos mucho durante el verano, ya que yo vivo en casa de mi padre y él trabaja sesenta horas a la semana en una empresa de construcción en Boston. Nos enviamos mensajes de vez en cuando, por lo general sobre los *play-offs* de la NHL, y todos los años nos juntamos para ver el partido de la Copa Stanley, algo que ya hicimos el mes pasado. Pero, habitualmente, nuestra amistad se pone en pausa hasta que regreso a Hastings en septiembre.

Me alegra mucho verlo. Probablemente me alegraría más si no hubiera traído las cervezas, pero, bueno, ¿cómo podría saber Garrett que mi padre me ha tirado una lata de cerveza a la cabeza esta mañana?

Sí, la movida de hoy ha sido gorda. Papá me ha lanzado una lata de cerveza y me ha armado una gorda, lo que se ha traducido en que casi le pego un puñetazo. Jeff, por supuesto, lo ha evitado y ha hecho de mediador antes de arrastrar a papá con su borrachera de vuelta a casa. Cuando he entrado a la hora de comer, me lo he encontrado bebiéndose una cerveza Bud Light en el salón mientras veía anuncios de la Teletienda. Me ha saludado con una sonrisa; ya se había olvidado de lo sucedido.

—Ey. —Garrett se acerca a paso rápido hasta el Hyundai, al que acabo de cambiar las pastillas de freno, y me da un abrazo de macho que implica muchas palmadas en la espalda. Después mira al otro lado de la estancia, donde está mi hermano—. Jeff, amigo. ¡Cuánto tiempo!

—¡G! —Jeff suelta su llave de tubo y se acerca para estrecharle la mano a Garrett—. ¿Dónde narices te has escondido este verano?

—En Boston. Me he pasado las últimas dos semanas trabajando como un burro en un tejado, con el sol cayéndome a plomo en la cabeza.

Sonrío cuando me doy cuenta de que tiene la nariz, el cuello y los hombros quemados. Y como soy un cabrón, me inclino y le pellizco la marca roja que tiene en el hombro izquierdo.

Él hace una mueca.

—Vete a la mierda. ¡Me has hecho daño!

—Pobre bebé. Deberías pedirle a Wellsy que te ponga aloe vera en tus pupitas.

Me ofrece una sonrisa lobuna.

—Oh, créeme, ya lo hace. Lo que la convierte en una compañera de piso infinitamente mejor que tú.

¿Compañera de piso? Es verdad. Olvidé por completo que Hannah se ha quedado en nuestra casa durante el verano. Lo que me recuerda que los chicos y yo probablemente deberíamos hablar de lo que va a suceder en otoño; ver si el plan de Hannah es mudarse de forma oficial o qué. Yo he superado totalmente lo suyo, y sí, me encanta su compañía, pero también me encanta la dinámica que tenemos solo nosotros: los chicos. La inyección de una dosis de estrógenos en nuestro sistema podría generar un cortocircuito o algo así.

—¿Puedes tomarte un descanso? —pregunta Garrett—. Tú también, Jeff. Hay suficiente *pizza* para los tres.

Dudo un momento; me imagino la reacción de mi padre si de repente sale y me ve pasando el rato con mi amigo en vez de trabajando. Joder. No estoy de humor para pelearme con él otra vez.

Pero Jeff responde antes de que yo pueda hacerlo.

—No te preocupes. John ha terminado por hoy.

Lo miro con sorpresa.

—En serio, yo me encargo —me dice mi hermano—. Ya termino yo esto. Tú llévate a Garrett a dar una vuelta y relájate.

—¿Estás seguro?

Jeff repite sus palabras con su tono firme.

—Yo me encargo.

Asiento con la cabeza en señal de agradecimiento. A continuación, me quito el mono y abandono el taller con Garrett detrás de mí. Caminamos por el sendero que conduce a la casa, pero justo antes de llegar, me desvío hacia el claro de césped que hay en la esquina opuesta de nuestro terreno. Hace años, Jeff y yo hicimos un agujero para las fogatas y lo rodeamos con un semicírculo de sillas Adirondack. Y en los bosques más allá del claro, hay una casa del árbol que construimos cuando éramos niños, una casa que cualquier inspector que se precie condenaría de inmediato gracias a su mala calidad y a la inestable fachada.

Garrett pone la caja de *pizza* en la mesa de madera destartalada que hay entre dos de las sillas y, a continuación, coge el paquete de cervezas, tira de una de las latas para sacarla del aro de plástico y me la lanza.

La cojo, pero no la abro.

—Es verdad, se me había olvidado —dice Garrett con sequedad—. La cerveza es para cobardes. —Resopla y eleva las cejas—. No hay chicas por aquí, tronco. No tienes que fingir que eres un tío sofisticado.

¿Sofisticado? Ya. Mis amigos saben que no bebo cerveza a menos que sea la única opción disponible, pero yo siempre he asegurado que la razón de mi rechazo es que la cerveza es floja y sabe fatal.

¿La verdad? Que el olor es un recordatorio deprimente de mi infancia. Lo mismo que el sabor del *bourbon,* la bebida alternativa de mi padre cuando se queda sin cerveza.

—Es solo que no me apetece beber en este momento. —Pongo la lata en la tierra y acepto el trozo de *pizza* cargada de beicon que me pasa—. Gracias.

Garrett se deja caer en la silla y coge una porción.

—¿Qué te parece lo de Connor? Una locura, ¿eh? Elegido en la primera ronda. Tiene que ser lo más para su ego.

Una sensación agridulce me inunda. Los procesos de selección de la NHL, los famosos *drafts,* tuvieron lugar hace un par de semanas, y fue genial saber que dos jugadores de Briar pasaron el corte. Los Kings pillaron a Connor Trayner en la primera ronda, mientras que los Blackhawks cogieron a uno de nuestros defensores, Joe Rogers, en la cuarta. Estoy muy orgulloso de mis chicos. Los dos son estudiantes de segundo y ambos son jugadores de talento que merecen estar en la liga profesional.

Pero, al mismo tiempo, es otro recordatorio de que yo no voy a estar en esa liga.

—Connor se merece salir en la primera ronda. El chaval es más rápido que un rayo.

Garrett mastica lentamente, tiene un brillo de ilusión en sus ojos.

—¿Y Rogers? ¿Crees que formará parte de la alineación de los Hawks? ¿O crees que lo mandarán al segundo equipo?

Reflexiono sobre lo que acaba de preguntar.

—Al segundo equipo —respondo con pesar—. Creo que querrán que se prepare más antes de soltarlo al mundo.

—Sí, yo también. No es el mejor manejando el *stick*. Y muchos de sus pases no llegan.

Seguimos hablando de *hockey* mientras devoramos toda la *pizza* y al final acabo abriendo una cerveza, aunque solo tomo un sorbo o dos. No quiero ponerme pedo esta noche. En realidad, últimamente no me he sentido con ganas de fiesta. Si soy honesto, mi estado de ánimo ha estado en la puta basura desde aquella noche con Tori el mes pasado.

—¿Qué planes tiene Wellsy para el otoño? —pregunto—. ¿Se muda con nosotros o qué?

Garrett se apresura a negar con la cabeza.

—No. Para empezar, os habría preguntado a vosotros si os parecía bien antes de tomar una decisión como esa. Pero, de todos modos, ella no quiere. Tiene sentido para el verano, ya que nuestra casa está supercerca de su trabajo, pero, sin duda, compartirá otra vez habitación con Allie en la residencia cuando empiece el semestre.

—¿Sabe ya qué va a hacer después de la graduación?

—Ni idea. Pero tiene un año entero para pensarlo. —Garrett se queda en silencio por un instante—. Oye, ¿conoces a Meg, la amiga de Wellsy?

Asiento con la cabeza y pienso en la chica que estudia Arte Dramático, que, según lo último que recuerdo, tiene un novio que es un poco idiota.

—Sí. Sale con un tío que se llama Jimmy, ¿verdad?

—Jeremy. Y ya no están juntos. —Garrett duda otra vez—. Hannah me preguntó si querías que os preparara una cita. Meg es divertida. Es posible que te mole.

Me retuerzo en la silla, incómodo.

—Gracias por la oferta, pero no estoy interesado en ninguna cita.

Su rostro se ilumina.

—¿Eso significa que la chica de primero con la que estás obsesionado ha decidido por fin perdonarte?

Después del partido de la Copa Stanley, le confesé a Garrett todo lo que había pasado con Grace; el *whisky* que me tomé me aflojó la lengua y acabé contándole una sórdida versión totalmente detallada de la fatídica *Noche V* —V de virginidad—, que es como he decidido llamar a nuestro rollo final. Ahora lamento habérselo contado porque hablar de ella hace que me duela el pecho.

—Sigue sin querer hablar conmigo —admito—. Se ha acabado, tío.

—Joder. Menuda mierda. Así que supongo que has vuelto a tu estilo y te tiras a todo lo que lleve falda, ¿eh?

—No. —Ahora me toca a mí hacer una pausa—. Casi me acosté con una chica mayor hace unas semanas.

Sonríe.

—¿Cuántos años más?

—Tiene… veintisiete años. Creo. Es profesora en el colegio del pueblo. Está superbuena.

—Guay. ¿Vas a…? Espera, ¿qué quieres decir con eso de «casi»?

Doy un trago a mi cerveza.

—No pude hacerlo.

Me mira sorprendido.

—¿Por qué no?

—Porque… era… —Me esfuerzo por encontrar el adjetivo adecuado para describir la desastrosa noche con Tori—. No lo sé. Fui a su casa con toda la intención de follármela, pero cuando intentó besarme, simplemente me rajé. Todo era como... vacío, supongo.

—Vacío —repite desconcertado—. ¿Qué significa eso?

Es la hostia de difícil de explicar. Desde que empecé la universidad, no he dejado pasar muchas oportunidades de acostarme con chicas. Lo veía así: será mejor que viva el momento y coja todo el placer que pueda conseguir, porque el día de mañana seré un puto mecánico y viviré una existencia hueca, en un agujero de mierda llamado Munsen. Pero la noche que fui a la casa de Tori todo fue... igualmente hueco.

Subo otra vez la cerveza a los labios, pero esta vez me enchufo media lata. Dios, todo lo referente a mi vida me deprime hasta morir. Garrett me mira con una profunda preocupación grabada en su rostro.

—¿Qué te pasa, tío?

—Nada.

—Y una mierda. Parece como si tu perro se acabara de morir. —Con brusquedad, mira hacia el claro—. Oh, mierda, ¿se ha muerto tu perro? ¿*Tienes* perro? De repente, me he dado cuenta de que no conozco nada de tu vida aquí.

Tiene razón. Nos conocemos desde hace tres años y esta es la segunda vez que viene. Siempre me he asegurado de mantener la vida de mi casa separada de la vida de la uni.

No es que pensara que Garrett no fuera capaz de entenderlo. Su padre tampoco es precisamente un santo. Una parte de mí todavía está sorprendida de que el padre de Garrett le pegara palizas. Phil Graham es una eminencia del *hockey* por estos lares y yo lo idolatraba cuando era pequeño, pero desde que Garrett me contó lo del maltrato, ni siquiera puedo oír el nombre de ese señor sin tener ganas de clavarle un patín en el pecho y darle vueltas. Con todas mis fuerzas.

Así que sí, supongo que pude haber compartido mi propia infancia de mierda cuando Garrett compartió la suya. Podría haberle contado lo del problema con la bebida de mi padre, pero no lo hice porque es algo de lo que no me gusta hablar.

Pero ¿ahora? Estoy cansado de guardármelo todo dentro.

—¿Quieres saber cómo es mi vida aquí? —le digo con rotundidad—. Tres palabras: una puta mierda.

Garrett descansa su cerveza en la rodilla y su mirada encuentra la mía.

—¿Por qué?

—Mi padre es alcohólico, G.

Deja escapar un suspiro.

—¿En serio?

Asiento con la cabeza.

—¿Por qué no me lo has dicho antes? —Sacude la cabeza, disgustado.

—Porque no es para tanto. —Me encojo de hombros—. *C'est la vie*. Lo deja y vuelve a recaer. Él la caga y nosotros limpiamos la mierda.

—¿Por eso Jeff es quien prácticamente lleva el negocio?

—Sí. —Cojo aire. A tomar por culo. Este es el momento de las confesiones, así que no tiene sentido andarse con medias tintas—. El año que viene trabajaré aquí a tiempo completo.

—¿Qué quieres decir? —La boca de Garrett se frunce—. Espera, ¿por lo de los *drafts*? Ya te dije que...

Lo interrumpo.

—No me presenté.

Hay una mezcla de *shock* y dolor en sus ojos que crean una nube oscura.

—Joder. ¿Lo dices en serio?

Asiento con la cabeza.

—¿Por qué coño no me dijiste nada?

—Porque no quiero que intentes hacerme cambiar de opinión. El día que acepté la beca para estudiar en Briar, ya sabía que no iría a la liga profesional.

—Pero... —Le cuesta hablar—. ¿Qué pasa con todo lo que decíamos? ¿Tú y yo, con las camisetas de los Bruins?

—Solo eran palabras, G. —Mi tono es tan triste como mi futuro—. Jeff y yo hicimos un trato. Él trabaja aquí mientras estoy en la uni y después nos intercambiamos.

—Eso es una mierda —continúa Garrett. Esta vez con vehemencia.

—No, es la vida. Jeff ha pasado aquí su tiempo y ahora me toca a mí. Alguien tiene que hacerlo o mi padre perderá su negocio, y la casa, y...

—Y ese es *su* problema —añade Garrett con sus ojos grises en llamas—. No quiero sonar insensible, pero es la verdad. Cuidar de él no es tu responsabilidad.

—Sí que lo es. Es mi padre. —El arrepentimiento se apodera de mi garganta—. Puede ser un borracho y un gilipollas integral de vez en cuando, pero está enfermo, Garrett. Y tuvo un accidente de coche hace unos años y se jodió las piernas pero bien, así que ahora tiene dolor crónico y apenas puede caminar. —Trago saliva mientras trato de aplacar el dolor—. Quizá podamos llevarlo otra vez a rehabilitación algún día. Quizá no. En cualquier caso, necesito dar un paso adelante y cuidar de él. No será para siempre.

—¿Hasta cuándo, entonces?

—Hasta que Jeff se saque de su cabeza el gusanillo de viajar —digo con poca firmeza—. Él y su novia van a pasar unos años haciendo *trekking* por Europa y después volverán para asentarse en Hastings. Jeff volverá a encargarse del taller y yo seré libre.

La incredulidad emana de la voz de Garrett.

—Así que vas a poner tu vida en espera, ¿no? ¡¿Durante unos años?!

—Sí.

El silencio que viene después solo aumenta mi malestar. Sé que Garrett desaprueba mis planes, pero no hay nada que pueda hacer al respecto. Jeff y yo llegamos a un acuerdo y no tengo más remedio que ceñirme a él.

—Nunca tuviste intención de llamar a ese agente.

—No —confieso.

Su mandíbula se tensa. Luego deja escapar un suspiro lento que le hace inclinarse hacia adelante. Se pasa una mano por el cuero cabelludo.

—Ojalá me hubieras contado todo esto antes. Si lo hubiera sabido, no te habría dado el coñazo con el tema de la liga profesional durante todo el año.

—¿Contarte que mi futuro es tan sombrío como una pena de cárcel? O mejor dicho, ¿que *es* prácticamente una sentencia de cárcel? Ni siquiera me gusta pensar en ello, G.

Miro al frente, aunque a nada en concreto. El sol ya se ha puesto, pero todavía hay un poco de luz en el cielo y me permite ver claramente toda la propiedad. El bungaló anticuado y el descuidado césped lleno de hierbajos.

El telón de fondo de la vida que llevaré después de graduarme.

—¿Por eso has estado de fiesta en fiesta como si no hubiera un mañana? —pregunta Garrett—. Porque crees, literalmente, que no hay un mañana, ¿no?

—Mira a tu alrededor, tronco. —Le hago un gesto hacia la hierba quemada y los neumáticos viejos tirados por el suelo—. Este es mi mañana.

Suspira.

—Entonces, ¿qué? Como sabías que no vivirías la experiencia de la NHL dijiste, «bueno, será mejor que me aproveche de este estatus de *celebrity* universitaria y me ponga a disfrutar del flujo constante de coño fácil que se me presenta», ¿no? —Parece que Garrett intenta no reírse—. Por favor, no me digas que has estado jugando al *hockey* desde que puedes andar con el único propósito de follar.

Frunzo el ceño.

—Por supuesto que no. Eso es solo una ventaja adicional.

—Una ventaja adicional, ¿eh? Entonces, ¿por qué quieres tener una relación? —Arquea una ceja—. Sí, me lo ha contado.

—¿De qué estamos hablando ahora, G? ¿De mi vida sexual? Porque pensaba que estábamos hablando de mi futuro, el cual, por cierto, no existe para mí, ¿de acuerdo? No tengo absolutamente nada hacia lo que mirar. Ni *hockey*, ni chicas, ni opciones.

—Eso no es cierto. —Hace una pausa—. Tienes un año.

Una arruga se forma en mi frente.

—¿Qué?

—Tienes todo un año, John. Tu *último* año de universidad. Durante un año más, tienes opciones. Tienes el *hockey* y a tus amigos, y si quieres una novia, puedes tener eso también. —Resopla—. Pero eso significa que tienes que mantener tu polla fuera de las chicas fiesteras cuyo cociente intelectual es igual al de un palo de *hockey*.

Me muerdo el interior de la mejilla.

—¿Quieres mi consejo? —La sinceridad brilla en sus ojos—. Si yo supiera que tengo un año más antes de…, estaba a punto de decir «tener que»… pero sigo manteniendo que tú no «tienes que» hacer nada. Tú «decides», pero vale, ya has decidido. Pero si yo supiese que tengo que poner mi vida en pausa a partir del próximo año, aprovecharía al máximo el tiempo que me queda. Deja de hacer las cosas que te hacen sentir vacío. Diviértete. Haz las cosas bien con esa chica, si eso es lo que te hace feliz. Deja ya de estar de morros y aprovecha a tope tu último año de uni.

—No estoy de morros.

—Sí, bueno, pero tampoco estás haciendo nada productivo.

Me muerdo la mejilla hasta que me hago sangre, pero casi no noto el sabor a cobre que llena mi boca. He estado pensando en este próximo año como si fuera una sentencia de muerte, pero puede que Garrett tenga razón. Tal vez deba empezar a verlo como una oportunidad. Un año más para disfrutar de mi libertad. Para jugar al juego que adoro. Para pasar el rato con unos amigos que soy afortunado de tener y a los que probablemente no merezco.

Libertad, *hockey* y amigos. Sí, todas esas cosas están en mi lista.

Pero ¿en la posición número uno? Eso está clarísimo.

Tengo que hacer las cosas bien con Grace.

CAPÍTULO 18
LOGAN

Agosto

Queda una semana para que comience el nuevo semestre y por fin veo la luz al final del túnel. Aunque, para ser honestos, la última parte del verano no ha sido tan terrible. He estado una semana en Boston visitando a mi madre, no he tenido ningún roce importante con mi padre, e incluso acabé llamando a Bernie para jugar algún que otro partido con los Miners. Resulta que los jugadores son bastante decentes. La mayoría son treintañeros, algunos incluso pasan de los cuarenta y yo, el único jugador de veintiún años, les he enseñado cosas a todos y cada uno de ellos en el hielo. La verdad es que volver a formar parte de un equipo me ha hecho sentir bien.

El único punto negativo en un verano mayormente indoloro es que Grace no se ha puesto en contacto conmigo. Tras mi conversación con Garrett, le dejé un mensaje de voz largo en el que me disculpé una vez más y le pedí que me diera otra oportunidad. Nada, no hubo respuesta.

Pero es imposible que pueda evitarme para siempre. Está claro que tarde o temprano acabaré topándome con ella en el campus o..., siempre puedo acelerar el proceso flirteando con la atractiva estudiante de cuarto que trabaja en la oficina de las residencias, para saber qué residencia le ha tocado a Grace este año. Mi último recurso sería llamar a su «amiga» Ramona, pero me niego a hacerlo a menos que sea absolutamente necesario.

Pero todo eso puede esperar. Hoy tengo la tarde libre y estoy de muy buen humor mientras voy de camino a Hastings. Mi programa de fuerza y puesta a punto requiere un aumento de ejercicios con pesas y, dado que las pesas que tengo en casa son una mierda, Jeff ha aceptado cubrirme dos veces por semana para que pueda utilizar la moderna sala de musculación del gimnasio que el equipo tiene en el campus.

Dean me ha estado acompañando a entrenar, y cuando aparco frente a nuestra casa, veo que me espera en la entrada. El señor GQ lleva el torso desnudo y unos viejos pantalones de chándal de tiro bajo de Adidas. Está corriendo en el sitio como un idiota.

Sonriendo, salto de la *pick-up* y me acerco hasta él.

—Ey. Cambio de planes —dice—. Wellsy sale del trabajo pronto, así que, en vez de hacer pesas, vamos a correr.

Arrugo la nariz.

—¿Tú y yo?

—Tú, yo y Wellsy —aclara—. Ella y yo hemos salido a correr todas las tardes. Si Garrett no está demasiado hecho polvo, también se apunta. Pero Wellsy tiene planes con sus viejos esta noche.

—¡Qué bien! ¿Sus padres están aquí? —Sé que Hannah no los ve tan a menudo como le gustaría, así que imagino que debe de estar muy contenta. También sé que la razón por la que no los ve es… bueno, es asunto suyo. A pesar de que le dijo a Garrett que le parecía bien que me contara lo de su violación en el instituto, no me parece apropiado sacar el tema. Si quisiera hablar conmigo de ello, lo haría.

—Se alojan en el hostal de la calle principal —responde Dean—. Y bueno, que este es el único rato del día en el que puede salir a correr.

Como si estuviera planeado, Hannah aparece en la escalera de entrada vestida con una camiseta holgada y unas mallas apretadas hasta las rodillas. Su coleta se balancea mientras viene corriendo a darme un abrazo.

—¡Logan! ¡Es como si no te hubiera visto en meses!

—Es que no me has visto. —Juegueteo con la punta de su coleta—. ¿Qué tal llevas el verano?

—Bien. ¿Y tú?

Me encojo de hombros.

—Bien, supongo.

—¿Así que te vienes a correr con nosotros?

—Al parecer, no tengo otra opción. —Llevo puestas mis zapatillas de deporte, unos pantalones de chándal y una camiseta vieja, así que no tengo que cambiarme. Aun así, entro un segundo en casa para dejar la cartera y las llaves antes de volver afuera. Llego justo a tiempo para escuchar a Hannah regañar a Dean por las pintas que lleva.

—En serio, tío, ponte una camiseta.

—Oye, ya sabes lo que se dice —comenta Dean lentamente—: «Si lo tienes, enséñalo».

—No, estoy bastante segura de que lo que se dice es: «Ponte una camiseta cuando salgas a correr, narcisista arrogante».

Abre la boca de par en par.

—¿Narcisista? Más bien *realista*. Mira estos abdominales, Wellsy. En realidad, mejor tócalos. En serio. Cambiará tu vida.

Hannah resopla.

—¿Qué, toda esta belleza masculina te hace sentir demasiado intimidada? —Se golpea su firme tableta de chocolate con la mano.

—¿Sabes qué? —dice Hannah en tono dulce—. Me *encantaría* tocar tus abdominales.

En un abrir y cerrar de ojos, Hannah se agacha y coge algo de la maceta que hay junto al garaje: un puñado de tierra que se dispone a extender sobre Dean, dejando una mancha lineal desde el ombligo hasta la cintura del pantalón. Dado que en la calle hace un calor infernal y Dean está sudado, la tierra se pega a su piel como una mascarilla de barro.

—¿Listo? —pregunta Hannah con un sonido agudo.

Dean le dedica una sonrisa.

—Sé que piensas que voy a entrar en casa a limpiarme esto, pero ¿sabes qué? No voy a hacerlo.

—Oh, ¿en serio? ¿Vas a correr por todo el pueblo con eso ahí? —Hannah ladea la cabeza desafiante—. Ni de coña. Eres demasiado vanidoso.

Yo me río, pero la pobre no sabe de lo que Dean es capaz. Por mucho que su ego odie que sus inmaculados abdominales estén sucios, Dean es un jugador de *hockey* terco como él solo y no va a permitir que una pequeña tocapelotas como Hannah le gane.

—Ya veremos, muñeca. Usaré esta tierra como una medalla a mi valor.

Él la mira fijamente. Regodeándose. Ella le devuelve la mirada. Cabreada. Me aclaro la garganta.

—¿Vamos a correr o qué?

Abandonan su contacto visual y los tres salimos a paso rápido por la acera.

—Por regla general, hacemos siempre el mismo camino —me dice Dean—. Corremos hasta el parque, hacemos la pista de allí y después volvemos por el otro lado.

Saber que han estado corriendo juntos lo suficiente como para establecer una «rutina» me provoca una extraña punzada de celos. Echo de menos a mis amigos, joder. Odio lo aislado que he estado en Munsen, con nadie con quien hablar salvo Jeff; bueno, y mi padre, en perpetuo estado de ebriedad.

Solo llevamos corriendo unos minutos cuando Hannah comienza a tararear. Al principio lo hace con suavidad, pero poco a poco el tarareo se convierte en canto a pleno pulmón. Su voz es preciosa, dulce y melódica, con cierto matiz arenoso que a Garrett, según dice él mismo, le pone la piel de gallina. Mientras canta el «Take Me to Church» de Hozier, no puedo evitar darme la vuelta y sonreír a Dean.

—Canta mientras corre —dice con un suspiro—. En serio, lo hace todo el tiempo. Garrett y yo le hemos intentado explicar que interfiere con el control de la respiración, pero...

—Juro por Dios —interrumpe— que si escucho una lección más sobre mi control de la respiración, te pego un puñetazo. A todos vosotros. Me gusta cantar cuando corro. Asumidlo de una vez.

La verdad es que a mí no me importa. Su voz es una agradable banda sonora que acompaña los ruidos sordos de nuestras zapatillas mientras golpean el asfalto. Y eso a pesar de que su elección de canciones es un poco depresiva.

Cuando llegamos a la entrada del parque, veo el tejado del quiosco de música asomando entre los árboles y de repente me acuerdo de la noche en la torre de agua con Grace. Me dijo que ese era su lugar favorito de la infancia.

Mis hombros se tensan, casi como si esperara encontrar a Grace en el quiosco. Algo totalmente absurdo porque, por supuesto, no está...

¡Mierda! Sí que está. Veo una chica en las escaleras. Lleva una trenza larga y... una ola de decepción me golpea. Espera. No, no es Grace. Es una rubia con un vestido verde, y el sol de la tarde rebota en su trenza dorada mientras inclina la cabeza hacia el libro que lee en su regazo.

A continuación levanta la cabeza, y ¡mierda otra vez!, porque antes estaba en lo cierto... ¡Es ella!

Paro en seco con torpeza, olvidando a Dean y a Hannah, que siguen corriendo. Desde su posición elevada en los escalones, Grace mira en mi dirección y, aunque nos separan más de treinta metros, sé que me reconoce.

Nuestras miradas se quedan fijas la una en la otra y sus labios se tensan y fruncen.

Mierda, quizá Dean tenga razón. Quizá *no debería* llevar camiseta. Las chicas son mucho más susceptibles cuando miran un pecho musculado, ¿verdad?

Dios, y esto sí que es triste..., pensar que mirar mi pecho desnudo hará que olvide todo lo que pasó entre nosotros.

—Logan, tío, ¿qué haces? Mantén el ritmo, tronco.

Mis amigos al fin se han dado cuenta de que no estoy con ellos y retroceden. Hannah sigue mi mirada y, a continuación, corta su respiración.

—Oh. ¿Es Grace?

Por un segundo, me choca que sepa su nombre, hasta que caigo en la cuenta de que Garrett debe de habérselo contado. Qué sorpresa.

A mi lado, Dean mira de reojo hacia el quiosco para ver qué pasa.

—Naah, no es ella. Tu chica, primero, es castaña. Y segundo, no tiene unas piernas kilométricas que suben y suben y... Joder, esas piernas son increíbles. Disculpad, creo que voy a ir ahí a presentarme.

Lo sujeto del brazo antes de que pueda dar un paso más.

—Es Grace, idiota. Se ha teñido el pelo. Y si en vez de mirarle las piernas le miraras la cara, te darías cuenta.

Entrecierra los ojos de nuevo y entonces abre la boca de par en par.

—Mierda. Tienes razón.

Grace baja la mirada a su libro, pero sé que es consciente de mi presencia, porque sus hombros están más rígidos que los pilares de la entrada del quiosco de música. Probablemente esté esperando a que me vaya, pero eso no va a suceder. No voy a huir; esta vez no.

—Id tirando —les digo con voz ronca—. Luego os pillo. Y si no, ya nos vemos más tarde en casa.

Dean sigue observando a Grace hasta que Hannah finalmente le pega un empujón para obligarlo a seguirla. Cuando los veo avanzar por la pista, empiezo a caminar en la otra dirección. Mi corazón late más y más rápido cuanto más me acerco.

Me doy cuenta de que no solo ha cambiado su color de pelo. También lleva más maquillaje del habitual, sombra de ojos verde que hace que sus ojos parezcan más grandes…; joder, esa sombra es *supersexy*. Especialmente con esas pecas, que ni un kilo de maquillaje podría cubrir.

Mi pecho se tensa cuando caigo en una cosa. Lleva un vestido. Y maquillaje. Y es jueves por la tarde.

¿Estará esperando a alguien?

Mis manos están húmedas mientras me acerco. No puedo apartar los ojos de ella. Dios. Sus piernas son realmente impresionantes. Suaves y bronceadas y… ¡mierda! Las estoy imaginando alrededor de mi cintura. Los talones de sus pies clavándose en mi culo mientras la penetro hasta el fondo.

Me aclaro la garganta.

—Hola.

—Hola —contesta.

Me resulta absolutamente imposible descifrar su tono de voz. No es casual. No es borde. Es… neutral. Bueno, supongo que puedo aguantar eso.

—Yo… —Los nervios pueden conmigo e, impulsivamente, acabo soltando lo primero que se me viene a la cabeza—. No me has llamado.

Encuentra mi mirada.

—No. No lo he hecho.

—Ya… No te culpo. —Ojalá esta mierda de pantalones de chándal tuvieran bolsillos, porque estoy experimentando en mis propias carnes el típico problema de los actores, y no sé qué coño hacer con las manos. Ahora mismo cuelgan a mis lados y me está costando horrores no agitarlas—. Mira, sé que probablemente no quieras oír ni una palabra de lo que tengo que decirte, pero ¿podemos hablar? Por favor…

Grace suspira.

—¿Para qué? Te dije todo lo que tenía que decirte aquella noche. Fue un error.

Asiento con la cabeza. Estoy de acuerdo.

—Sí que lo fue. Un gran error, pero no por la razón que tú crees.

El enfado marca sus facciones. Cierra el libro y se pone de pie.

—Tengo que irme.

—Cinco minutos —le ruego—. Dame solo cinco minutos.

A pesar de su evidente reticencia, no echa a andar. Tampoco se sienta, pero sigue de pie delante de mí y ¿qué son cinco minutos para un jugador de *hockey*? Tiempo más que suficiente para marcar unos cuantos goles.

—Siento mucho cómo todo se fue a la mierda —le digo en voz baja—. No debería haber terminado así, y aquella noche… sin duda, no debería haber permitido que estuviéramos tan cerca de acostarnos, teniendo en cuenta lo confundido que yo estaba; estaba hecho un lío incluso antes de ir a tu habitación. Pero todas las cosas que dije sobre que me molaba otra persona…, estaba equivocado. Cuando llegué a casa, me di cuenta de que en realidad yo ya estaba con la persona con la que quería estar.

Reacción «cero» en su rostro. Cero patatero. *Nothing*. Una parte de mí incluso se pregunta si me habrá llegado a escuchar; no obstante, me obligo a continuar.

—La chica de la que te hablé… es la novia de mi mejor amigo.

Un destello de sorpresa cruza su rostro. Así que *sí* que me está escuchando…

—Estaba convencido de que sentía algo por ella, pero resulta que no era «ella» lo que yo quería realmente. Quería lo que tienen ella y Garrett: una relación.

Grace me mira con recelo.

—Eh... ya. Lo siento, pero no me lo trago, la verdad.

—¡Es cierto! —Mi garganta me aprieta de vergüenza—. Estaba celoso de la relación que tienen. Y además, estaba estresado con otras cosas personales: la familia, el *hockey*... Sé que parece que estoy dándote excusas, pero es la verdad. No estaba en un buen momento; estaba demasiado confundido y amargado por mi vida como para apreciar lo que tenía. De verdad me gustabas. *Me gustas,* quiero decir —rectifico a toda prisa.

Dios, me siento como un puto preadolescente. Ojalá Grace me ofreciese ahora un poco de aliento, una pizca de comprensión, pero su rostro permanece inexpresivo.

—He estado pensando en ti todo el verano. No hago más que cabrearme conmigo mismo por actuar como actué y solo deseo poder hacer lo correcto.

—No hay nada correcto que hacer. Apenas nos conocemos, Logan. Solo estábamos tonteando y, honestamente, no me interesa empezar con ese rollo otra vez.

—No quiero que tonteemos. —Suelto aire rápidamente—. Quiero una cita contigo.

Parece que se divierte. Joder. Como si le acabara de contar un chiste genial.

—Lo digo en serio —insisto—. ¿Quieres salir en una cita conmigo?

Grace se queda en silencio por un momento y luego dice:

—No.

Mientras la decepción me retuerce el estómago, mete su libro en el bolso y da un paso hacia la salida del parque.

—Tengo que irme. Mi padre y yo vamos a cenar fuera y me está esperando en casa.

—Te acompaño —le digo al instante.

—No, gracias. Puedo ir a mi casa sola. —Hace una pausa—. Ha estado bien verte de nuevo.

No, joder, no. Ni de coña voy a permitir que termine de esta manera, todo superfrío e impersonal, como si no fuéramos más que unos conocidos que se acaban de encontrar en la calle.

Cuando me pongo a caminar a su lado, me riñe enfadada.

—¿Qué haces? Te he dicho que no necesito que me acompañes a casa.

—No te estoy acompañando a casa —contesto alegre—. Da la casualidad de que voy en esa dirección.

Señala la pista del parque.

—Tus amigos se han ido por ahí.

—Sí. Y yo voy *por aquí*.

Sus mejillas se hunden como si estuviera mordiéndoselas con los dientes. A continuación, murmura en voz baja. Suena a algo como:

—Para un día que me olvido de traer el iPod...

Perfecto. Eso significa que no me puede ignorar poniéndose a escuchar música.

—¿Así que vas a comer con tu padre? ¿Por eso vas tan elegante?

No responde y se apresura a acelerar el paso.

Alargo mis pasos para seguirle el ritmo.

—Oye, vamos hacia el mismo sitio. No pasa nada por pasar el tiempo conversando.

Me lanza una mirada fugaz.

—Voy así de elegante porque mi madre se gastó demasiado dinero en este vestido y mi cerebro paranoico piensa que si no me lo pongo, se dará cuenta de alguna forma a pesar de estar a miles de kilómetros de distancia en París.

—París, ¿eh?

Responde con un gruñido.

—He pasado allí el verano.

—¿Así que tu madre vive en Francia? ¿Eso quiere decir que tus padres están divorciados?

—Sí. —Frunce el ceño—. Deja de hacerme preguntas.

—Sin problema. ¿Quieres hacerme preguntas tú *a mí*?

—No.

—Oki doki. En ese caso, seguiré siendo el que entrevista.

—¿Acabas de decir oki doki?

—*Sip*. ¿Ha sido lo suficientemente adorable como para que cambies de opinión respecto a la cita?

Sus labios se contraen, pero la risa que espero no llega. Lo que sí llega es que se queda otra vez en silencio. Y que empieza a caminar aún más rápido.

Estamos en una calle paralela al centro de Hastings, hemos pasado varias tiendas pequeñas antes de llegar al punto donde la zona comercial se convierte en residencial. Espero pacientemente a que Grace se canse del silencio y diga algo, pero es más cabezota de lo que pensaba.

—Y, ¿lo del pelo? No es que no me guste el nuevo color. Te queda guay.

—También cosa de mi madre —murmura Grace—. Decidió que necesitaba un cambio de *look*.

—Bueno, estás guapísima. —Le lanzo una mirada de reojo. Dios, está más que guapísima. Estoy semiempalmado desde que hemos salido del parque; me ha resultado imposible no admirar la forma en que su vestido revolotea alrededor de sus muslos a cada paso que da. Llegamos a una señal de stop y gira a la derecha, su ritmo se acelera cuando nos encontramos en una amplia calle llena de imponentes robles. Mierda. Su casa debe de estar cerca.

—Una cita —repito con dulzura—. Por favor, Grace. Dame una oportunidad para mostrarte que no soy un absoluto idiota.

Ella me mira, incrédula.

—Me humillaste.

Cuatro meses de culpa me golpean.

—Lo sé.

—Estaba lista para tener relaciones sexuales contigo y no solo me rechazaste..., me dijiste que me estabas usando como distracción. ¡Me usaste para no tener que pensar en la persona con la que *realmente* querías tener relaciones! —Sus mejillas se vuelven de color rojo brillante—. ¿Por qué querría salir contigo después de eso?

Tiene toda la razón del mundo. Y no tiene ninguna razón para darme otra oportunidad.

Mi estómago se retuerce cuando me adelanta. Se dirige hacia el jardín delantero de una bonita casa de color blanco, con un gran porche, y me siento aún más incómodo cuando veo a un hombre de pelo gris. Está sentado en una silla de mimbre blanco, tiene un periódico en su regazo y nos observa desde detrás de unas gafas de montura metálica. Mierda, probablemente sea el padre de Grace. Arrastrarse con público es bastante chungo, pero ¿hacerlo delante de su padre? Es lo peor.

—Y ¿qué pasa con todo lo que sucedió antes de eso? —grito detrás de ella.

Se da la vuelta para mirarme.

—¿Qué?

—Antes de aquella noche. —Bajo la voz cuando la alcanzo—. Cuando fuimos al cine. Y a la torre de agua. Sé que yo te gustaba entonces.

Grace suelta un suspiro cansado.

—Sí, me gustabas.

—Pues centrémonos en eso —digo con brusquedad—. En las cosas positivas. La he cagado, pero te prometo que te compensaré. No quiero estar con nadie más. Solo quiero otra oportunidad.

No responde y el dolor de la desesperación aprieta mi pecho. Llegados a este punto, incluso estaría encantado de escuchar un «sí, claro» de los suyos. El silencio me destroza y hace desaparecer la inyección de esperanza que me acaba de dar al confesarme que le gustaba antes de la Noche V.

—Lo siento, pero no —sentencia, y el último atisbo de esperanza cae en picado—. Mira, si lo que quieres es que te perdone, que sepas que te perdono. Aquella noche pasé la mayor vergüenza de mi vida, pero he tenido todo el verano para superarlo. No te guardo rencor, ¿vale? Si nos encontramos por el campus, no voy a salir corriendo en otra dirección. Tal vez incluso podamos tomarnos un café algún día. Pero no quiero salir contigo, al menos no en este momento.

Mierda. De verdad pensaba que diría que sí.

La derrota aplasta mi pecho hasta hundirlo y después brota cierta esperanza, porque técnicamente no ha dicho que *no*.

Ha dicho «no en este momento».

Puedo vivir con eso, sin duda.

CAPÍTULO 19

GRACE

Es el primer semestre de mi segundo año, lo que significa que ahora soy Grace de segundo. La Grace de primero, Dios la tenga en su gloria, permitió que su mejor amiga tomara decisiones por ella y que los chicos la pisaran, pero ¿la Grace de segundo? No hará nada así. No será el felpudo de Ramona ni la distracción de Logan. Ni hablar. La Grace de segundo es una chica de diecinueve años sin preocupaciones, que ha pasado el verano caminando sin rumbo fijo por Francia.

¿Eso de caminar sin rumbo fijo también cuenta si lo haces con tu madre?

«Pues claro que sí», me aseguro a mí misma. Caminar sin rumbo fijo es caminar sin rumbo fijo, no importa con quién estés.

En cualquier caso, un nuevo año es igual a una nueva «yo».

O mejor dicho, una versión mejorada de mi antigua «yo».

De momento, la nueva-vieja «yo» está haciendo la cama en su nueva residencia mientras alberga la esperanza de que su compañera de piso no sea una zorra, una psicópata o una zorra psicópata. Intenté convencer a la mujer de la oficina de residencias de que me diera una habitación para mí sola, pero están reservadas para alumnos de segundo ciclo, así que me toca compartir con una chica llamada Daisy.

Cuando mi padre me ayudó a traer las cosas a la Residencia Hartford ayer, la zona de la habitación de Daisy estaba vacía; pero, al volver de comer hoy, me he encontrado cajas y maletas por todas partes. Así que ahora estoy esperando a que aparezca, porque quiero cumplir cuanto antes con el incómodo momento de las presentaciones.

El hecho de tener una nueva compañera de cuarto me provoca una punzada de melancolía. No he hablado con Ramona desde abril, cuando le dije que «cortaba» con nuestra amistad. Tal vez, uno de estos días acabemos sentándonos y hablando, pero ahora mismo estoy deseando empezar mi segundo año sin ella.

Por muy exasperantes que resultaran las emboscadas de cambios de *look* de mi madre, lo cierto es que este verano también me ha enseñado varias lecciones muy valiosas. La primera y principal: confía en ti misma. En segundo lugar: sé espontánea. En tercer lugar: la única opinión que importa es la tuya.

Mi plan es incorporar los consejos de mi madre en mi Plan de Estudiante de Segundo, que consiste en divertirse, hacer nuevos amigos y tener citas.

Ah, y no estoy pensando en John Logan. Eso es un componente crítico en el plan, porque desde que la semana pasada me encontré con él en el parque, no he sido capaz de quitármelo de la cabeza.

No obstante, estoy orgullosa de mí misma por mantenerme firme y no ceder. Para mi sorpresa, no sentí ningún enfado al verlo, pero eso no quiere decir que esté dispuesta a confiar en él. Además, ahora soy la Grace de segundo. Ya no me deslumbran las cosas así como así. Si Logan va en serio con lo de salir juntos, necesito mucho más que una disculpa brusca y una sonrisa *sexy*. Tendrá que currárselo y apostar más fuerte, eso seguro.

La puerta se abre y mi espalda se pone rígida mientras me giro para mirar a mi nueva compañera de cuarto por primera vez.

Es... adorable. Pero estoy bastante segura de que no solo el adjetivo «adorable» sería el último que la gente utilizaría para describirla, sino que si ella me llegara a escuchar llamarla así, me daría una patada en el culo. No obstante, es el primer adjetivo que me viene a la mente, porque es como un pequeño duendecillo. Bueno, si los duendes tuviesen el pelo negro con flequillo rosa, un montón de *piercings* y llevaran preciosos vestidos de verano amarillos a juego con unas Dr. Martens.

—Hola —dice alegremente—. Así que tú eres Grace, ¿eh?

—Sí. ¿Y tú eres Daisy...?

Sonríe mientras cierra la puerta a su espalda.

—Lo sé. El nombre no me pega nada. Creo que cuando lo decidieron, mis padres pensaron que de mayor sería una belleza sureña y elegante como mi madre, pero muy a su pesar, *esto* es lo que hay. —Hace un gesto con las dos manos, señalándose de pies a cabeza, y a continuación se encoge de hombros.

Sí que escucho un leve acento del sur en su voz, pero es algo muy sutil que combina bien con su actitud relajada. Ya me cae bien.

—Espero que no te importe todo este lío. He volado desde Atlanta temprano esta mañana y aún no he podido deshacer las maletas.

—No te preocupes. ¿Necesitas ayuda? —me ofrezco.

Sus ojos se llenan de gratitud.

—¡Estaría genial! Pero tendrá que esperar hasta esta noche. He venido solo a coger mi iPad; tengo que ir a la emisora ahora mismo.

—¿La emisora?

—La emisora de radio del campus —explica—. Presento un programa de *rock* alternativo una vez a la semana, y soy la productora de otros dos más. Estudio Comunicación Audiovisual.

—¡Oh! Eso está guay. Lo cierto es que quería mirar si había algún trabajo para estudiantes allí —confieso—. Estaba pensando en incorporarme al periódico de la uni, pero el chico con el que hablé me comentó que su lista de espera mide un kilómetro. Y no tengo ni una gota de sangre deportista o musical en las venas, así que el deporte y la música quedan descartados; y todos los otros clubes que miré suenan increíblemente aburridos. O locos de remate. ¿Sabías que los chicos del grupo de activistas medioambientales del campus pasan los fines de semana encadenados a los árboles para protestar por todos los proyectos de adosados que se están construyendo en Hastings? Y el año pasado a una chica le cayó un rayo, porque se negó a desencadenarse durante una tormenta. —Me detengo bruscamente; siento que mis mejillas se calientan—. Prefiero serte completamente franca desde el principio; creo que es mejor que sepas que soy muy parlanchina, a veces no puedo parar de hablar.

Daisy se echa a reír.

—Tomo nota.

—Puede que te resulte entrañable algún día —digo con amabilidad.

—No te preocupes, acepto que seas parlanchina. Siempre y cuando tú te comprometas a aceptar mis pesadillas. En serio, son brutales. Me despierto gritando como una posesa y... Es broma, Grace. —Su risa ahora está fuera de control—. Dios, deberías haberte visto la cara. Te prometo que no tengo pesadillas horribles, pero sí que me han dicho que a veces hablo en sueños.

Suelto una risita.

—No hay problema. Yo hablo durante las horas de vigilia y tú podrás hablar en las horas de sueño. Somos la pareja perfecta.

Daisy abre una de las maletas que hay en su cama y rebusca en su interior, hasta que saca un iPad con una funda de color rosa brillante. Lo mete en la bandolera verde militar, lanza la correa sobre su hombro y me mira.

—Oye, si lo del trabajo extracurricular iba en serio, la verdad es que estamos buscando gente para echar una mano en la emisora. Hay un par de puestos para presentador, pero no creo que los quieras, porque son del turno de noche. Y si estar frente al micrófono no es tu estilo, también necesitamos un productor para uno de los programas.

—¿Qué tendría que hacer?

—Es un programa de consejos sentimentales con llamadas en directo. Lunes por la tarde y viernes después de comer. Tendrías que filtrar llamadas, buscar información para los presentadores si quieren hablar de algo en concreto..., ese tipo de cosas. —Me mira con seriedad—. ¿Sabes qué? ¿Por qué no te vienes conmigo ahora? Te puedo presentar a Morris, el director de la emisora, y podéis charlar.

Me lo pienso, pero no tardo mucho en tomar una decisión. Daisy parece maja y no estaría de más hablar con el director de la emisora. Además, quería hacer nuevos amigos, ¿no?

Pues será mejor que empiece ahora.

LOGAN

Es guay estar en casa. No es que quiera plagiar a Dorothy ni nada por el estilo, pero es que de verdad en casa se está mejor que en ningún sitio. Y claro que pillo la ironía de la situación... Técnicamente, el lugar donde me he quedado todo el verano y del que me fui anoche es *mi* casa. Pero nunca he sido ni la mitad de feliz en Munsen de lo que soy aquí en Hastings, en una casa que he alquilado durante dos años.

La primera mañana de mi regreso estoy de un humor tan estupendo que empiezo el día poniendo a los Nappy Roots a todo volumen en la cocina mientras me enchufo unos cereales. Los fuertes acordes de «Good Day» sacan a los demás de sus dormitorios y Garrett es el primero en aparecer en calzoncillos, frotándose los ojos.

—Buenos días, princesa —murmura—. Por favor, dime que has hecho café.

Señalo sonriendo a la encimera.

—Vuélvete loco.

Se sirve una taza y se deja caer en uno de los taburetes.

—¿Quién te ha despertado esta mañana? ¿Las ardillas de Alvin? —bromea—. Estás tan alegre que das miedo.

—Y tú estás tan gruñón que das miedo. Sonríe, amigo. Es nuestro día favorito del año, ¿recuerdas?

También conocido como el primer día de pruebas abiertas para estudiantes de primero a los que no ficharon directamente en el instituto. Los jugadores como nosotros vamos a cotillear todos los años para ver cuál es el talento en potencia, porque, tristemente, el perder jugadores buenos forma parte de la vida del jugador de *hockey* de Briar. Hay chicos que se gradúan, otros que abandonan los estudios, otros que van a la liga profesional... Y puesto que la alineación del equipo cambia cada año, siempre estamos ansiosos por ver a los nuevos estudiantes que entran.

Con un poco de suerte, hoy veremos a algunos diamantes en bruto en el hielo, porque el equipo, la verdad, está un poco en el fango. Hemos perdido tres de nuestros mejores delanteros: Birdie y Niko, que se han graduado; y Connor, que ha firmado con los Kings. Nuestra defensa ha perdido a Rogers, que se ha ido a los Chicago; y a otros dos defensores de cuarto que se han graduado. Esto significa que, muy probablemente, a Dean y a mí nos toque jugar turnos más largos, por lo menos hasta que algunos de los defensores más jóvenes se pongan al día.

Pero ¿la hostia más fuerte para nosotros?

Perder a nuestro portero.

Kenny Simms era… magia. Pura magia en el círculo de portería. Estaba en primero cuando el entrenador lo hizo titular, a pesar de tener a dos porteros de cuarto en la alineación… El tío era *así* de bueno. Ahora que se ha graduado, el destino de nuestro equipo está en manos de uno de cuarto llamado Patrick, a no ser que esta cosecha de estudiantes de primero produzca otro Kenny Simms.

—Deberíamos haber sobornado a los profes de Simms para que lo suspendieran —dice Garrett con un suspiro, y me doy cuenta de que no soy el único al que le preocupa su salida.

—Nos irá bien —respondo, poco convincente.

—No creo. —Es la voz de Dean, que llega a la cocina antes que su cuerpo. Se dirige a la cafetera—. Dudo que ni siquiera lleguemos a la postemporada. No sin Kenny.

—Hombres de poca fe —contesta Tucker, que atraviesa con paso lento la puerta.

—Hostias —suelto—. Te has afeitado la barba. —Me giro hacia Garrett—. ¿Por qué no me lo has dicho? Nos habría organizado una fiesta.

Dean se ríe.

—Querrás decir «le» habrías organizado una fiesta.

—No, no, quiere decir «nos». —Garrett responde por mí—. Nosotros somos los que hemos tenido que mirar esa cosa espantosa durante medio año.

Le doy una palmada en el culo a Tuck cuando pasa por delante de mi taburete.

—Bienvenido de nuevo, «cara de bebé».

—Vete a tomar por culo —se queja. Sí, es genial estar de vuelta en casa.

Una hora más tarde, descanso mis antebrazos en las rodillas, entrelazo mis manos y me inclino hacia adelante para analizar el tiro a portería de un fornido estudiante de primero, con el pelo rizado y pelirrojo asomando por la parte de atrás del casco.

—Ese tío no es malo —comento.

—¿Quién? ¿El salmonete? —exclama Hollis desde el final de la grada en la que nos hemos juntado todos—. Naah, aún no me ha impresionado.

Abajo, en el hielo, el entrenador está dirigiendo un sencillo ejercicio de tiro con los aspirantes de primero, vestidos todos con camisetas plateadas o negras. Y sí, ya sé que solo es el primer día, pero de momento a mí tampoco me ha impresionado ninguno. De dos en dos, los chicos tienen que patinar hasta la línea azul, tirar a la red y, a continuación, subir por la banda exterior y patinar a toda velocidad hasta la zona neutral, donde el segundo entrenador lanza un disco que el patinador tiene que recoger. No es complicado en absoluto y, sin embargo, para mi gusto, hay demasiados fallos.

Al menos los porteros no están mal. No emanan para nada la magia de Simms, pero lo cierto es que paran más discos de los que dejan entrar, lo que es alentador.

A mi lado, Garrett silba.

—¡Sí! Esto sí que sí.

El siguiente patinador en la cola despega y, Dios santo, eso sí que es *rapidez*. Mientras patina hacia la red, solo se ve una mancha negra a toda velocidad sobre un fondo de color blanco. Lanza el disco en un tiro perfectamente ejecutado, perfectamente a tiempo, perfectamente *perfecto*.

—Ha podido ser de pura chiripa —advierte Tucker. Pero veinte minutos más tarde, el chico sigue dándole como el puto Ozzy Osbourne en un estadio de fútbol a rebosar.

—¿Quién es ese? —pregunta Garrett.

Hollis se asoma desde su asiento.

—Ni idea.

Pierre, un canadiense que se unió a nosotros la temporada pasada, se inclina desde la fila de detrás y se apoya en el hombro de Garrett.

—Hunter no sé qué. Es un niño rico de Connecticut, la gran estrella de su equipo en el instituto.

—Si es tan bueno, ¿por qué no lo ficharon en el insti? —pregunta Tucker dubitativo—. ¿Qué hace aquí en las pruebas abiertas?

—La mitad de las universidades del país intentaron ficharlo —continúa Pierre—. Pero, al parecer, quería dejar el *hockey*. Nuestro entrenador le metió presión y lo convenció para que entrenara hoy, pero incluso pasando el corte hoy, hay una buena probabilidad de que no quiera formar parte del equipo.

—Oh. Ese tío va a formar parte del equipo —declara Dean—. No me importa si tengo que chuparle la polla para convencerlo.

Las risas estallan a su alrededor.

—Así que ahora chupas pollas, ¿eh? —pregunto en tono amable.

Un destello malvado ilumina sus ojos.

—¿Sabes qué? No solo se la voy a chupar —dice lentamente—. Se la voy a chupar hasta el final. Ya sabes, hasta que tenga un orgasmo.

El resto de los chicos se intercambian miradas desconcertadas, pero la mirada burlona de Dean me dice exactamente a dónde quiere ir con todo esto. Cabrón.

—No estoy seguro de si todos vosotros lo sabéis, pero un orgasmo es el punto de culminación en un proceso de placer. —Dean me lanza una sonrisa inocente—. Los hombres y las mujeres lo logran de diferentes maneras. Por ejemplo, cuando una mujer llega a la culminación, puede gemir, jadear o…

—¿De qué coño hablas? —interrumpe Garrett.

El señor Inocente parpadea sus ojos verdes.

—Pensaba que quizá necesitabais un cursillo recordatorio sobre orgasmos.

—Creo que estamos bien —dice Tucker con un bufido.

—¿Estás seguro? ¿Nadie tiene ninguna pregunta? —Me sonríe mientras hace la pregunta y, cuando los demás vuelven a poner su atención en el hielo, le doy en las costillas. Y le doy fuerte.

—Joder, John, estoy tratando de ser útil. Tú podrías aprender mucho de mí. Ninguna mujer ha sido capaz de resistirse a mi encanto natural.

—¿Sabes otro que tenía mucho encanto natural? —contesto—. Ted Bundy.

Dean arruga la nariz.

—¿Quién?

—El asesino en serie. —Ay, Dios, he metido a Ted Bundy en la conversación. Me estoy convirtiendo en Grace. Genial. Y ahora estoy *pensando* en Grace. Me he obligado a mí mismo a no hacerlo desde que me rechazó la semana pasada, pero da igual lo mucho que lo intente; me resulta imposible quitármela de la cabeza.

¿Es una cuestión de ego? Me pregunto todo el rato si lo es porque, sinceramente, no recuerdo la última vez que me obsesioné así con una chica. ¿Estoy interesado en ella solo porque ella no está interesada en mí? Me gusta pensar que no soy tan arrogante, pero no puedo negar que el rechazo me duele.

Quiero otra oportunidad. Quiero demostrarle que no soy un gilipollas sin corazón que la utilizaba en plan F y F, pero no tengo ni idea de cómo hacerle cambiar de opinión. ¿Flores, tal vez? ¿Arrastrándome públicamente?

—¡Ey, gilipollas!

Nos ponemos en pie de un salto cuando la voz autoritaria del entrenador Jensen se dirige hacia las gradas. Nuestro intrépido líder, único miembro de la Universidad Briar que puede llamar a los estudiantes «gilipollas» sin que pase nada, nos mira desde el hielo.

—¿Hay alguna razón para que vuestros culos vagos estén calentando esos asientos cuando deberían estar en la sala de pesas? —nos grita—. ¡Salid pitando de mi entrenamiento! —Después se gira con el ceño fruncido hacia el trío de estudiantes de primero que se está riendo detrás de los guantes—. ¿De qué os reís vosotros? ¡A patinar!

Los jugadores avanzan a toda velocidad como si el hielo se partiera en pedazos detrás de ellos.

Arriba, en las gradas, los chicos y yo corremos igual de rápido.

CAPÍTULO 20

GRACE

Cuando la primera semana del semestre llega a su fin, Ramona me llama otra vez. Después de ignorarla durante meses, finalmente decido coger el teléfono.

Ha llegado el momento de verla en persona. No es que quedar con ella para tomar un café me entusiasme particularmente, pero no puedo hacerle el vacío toda la vida. Hemos compartido demasiada historia, han pasado demasiadas cosas entre nosotras, demasiados buenos recuerdos que no puedo fingir simplemente que no existen. Mientras camino a través del campus, me aseguro a mí misma que este encuentro es solo para aclarar las cosas; nada más. No volveremos a ser mejores amigas. No estoy segura de que podamos serlo después de lo que hizo.

No es por el mensaje insinuante a Logan. Es por lo que el mensaje significa: un desprecio más que evidente hacia mis sentimientos y un rechazo cruel e insensible a nuestra amistad. Una amiga de verdad no le tira los tejos al chico que le ha hecho daño a su mejor amiga. Una amiga de verdad pone sus deseos egoístas a un lado y ofrece su apoyo.

Treinta minutos después de colgar el teléfono, entro en el Coffee Hut y me siento junto a Ramona en una mesa al lado de la ventana.

—Hola. —Me saluda tímidamente. Casi, diría yo, con miedo. Su aspecto es exactamente el mismo que el de la última vez que la vi: pelo negro suelto sobre los hombros y cuerpo curvilíneo con ropa ajustada. Cuando ve mi pelo, sus ojos se abren como platos—. Estás rubia —dice con voz aguda.

—Sí. Mi madre me lio. —Me hundo en la silla frente a la suya. Una parte de mí siente la tentación de abrazarla, pero lucho contra ese impulso.

—Esto es para ti. —Con un gesto, señala uno de los cafés que hay sobre la mesa—. Acabo de llegar, así que todavía está caliente.

—Gracias. —Cubro los lados del vaso con ambas manos: el calor del poliestireno se extiende por las palmas de mis manos. Acabo de atravesar a pie todo el campus con una temperatura de veinticinco grados, pero de repente siento frío. Y nervios.

Un incómodo silencio se extiende entre nosotras.

—Grace... —Su garganta se hunde al tragar saliva—. Lo siento.

Suspiro.

—Lo sé.

Una brizna de esperanza se asoma entre la nube de desesperación que hay en sus ojos.

—¿Eso quiere decir que me perdonas?

—No, significa que sé que lo sientes.

Abro la tapa de plástico y doy un sorbo al café; a continuación, hago una mueca de asco. Se ha olvidado de ponerle azúcar. No debería molestarme tanto, pero es otra señal de que mi mejor amiga no se fija en las cosas que me importan. Ya no solo en mis sentimientos, sino que ni siquiera en algo tan básico como en cómo me gusta el café.

Cojo dos sobres de azúcar de la pequeña bandeja de plástico, los abro y vuelco el contenido en el vaso. Mientras uso el palito de madera para remover el líquido caliente, veo el cambio en la expresión de Ramona: de leve esperanza a disgusto evidente.

—Soy una amiga de mierda —susurra.

No se lo discuto.

—No debería haberle enviado aquel mensaje. Ni siquiera sé por qué lo hice. —Se detiene de golpe y la vergüenza enrojece sus mejillas—. No, sí que sé el porqué. Porque soy una capulla insegura y celosa.

Esta vez tampoco se lo discuto.

—Realmente no lo pillas, ¿verdad? —suelta cuando ve que me quedo en silencio—. Todo es muy fácil para ti. Sacas todo sobresaliente sin ni siquiera intentarlo, te lías con el tío más bueno del campus sin...

—¿Fácil? —la interrumpo con un tono algo enfadado—. Sí, saco sobresalientes, pero es porque estudio como una cabrona. ¿Y los chicos? ¿Recuerdas lo que pasaba en el instituto, Ramona? Por aquel entonces no es que tuviera una agenda social llena de gente y eventos. Ni ahora mismo, por cierto.

—Porque eres tan insegura como yo. Pero consigues sacarle partido a tus nervios. Incluso cuando estás nerviosa y no puedes cerrar el pico, le caes bien a la gente. Les caes bien nada más conocerte. Eso a mí no me pasa. —Se muerde el labio inferior—. Yo tengo que currármelo un montón. La única razón por la que la gente se fijaba en mí en el insti era porque era la malota de clase. Fumaba porros y vestía como un zorrón, y los chicos sabían que si me pedían salir acabaríamos por lo menos metiéndonos mano.

—La verdad es que tampoco hacías mucho por evitar eso.

—No. Porque me gustaba que me prestasen atención. —Sus dientes se clavan más profundamente en el labio—. Me daba igual que esa atención fuese por algo positivo o por algo negativo... Solo quería no pasar desapercibida. Y eso me convierte en una patética de mierda, ¿verdad?

Una sensación de tristeza sube por mi espalda. O tal vez es lástima. Ramona es la persona con más confianza en sí misma que he conocido, y escuchar cómo se menosprecia hace que me entren ganas de llorar.

—No eres patética.

—Bueno, tampoco soy una buena amiga —dice de manera inexpresiva—. Estaba increíblemente celosa de ti, Grace. Yo siempre he sido la que ha salido con tíos buenos y te ha pedido consejo y, de repente, te pones a preguntarme si debes acostarte con Logan o no... Joder, ¡con John Logan! Y estaba tan consumida por los celos que solo quería ponerme a pegar gritos. Y cuando lo de Logan te explotó en la cara... —La culpa parpadea en sus ojos—, me sentí... aliviada. Y me hizo sentirme algo superior, supongo. Y entonces empecé a pensar que si hubiera sido *yo* la que tenía opciones de acostarse con él, ni de coña me habría rechazado y..., sí, le envié un mensaje.

Jesús. Eso último que he dicho sobre que Ramona no es *patética…*, lo retiro totalmente.

—He sido una imbécil y una egoísta, y lo siento mucho, Gracie. —Me suplica con la mirada—. ¿Me perdonas? ¿Podemos empezar de nuevo?

Tomo un largo sorbo de café y la miro por encima del vaso. Después, lo dejo en la mesa y digo:

—No puedo hacer eso ahora.

La angustia arruga su frente.

—¿Por qué no?

—Porque creo que necesitamos un descanso. Hemos pasado todas las horas del día juntas desde primero de primaria, Ramona. —La frustración me contrae las entrañas—. Pero ahora estamos en la universidad. Deberíamos expandir horizontes y formar conexiones con gente nueva. Y, honestamente, no puedo hacer eso cuando estás cerca.

—Podemos hacerlo juntas —protesta.

—No, no podemos. Los únicos amigos que hice el año pasado fueron Jess y Maya, y ni siquiera me caen bien. Solo necesito espacio, ¿vale? No digo que no vayamos a hablar nunca más. Has sido una gran parte de mi vida durante mucho tiempo, y no sé si quiero tirar todo eso por la borda por un estúpido mensaje de texto. Pero tampoco puedo volver al lugar en el que estaban las cosas antes.

Ramona se queda en silencio, mordiéndose el labio con tanta fuerza que me sorprende que no empiece a salir un chorro de sangre. Sé que quiere discutirme lo que digo, forzar una reconciliación, obligarme a ser su amiga de nuevo, pero, por una vez en su vida, Ramona respeta lo que digo.

—¿Podemos, aun así…, no sé, enviarnos mensajes? ¿Tomar café en algún momento? —Suena como una niña a la que acaban de decirle que el amado perro de la familia se ha tenido que ir «de viaje».

Después de un segundo, asiento con la cabeza.

—Me parece bien. Empezar poco a poco.

Su expresión esperanzada regresa con fuerza.

—¿Qué te parece un café, entonces? Podemos vernos aquí de nuevo.

A pesar de mi fuerte resistencia, asiento de nuevo.

El alivio inunda su rostro.

—No te arrepentirás. Te lo prometo. No voy a tomarme a la ligera nuestra amistad nunca más.

Lo creeré cuando lo vea. Por ahora, he llegado hasta donde estoy dispuesta a llegar con ella.

Nos damos un abrazo corto e increíblemente incómodo y, a continuación, sale de la cafetería tras decir que tiene que llegar a tiempo a una clase.

Estoy demasiado triste para moverme de aquí, así que me quedo sentada, agitando distraída el palo en mi café. Me siento como si acabara de romper con alguien. En cierto sentido, es lo que he hecho.

Pero cada palabra que he dicho es verdad. Necesito tomarme un descanso de Ramona. El año pasado ya supuso un freno para mí. La Grace de primero era un pajarito enjaulado que solo podía volar cuando Ramona decidía abrir la puerta de la jaula.

Pues bien, la Grace de segundo va a volar sin parar por todas partes.

La tristeza que hay en mi pecho se disipa y una punzada de emoción la reemplaza. Me siento como si estuviera volando. Me encanta mi nueva compañera de cuarto, de momento estoy pasándomelo bien en mis clases y estoy deseando que empiece mi nuevo trabajo en la emisora de radio del campus. Morris, el chico que la dirige, me dio el trabajo de productora en el acto cuando Daisy y yo fuimos a principios de semana, y a partir del próximo lunes trabajaré en un programa de consejos sentimentales ofrecido por un chico y una chica de dos fraternidades que, según me han advertido, son «tontos como las piedras». Son palabras de Daisy, no mías.

Además, Morris parece la hostia de guay. Y está superbueno. Ese pequeño y delicioso hecho anecdótico no se me escapó cuando me reuní con él.

La campana que hay sobre la puerta suena con fuerza y mi cabeza gira involuntariamente hacia allí. Inmediatamente, vuelve a girar a donde estaba. Me encojo con la esperanza de que mi pelo tape mi cara de la vista de los que acaban de llegar. Logan y cuatro amigos suyos. Mierda.

Quizá no me vea. Quizá pueda escaparme antes.

No quiero llamar la atención, así que no me levanto de inmediato. Logan y sus amigos se acercan a la barra a pedir y todos los ojos de la cafetería se centran en sus movimientos. Hay algo en estos chicos que cambia el aire del local a un nivel molecular. Son más grandes que la vida, y no solo porque sean altos y corpulentos jugadores de *hockey*. Es la seguridad con la que caminan, los insultos amistosos que se lanzan entre ellos y las sonrisas que dirigen a la gente. Sé que no debería observarlo, pero no puedo apartar la mirada. Lo bueno que está es casi un crimen. Por supuesto, solo estoy mirando su nuca, pero es que es una nuca *supersexy*. Y es tan fácil saber que es deportista… Las largas extremidades y los músculos tonificados que se adivinan bajo sus pantalones cargo y su camiseta ceñida crean una especie de paquete envuelto para regalo que me hace babear… y que mis dedos se mueren por desenvolver.

¡Argh! Tengo que obligarme a dejar de pensar en guarradas. Mirarlo con deseo se acerca demasiado a que me guste y no estoy dispuesta a abrir esa puerta todavía. Si es que alguna vez la abro. Pero el sentido común llega demasiado tarde, porque Logan se separa de la barra y camina en mi dirección.

—Ey, preciosa. —Se desliza en el asiento que hay frente al mío y coloca un *muffin* con pepitas de chocolate sobre la mesa—. Te he comprado este *muffin*.

Mierda, supongo que me ha visto nada más entrar.

—¿Por qué? —pregunto con sospecha y sin saludar.

—Porque quería comprarte algo y ya tienes un café. Así que… *muffin*.

Levanto una ceja.

—¿Tratas de caerme en gracia comprándome cosas?

—Sí. Oye, ¿caer en «gracia»?… ¿Grace?… Un excelente y rebuscado juego de palabras, por cierto.

—¿Eh? No era ningún juego de palabras. Tú eres el rebuscado.

Sus ojos azules brillan como el carbón en el fuego.

—Me encanta lo lista que eres.

—Ya. —Ahogo una risa—. Aprecio el gesto, pero ¿de verdad crees que un *muffin* me va a impresionar?

—No te preocupes, te voy a comprar un primero, un segundo y un postre cuando salgamos en nuestra cita. —Me guiña un ojo—. Lo que quieras de la carta.

Maldito él y malditos sus poderosos guiños seductores.

—Hablando del tema, ¿cuándo lo hacemos?

Lo miro con cautela.

—¿Hacer qué?

—Salir a cenar. —Su cabeza se inclina en una pose reflexiva—. Estoy libre esta noche. O cualquier noche, la verdad. Mi horario es flexible al cien por cien.

Dios, este tío es incorregible. Y está increíblemente bueno, por suerte para él. Su mandíbula cincelada está cubierta por una barba de tres días, y mi lengua se estremece de ganas por lamer el recorrido que va de un lado a otro de su fuerte barbilla. Esta es la primera vez que siento el impulso de lamerle la *barba* a un chico. ¿Qué narices me pasa?

—Felicidades por tener un horario tan flexible —murmuro—, pero no voy a salir contigo.

Logan sonríe.

—¿Esta noche o en general?

—Ambas cosas.

La llegada de uno de sus amigos nos interrumpe.

—¿Estás listo? —le pregunta el chico a Logan mientras abre la tapa de su vaso de café.

—Lárgate, G. Estoy cortejando a esta chica.

Su amigo se ríe y después se gira hacia mí.

—Hola, soy Garrett.

Ya. Como si no supiera quién es. Por Dios, Garrett Graham es una leyenda en esta universidad. También es impresionantemente atractivo. Su atractivo es tal que un rubor aparece en mis mejillas a pesar de no sentir *ningún* interés en él.

—Yo soy Grace —respondo con cortesía.

—Mi intención no era interrumpir. —Se aleja lentamente, con una sonrisa que apenas contiene en los labios—. Esperaré fuera para que mi chico pueda continuar, eh…, cortejando.

—No es necesario. Ya hemos terminado. —Arrastro mi silla hacia atrás y me pongo en pie.

—No, ni de casualidad hemos terminado —mascula Logan.

Divertido, Garrett me mira a mí y después a Logan.

—Hice un seminario obligatorio de resolución de conflictos en el instituto. ¿Necesitáis un mediador?

Cojo mi café.

—Bueno, el perito taquígrafo que me sigue a todas partes ha parado para comer, pero te pongo al corriente sin problemas. Logan me ha invitado a salir y he resuelto el conflicto declinando respetuosamente la oferta. Ya está. Acabo de ahorrarte todo el trabajo.

Garrett se ríe en una voz lo suficiente alta como para atraer la atención de todas las personas que nos rodean, incluyendo los tres jugadores de *hockey* que esperan junto a la barra.

—¿Qué es tan gracioso? —le pregunta Dean con curiosidad. Me ve y me dirige una sonrisa amable—. Grace. Cuánto tiempo. Me encanta tu pelo.

Me sorprende que todavía se acuerde de mi nombre.

—Gracias. —Me acerco más a la puerta—. Tengo que irme. Nos vemos por ahí, Logan. Y, eh, a vosotros también, amigos de Logan.

Estoy a mitad de camino hacia la puerta cuando me llama.

—Se te ha olvidado el *muffin*.

—No, no se me ha olvidado nada —respondo sin girarme.

Risas masculinas cosquillean mi columna cuando la puerta se cierra detrás de mí.

—Esto es lo que vas a hacer: compras una botella de vino, lo invitas a tu habitación y te aseguras de que, cuando entre, está sonando algún tema antiguo de Usher. A continuación, te desnudas y… ¿sabes qué, guapa? —Pace Dawson habla lentamente al micrófono la tarde del viernes—. Olvídate del vino y de Usher. Mejor estate desnuda cuando él entre y no tengo ninguna duda de que estará listo para entrar de cabeza en modo «sexo».

La otra presentadora, Evelyn Winthrop, se manifiesta en consonancia.

—Estar desnuda nunca falla. A los tíos les gusta cuando estás desnuda.

En la intimidad de la cabina de producción, me esfuerzo todo lo que puedo para no vomitar. A través del cristal que separa mi cabina de la principal, veo a Pace y a Evelyn sonriéndose el uno al otro, como si acabaran de ofrecerle asesoramiento psicológico de primerísimo nivel a la estudiante de primero que ha llamado para pedir consejos de seducción.

Es mi primera semana en la radio y este es el segundo programa presentado por Pace y Evelyn que he escuchado. Se llama *¡Lo que necesitas!* Hasta el momento, no me ha impresionado el nivel de sabiduría que se dedican a repartir a la audiencia, pero, según dice Daisy, el *show* de consejos sentimentales tiene más oyentes que el resto de programas juntos.

—Vale, vamos con nuestro siguiente oyente —anuncia Evelyn.

Esa es mi señal para pasar la llamada en espera al directo. Otra de mis tareas es filtrar las llamadas, para asegurar que la gente que va a participar quiere hacer preguntas de verdad y que no están como cencerros.

—Hola, oyente —dice Pace—. Cuéntanos qué es... ¡Lo que necesitas!

El estudiante de segundo que esperaba en la línea no pierde el tiempo y va al grano.

—Pace, amigo —saluda al presentador—. Quería conocer tu opinión acerca de la depilación masculina.

En la silla acolchada, el chico de fraternidad vestido con una camiseta de *rugby* resopla.

—Tío, yo estoy totalmente en contra. Arreglarte los bajos es para chicas y cobardes.

Evelyn contesta como si estuviera dejando un comentario en un blog.

—Muy en desacuerdo.

Cuando los anfitriones del programa comienzan a pelearse sobre los pros y los contras del vello púbico masculino, ahogo una risa y me concentro en vigilar el cronómetro. Cada persona tiene permitido hablar cinco minutos como máximo. Este chico todavía cuenta con cuatro minutos de tiempo.

Mi mirada se desplaza a la otra ventana en la cabina y veo cómo Morris organiza una pila de cedés frente a la gigante pared con material musical. Todas las estanterías, una tras otra, soportan cientos y cientos de álbumes. Es un extraño espectáculo para la vista. No recuerdo la última vez que escuché un

CD de verdad. Pensé que a estas alturas estarían tan obsoletos como los VHS o las cintas de *cassette,* pero la emisora es de la vieja escuela, igual que Morris. Me ha confesado que tiene un tocadiscos y una máquina de escribir Underwood en su dormitorio, y él mismo también tiene un sentido de la moda algo retro que personalmente encuentro *supersexy.* Es parte *hípster,* parte bohemio, parte punk, parte... En realidad, la lista podría ser infinita. Hay un poco de todos los estilos en él.

No obstante, es algo que se adapta a su peculiar personalidad. Solo hace una semana que lo conozco, pero estoy descubriendo rápidamente que Morris no puede pasarse una hora sin hacer una broma irónica, contar un chiste guarro o, por lo menos, hacer un juego de palabras absurdo.

También estoy bastante segura de que le molo. Su coqueteo constante y los cumplidos que parece estar siempre dispuesto a regalar son claros indicativos.

Creo, y solo *creo,* que si me invitara a salir, estaría dispuesta a hacerlo; pero cada vez que lo pienso, una parte de mí protesta y me anima a salir con Logan en su lugar. No voy a mentir: lo del *muffin* me pareció... cautivador. Presuntuoso, por supuesto, pero lo suficientemente adorable como para no poder dejar de sonreír durante todo el camino de regreso a mi residencia.

Pero eso no significa que vaya a darle una segunda oportunidad.

Devuelvo la mirada a la cabina principal y me obligo a concentrarme en el programa. Durante los siguientes treinta y cinco minutos, lucho con todas mis fuerzas por no reírme a carcajadas mientras escucho cómo dan consejos dos personas que, muy posiblemente, son las más tontas del planeta. En serio, si su cociente intelectual combinado suma dos dígitos, soy capaz de comerme hasta mi sombrero. Y lo del sombrero es un decir, por supuesto, ya que es totalmente imposible para mí ponerme cualquier cosa en la cabeza; esa parte de mi cuerpo se niega a tener buen aspecto si lleva algo que la cubra.

Una vez los anfitriones se despiden, pongo en *play* la mezcla de rap que me ha dado Morris para que suene hasta que le toque su turno al siguiente DJ. Su nombre es Kamal, y es un fan total del hiphop, que pincha rarezas de las que casi nadie ha oído hablar, yo incluida.

Cuando salgo de la cabina y entro en la sala principal, Morris se acerca hacia mí con una sonrisa torcida.

—¿Has oído la llamada de la depilación masculina?

—¿Cómo no iba a hacerlo? Ha sido uno de los debates más ridículos que he escuchado jamás. —Hago una pausa y después le devuelvo la sonrisa—. Pero me ha encantado cuando Evelyn ha dicho que si quisiera ver el arte de podar, empezaría a hacer jardinería.

Se ríe y se pasa una mano por el pelo, lo que lleva mi mirada a sus mechones oscuros y rebeldes.

Tiene un físico superinteresante. Piel color miel, pelo negro azabache, ojos marrón dorado. Sinceramente, no tengo ni idea de dónde pueden ser sus antepasados. ¿Asia, tal vez? Mezclado con... ni idea. Igual que su estilo para vestir, sus facciones son una colección de elementos únicos que encuentro increíblemente atractiva.

—Me estás mirando fijamente. —Sus labios se contraen con humor—. ¿Tengo algo entre los dientes?

—No. —Mis mejillas se calientan—. Me preguntaba por tu origen étnico. Perdona. No tienes que responder a eso si no quieres.

La pregunta parece divertirle mucho.

—Mi cara es como un crisol de todas las etnias, ¿eh? No te preocupes, me lo preguntan a menudo. Mi familia es como las Naciones Unidas. Mi madre nació en Zambia; su madre era negra y su padre, un médico blanco que llevaba una clínica allí. Y mi padre es mitad japonés, mitad italiano.

—Uau, eso sí que es una buena mezcla de culturas.

—¿Y qué hay de ti?

—No es tan interesante. La familia Ivers prácticamente fundó Massachusetts, y creo que tenemos algunas raíces escocesas e irlandesas.

Una risita aguda suena detrás de nosotros y nos giramos para ver a Pace y Evelyn enrollándose contra la pared. En mi primer día aquí, le pregunté a Evelyn cuánto tiempo llevaban saliendo y ella me miró como si acabara de llegar de una nave espacial. Después me informó de que solo se liaban en la emisora porque «la radio es superaburrida».

Cuando Morris y yo intercambiamos miradas divertidas, Pace nos mira y sonríe por encima del delgado hombro de Evelyn.

—Ey, Morrison —dice en voz alta, mientras la rubia sigue mordisqueándole el cuello—. Fiesta de cerveza en Sigma esta noche. El Gordo Ted tiene un nuevo juego al que quiere que intentes ganarle. Tú también deberías venir, Gretchen.

Incluso si hubiera querido corregirlo, habría sido inútil, ya que Pace ha dejado de prestarnos atención; su lengua vuelve a estar en la boca de Evelyn.

—¿Por qué te llama Morrison y quién narices es el Gordo Ted? —pregunto con tono serio.

Morris se ríe.

—Me llama Morrison porque piensa que ese es mi nombre, da igual las veces que le diga que no es así. Y el Gordo Ted es uno de sus hermanos de fraternidad. Le flipan los videojuegos y tenemos una especie de competición en marcha. Cada vez que uno de nosotros pilla un juego nuevo y gana, se lo pasa al otro para ver si puede hacerlo mejor. Ted es un tipo genial; esta noche lo conocerás en la fiesta.

Me río.

—¿Quién dice que «Gretchen» vaya a ir a la fiesta?

—Lo dice Morrison. Ha querido pedirle una cita a Gretchen desde que la conoció.

Me sonrojo ante la sonrisa pícara que se me escapa.

—¿Así que será una cita? —pregunto lentamente.

—Si quieres que lo sea, sí. Si no, seremos dos amigos que van a una fiesta juntos. Morrison y Gretchen, conquistando el mundo. —Eleva una ceja—. Elige la opción que quieras. Cita o salida con un colega. La decisión es tuya.

La cara de Logan me viene a fogonazos a mi mente y eso me hace dudar. Pero después me cabrea, porque Logan no debería formar parte de la ecuación. No estamos juntos. No estábamos juntos antes. Y Morris es un tío genial.

—¿Qué dices, Gretch?

Su voz pícara me provoca una risa. Me encuentro con su chispeante mirada oscura y digo:

—Que sea una cita.

CAPÍTULO 21

LOGAN

No estoy de humor para ir a una fiesta de cerveza esta noche, pero Garrett me dice que si él tiene que ir, yo también, porque, y cito textualmente: «Los mejores amigos sufren juntos o no sufren en absoluto».

Cortésmente, le comento que siempre podemos elegir la opción de no sufrir en absoluto, lo que me hace ganarme un ceño fruncido y un amenazante «¡tú te vienes!», acompañado de un dedo que me señala.

Por lo menos esta noche le toca conducir a él, así que yo me puedo tomar una copa o dos. Pero paso de liarme con nadie. No, señor. Tengo una nueva regla estricta sobre los rollos en las fiestas y pienso aferrarme a ella. Nada de mamadas sin sentido en los cuartos de baño o de sexo apresurado en habitaciones que no me pertenecen.

John Logan está oficialmente instalado en modo «relación».

—No entiendo por qué estás en una fraternidad cuando es evidente que odias ser miembro de ella —comenta Hannah. Está en el asiento trasero del Jeep de Garrett, porque yo no creo en la regla de que las novias vayan en el asiento de delante de forma automática y me he pedido ese asiento antes que ella. Dean y Tucker se han ido más temprano con Hollis en su coche, así que los tres nos encontraremos con ellos en la casa Sigma.

Estoy de acuerdo con ella en lo de la fraternidad. Garrett es miembro de Sigma Tau, pero ni vive en la casa, ni asiste a las reuniones, ni es realmente colega de ninguno de los demás miembros o «hermanos». Su única contribución a la fraternidad es aparecer en las fiestas e, incluso así, casi nunca se queda más de una hora.

—Es una cuestión hereditaria —responde. Sus ojos grises se centran en la oscura carretera—. Estaban obligados a admitirme en el proceso de selección y mi padre me obligó a presentarme como aspirante.

—Espera. Entonces, ¿pasaste todo el proceso de las novatadas? —pregunta.

—No. Ya sabes, como vengo de la «realeza del *hockey*», querían que formara parte de la hermandad a toda costa, así que prácticamente me dejaron hacer lo que quisiera durante la semana de presentación de aspirantes. Me gritaban superfuerte cuando había más gente alrededor, diciéndome que limpiara el baño con un cepillo de dientes o alguna mierda así, y luego uno de ellos me apartaba a un lado y me susurraba: «Largo de aquí, chaval. Vete a dormir un rato».

Hannah se echa a reír.

—Uau. Corrupción en las fraternidades. Estoy sorprendida, te lo digo de verdad.

Garrett entra en la calle de las fraternidades, que está hasta arriba de coches. Terminamos aparcando varias casas más abajo de Sigma y vamos andando a la inmensa mansión, donde Dean, Tucker y Hollis nos esperan en el césped mientras se pasan un porro.

Dean me lo ofrece a mí, le doy una profunda calada que llena mis pulmones y exhalo una nube de humo blanco en el aire cálido de la noche.

—Adivina quién acaba de aparecer —murmura Dean—. Tu nenita de primero. Bueno, supongo que ahora estará en segundo.

Mi pulso se acelera.

—¿Grace está aquí?

Asiente.

—Sí, pero... ella está, eh, con alguien.

¿Qué hostias? ¡¿Con quién?! Y más vale que no se trate de algún estúpido borracho de Sigma cuyo único objetivo es meterse dentro de sus pantalones.

No tenía intención de darme de hostias esta noche, pero si algún asqueroso hijo de puta *mira* mal a Grace, haré que salga de la fiesta en una camilla.

Pero Dean rápidamente tranquiliza mis preocupaciones.

—Es un *hípster* —dice—. Ni de coña es de Sigma.

De repente estoy impaciente por entrar, así que dirijo a mis amigos hacia la puerta principal, lo que provoca una mirada de perplejidad en Garrett.

—Supongo que esta noche nos toca cortejar otro rato, ¿no? —dice con ironía.

Ya te digo que si nos toca.

La casa está más llena que nuestras gradas en un partido en casa y cuando analizo el mar de rostros, no veo a Grace por ningún lado. El ensordecedor tema de *dubstep* que retumba en los altavoces hace que sea imposible mantener una conversación, así que con un gesto le digo a Garrett que voy a buscar a Grace. A continuación, la multitud me engulle mientras me atrevo a avanzar por el salón.

Varias tías buenas me sonríen cuando paso por delante de ellas, pero no me interesan lo más mínimo. Grace no está en ninguna parte. Me pregunto si tal vez Dean se ha inventado toda la historia. ¿Grace en una cita en una fiesta de fraternidad? Cuanto más pienso en ello, más descabellado me parece.

Entro en la cocina y observo el gran grupo reunido en torno a la isla de granito. Ni rastro de Grace, pero una de las chicas que bebe una Coronita cerca del fregadero se separa de la multitud y viene a mi encuentro.

—Loooogan —canturrea mientras envuelve mi bíceps desnudo con sus dedos y se inclina hacia mí.

—Ey, Piper —murmuro. Siento la tentación de pegarle un empujón antes de que sus labios lleguen a tocar mi mejilla.

Piper Stevens es innegablemente atractiva, pero no he olvidado esa campaña de desprestigio en Twitter que le hizo a Grace.

El beso toca mi mejilla y, aunque después se aleja, sigue apretada contra mi cuerpo, con su mano pegada a mi brazo como la cinta de *hockey*.

—Es nuestro último año —dice—. ¿Sabes lo que eso significa?

Ni siquiera puedo fingir interés. Estoy ocupado mirando a la puerta de la cocina a ver si veo pasar a Grace.

—¿Qué?

—Significa que nuestro tiempo se está acabando.

Unos labios calientes rozan mi cuello, me estremezco y me alejo un paso.

Frunce el ceño.

—Te has hecho el duro durante tres años —me acusa—. ¿No crees que es hora de que nos demos lo que queremos?

Un resoplido sale antes de que pueda detenerlo.

—Es lo que *tú* quieres, Piper. Te he dicho cien veces que no me interesa.

Su boca y sus labios pintados de rojo forman un puchero.

—Piensa en lo bueno que sería. ¿Toda esta hostilidad acumulada entre nosotros? —Se pone de puntillas y me susurra en el oído mientras su pelo oscuro me hace cosquillas en la barbilla—. El sexo sería *megaexplosivo.*

Le separo los dedos de mi brazo.

—Tentador —miento—. Pero prefiero pasar. Oye, si estás muy desesperada, tenemos sangre fresca en el equipo. Hay un chico, Hunter, que podría ser de tu rollo.

Sus ojos están encendidos.

—Vete a la mierda. No intentes hacer de chulo con tus compañeros de equipo.

—No estoy haciendo de chulo, cariño. Simplemente te informo. Nos vemos, Piper.

Siento claramente sus puñales en mi espalda cuando salgo de la cocina, pero no me importa una mierda. Estoy harto de que me entre constantemente y de que desprecie todo el rato *mi absoluta falta de interés* en enrollarme con ella.

Doy otra vuelta por la planta principal y compruebo todas las habitaciones dos veces antes de darme por vencido. Quizá esté en la calle. Hoy hay mogollón de humedad, por lo que la fiesta se está celebrando en el interior y en el exterior. Eso significa que es hora de ampliar mi perímetro de búsqueda.

Decido empezar por la parte frontal de la enorme mansión. Cuando salgo al recibidor, una sensación de triunfo me invade: veo a Grace en la escalera de caracol.

Está sola, y mi pulso se acelera cuando admiro cómo el tejido elástico de su falda negra le abraza el culo. Su pelo largo le cae por la espalda y ondea como una cortina de oro a cada paso que da. Mierda, se está moviendo.

Llega al rellano del segundo piso y desaparece en la esquina; la pérdida de contacto visual me impulsa a la acción.

Sin perder un instante, me abro paso hacia las escaleras y corro tras ella.

GRACE

Me lavo las manos en el aseo de la planta de arriba y después me las seco con una toalla de los Patriots de Nueva Inglaterra que me hace sonreír. El *merchandising* deportivo siempre me ha parecido una industria superlucrativa. Le pegas el logotipo de un equipo a cualquier tela vieja y ya sabes que millones de personas lo comprarán. Da igual lo que sea.

Contemplo mi reflejo en el espejo, satisfecha de ver que, gracias a mi crema de control fuerte del encrespado, mi pelo ha sobrevivido a la humedad sofocante que ha soportado de camino a la casa Sigma. Morris me ha recogido en la resi y, aunque hemos charlado sin parar hasta llegar aquí, la verdad es que una vez dentro no hemos hablado mucho. La música está demasiado alta y Morris está demasiado absorto en el videojuego de disparos al que están jugando en el estudio. Nada más llegar, el Gordo Ted le ha ordenado a Morris que plantara su culo en el sofá y le ha enchufado un mando en la mano.

Pero no me importa. Me he divertido viendo a Morris batir el récord de Ted en todos los niveles. Cada vez que lo hace, los chicos de la fraternidad lo animan como si estuvieran presenciando el *touchdown* final de la Super Bowl y se meten con el Gordo Ted por perder todo el rato. Ah, el Gordo Ted, por cierto…, no está gordo.

A veces te juro que no entiendo el rollo de los apodos.

Cuando salgo al pasillo, experimento una especie de *déjà vu*. Solo que esta vez, en lugar de ser Logan el que sale de un cuarto de baño y yo la que espera fuera, es al revés.

Un gritito de sorpresa se escapa de mi garganta cuando lo descubro. No lo he visto ni he hablado con él en tres días, desde el episodio del *muffin*.

—Buenas noches, preciosa. —Me sonríe—. Me flipa esa falda.

Sus ojos azules hacen un barrido a mis piernas desnudas y yo maldigo a Daisy por convencerme para que me pusiera una minifalda esta noche. Y después me maldigo a mí misma por permitir que su mirada sensual provoque un hormigueo feroz que va bajando por mi cuerpo; la parte más intensa de ese hormigueo se concentra entre mis piernas.

Suspiro.

—¿Qué haces aquí?

—Asistir a una fiesta. —Eleva las cejas—. ¿Por? Y a ti, ¿qué te trae por aquí?

Respondo con los dientes apretados.

—Tengo una cita.

La confesión no lo perturba en lo más mínimo.

—¿Sí? ¿Y dónde está tu cita? Deberías presentármelo.

—Eso no va a pasar.

Logan da unos pasos y se acerca; su picante aroma me rodea como una niebla espesa. Su corpulencia domina mi espacio personal. Espaldas anchas, piernas largas y un pecho tan definido que veo cada uno de sus músculos en tensión bajo la camiseta. Quiero deslizar mis manos bajo su ropa y pasar las palmas por cada uno de sus duros montículos. Y después quiero deslizarlas en la otra dirección, meterlas dentro de sus pantalones y rodear con mis dedos su...

Sal de ahí ya.

Intento regular mi respiración, pero el aire sale en explosiones poco profundas. Por cómo su respiración se entrecorta, sé que Logan se ha dado cuenta del cambio que ha sufrido mi cuerpo, del aumento de mi pulso, de la energía sexual que calienta el aire que hay entre nosotros.

—¿Cuánto tiempo vas a seguir aguantándote? —Su voz suena ronca y cargada de deseo.

—No me estoy aguantando nada. —Es un milagro lo normal que suena mi voz, cuando mi corazón late más fuerte que el bombo del tema *dance* que suena en la planta de abajo—. Ya te dejé claro que no estoy interesada en salir contigo. Y tampoco quiero reavivar las veces que nos enrollamos el año pasado. Hemos disfrutado, pero ahora se ha acabado.

—Buen pareado, Dr. Seuss. —Todavía sin inmutarse, recorta cinco centímetros de distancia entre nosotros. Ahora está tan cerca que siento el calor de su cuerpo—. ¿Así que ya no te sientes para nada atraída por mí?

No contesto. No puedo responder. El deseo ha obstruido mi garganta.

—Porque yo sí que me siento atraído por ti. —Sus ojos entrecerrados recorren mi cuerpo—. Puede que incluso todavía más que antes.

Lo entiendo perfectamente. La atracción parece un millón de veces más potente. Arde, y es violenta, y la siento latir en mi sexo. Mi mirada no puede despegarse de su boca, de la curva sensual de su labio inferior. Echo de menos sus besos. Echo de menos las impacientes y ansiosas arremetidas de su lengua, y la forma en que gruñía cuando se entrelazaba con la mía.

Distancia. Necesito retroceder. Ser fuerte y luchar contra su evidente atractivo sexual y... Mi culo choca contra la pared. Mierda. No puedo irme a ningún sitio. No hay forma de escapar de la energía sexual que quema todo el oxígeno que nos rodea.

—Bésame. —Su orden ronca es apenas audible sobre los latidos de mi corazón.

Su cabeza se inclina, su boca está a centímetros de la mía. Estoy hipnotizada. Su boca. La barba que tiñe su mandíbula. La forma en que su lengua sale para humedecer el labio superior. Un beso no supondría el fin del mundo, ¿no? Podría simplemente olvidarlo. Olvidarme de *él*.

Levanta la mano hacia mi cara y las yemas de sus ásperos dedos acarician mi mejilla. Me estremezco.

—Bésame —susurra de nuevo y mi control desaparece.

Lo agarro por la nuca y llevo su boca a la mía para besarlo como si estuviera poseída. Cuando él gime contra mis labios, siento su sonido ahogado en mi clítoris. Oh, Dios. No puedo respirar. No puedo concentrarme en otra cosa que no sea su lengua hambrienta en mi boca y el rápido latido de mi corazón.

Baja la mano y me agarra el culo, tirando de la parte inferior de mi cuerpo hacia la suya y haciendo un movimiento rotatorio con sus caderas.

—He fantaseado con este momento todo el verano. —Su susurro agonizante calienta mi cuello antes de que su boca se pegue a él, chupando con fuerza suficiente para hacerme gemir. Me agarro a sus anchos hombros, incapaz de detener esto. Me besa el recorrido que lleva a mis labios, juguetea con su lengua en la apertura antes de sumergirse en el interior de nuevo. Sus caderas mantienen el balanceo. Las mías hacen lo mismo. Le deseo y él lo sabe. Gruñe suavemente, desliza una mano bajo mi falda y sus dedos me hacen cosquillas en los muslos, suben, se acercan al lugar que suplica ser tocado. Milímetros. Esa es la distancia que los separa. Quiero gritarle para que me toque de una vez, pero se está tomando su tiempo. Frota la cara interna del muslo con el pulgar. Despacio. Joder... Demasiado despacio.

Rompe el beso y me mira fijamente a los ojos mientras su mano se acerca a la parte de delante de mis bragas. Sus dedos tiemblan. Su respiración es cada vez más pesada.

Y entonces aparta la mano de un tirón. Su expresión es tan dramática que uno podría pensar que lo han sometido a ahogamientos simulados durante tres días seguidos.

—No, joder, no —gruñe—. Esto no es lo que quería.

—¿Q... qué? —tartamudeo, todavía aturdida por esos besos escalofriantes.

—Yo solo quería un beso. No un rollo. —Toma aire en una respiración profunda—. Lo que te dije el otro día, lo decía en serio. Quiero salir contigo en una cita.

—Logan... —Me quedo a mitad de frase, cautelosa.

Unos pasos resuenan en las escaleras y Logan retrocede con rapidez. Su mirada baja al descansillo.

Cuando Morris dobla la esquina, mi corazón salta a la garganta.

Oh, mierda.

Morris. Me he olvidado totalmente de Morris.

—Aquí estás —dice con una sonrisa incómoda—. Pensaba que quizá te habías perdido al ir al aseo.

Aspiro profundamente con la esperanza de que mi ritmo cardíaco se estabilice. Rezando para que mi expresión no parezca demasiado culpable. O peor aún, excitada.

—No, ningún problema en ese sentido —respondo—. Me he encontrado con un amigo… en el camino.

Las fosas nasales de Logan se dilatan.

—Este es Logan —digo, y después hago un gesto hacia él como si Morris no pudiese deducir por sí mismo a quién me refiero.

Mi cita saluda con la cabeza al chico con el que me acabo de enrollar.

—Encantado de conocerte. —Me mira—. ¿Lista para unirte a la fiesta?

No. Sí.

Ya no lo sé. Lo que sí sé es que he venido a esta fiesta con Morris, quien, por cierto, es una persona maravillosa, y no pienso dejarlo por otro chico; me da igual lo que me pueda apetecer.

—Claro. —Solo permito que el contacto visual con Logan sea lo más breve posible cuando murmuro—: Nos vemos, Logan.

Entonces sigo a Morris escaleras abajo y me obligo a no darme la vuelta y mirar.

Pero siento los ojos de Logan en mi espalda todo el tiempo.

CAPÍTULO 22

LOGAN

Es una pena que los duelos ya no formen parte del mundo contemporáneo porque ahora mismo me iría a golpear la mejilla de Morris Ruffolo con un guante de cuero para retarlo a uno.

Además, ¿qué clase de nombre es ese? ¡Morris Ruffolo! Las personas que tienen un apellido como nombre de pila me generan sospecha. ¿Y Ruffolo? ¿Es italiano? Porque no lo parece por su aspecto.

Y sí, me sé el nombre completo del tipo con el que Grace fue a la fiesta anoche. Después de que se largara y me dejara plantado en el piso de arriba, pregunté por ahí y descubrí todo lo que necesitaba saber. Su nombre, qué reputación tiene y, por supuesto, la residencia en la que vive. Que resulta ser donde estoy ahora mismo.

Acabo de llamar a su puerta, pero el tío se está tomando su tiempo para responder. Sé que hay alguien ahí, porque oigo el sonido sordo de un televisor procedente del interior de la habitación.

Llamo por segunda vez y una voz enfadada contesta.

—¡Un momento!

Bien. Está dentro. Me gustaría acabar con esto lo más rápidamente posible para poder disfrutar del resto de mi sábado.

Cuando se abre la puerta y me encuentra allí plantado, frunce la boca en una mueca exagerada.

—¿Qué quieres?

Pues vale. Me preguntaba si Grace le habría contado lo del beso y su visible hostilidad responde a *esa* pregunta.

—He venido para contarte mis intenciones con Grace —anuncio.

—Joder, qué honorable por tu parte. —Morris resopla—. Pero lo verdaderamente honorable habría sido no enrollarte anoche con mi cita.

Dejo escapar un suspiro lleno de remordimiento.

—Esa es la otra razón por la que estoy aquí. Para pedir disculpas.

A pesar de la mueca permanente en su rostro, abre más la puerta y da un paso hacia atrás de mala gana: es una invitación para que entre. Lo sigo hasta el interior y echo un vistazo rápido al cuarto totalmente desordenado antes de ir al grano.

—Siento haberle entrado a tu cita. Fue una absoluta violación del código entre hermanos y por eso te ofrezco la oportunidad de darme un puñetazo. Solo te pido que te asegures de no dármelo cerca de la nariz: me la he roto demasiadas veces y me da miedo que un día no se cure bien.

Unas risas de incredulidad escapan de su boca.

—Amigo, no puedes hablar en serio.

—Claro que sí. —Echo los hombros hacia atrás—. Adelante, te prometo que no te devolveré el golpe.

Morris niega con la cabeza; parece a la vez divertido y cabreado.

—No, gracias, creo que paso. Y ahora me dices lo otro que tengas que decirme y te piras.

—Como quieras. Pero que sepas que la oferta no se volverá a repetir. —Me encojo de hombros—. Muy bien: lo siguiente. Debes saber que mientras tú y Grace no estéis saliendo en exclusiva, seguiré intentando recuperarla. —El arrepentimiento me invade y mi voz tiembla un poco—. Nos enrollamos en abril y metí bastante la pata…

—Sí, me lo ha contado.

—¿Te lo ha contado?

Asiente.

—De camino a casa, después de la fiesta de anoche. No me dio muchos detalles, pero dejó bastante claro que la cagaste bien cagada.

—Sí —digo con tristeza—. Pero voy a arreglarlo. Sé que probablemente no es lo que quieras oír, pero pensé que debía advertirte, ya que es posible que me veas a menudo. Ya sabes, si vuelves a salir con Grace... —Arqueo una ceja—. ¿Vas a volver a salir con ella?

—Puede que sí y puede que no. —Ahora es él el que arquea una ceja—. En cualquier caso, no es asunto tuyo.

—Muy bien. —Meto las manos en los bolsillos—. En fin, eso es todo lo que quería decirte. Espero que no haya mal rollo entre nosotros por lo de anoche. No tenía pensado besarla, simplemente pasó y... Ay, Dios, ¿estás jugando a *El jefe de la mafia?* —Mi mirada se ha posado en la imagen congelada en el televisor que está montado en la pared que hay frente a la cama.

La sospecha oscurece sus ojos.

—¿Conoces el juego? Ninguna persona con la que he hablado sobre él lo conoce.

Camino hacia el armario que hay bajo la tele y cojo la caja del videojuego. Sí, tengo uno idéntico en casa.

—Tronco, me flipa este juego —le digo—. Uno de mis compañeros de equipo me tiene enganchado. Fitzy. Bueno, se llama Colin Fitzgerald, pero lo llamamos Fitzy. Es un friki total de los videojuegos; tiene un montón de movidas extrañas que la gente ni siquiera sabe que existen. Además, escribe reseñas en el blog de Briar...

—Y una mierda. Estás de coña, ¿no? —exclama Morris—. ¿De verdad conoces a F. Gerald? Estoy *obsesionado* con sus comentarios. Espera un momento... ¿Has dicho que es *compañero* tuyo en el equipo?

—Sí, Fitzy utiliza un alias para el blog. No quiere que las chicas sepan que es un friki. —Sonrío—. Como jugadores de *hockey* que somos, tenemos que mantener cierta reputación.

Morris niega con la cabeza con asombro.

—No puedo creer que seas amigo de F. Gerald. Es una puta leyenda en la comunidad de jugadores...

Se calla y nuestra conversación, sorprendentemente animada, llega a su fin. Un silencio incómodo la sustituye. Suspiro y hago un gesto con la cabeza hacia la pantalla.

—Guarda la munición —le aconsejo.

Sus ojos se entrecierran.

—¿Cómo?

—Siempre pierdes en este nivel, ¿verdad?

Resopla con gran hastío y asiente.

—A mí me pasaba lo mismo. Llegaba sin problemas hasta aquí, pero después era incapaz de matar a Don Angelo porque me había quedado sin munición, y no hay ni una puta caja de munición en el almacén. —Le ofrezco una sugerencia útil—. Hay una navaja automática en los muelles. Cógela y úsala con los matones de Angelo, después sacas el Kalashnikov cuando llegues al almacén. Es posible que mueras las primeras veces, pero con el tiempo te acostumbrarás a matar con la navaja. Confía en mí.

—La navaja —dice dubitativo.

—Confía en mí —repito—. ¿Quieres que pase el nivel por ti?

—Que te jodan. Ya lo paso yo solito. —Coge el mando, suelta un suspiro y me mira—. Bueno, ¿dónde está esa navaja?

Me pongo a su lado.

—Vale, está escondida en la esquina del astillero, junto a la oficina del muelle principal. Ve para allá y te lo enseño cuando llegues.

Morris pulsa el botón de reiniciar.

GRACE

Lo primero que hago después de salir del edificio de Comunicación Audiovisual el lunes por la tarde es enviarle un mensaje muy seco a John Logan.

> **Yo:** Estás en casa?

> **Él:** Sí.

> **Yo:** Pásame dirección. Voy para allá.

Transcurre casi un minuto antes de que responda.

Él: Q pasa si no quiero visitas?

Yo: En serio? Después d todo tu «cortejo»... d verdad me vas a decir q no?

Su siguiente mensaje aparece un segundo después. Es su dirección.

Ja. Lo que pensaba.

Lo siguiente que hago es llamar a un taxi. Normalmente no me importa caminar los treinta minutos que me separan de Hastings, pero me temo que mi cabreo podría multiplicarse a un nivel temerario si lo alimento con treinta minutos de comedura de coco. Sí, estoy cabreada. Y molesta. Y completamente estupefacta. Ya sabía que a Morris no le había entusiasmado lo que pasó en la fiesta de Sigma, pero para nada me dijo que fuera motivo suficiente para dejar lo nuestro ahí. Es más, cuando le expliqué mi historia con Logan durante el trayecto de vuelta a la residencia, pareció increíblemente comprensivo.

Lo que hace que lo que acaba de pasar resulte cien veces más desconcertante.

Dentro del taxi, me muevo inquieta e impaciente los cinco minutos que dura el trayecto y, cuando llego a mi destino, le lanzo un billete de diez dólares al conductor y abro la puerta incluso antes de que el coche se detenga del todo. Es mi primera visita a la casa de Logan, pero no echo más que un vistazo superficial al entorno. Césped cuidado, porche blanco y una puerta principal contra la que golpeo mis nudillos de inmediato. Dean abre la puerta vestido únicamente con unos pantalones cortos de baloncesto; su pelo rubio está disparado en todas direcciones.

—Ey —me saluda sorprendido.

—Hola. —Tenso la mandíbula—. He venido a ver a Logan.

Hace un gesto para que entre y, a continuación, señala la escalera a nuestra izquierda.

—Está en su habitación. Segunda puerta a la derecha.

—Gracias.

A eso se reduce nuestra conversación. No me pregunta cuál es el motivo de mi visita y no le ofrezco una explicación. Simplemente, subo a la habitación de Logan.

La puerta está abierta, así que lo veo claramente acostado en una cama doble, con las rodillas dobladas y un libro de texto abierto sobre las piernas. Hay un profundo surco que atraviesa su frente, como si estuviera concentrado en lo que lee, pero cuando oye mis pasos, su mirada se dispara hacia la puerta.

—Joder, no has tardado nada. —Aparta el libro a un lado y pega un salto hasta ponerse en pie.

Entro en la habitación y cierro la puerta detrás de mí. La bronca que le voy a echar requiere privacidad.

—¿Tú de qué coño vas? —le digo como saludo—. ¿Has ido a la residencia de Morris a declararle tus «intenciones»?

Me ofrece una leve sonrisa.

—Claro. Era lo que había que hacer. No puedo ponerme a tirarle los tejos a la chica de otro tío sin su conocimiento.

—No soy su chica —suelto—. Tuvimos una cita, ¡una! Y ahora ya nunca seré su chica porque no quiere volver a salir conmigo.

—¿En serio? —Logan parece sorprendido—. Me ha decepcionado. Pensé que su espíritu competitivo era mayor.

—¿Me tomas el pelo? ¿Ahora te pones a fingir que te sorprende? No quiere volver a salir conmigo porque tú, imbécil, ¡le has dicho que *no puede* hacerlo!

El asombro llena sus ojos.

—No, yo no le he dicho eso.

—Sí que lo has hecho.

—¿Eso es lo que te ha contado? —pregunta Logan.

—No con esas palabras.

—Ya veo. Bueno, y ¿qué palabras ha usado?

Aprieto los dientes con tanta fuerza que me duele la mandíbula.

—Ha dicho que se retira porque no quiere estar en medio de algo tan complicado. Le aseguré que no hay nada complicado en toda esta historia, ya que tú y yo ¡no estamos juntos! —Mi cabreo aumenta—. Pero entonces él ha insistido en que tengo que darte otra oportunidad, porque eres... —Enfadada, abro y cierro comillas con los dedos para citar las palabras de Morris—: «Un tío legal que merece otra oportunidad».

Logan estalla en una sonrisa. Apuñalo el aire con un dedo.

—No te atrevas a sonreír. Obviamente, has sido tú el que ha puesto esas palabras en su boca. ¿Y qué narices es eso que decía de que tú y él sois «familia»? —Toda la incredulidad que he sentido durante mi conversación con Morris vuelve a mí y me impulsa a dar vueltas por la habitación a paso rápido—. ¿Qué le has dicho, Logan? ¿Le has lavado el cerebro o algo? ¿Cómo es que ahora sois *familia*? ¡Ni siquiera os conocéis!

Una risa estrangulada suena desde donde está Logan. Me doy la vuelta y le lanzo una mirada asesina.

—Se refiere a la familia que hemos creado en *El jefe de la mafia*. Es un videojuego en el que tú eres el capo de una familia mafiosa, tienes que luchar contra un montón de capos de otras familias por temas de territorio, chanchullos, negocios y esas cosas. Jugamos el día que fui a su resi y al final nos quedamos despiertos hasta las cuatro de la mañana. En serio, fue superintenso. —Se encoge de hombros—. Somos el sindicato del crimen Lorris.

Estoy atónita. Oh, Dios mío.

¿*Lorris*? ¿Por Logan Y Morris? ¿Qué son, los nuevos Brangelina? Hay que joderse.

—¿Qué leches pasa? —estallo—. ¿Ahora sois mejores amigos?

—Es un tío muy guay. Y la verdad es que ahora que ha decidido dar un paso atrás, me parece incluso más guay. Yo no se lo he pedido, pero es evidente que ha visto lo que tú te niegas a ver.

—¿Sí? Y ¿qué es eso? —murmuro.

—Que tú y yo estamos hechos el uno para el otro.

No tengo palabras. No tengo palabras para expresar con precisión lo que siento en este momento. ¿Horror, tal vez? ¿Locura absoluta? A ver, no es que esté locamente enamorada de Morris ni nada así, pero si hubiera sabido que besar a Logan en la fiesta me iba a llevar a… *esto*, me habría puesto una mordaza de castidad.

Tomo aire profundamente para relajarme.

—Me usaste —le recuerdo.

Sus facciones se arrugan con tristeza.

—Lo hice sin querer. Y estoy intentando arreglarlo.

—¿Cómo? ¿Pidiéndome una cita? ¿Comprándome *muffins* y besándome en las fiestas? —Estoy tan cansada que apenas puedo pensar con claridad—. Ni siquiera estoy segura al cien por cien de que te guste, Logan. Toda esta movida parece estar más centrada en tu ego. La única razón por la que me viniste a ver después de aquella primera noche fue porque no soportabas que no hubiera tenido un orgasmo. Y en la fiesta, cuando te enteraste de que estaba en una cita con otra persona, fue como si quisieras ponerme una bandera con tu nombre o algo así. Cada cosa que haces irradia ego por los cuatro costados, no sentimientos sinceros hacia mí.

—Eso no es verdad. ¿Qué me dices de cuando fui al comedor? ¿Cómo benefició eso a mi ego? —Su voz es ronca—. Me gustas, Grace.

—¿Por qué? —le reto—. ¿Por qué te gusto?

—Porque... —Se pasa una mano por el pelo oscuro—. Es divertido estar contigo. Eres inteligente. Dulce. Me haces reír. Ah, y porque el mero hecho de mirarte me la pone dura.

Reprimo una risa.

—¿Qué más?

La vergüenza colorea sus mejillas.

—No estoy seguro. No nos conocemos muy bien, pero todo lo que sé sobre ti me gusta. Y todo lo que *no* sé, lo quiero saber.

Parece sincero, pero una parte de mí aún no confía en él. Es la Grace herida y humillada que casi mantuvo relaciones sexuales con él en abril. La que le dijo que era virgen y a continuación lo vio salir corriendo de la cama como si estuviera llena de hormigas. La que se quedó allí sentada, y desnuda, mientras él le decía que no podía acostarse con ella porque estaba colgado de otra chica.

Como si Logan sintiera las dudas que corren por mi cabeza, se apresura a decir en tono suplicante:

—Dame otra oportunidad. Déjame que te demuestre que no soy un cabrón egocéntrico.

Dudo.

—Por favor. Dime qué necesitas para salir conmigo y lo haré. Haré lo que sea.

Ajá. *Eso* es interesante.

No soy de esas personas a las que les gusta jugar. Para nada. Pero no puedo dejar de sentir esta incómoda desconfianza, esa voz cínica en mi cabeza que me advierte de que sus intenciones pueden no ser auténticas.

Pero tampoco puedo continuar diciendo que no, porque otra parte de mí, a la que le encanta pasar tiempo con este tío, quiere que diga que sí.

Dios, quizá sí que necesite que me lo demuestre. Quizá necesite que me muestre lo muy en serio que se toma lo de salir conmigo. Una idea empieza a despertar en el fondo de mi cabeza. Es una idea algo loca. Incluso extravagante. Pero bueno, si Logan no puede afrontar unos pocos obstáculos sencillos, es porque tal vez no se merezca otra oportunidad.

—¿Lo que sea? —le digo pausadamente.

Sus ojos azules brillan con fortaleza.

—Por supuesto, preciosa. Lo que sea.

—¿Qué rima con «insensible»? —Golpeo mi boli en la mesa de la cocina. Estoy más que frustrado con mi tarea. ¿Quién me iba a decir que rimar era tan jodidamente difícil?

Garrett, que está cortando cebolla en la encimera, me mira.

—Sensible —dice con amabilidad.

—Sí, G, me aseguraré de rimar «insensible» con «sensible». Medalla de oro para ti.

Al otro lado de la cocina, Tucker termina de cargar el lavavajillas y se vuelve hacia mí con el ceño fruncido.

—Pero ¿qué coño haces? Llevas por lo menos una hora escribiendo en ese cuaderno.

—Estoy escribiendo un poema de amor —respondo sin pensar. A continuación, aprieto los labios y caigo en la cuenta de lo que acabo de decir.

Un silencio sepulcral se cierne sobre la cocina.

Garrett y Tucker intercambian una mirada. Una mirada increíblemente larga. Después, en perfecta sincronización, sus cabezas se giran hacia mí y me miran como si acabara de escaparme de un manicomio. La verdad es que podría haberlo hecho perfectamente. ¿Qué otra razón puede explicar que yo esté aquí escribiendo de forma voluntaria una poesía? Y esa ni siquiera es la cosa más loca en la lista de Grace.

Sí, sí, es lo que acabo de decir. Una lista. La muy cabrita me ha enviado un mensaje no solo con una tarea, ni dos, ni tres... Debo hacer *seis* para que acceda a tener una cita conmigo. O quizá, más que tareas, se podría decir que son «gestos».

Pero lo pillo. Ella piensa que no voy en serio y está preocupada de que vuelva a meter la pata de nuevo. Probablemente crea que esta lista suya me va a acojonar, me echaré para atrás y no llegaremos a la parte de la cita.

Pero se equivoca. Seis gestos románticos no me dan miedo. Algunos serán difíciles de conseguir, eso seguro, pero soy un tipo ingenioso. Si pude reconstruir el motor de un Camaro del 69 utilizando solo las piezas que encontré en el desguace de mierda de Munsen, sin duda puedo escribir un poema cursi y hacer «un *collage* de calidad que muestre los rasgos de la personalidad de Grace que me parecen más fascinantes».

—Solo tengo una pregunta —comienza Garrett.

—¿En serio? —dice Tuck—. Porque yo tengo *muchas.*

Suspirando, suelto el bolígrafo.

—Adelante. Sacadlo ya.

Garrett se cruza de brazos.

—Esto es para una chica, ¿no? Porque si lo estás haciendo por diversión, es para que te lo hagas mirar.

—Es para Grace —contesto con los dientes apretados.

Mi mejor amigo asiente con solemnidad.

A continuación, se empieza a partir la caja. Gilipollas. Frunzo el ceño mientras se agarra la tripa con las manos; su ancha espalda tiembla con cada carcajada. Pero a la vez que se muere de risa, se las arregla para sacar su teléfono del bolsillo y ponerse a escribir.

—¿Qué haces? —exijo.

—Mandarle un mensaje a Wellsy. Tiene que saber esto.

—Te odio.

Estoy tan ocupado mirando a Garrett que no me doy cuenta de lo que hace Tucker hasta que ya es demasiado tarde. Coge el cuaderno de la mesa, lo analiza y empieza a reírse a voz en grito.

—Es la hostia. Mira, Garrett, ha rimado «babas» con «cutlass».

—¿Cutlass? —pregunta Garrett—. ¿«Sable» en inglés? ¿Vas de listillo o qué?

—Es por el modelo de coche Oldsmobile Cutlass, imbécil —murmuro—. He comparado sus labios con un Cutlass rojo cereza que reparé de niño. Para llevarlo a mi propia experiencia y ese rollo.

Tucker sacude la cabeza con exasperación.

—Deberías haber hecho la comparación con *cerezas,* imbécil.

Tiene razón. Es lo que debería haber hecho. Como poeta soy lo peor, lo tengo claro.

—¡Oye! —exclamo en un momento de inspiración—. ¿Conocéis la canción «Amazing Grace»? Le podría robar la letra y traducirla, ¿no? Sería... eh...

«Increíble Grace»...

—Sí. Oro puro, tronco —bromea Garrett—. Muy original.

Busco la siguiente frase en el móvil.

—How sweet the sound. Qué dulce...

—Tu culo —suelta Tucker.

Garrett resopla.

—Mentes brillantes trabajando duro. «Increíble Grace, qué dulce tu culo». —Y vuelve a escribir en la pantalla de su teléfono.

—Dios, ¿quieres dejar de dictarle toda la conversación a Hannah, tronco? «Los amigos antes que las chicas» —le recuerdo.

—Dime otra vez lo que tengo que hacer con mi chica y dejarás de tener un amigo, tío.

Tucker se ríe.

—En serio, ¿por qué estás escribiendo un poema para esa chica?

—Porque intento reconquistarla. Este es uno de sus requisitos.

Eso llama la atención de Garrett. Se endereza con el teléfono preparado en la mano mientras pregunta:

—¿Cuáles son los otros?

—No es de tu incumbencia.

—Joder, tío. Si lo haces la mitad de bien en los otros de lo que lo estás haciendo con este poema de amor épico, ¡la reconquistas fijo!

Le hago un corte de mangas.

—Tu sarcasmo no me ha molado nada. —Después arranco el cuaderno de la mano de Tuck y me encamino hacia la puerta—. Por cierto, la próxima vez que alguno de vosotros necesite ganar puntos con alguna tía, no contéis con mi ayuda. Cabrones.

Su risa salvaje me sigue hasta que llego arriba. Entro en mi cuarto y le pego una patada a la puerta para cerrarla. Después me paso la siguiente hora escribiendo en el teclado de mi ordenador el ejemplo de poesía más lamentable jamás escrito. Dios Santo. Estoy metiéndole más horas y esfuerzo a este puto poema que a mis clases. Todavía me quedan por leer cincuenta páginas para mi clase de Economía y diseñar un plan para *Marketing*. ¿Estoy haciendo alguna de esas dos cosas? No. Busco mi móvil y le mando un mensaje a Grace.

Yo: Me pasas tu email?

Responde casi al instante:

Ella: Grace_Ivers@gmail.com

Yo: Enviando.

Esta vez se toma su tiempo para contestar. Cuarenta y cinco minutos para ser exactos. Llevo leídas treinta páginas de mis deberes cuando mi teléfono vibra.

Ella: No dejes tu trabajo actual, Emily Dickinson.

Yo: Oye, no ponía nada de q tuviese q ser bueno!

Ella: *Touché.* 5 raspado en el poema. Impaciente por ver el *collage.*

Yo: Te mola la purpurina? Y las fotos de pollas?

Ella: Si veo una foto de tu polla en ese *collage,* haré fotocopias y las repartiré en el Centro de Estudiantes.

Yo: Mala idea. Provocarás un complejo de inferioridad en todos los chicos.

Ella: O un subidón de ego.

Sonrío y escribo rápidamente otro mensaje:

> **Yo:** Voy a conseguir esa cita, preciosa.

Una pausa larga, y después:

> **Ella:** Buena suerte con el n.º 6!

Está intentando jugar conmigo. Ja. Pues buena suerte con eso. Grace Ivers ha subestimado mi tenacidad y mi ingenio. Pero los va a descubrir muy pronto.

GRACE

Me estoy riendo para mis adentros cuando me siento en mi escritorio a releer el poema absolutamente horroroso que Logan me ha escrito. Sus símiles me hacen partirme de risa; sobre todo hace comparaciones con cosas de coches y *hockey*, y su rima es un caos. ¿Es ABAB? No, hay un tercer tipo de rima. ¿ABACB?

Dios, es malo a niveles épicos.

Y, sin embargo, mi corazón no dejar de hacer piruetas como si fuera un delfín feliz.

—¿Qué es eso tan gracioso? —Daisy entra en nuestra habitación después de su programa de una hora en la radio. Lleva unos pantalones vaqueros rotos, una camiseta sin mangas minúscula y sus Doc Martens de rigor, pero el flequillo ahora es morado. Se lo ha debido de teñir hoy mientras yo estaba en clase, porque todavía era de color rosa cuando me he marchado de la habitación esta mañana.

—Me encanta el morado —le digo.

—¡Me alegro! Oye, enséñame qué es lo que te hace tanta gracia. —Se acerca por mi espalda y mira la pantalla—. ¿Es ese vídeo del bebé koala que Morris nos ha enviado antes a todos? Es taaaan adorab... ¿Oda a Grace? —pega un gritito de sorpresa—. Oh, Dios. ¿Quiero saber qué es eso?

Supongo que alguien que sea mejor persona que yo habría minimizado la ventana antes de que Daisy pudiera leer el poema de Logan, pero lo dejo como está. Es demasiado divertido como para no hacerlo.

Su risa resuena por toda la habitación mientras lee el poema.

—Oh, uau. Eso es un desastre. Le doy un punto por las referencias al *hockey*, eso sí. —Daisy levanta un mechón de mi pelo y lo analiza—. Oye, el tono se parece un poco a las camisetas retro de los Bruins de los años sesenta.

La miro boquiabierta.

—¿Cómo narices sabes cómo son esas camisetas?

—Mi hermano tiene una. —Sonríe—. Iba a todos sus partidos en el instituto y eso me convirtió en una gran fan. Ahora juega para el equipo de Dakota del Norte. Me sorprende que mis padres no hayan renegado de nosotros. Prácticamente hemos rechazado todo lo relacionado con el sur y nos hemos venido al norte a la mínima oportunidad que se nos ha presentado. —Su mirada se desplaza de nuevo a la pantalla—. ¿Así que tienes un admirador secreto?

—Admirador, sí. Secreto, no. El chico del que te hablé. Logan. ¿Recuerdas?

—¿El jugador de *hockey*?

Asiento con la cabeza.

—Estoy haciéndole pasar por unos cuantos aros antes de salir con él.

Daisy parece intrigada.

—¿Qué tipo de aros?

—Bueno, este poema, por ejemplo. Y... —Me encojo de hombros. Entonces, cojo mi teléfono y busco el mensaje que le envié anoche con la lista más absurda que jamás he escrito.

Ella coge el teléfono. Nada más acabar de leerlo, se ríe con más ganas.

—Oh, Dios mío. Esto es una locura. ¿Rosas *azules*? Pero ¿eso existe?

Me río.

—No en la naturaleza. Ni en la tienda de flores de Hastings. Pero podría encargarlas en alguna tienda de Boston.

—Eres mala, Grace. Muy mala —me acusa, con una amplia sonrisa dibujada en su boca—. Me encanta. ¿Cuántas ha hecho hasta ahora?

—Solo el poema.

—No puedo creer que te siga el rollo con esto. —Se deja caer en su cama, arruga la frente y mira fijamente el colchón—. ¿Me has hecho la cama?

—Sí —contesto con timidez, aunque no parece molesta. Ya le advertí que mi TOC podría sacar su cara increíblemente ordenada de vez en cuando, y hasta ahora no se ha inmutado las veces que ha sucedido. Los únicos objetos en su lista «como toques esto, te mato» son sus zapatos y su biblioteca de música de iTunes.

—Espera, pero no has doblado mi ropa. —Juega a estar profundamente indignada—. ¿Cómo es posible, Grace? Creí que éramos amigas.

Le saco la lengua.

—No soy tu asistenta. Dobla tu ropa, tía.

Los ojos de Daisy brillan.

—¿Así que me estás diciendo que puedes mirar tranquilamente esa cesta hasta los topes de ropa recién salida de la secadora… —Señala la cesta en cuestión—… sin sentir la mínima tentación, por muy pequeñita que sea, de doblarla? Todas esas camisetas… arrugándose mientras hablamos. Calcetines solitarios… deseando encontrar a su pareja…

—Doblemos tu ropa —suelto.

Una tormenta de risas invade su pequeño cuerpo.

—Ya me parecía a mí.

Trascurre una semana entera hasta que soy capaz de tachar otro elemento de la lista. Hasta ahora, he completado cuatro de los seis «gestos», pero los que quedan son la hostia de chungos. El número 6 ya lo tengo en marcha, pero el 5, puf, ese es complicado de narices. Es algo que he buscado por todas partes, incluso he contemplado la idea de comprarlo por internet, pero esas cosas son mucho más caras de lo que pensaba.

Es martes por la tarde y estoy con Garrett y nuestro amigo Justin. Vamos a buscar a Hannah, Allie y a la novia de Justin, Stella, al edificio de Arte Dramático, para después irnos los seis a un restaurante en Hastings a cenar juntos. Pero en cuanto entramos en el auditorio cavernoso donde las chicas nos han dicho que nos veríamos, mi boca se abre de par de par y nuestros planes cambian.

—Ay, la hostia… ¿eso es un diván de terciopelo rojo?

Mis amigos intercambian una mirada de perplejidad total.

—Eh… sí, claro —dice Justin—. ¿Por?

Pero yo ya estoy corriendo hacia el escenario. Las chicas no han llegado todavía, lo que significa que tengo que actuar con rapidez.

—Por vuestra madre, venid aquí —les grito girándome hacia atrás.

Sus pasos resuenan detrás de mí y, para cuando se suben al escenario, yo ya me he quitado la camiseta y estoy llegando a la hebilla del cinturón. Me detengo para coger mi móvil del bolsillo de detrás y se lo tiro a Garrett, que lo atrapa sin perder un instante.

—¿Qué está pasando aquí? —suelta Justin.

Dejo caer los vaqueros, les doy una patada para alejarlos y me tiro en el sillón afelpado solo con mis bóxers negros.

—Rápido. Haz una foto.

Justin no deja de sacudir la cabeza. Una y otra vez. Y parpadea como una lechuza. Es como si no entendiera lo que ve.

Garrett, por otro lado, sabe lo suficiente como para no hacer preguntas. Y es que el otro día él y Hannah se pasaron dos horas construyendo corazones de origami conmigo. Sus labios tiemblan de forma incontrolada mientras coloca el teléfono en posición.

—Espera. —Hago una pausa en mis pensamientos—. ¿Qué piensas tú? ¿Doble pistola o doble pulgar hacia arriba?

—¡¿Que está pasando aquí?!

Los dos ignoramos el grito desconcertado de Justin.

—Déjame ver cómo queda con los pulgares hacia arriba —dice Garrett.

Pongo morritos a cámara y subo los pulgares.

El resoplido de mi mejor amigo rebota en las paredes del auditorio.

—Nada. Fuera. Las pistolas. Sin duda, las pistolas.

Hace dos fotos, una con *flash* y otra sin, y ya está, así de fácil, ya tengo otro gestito romántico en la saca.

Mientras me apresuro a ponerme otra vez la ropa, Justin se frota las sienes con tanto vigor que parece que su cerebro haya implosionado. Me mira boquiabierto cuando me subo los vaqueros hasta las caderas. Me mira incluso más boquiabierto cuando me acerco a Garrett para analizar las fotos.

Asiento con la cabeza en señal de aprobación.

—Joder, chaval. Debería hacerme modelo.

—Eres muy fotogénico —dice Garrett con tono grave—. Y tronco, ¡vaya paquete! Parece enorme.

Joder, es verdad.

Justin se pasa ambas manos por el pelo oscuro.

—Juro por Dios y por todos los santos que si uno de vosotros no me dice qué cojones acaba de pasar aquí, voy a pillarme un cabreo de la hostia.

Me río.

—Mi chica quería que le enviase una foto *sexy* en un diván de terciopelo rojo, pero no te puedes hacer a la idea de lo difícil que es encontrar un puto diván rojo de terciopelo.

—Dices eso como si se tratara de una explicación. Pues no lo es. —Justin suspira como si el peso del mundo descansara sobre sus hombros—. Vosotros, los jugadores de *hockey*, estáis mal de la chaveta.

—Naah, solo es que no somos unos flojos como tus coleguitas de fútbol americano —dice Garrett con dulzura—. Nosotros tenemos control sobre nuestro *sex appeal*, tronco.

—*¿Sex appeal?* Eso es lo más cursi que he oído en... ¿Sabes qué? No voy a seguiros el rollo —gruñe Justin—. Vamos a por las chicas y a pillar algo de comer.

GRACE

Oh, Dios mío. ¡Lo ha hecho! Me quedo mirando el teléfono. No sé si reír, gemir o irme corriendo al *sex shop* más cercano a comprar un vibrador, porque joder, joder, joder, John Logan tiene el cuerpo más *sexy* del planeta.

Estoy de pie, en medio de la emisora de radio, con la lengua fuera; probablemente no sea la conducta más apropiada para estar en el trabajo, pero, técnicamente, hoy no estoy trabajando. Acabo de llegar para ir a comer con Morris. Y es que ni siquiera me importa estar babeando en público... La foto es *así* de deliciosa. El pecho desnudo de Logan me tienta desde la pantalla del teléfono, los músculos definidos color miel, el vello justo entre sus pectorales perfectamente formados, el abdomen ondulado. Dios, y sus bóxers están tan apretados contra su ingle y sus muslos que veo el contorno de su...

—Bueno, bueno. ¡Joder! —dice la voz de Morris. Parece encantado.

Pego un respingo, sorprendida, y entonces me giro para ver cómo se acerca sigilosamente a mí por detrás. A juzgar por la diversión que muestran sus ojos, está claro que se ha asomado por encima de mi hombro y ha visto la foto que estaba mirando.

—Tenía mis dudas respecto a que fuera a conseguir esa —comenta Morris, que no deja de sonreír como un tonto—. Pero, obviamente, no debería haber dudado de él. Ese tío es una fuerza imparable de la naturaleza.

Entrecierro los ojos.

—¿Te ha contado lo de la foto?

—En realidad, me ha contado lo de toda la lista. Estuvimos juntos anoche (por cierto, Lorris está a punto de hacerse con el control de Brooklyn) y no paró de gemir y lloriquear porque no conseguía localizar un sofá de terciopelo rojo. —Morris se encoge de hombros—. Me ofrecí a ponerle una manta roja al sofá de mi salón comunitario y hacer algunas fotos, pero me dijo que tú considerarías que eso era hacer trampa y le privarías de tu amor.

Ahogando un suspiro, me guardo el teléfono en el bolso y después atravieso la habitación hasta llegar a la mininevera y cojo una botella de agua. Desenrosco el tapón haciendo un esfuerzo máximo por ignorar el disfrute total que Morris está obteniendo con todo esto.

—Cómo me molaría ser gay —dice con tristeza.

Una risita se me escapa.

—Ajá, continúa. Estoy dispuesta a seguirte por esa madriguera y ver a dónde conduce.

—En serio, Gretch, amo a ese tío. Me pone. —Morris suspira—. Si hubiera sabido que existía, no te habría pedido salir.

—Oh, gracias.

—A ver. Eres increíble, y te echaría un polvo sin pensármelo, pero no puedo competir con ese tío. Él funciona a un nivel totalmente distinto cuando se trata de ti.

Es curioso. Después de nuestra breve y fallida cita, la amistad entre Morris y yo se ha estrechado. La sensación de culpa por besar a Logan en la fiesta de Sigma todavía emerge a veces, pero Morris no me deja que le vuelva a pedir disculpas. Él insiste en que una mísera cita no cuenta como una relación y que, por lo tanto, ese beso no cuenta como adulterio. Además, creo que lo siente así de verdad. También creo que probablemente haya sido mejor que no comenzáramos nada, porque me he empezado a dar cuenta de cómo mira a Daisy, y estoy bastante segura de que realmente *ella* es la única a la que quiere echar un polvo.

¿Y yo? Quiero esa cita con Logan más que nada en este mundo, y me arrepiento de todos estos retos que le he puesto porque, sinceramente, me ganó en cuanto me envió aquel poema. Y está claro que quiere esta cita tanto como yo o, de lo contrario, no habría invertido tanto esfuerzo en el *collage* más alucinante que he visto nunca. Ni en los corazones de origami. Ni en las rosas que tiñó con colorante alimentario hasta casi matarlas para que fueran azules.

¿Y ahora la foto *sexy* en el diván? Su tenacidad es francamente inspiradora.

—¿Sabes qué? —le digo lentamente—. Me siento mal por decirle que haga todas esas cosas cuando los dos sabemos que le voy a decir que sí a la cita. Creo que debería decirle que no se moleste con el último punto.

—No lo hagas —dice Morris al instante.

Frunzo el ceño.

—¿Por qué no?

—Razones puramente egoístas. —Se ríe—. Tengo curiosidad por ver qué se le ocurre.

Aprieto los labios para luchar contra la risa que quiere salir.

—Honestamente..., yo también.

LOGAN

Dos días después de que el destino pusiera un diván de terciopelo rojo en mi vida, acelero en la salida de la autopista y me dirijo hacia Hastings. Garrett está sentado tranquilamente en el asiento del copiloto. Ninguno de los dos hemos hablado mucho durante la hora de viaje desde Wilmington, aunque probablemente tenemos diferentes razones para nuestro silencio. Yo no puedo dejar de pensar en el estadio que hemos pasado en nuestro camino hacia el restaurante. No tiene nada que ver con el esplendor del TD Garden de Boston. No era más que un edificio grande e impersonal, similar a cualquier estadio antiguo que uno puede encontrar en Nueva Inglaterra.

Y, sin embargo, vendería mi alma al puto diablo por tener la oportunidad de despertar cada mañana y entrenar allí.

Aparco en nuestro camino de entrada, pero dejo el motor en marcha mientras miro a Garrett.

—Gracias por hacer eso, tío. Te debo una de las gordas.

—Hago una pausa—. Sé que no te gusta usar los contactos de tu padre.

Se encoge de hombros.

—Mikey es mi padrino. He usado mis propios contactos.

—Pero sé que no le ha gustado una mierda hacer esa llamada. Padrino o no, la leyenda de la NHL, Mikey Hanson, sigue siendo el mejor amigo de Phil Graham, y Garrett ha pasado la mayor parte de su vida tratando de separarse de la sombra del capullo de su padre.

—¿Has hablado con él últimamente? —le pregunto con cautela—. Con tu padre, digo.

—No. Me llama cada pocas semanas, pero simplemente ignoro la llamada. ¿Has hablado tú con el tuyo?

—Hace un par de días. —He hecho el esfuerzo de llamar a mi padre y Jeff, y a mi madre y David, porque una vez empiece la pretemporada y nuestro horario de entrenamiento se intensifique, empezaré a vivir en mi burbuja de *hockey* y es muy probable que me olvide de llamar a mi familia.

Garrett se queda en silencio por un instante y, a continuación, me mira pensativo.

—¿Vale la pena hacer todo esto por ella, hermano?

No le pregunto quién es «ella». Simplemente asiento.

—¿No es solo por el sexo?

Mi sonrisa es triste.

—Aún no nos hemos acostado.

La sorpresa parpadea en sus ojos.

—¿En serio? Supuse que te la habías tirado en abril.

—No.

Las comisuras de sus labios se estiran hacia arriba. O me lo estoy imaginando o parece *orgulloso* de mí.

—Bueno, en ese caso, ya me has respondido a mi pregunta de si valía o no la pena. —Me da un golpe en el hombro y agarra la manivela—. Buena suerte.

A decir verdad, no estoy seguro de necesitar suerte. Cada vez que he aparecido con uno de mis regalos románticos en la puerta de Grace, he sido recompensado con una brillante sonrisa que iluminaba todo su rostro. Y... o me lo he imaginado, o no ha parado de mirarme fijamente la boca, con infinita atención, como si se muriese de ganas de besarme. Pero aun así yo no he dado ningún paso. No he querido forzar demasiado, ni ir demasiado rápido. Pero tengo la sensación de que esta noche me puede caer un beso.

Veinte minutos más tarde, llamo a la puerta de Grace mientras me ordeno a mí mismo mantener la satisfacción al mínimo. Pero es que, joder, me siento la hostia de satisfecho con cómo he cumplido con éxito todas sus demandas. Realmente, es una pena que la gente no pille que soy un terco cabrón.

Grace no parece sorprendida de verme cuando abre la puerta. Probablemente porque antes le he enviado un mensaje para decirle que me pasaría. No le he dicho por qué, pero ella me mira un instante a la cara y ahoga un gritito.

—No habrás...

Le ofrezco mi teléfono móvil, victorioso.

—Aquí tiene su trofeo, mi señora: la aprobación de un famoso.

—Vale, vale. Pasa. *Necesito* ver esto. —Una mano me arrebata el teléfono mientras la otra tira de mí.

Su compañera de cuarto, Daisy, está con las piernas cruzadas sobre la cama y sonríe cuando me ve.

—¡Pero si es el señor Romance en persona! ¿Qué tienes para nosotras esta noche, muchachito?

Le devuelvo la sonrisa.

—Nada especial. Solo...

—Hola, Grace. —Una voz sale del altavoz del teléfono. Grace ha cargado el vídeo y le ha dado al *play* a una velocidad de vértigo. Su compañera de cuarto se queda congelada al oír el alegre saludo masculino—. Aquí Shane Lukov —continúa hablando el chico de pelo oscuro de la pantalla.

—¡Ostras! —grita Daisy. Salta corriendo de su cama y va hacia Grace mientras que yo me quedo delante de ellas con la sonrisa más grande de todas las sonrisas.

—Te traigo un mensaje importante desde Wilmington —anuncia la casi nueva estrella de los Bruins... Lukov ha empezado su carrera en la liga profesional arrasando y todo el mundo está salivando, pensando en lo que hará esta próxima temporada. Solo tiene veinte años y ya lo comparan con Sidney Crosby, y, sinceramente, creo que no les falta razón.

—Conozco a Logan desde hace mucho tiempo. —Lukov guiña una ojo a cámara—. Y por mucho tiempo, quiero decir cinco minutos, pero ¿qué es el tiempo, en realidad? Por lo que yo sé, es un buen tipo. Agradable a la vista. Se rumorea que es un salvaje en el hielo. Eso es todo lo que necesito saber para darle mi apoyo. Así que..., sal con él, cielo. —Una amplia sonrisa llena la pantalla—. Mi nombre es Shane Lukov y apruebo este mensaje.

El vídeo llega a su fin. Daisy está ocupada recogiendo su mandíbula del suelo. Grace me está mirando como si no me hubiese visto antes en su vida.

—Entonces... —Parpadeo con inocencia—. ¿A qué hora te recojo mañana por la noche?

CAPÍTULO 25

GRACE

Hastings tiene varios restaurantes buenos, pero si lo que buscas es elegancia, Ferro es tu local. El restaurante italiano es precioso: paredes con friso de roble oscuro, mesas separadas con banco corrido de piel, manteles de lino de color rojo sangre. Y velas. Montones y montones de velas.

Hay que reservar al menos con una semana de antelación, pero Logan, no sé cómo, ha conseguido mesa en menos de veinticuatro horas. Cuando me dijo a dónde íbamos, pensé que tal vez había hecho la reserva la semana pasada esperando completar todos los elementos de mi lista, pero mientras nos dirigíamos al restaurante ha admitido que ha tenido que pedir un favor para conseguir mesa.

¿He mencionado que se ha puesto traje?

Le queda espectacular. La chaqueta negra brillante se estira en sus amplios hombros, y ha decidido no ponerse corbata, así que puedo disfrutar de la deliciosa visión de su fuerte garganta asomando por su camisa blanca desabrochada. El camarero nos acompaña a nuestra mesa y Logan espera de pie hasta que me he sentado en el banco. A continuación, se sienta junto a mí.

—¿Nos sentamos en el mismo lado de la mesa? —digo—. Eso es… —*Íntimo*. Sentarse así está reservado para las parejas superenamoradas que no pueden dejar de sobarse todo el rato.

Logan extiende casualmente su largo brazo por la parte posterior del banco y sus dedos descansan en mi hombro desnudo. Me acaricia con suavidad. Jugueteando.

—¿Está b… ? —empieza a preguntar con cautela.

—Perfectamente bien por mí —termino la frase y le lanzo una sonrisa de complicidad.

Su muslo presiona el mío, un pedazo de músculo duro que muestra lo fuerte que está. Mi vestido corto de color negro se ha subido un poco y rezo para que no se dé cuenta de la piel de gallina que cubre mis piernas desnudas. No tengo frío. Es más, todo lo contrario. Su cercanía y el calor de su cuerpo suben mi temperatura.

—¿Puedo preguntarte algo? —dice después de que el camarero nos haya recitado los platos fuera de carta y nos haya servido dos vasos de agua con gas.

—Claro. —Tuerzo mi cuerpo que podamos mirarnos a los ojos. Esta historia de compartir banco no se pensó para el contacto visual.

—¿Cómo es que no me preguntas nada de *hockey*? —Me quedo perpleja, lo que, obviamente, malinterpreta como incomodidad, ya que se apresura casi a disculparse—. No es que me importe. En realidad, es hasta alentador. La mayoría de las chicas me preguntan única y exclusivamente cosas de *hockey*, como si pensaran que es el único tema del que soy capaz de hablar. Es solo que resulta extraño que no hayas sacado nunca el tema, ni una sola vez.

Cojo mi vaso de agua y le doy un trago muy muy largo. No es la táctica dilatoria más inteligente, pero es la única que se me ocurre. Sabía que esto llegaría en algún momento, y, de hecho, me sorprende que no haya sido antes. No obstante, no estaba impaciente por que llegara, la verdad.

—Bueno. Eh… La cuestión es que… —Cojo aire y después continúo a la velocidad de un rayo—. *Nomemolamuchoelhockey.*

Una arruga aparece en su frente.

—¿Qué?

Lo repito, despacio esta vez, con pausas entre cada palabra.

—No me mola mucho el *hockey*.

Después contengo la respiración y espero su reacción.

Parpadea. Parpadea otra vez. Y otra vez. Su expresión es una mezcla de sorpresa y horror.

—¿No te gusta el *hockey*?

Niego, con pesar, con la cabeza.

218

—¿Ni siquiera un poco?

Ahora me encojo de hombros.

—No me molesta como sonido de fondo.

—¿*Sonido de fondo?*

—Pero si está puesto en la tele y eso, no le presto atención. —Me muerdo el labio inferior. Ya he llegado lo suficientemente lejos y es mejor que dé el golpe final—. Vengo de una familia que es más de fútbol americano.

—Fútbol americano —repite débilmente.

—Sí, mi padre y yo somos grandes fans de los Pats. Y mi abuelo jugó en la línea ofensiva de los Bears en su día.

—Fútbol americano. —Coge su vaso de agua y le da un trago profundo, como si necesitara hidratarse después de la bomba que acabo de soltar.

Ahogo una risa.

—Pero me parece lo más que tú seas tan bueno en eso. Y enhorabuena por ganar la Frozen Four.

Logan me mira fijamente.

—¿No podrías haberme dicho esto *antes* de nuestra cita? ¿Qué estamos haciendo aquí, Grace? Ya no podré casarme nunca contigo... Sería blasfemo.

Sus labios temblorosos dejan claro que está de coña, y la risa contra la que he estado luchando sale disparada.

—Oye, no canceles la boda todavía. La tasa de éxito de los matrimonios interdeportivos es mucho más alta de lo que piensas. Podríamos ser una familia Pats-Bruins. —Me detengo—. Pero nada de Celtics, ¿eh? No me mola nada el baloncesto.

—Bueno, al menos tenemos *eso* en común. —Se acerca a mí y me da un beso en la mejilla—. No pasa nada. Ya lo conseguiremos, preciosa. Puede que necesitemos terapia de pareja en algún momento, pero una vez te enseñe a amar el *hockey,* todo irá viento en popa para nosotros.

—No vas a conseguir nada —le advierto—. Ramona se pasó años tratando de obligarme a que me gustara. No funcionó.

—Renunció con demasiada facilidad. Yo, por el contrario, nunca me rindo.

Desde luego, eso es verdad. Si se rindiera, no estaríamos en este romántico restaurante ahora mismo, acurrucados en el mismo lado del banco. —Oye, hablando de Ramona. —Su expresión se oscurece un poco—. ¿Qué está pasando entre vosotras dos?

La tensión baja por mi espalda.

—¿Te refieres a después de que te escribiera a mis espaldas para «consolarte» el Día V?

Él sonríe.

—¿Lo llamas Día V? Yo lo he llamado Noche V.

Nos echamos a reír, y una parte de mí encuentra un peculiar consuelo en eso, en ser capaces de reírnos de una noche en la que me sentí absolutamente humillada. Y rechazada. Pero eso forma parte del pasado. Logan ha hecho más de lo que podía hacer para demostrarme lo mucho que lamenta lo ocurrido y lo sinceras que son sus ganas de empezar de nuevo. Y no le mentí aquel día en el parque cuando le dije que no le guardaba rencor. Mis padres me inculcaron la importancia del perdón, de sacar la amargura y la ira de uno mismo para que esas emociones negativas no te consuman.

—Me reuní con ella el día que te vi en el Coffee Hut —admito—. Hablamos y se disculpó. Yo le dije que estaba dispuesta a darle otra oportunidad a nuestra amistad, pero que quería hacerlo a mi propio ritmo. Estuvo de acuerdo.

Él no dice nada.

—¿Qué pasa? ¿Crees que no debería haberlo hecho?

Logan parece pensativo.

—No lo sé. Entrarme así fue muy fuerte por su parte. No la coloca exactamente con opciones a ganar el premio a «Amiga del año». —Frunce los labios—. No me gusta la idea de que te pueda hacer daño otra vez.

—A mí tampoco, pero pasar de ella me parece... mal. La conozco de toda la vida.

—¿Sí? Supuse que os conocíais porque os había tocado compartir cuarto en la resi.

—No. Somos amigas desde la infancia.

Le cuento que Ramona y yo éramos vecinas puerta con puerta, y de ahí la conversación deriva en cómo fue crecer en Hastings para mí y en cómo fue hacerlo en Munsen para él. Estoy sorprendida por la ausencia total de silencios incómodos.

En la primera cita siempre hay por lo menos uno, pero con Logan no parece existir ese problema. Tan solo dejamos de hablar cuando el camarero nos trae la comida y, después, cuando nos trae la cuenta.

Dos horas. Casi no me lo creo cuando miro la hora en mi teléfono y me doy cuenta del tiempo que hemos estado aquí. La comida estaba riquísima, la conversación ha sido más que entretenida y la compañía, absolutamente increíble. Después de acabar nuestro postre, un pedazo de tiramisú cremoso que Logan insiste en compartir, ni siquiera me permite que *mire* la cuenta. Simplemente, mete unos billetes en la funda de cuero que el camarero ha dejado en la mesa, sale del banco corrido y me tiende la mano.

La acepto y me tambaleo ligeramente sobre los tacones cuando me ayuda a levantarme. Me siento un poco floja y no puedo dejar de sonreír, pero me alegra ver que él tiene la misma sonrisa tonta en la cara que yo.

—Ha estado genial —murmura.

—Sí que lo ha estado.

Nuestros dedos se entrelazan y los mantiene así hasta el coche, donde a regañadientes me suelta para poder abrirme la puerta del copiloto. Nada más sentarse en el asiento del conductor, nuestros dedos se entrelazan de nuevo, y conduce con una mano todo el camino de regreso al campus.

Su actitud relajada se tambalea cuando ya estamos junto a la puerta principal de mi residencia.

—Bueno, ¿qué tal lo he hecho? —pregunta con voz ronca.

Yo suelto una risita.

—¿Quieres una evaluación detallada de cómo lo has hecho?

Se sube el cuello de la camisa, más nervioso de lo que jamás le he visto.

—Más o menos. No he salido en una cita desde…, joder, años. Creo que desde primero…

Mi mirada sorprendida vuela a la suya.

—¿En serio?

—Bueno, he estado con chicas… echando un billar, hablando en las fiestas, pero ¿una cita tal cual? ¿Ir a buscar a la chica, salir a cenar y después acompañarla a su puerta…? —Los redondeles rojos más adorables del mundo colorean sus mejillas—. Bah, eso no lo he hecho en mucho tiempo.

Dios, quiero lanzarle mis brazos alrededor del cuello y achucharlo hasta que no pueda respirar... ¿Se puede ser más mono? En vez de eso, hago como que reflexiono sobre lo que acaba de decir.

—Muy bien, vale. ¿La elección del restaurante? Un diez. ¿Caballerosidad? Me has abierto la puerta del coche, así que eso también te da un diez. ¿Conversación...? Nueve.

—¿Nueve? —protesta.

Muestro una sonrisa traviesa.

—Te he quitado un punto por la charla sobre *hockey*. Ha sido bastante peñazo.

Logan entrecierra los ojos.

—Has ido demasiado lejos, niña.

Lo ignoro.

—¿Nivel de afecto? Diez. Me has abrazado y me has cogido de la mano, y eso es muy romántico. Ah, y por último, el beso de buenas noches. Pero debes saber que en esta parte empiezas en menos uno, ya que has pedido una evaluación en vez de hacer lo que tocaba.

Sus ojos azules brillan.

—¿En serio? ¿Me penalizas por tratar de comportarme como un caballero?

—Ya vas por menos dos —bromeo—. Tu margen es cada vez más estrecho, Johnny, pronto no...

Su boca cubre la mía en un beso abrasador.

Pertenecen la una a la otra. Es la única manera de describir el exquisito torrente de sensaciones que cae sobre mí. Sus labios *pertenecen* a los míos. El calor inunda mis entrañas cuando cubre mis mejillas con sus grandes manos; sus pulgares acarician mi mandíbula mientras me besa en un impactante contraste entre ternura y hambre. Su lengua resbala sobre la mía, un dulce golpe, luego otro, antes de separar su boca.

—Me has llamado Johnny —dice. Su aliento me hace cosquillas en los labios.

—¿Está prohibido? —bromeo.

Su pulgar roza suavemente mi labio inferior.

—Mis amigos a veces me llaman John, pero solo mi familia me llama Johnny. —Su intensa mirada quema—. Me ha gustado.

Mi pulso se acelera cuando su boca acaricia la mía de nuevo. El mínimo contacto, como una pluma que cosquillea mis labios. Desliza sus dos manos por mis brazos desnudos, dejándome la piel de gallina a su paso. Después los apoya en mi cadera, de forma casual, excepto que no hay nada casual en cómo me hace sentir su tacto.

—¿Querrás salir conmigo otro día?

Es tan alto que tengo que inclinar la cabeza hacia arriba para mirarlo. Una parte de mí se siente tentada a hacerlo sufrir, pero no hay nada que detenga la respuesta rápida e inequívoca que se escapa de mi boca.

—Por supuesto.

CAPÍTULO 26

GRACE

En nuestra segunda cita, Logan y yo vamos a una fiesta, algo que en circunstancias normales no me pondría nerviosa. El año pasado, Ramona me arrastró a un montón de fiestas fuera del campus, así que debería ser toda una profesional en la materia. Pero es que resulta que *esta fiesta* es en casa de Beau Maxwell. El *quarterback* del equipo de fútbol americano de Briar. La gente del fútbol americano me asusta. Sus fiestas son salvajes y suelen terminar con la llegada de la policía. Y la mayoría de los jugadores son arrogantes y unos bocazas y van por ahí como si fueran un regalo de Dios para el mundo. Algo ciertamente irónico, porque el año pasado el equipo consiguió el peor resultado conseguido por Briar en veinticinco años.

La última vez que me encontré con la gente del fútbol fue en la fiesta de una fraternidad a la que fuimos Ramona y yo; tuve que parar una pelea entre mi mejor amiga y una hincha del equipo que intentó arrancarle los ojos a Ramona por enrollarse con uno de la línea defensiva. Y tuve que hacerlo yo solita, porque los putos jugadores pasaron de ayudarme. Acabaron formando un círculo alrededor de las chicas, gritando sin parar «¡miau!».

Idiotas.

—Beau es un buen tipo —me asegura Logan mientras paga al conductor del taxi y nos bajamos del asiento trasero—. En serio, cariño, es buena gente.

—¿Cómo es que sigue en Briar? ¿No estaba en cuarto el año pasado?

—El entrenador le ha hecho prolongar sus estudios un año más. El primer año solo entrenaba para no superar así los cuatro años de juego permitidos.

—Bueno, entonces eso le da un año más para jugar bien —me quejo—. Su actuación el año pasado fue lamentable. ¿Viste el partido en el que le interceptaron cinco pases y marcó cero *touchdowns?* ¿Qué narices fue eso?

Logan mueve su dedo en mi cara.

—Qué vergüenza, Señora Comentarista de Fútbol Americano. ¿Metiéndote con un chico por tener un mal día? Eso no está bien.

Suspiro.

—Vale. Supongo que puedo ser un poco más flexible con él. A ver, no todo el mundo puede ser tan bueno como Drew Baylor, ¿verdad?

El calor arde en sus ojos.

—Es extraño, pero tu sabiduría sobre los *quarterbacks* universitarios me pone.

—Creo que a ti te pone todo —le respondo, negando con la cabeza.

—Sí, bastante.

Llegamos a la puerta principal y la ensordecedora música que vibra detrás de la madera me provoca una punzada de inquietud. Le agarro el brazo.

—Si la cosa se pone demasiado salvaje, ¿me prometes que nos iremos?

—Pero si esta es tu gente, ¿recuerdas? ¿Por qué querrías dejar el dulce seno de tu preciosa familia del fútbol americano?

Su sonrisa engreída me provoca una risa.

—Oye, el hecho de que me guste verlos jugar no significa que quiera que jueguen *conmigo.*

Logan se agacha y me planta un beso en la sien.

—No te preocupes. Cuando quieras irte, me lo dices y nos largamos.

—Gracias.

Un segundo después, abre la puerta sin llamar y entramos en la boca del lobo. De inmediato me golpea una ola de calor corporal. Dios, hay tanta gente dentro de la casa que el aire está en llamas. El olor a cerveza, perfume, colonia y sudor es tan fuerte que la cabeza me da vueltas, pero Logan no parece inmutarse. Coge mi mano y me adentra más en la multitud.

En una esquina del salón, se está desarrollando una animadísima partida de *beer pong* y las chicas que hay de pie en un extremo de la mesa están en distintos estados de desnudez. Vale, rectifico: es una animada partida de *strip beer pong*. En el otro lado de la habitación, la pista de baile improvisada está repleta de cuerpos que se contonean y está rodeada de muebles sobre los que chicas semidesnudas y borrachas mueven sus caderas en bailes muy muy sugerentes.

Hemos llegado tarde porque Logan tenía entrenamiento, pero aun así solo son las diez: demasiado pronto para que todos estén ya así de pedo.

—Te doy veinte dólares si te subes a una de esas mesas —me susurra Logan al oído.

Le pego un puñetazo en el brazo.

Él me contesta con su sonrisa torcida y se frota el bíceps como si le doliera.

—¿Quieres un trago? —Levanta la voz para que pueda oírle sobre la música.

—Vale —contesto.

Llegamos a la cocina, que está igualmente llena de gente y de ruido. Logan pilla una botella de ron de la encimera, lo sirve en dos vasos de plástico y, a continuación, le echa Coca-Cola para endulzar el alcohol. Le pego un trago y hago una mueca. Dios, su receta necesita un poco más de elaboración. Es, básicamente, todo ron. El alcohol quema mi garganta y calienta mi vientre, elevando la temperatura de mi cuerpo todavía más. Llevo puesto un vestido corto, lo que significa que ni siquiera puedo quitarme nada de ropa para evitar el brillo de sudor que aumenta en mi piel.

—¿Cómo es que eres amigo de esta gente? —le pregunto mientras salimos de la cocina—. Mi padre siempre me ha dicho que los jugadores de *hockey* y de fútbol americano en esta universidad son rivales desde hace décadas.

—Ya no. Todo eso acabó hace tres años, cuando el salvador llegó a Briar.

—Ya, claro. ¿Y quién es el salvador?

—Dean —responde, resoplando—. Estoy seguro de que ya lo sabes, pero él va detrás de todo lo que lleve falda...

Finjo un gritito de sorpresa.

—Oh, Dios mío. *¿En serio?*

Él se ríe.

—Una vez, cuando íbamos a primero, se quedó sin hinchas locas de *hockey* a las que tirarse, así que no tuvo más remedio que zambullirse en la piscina de las hinchas de fútbol americano. Una noche acabó en una de las fiestas de Beau, los dos reconocieron en el otro el zorrón que llevan dentro y han sido amigos desde entonces. —Logan pone un brazo alrededor de mí mientras caminamos por un pasillo lleno de gente—. Dean nos arrastró a los chicos y a mí a unas cuantas fiestas y todos acabamos haciéndonos colegas de estos imbéciles. Y la sed de venganza y sangre llegó a su fin.

No tengo ni idea de a dónde vamos, pero Logan parece conocer la casa como la palma de su mano. Pasamos por varias puertas cerradas antes de que abra una que conduce a un amplio estudio. Dos sofás de cuero inmensos en forma de L ocupan el centro de la sala; enfrente, hay una tele emitiendo los mejores momentos del canal de deportes ESPN. Hay una mesa de billar detrás del sofá más grande, donde un chico con una barba espesa le pone tiza al taco y analiza el fieltro verde con atención mientras su oponente se burla de él advirtiéndole de que va a fallar el tiro. Estoy sorprendida por lo vacía que está la habitación. Solo hay un puñado de chicos junto a la mesa de billar, unas pocas parejas pegadas a la pared del fondo y dos personas enrollándose en el sofá: Dean y una pelirroja de tetas enormes. Beau Maxwell, que está tumbado en un sillón, los mira con una expresión casi de aburrimiento.

El *quarterback* levanta la cabeza cuando entramos.

—Logan —dice—. ¿Qué tal lo llevas, colega?

Logan se sienta en el sofá que hay junto al de Dean y tira de mí hacia su regazo como si fuera la cosa más natural del mundo. Cuando los brazos se enroscan alrededor de mi cintura, me fijo en la chispa de interés que brota en los ojos azules de Beau. La verdad es que, ahora que lo veo de cerca y no desde las gradas del estadio de fútbol, se parece mucho a Logan. Los dos son enormes, con el pelo oscuro, ojos azules y rasgos cincelados. Pero hay una gran diferencia: Beau no hace que mi corazón baile como lo hace Logan.

Dean y la pelirroja se separan y sus caras se sonrojan cuando nos ven.

—Hola —dice Dean, guiñando un ojo—. ¿Cuándo habéis llegado?

—Justo ahora —responde Logan.

Beau sigue mirándome con curiosidad.

—¿Quién es tu amiga? —pregunta a Logan.

—Esta es Grace, mi cita. Grace, Beau.

La mirada del *quarterback* hace un barrido exhaustivo por mis piernas desnudas. Incluyendo los muslos, porque la manera en que Logan me ha sentado en su regazo ha hecho que el vestido se me suba bastante. A Beau, sin duda, no se le ha escapado ese detalle.

—Encantado de conocerte, linda —dice Beau con una sonrisa que curva sus labios—. Debo decir que esta es la primera vez que veo a Logan llegando a una fiesta con una cita.

—Pues ve acostumbrándote —responde Logan—. No pienso salir de casa sin ella nunca más. —A continuación, me besa en el cuello y un escalofrío cabalga a través de mí. Su mano es un peso sólido en mi cadera, me mantiene apretada a su cuerpo y..., sí, no es que me lo esté imaginando, hay otro peso sólido debajo de mi cuerpo. Una nada despreciable erección contra mi culo.

A veces todavía me sorprende que *yo* sea la que lo pone cachondo. Durante mi primer año de universidad, todo lo que escuché sobre John Logan fueron rumores y más rumores: «se acuesta con cualquiera»; «es genial en la cama»; «no le van las relaciones»... Entonces, ¿qué narices hace teniendo *citas* conmigo? Y cuando digo citas, me refiero a *citas a secas,* porque ni siquiera hemos tenido relaciones sexuales, por el amor de Dios.

Mientras me maravillo al pensar en lo increíble que es haber podido cazar —aunque quizá sea más adecuado decir «domar»— a un chico como Logan, la conversación continúa a mi alrededor. Logan y Beau charlan en un animado debate sobre los test de dopaje en el deporte universitario, aunque no estoy muy segura de cómo han llegado a ese tema. Estoy demasiado ocupada sintiendo los dedos de Logan que acarician de forma ausente mi cadera por encima del vestido. Dios, ojalá me tocara la piel desnuda. Ojalá la otra noche hubiese hecho algo más que besarme. Me muero de deseo por este chico. Todo el rato.

—Aquí estás. —Una chica con un vestido verde ceñido y botas militares negras entra en el estudio y marcha hacia Beau—. Te he buscado por todas partes.

—Demasiado ruido ahí fuera —suspira—. Creo que me estoy haciendo mayor, Sab. Por Dios, cariño, hazme sentir joven otra vez. Por favor.

Ella se ríe y se inclina para rozar sus labios sobre su mejilla.

—Es un placer, niño grande.

Hago un esfuerzo para no mirarla demasiado descaradamente, pero es difícil no hacerlo. Tiene la piel aceitunada, ojos oscuros y profundos, y un pelo denso y marrón que cae en cascada por su espalda. Es *deslumbrante*. No digo esa palabra casi nunca, pero es que no hay otra manera de describir a esta chica. Deslumbrante. Por no hablar de lo ridículamente *sexy* que es. En serio, desprende un rollo *sexy* a lo Scarlett Johansson, desde cómo mira a Beau hasta en cómo mueve las caderas cuando se sienta en el brazo de su sillón.

Su expresión se oscurece cuando ve a Dean en el sofá.

—Richie —dice ella, inexpresiva.

—Sabrina —responde Dean con cierto brillo burlón en sus ojos verdes.

—He visto que te has molestado en aparecer por clase esta mañana. —Sabrina sonríe—. Ya sabes que el asistente de la profe es un chico, ¿eh? Pobrecito. Este semestre no puedes tirarte a «tu atajo» para aprobar.

—Que te follen, Sabrina.

Ella arquea una ceja.

—¿Sí? Venga, sácatela, grandullón.

Ahora es Dean el que arquea una ceja.

—Debería hacerlo. Quizá tenga algo que por fin te haga cerrar el pico.

Sabrina echa su cabeza hacia atrás y se ríe.

—Oh, Richie, ¿de verdad crees que eso va a hacer que me calle? —Le guiña un ojo a Beau—. Dile qué clase de ruidos hago cuando tengo tu polla en mi boca.

No sé qué está pasando ahora mismo. La hostilidad entre Dean y esta chica, Sabrina, está contaminando el aire de la habitación, pero se desvanece en cuanto Beau pone a la bella chica de pie.

—Disculpadnos —dice, y la excitación en sus ojos revela exactamente por qué se lleva a Sabrina a otro lado.

En cuanto se van, miro a Dean de forma inquisitiva.

—¿Por qué te ha llamado Richie?

—Porque es una zorra asquerosa. —Esa es su respuesta, que no es respuesta ni es nada.

—Oye, pareces disgustado —murmura la pelirroja—. Déjame que te ayude a que se te pase.

Un instante después, tienen la lengua el uno dentro del otro de nuevo.

Me dirijo a Logan.

—¿Qué acaba de pasar?

—Ni puta idea. —Sonriendo, planta un beso en mis labios, se levanta y tira de mí—. Vamos, mezclémonos con la peña. Me ha parecido ver a Hollis y a Fitzy por ahí.

Salimos del estudio para volver a entrar en la tierra del ruido y la borrachera. Allí, Logan me presenta a más gente antes de localizar a algunos de sus compañeros de equipo. No me lo estoy pasando mal. Tampoco es que me lo esté pasando genial, pero no es por Logan; lo que dice o hace no tiene nada que ver. Es la fiesta en sí, hacia dónde está yendo. Empiezo a sentir algo que me pone... incómoda.

Son las chicas. Montones y montones de chicas.

Montones y montones de chicas que no tienen ningún problema en coquetear descaradamente con mi cita.

La atención que recibe Logan es asombrosa. Y la verdad es que también es asombrosamente molesta. Una cosa es que alguien venga y lo salude, y otra muy distinta es lo que hacen estas chicas, que no lo dejan ahí, en el saludo. Le pasan sus uñas perfectas por su brazo desnudo. Baten sus pestañas a tope de rímel mientras lo miran. Lo llaman *amore* y cariño. Una de ellas incluso lo besa en la mejilla. Zorra.

Me esfuerzo por no dejar que me afecte. Cuando me metí en esto, sabía que Logan era popular. También sabía que antes de lo nuestro, liarse con tías era un deporte para él. Pero eso no significa que me mole que las pruebas de sus días de jugador me exploten en toda la cara cada dos segundos.

Cuando la chica número nueve —sí, estoy contándolas— se acerca pavoneándose hacia él y empieza con su flirteo, considero que es, oficialmente, suficiente.

—Tengo que ir al baño —suelto. Logan parpadea ante mi tono agudo.

—Ah... vale. Ve al de arriba mejor, suele haber menos gente.

Que no me pregunte si estoy bien ni se ofrezca a acompañarme arriba me molesta un poco. Apretando los dientes, me largo del salón.

En el pasillo, esquivo a un grupo de chicos y casi me choco con un chico y una chica que se gritan insultos y acusaciones el uno al otro. Subo por la escalera. Acabo de llegar arriba cuando oigo la voz de Logan detrás de mí.

—Grace. Espera.

Me giro de mala gana.

—¿Qué pasa?

—Eso quiero saber yo. —Sus afectados ojos azules buscan mi cara—. Has interrumpido a Sandy a mitad de frase y has salido corriendo.

—Oh, no, pobre Sandy —murmuro—. Ofrécele mis disculpas.

Sus cejas se disparan.

—A ver, ¿qué narices está pasando?

—Nada. —Una oleada de vergüenza me golpea porque los ojos me escuecen como si fuera a ponerme a llorar. Me giro sobre mis talones y camino hacia el cuarto de baño. Mierda. Tiene razón, ¿qué narices pasa? No sé por qué estoy tan enfadada. No es como si él le hubiera flirteado también con ella. Hay que reconocer que cada vez que estas chicas se acercaban a él lo suficiente para tocarlo, él intentaba apartarse.

Sus manos se posan en mi hombro.

—Grace. —Tira de mí—. Habla conmigo —me ordena—. ¿Porque estás enfadada?

—Porque... —Me muerdo el interior de la mejilla. Dudo. A continuación, libero un gemido cabreado—: *¿Te has tirado a todas las chicas de esta universidad?*

Logan parece afectado.

—¿Qué?

—En serio, John, ¿qué coño es esto? No podemos dar un paso sin que se te acerque una tía a acariciarte y a decirte: «Ooooh, me lo pasé genial contigo el año pasado, qué increíble semental estás hecho, deberíamos repetirlo; guiño, guiño, codazo, codazo».

Su boca se abre de par en par. Después empieza a comprenderlo todo y una lenta sonrisa se extiende por su boca.

—Espera, ¿todo esto es porque estás *celosa?*

—¡No! —digo enfurecida.

—Ya, ya, estás celosa.

Mi mandíbula se tensa.

—Simplemente no me gusta que todas esas te tiren los trastos cuando estoy a tu puto lado, joder. Es poco elegante e irrespetuoso y...

—Te pone celosa —termina, y siento el impulso de abofetear esa estúpida sonrisa de su cara.

—No tiene ninguna gracia. —Intento retirar su mano de mi brazo.

Pero no solo se agarra con más fuerza, sino que utiliza su otra mano y me planta las dos en la cintura mientras me empuja contra la pared. En ese momento, tengo noventa kilos y más de metro ochenta de jugador de *hockey* inmovilizándome.

Su boca roza mis labios en un suave beso antes de mirarme a los ojos. Su mirada es sincera y sorprendida.

—No tienes por qué estar celosa —dice con voz ronca—. Todas esas chicas que se nos han acercado... Ni siquiera me acuerdo de su aspecto. Ni de la mitad de sus nombres. Tú eres la única para mí esta noche, la única para mí siempre. —Sus cálidos labios tocan los míos de nuevo con firmeza, tranquilizándome—. Por cierto, nunca me he enrollado con Sandy.

—Mentiroso —gruño.

—Es verdad. —Sonríe—. Le van las tías.

Entrecierro los ojos.

—¿De verdad?

—Oh, sí. Ella y su novia vinieron a una fiesta en nuestra casa el semestre pasado y no pararon de liarse en el sofá todo el rato.

—¿Estás diciendo eso para hacerme sentir mejor?

—No. Es verdad. Dean pensó que se había muerto y que estaba en el cielo.

Se me escapa una carcajada. Estoy más relajada. Los músculos que antes estaban en tensión ahora están relajados; sentir su duro cuerpo apretado contra el mío me provoca un dulce hormigueo. Dios, no me ha gustado nada sentirme así ahí abajo. Irascible y enrabietada, preparada para saltarle al cuello a cualquier chica que se atreviera siquiera a mirar a Logan.

—Pero esto es aún más *sexy* que ver a Sandy y a su novia enrollarse toda la noche. —Un punto seductor agrava su voz.

—¿Qué es más *sexy*?

—Tú. Celosa. —Sus ojos azules arden hasta fundirse—. Nunca he estado con nadie que se haya puesto tan posesiva conmigo. Me pone cachondo.

No está de coña. Su erección empuja mi vientre, y sentirla ahí envía un fogonazo de satisfacción a través de mis venas. Muevo las caderas, lo suficiente como para que sea mi pelvis la que se frota con ese bulto duro, y sus párpados se entrecierran.

—Y eso me pone aún más cachondo —murmura.

Escondo una sonrisa.

—Ah, ¿sí?

—Oh, sí. Créeme, peque, eres la única mujer a la que deseo. La única que me pone a mil.

Elevo las cejas y bloqueo mis manos alrededor de su cuello.

—No sé yo… Todavía estoy celosa. Creo que vas a tener que reconfortarme un poquito más.

Riéndose, inclina la cabeza hacia la puerta que hay junto a nosotros.

—¿Quieres correrte en el baño? —Mis muslos se tensan, de forma evidente, y se ríe de nuevo—. ¿Eso es un sí?

—Dios, no. —Me acerco a mordisquearle el cuello—. Es un: ¡claro que sí!

CAPÍTULO 27

LOGAN

Por cuarta vez esta semana, salgo del hielo después del entrenamiento con ganas de clavar un puñetazo en una pared. La absoluta falta de técnica y de sentido común que veo en algunos de mis compañeros defensores es terrible. No me importa mostrarme algo más flexible con los estudiantes de primero, pero no hay excusa posible que justifique la forma en la que los de tercero han jugado esta semana. Brodowski se ha quedado literalmente inmóvil en la zona defensiva buscando a alguien a quien pasarle el disco; y Anderson solo ha lanzado tiros superflojos a delanteros que ya estaban cubiertos por defensores, en vez de pasármelos a mí o de adelantarse con el disco hasta que los delanteros tuvieran tiempo de deshacerse de la defensa.

Las maniobras que hemos llevado a cabo han sido un desastre. Los estudiantes de primero han patinado a cámara lenta. Los de tercero y cuarto han cometido errores estúpidos. Empieza a ser una realidad dolorosamente obvia que nuestra alineación es débil. Tan débil que las posibilidades de llegar a la postemporada se van haciendo cada vez más y más pequeñas, y ni siquiera hemos jugado el primer partido todavía.

Cuando me quito el equipamiento en el vestuario, me doy cuenta de que no soy el único que siente frustración. Hay demasiados rostros de mal humor a mi alrededor; incluso Garrett está sorprendentemente silencioso. Como capitán del equipo, siempre trata de ofrecer ánimo después de cada entrenamiento, pero está claro que el pésimo estado de nuestro equipo empieza a hacer mella en él también.

El único que sonríe es el chaval nuevo, Hunter, quien ha recibido tantos elogios del entrenador por su actuación de hoy que estará cagando piruletas y arcoíris durante las próximas semanas. No tengo ni idea de cómo Dean pudo convencer al tío para que se incorporara al equipo, la verdad; tan solo sé que mi amigo arrastró a Hunter al bar una noche después de las pruebas y, a la mañana siguiente, el chaval estaba a bordo del barco. Debió de ser una noche épica.

—Logan. —El entrenador aparece delante de mí—. Ven a hablar conmigo después de la ducha.

Mierda. Rebusco rápidamente en mi cerebro a ver si encuentro alguna cosa que haya podido hacer mal en el hielo; no lo digo por fardar, pero he jugado bien. Dean y yo hemos sido los únicos que al menos lo hemos *intentado* ahí fuera.

Cuando entro en el despacho del entrenador treinta minutos más tarde, él está en su escritorio con una expresión sombría que incrementa mi nerviosismo. Joder. ¿Ha sido por el disco que he perdido nada más empezar el entrenamiento? No. No puede ser. Ni siquiera el mismísimo Gretzky podría haber aguantado el disco con los noventa kilos de Mike Hollis empujándolo contra la valla.

—¿Qué ocurre? —Me siento e intento que no se me note lo inquieto que estoy.

—Vayamos directos al grano. Ya sabes que no me gusta perder el tiempo en preámbulos. —El entrenador Jensen se echa hacia atrás en su silla—. He hablado con un amigo de la organización de los Bruins esta mañana.

Todos los músculos de mi cuerpo se congelan.

—Oh. ¿Con quién?

—El vicepresidente.

Mis ojos casi se salen de sus órbitas. Sabía que el entrenador tenía contactos —por supuesto que los tiene, joder, estuvo en Pittsburg siete temporadas—, pero cuando ha dicho «amigo», he supuesto que se refería a un currante de la oficina central. ¡No al vicepresidente!

—Mira, no es ningún secreto que has estado en el radar de todos los ojeadores desde el instituto. Y ya sabes que me han consultado sobre ti en otras ocasiones. Bueno, al grano:

si te interesa, quieren que vayas a entrenar con los Providence Bruins.

Ay, Dios.

¿Quieren que entrene con el equipo de preparación para los putos Bruins de Boston?

Apenas doy crédito. Lo único que puedo hacer es mirar al entrenador.

—¿Me querrían para el Providence?

—Tal vez. Cuando están interesados en echar un vistazo a alguien, por lo general no lo meten en el hielo con los grandes. Primero lo prueban con un equipo filial para ver cómo lo hace. —Su voz resuena con una intensidad que rara vez escucho fuera del hielo—. Eres bueno, John. Eres la hostia de bueno. Incluso si deciden que es mejor que te prepares primero en el Providence, no pasará mucho tiempo hasta que te llamen para jugar en la alineación en la que *mereces* estar.

Madre de Dios. Esto no puede estar pasando. Estoy en el puto Jardín del Edén: la boca se me hace agua ante la manzana. La tentación es tan fuerte que saboreo la victoria. No solo es un equipo profesional sosteniendo la manzana... Es *el* equipo. El equipo al que llevo animando desde que tengo uso de razón, el equipo con el que he fantaseado jugar desde los siete años.

El entrenador estudia mi cara.

—Dicho esto, quería saber si te has replanteado tus planes para después de tu graduación.

Mi garganta está más seca que el polvo. Mi corazón se acelera. Quiero gritar: «¡Sí! ¡Me lo he replanteado todo!». Pero no puedo. Le hice una promesa a mi hermano. Y si bien es una oportunidad importante, no es lo *suficientemente* importante. Jeff no se quedará pasmado si le anuncio que voy a jugar con un filial. Nada que sea inferior a un buen contrato con los Bruins lo convencería para que lo cogiera y, aun así, probablemente mostraría resistencia.

—No, no lo he hecho. —Me mata decirlo. ¡Me mata!

Por la frustración que cubre los ojos del entrenador, sé que entiende lo que siento.

—Mira, John. —Habla en un tono medido—. Entiendo por qué no te presentaste a los *drafts*. Realmente lo entiendo.

Aparte de mi hermano, y ahora Garrett, el entrenador es la única persona que sabe que no me presenté. El primer año elegible me inventé que se me había pasado el plazo para presentar los papeles, lo que hizo que el entrenador me arrastrara a este mismo despacho y me gritara durante cuarenta y cinco minutos sobre lo idiota e irresponsable que soy, y sobre cómo estoy desperdiciando el talento que me ha dado Dios. Una vez se calmó, comenzó a balbucear que llamaría a no sé quién y que pediría favores para intentar meterme en la lista. En ese momento, no tuve más remedio que decirle la verdad. Bueno, parte de la verdad. Le conté lo del accidente de mi padre, pero no lo de la bebida.

Desde entonces, no me ha acosado por este tema. Hasta ahora.

—Pero estamos hablando de tu futuro —continúa con brusquedad—. Si dejas pasar esto, chaval, te vas a arrepentir el resto de su vida. Te lo garantizo.

Ya, no hace falta que me lo garantice. Ya sé que me voy a arrepentir. Joder, ya me arrepiento de muchas cosas. Pero la familia es lo primero y dar mi palabra significa mucho para mí. Para mí, y para Jeff. No puedo echarme atrás ahora, no importa lo tentador que sea esto.

—Gracias por informarme, entrenador. Y por favor, dele las gracias a su amigo de mi parte. —Me trago un nudo de desesperación mientras poco a poco me pongo de pie—. Pero mi respuesta es no.

—¿Estás seguro de que esto es lo que quieres?

La suave voz de Grace y su expresión tímida me provocan dolor en el pecho. No sé por qué me pregunta eso porque, obviamente, es lo último que quiero hacer. Peor es lo que *tengo* que hacer.

Aunque he ido directamente a su residencia después del entrenamiento y no he perdido ni un segundo en contarle mi charla con el entrenador, ahora desearía habérmelo guardado para mí. Le hablé de mis planes de futuro unos días después de que empezáramos a salir, pero aunque no lo haya dicho en voz alta, sé que no está de acuerdo con ellos.

—No quería decir que no —le digo con sequedad—. Pero tengo que hacerlo. Mi hermano espera que vuelva a casa en cuanto me gradúe.

—¿Y tu padre? ¿Qué espera él?

Apoyo la cabeza en la pila de cojines que hay en su cama. Huelen a ella. Es una fragancia dulce y femenina que relaja un poco la tensión aferrada a mi pecho.

—Él espera que le ayudemos a llevar su negocio, porque no puede hacerlo por sí mismo. Eso es lo que hace la familia. Se echa una mano cuando se necesita. Se cuidan los unos a los otros.

Ella frunce el ceño.

—¿A costa de tus sueños?

—Si no hay más remedio, sí. —Toda esta conversación es demasiado triste, así que tiro de ella hacia mí—. Venga, pongamos una peli. Necesito unas cuantas explosiones y unos tiroteos para distraerme de mi miseria.

Grace coge su ordenador portátil y prepara la película, pero cuando deja el cacharro entre nosotros, lo pongo en mi regazo para que no haya una barrera que evite que pueda acurrucarse junto a mí. Me encanta abrazarla. Y jugar con su pelo. E inclinarme a besar su cuello cada vez que aparece la urgencia.

No he estado en una relación desde el instituto, pero estar con Grace es muy diferente de lo que era con mis antiguas novias. Es... más maduro, supongo. Por aquel entonces, solo hablábamos de cosas absurdas y llenábamos los silencios enrollándonos. Pero Grace y yo *hablamos* de verdad. Nos contamos lo que hemos hecho durante el día, en las clases, cómo fue nuestra niñez o cómo vemos el futuro.

Pero hablar no es *todo* lo que hacemos. La he visto casi todos los días desde nuestra primera cita y nos hemos liado cada vez. Joder, ¿el rollo en el cuarto de baño de Beau? La hostia en verso, y ni siquiera me tocó. Me hice una paja mientras estaba de rodillas comiéndole el coño, y madre de Dios, no recuerdo haberme corrido de una forma tan bestial usando mi propia mano.

Pero aún no nos hemos acostado, y ni siquiera me importa. Para mí, antes el objetivo era conseguir una gratificación rápida: flirtear, follar, largarse. Como un partido de *hockey* sobre hierba en el colegio, jugado a toda prisa entre la salida del cole y el momento en que mi madre me llamaba para merendar.

Con Grace, es como un partido de *hockey* de verdad, con sus tres tiempos. La expectación y la emoción del primero, el *in crescendo* del segundo y, por fin, la gran intensidad del tercero, que se traduce en esa euforia de saber que has conseguido algo. Una victoria, una derrota, un empate. No importa. Sigue siendo la sensación más poderosa del mundo.

Si tuviera que identificarlo, diría que ahora estamos en el segundo período. El *in crescendo*. Ardientes encuentros que me dejan muerto de deseo, pero sin llegar a la presión del tercero por acabar.

Llevamos veinte minutos de película cuando se gira hacia mí de repente.

—Oye. Pregunta.

Hago clic en la almohadilla para pausar la película.

—Dispara.

—¿Soy tu novia?

Le lanzo una mirada lasciva.

—No sé, cariño, ¿quieres serlo?

Sus ojos marrones parecen alegres.

—Pues ahora ya no.

Sonriendo, me inclino por el borde de la cama para dejar el portátil en el suelo y a continuación, me giro y salto sobre ella. Chilla cuando aterrizo en su espalda, con el cuerpo pegado a su costado cuando me apoyo en un codo y la miro.

—Mentirosa —la acuso—. Por supuesto que quieres ser mi novia. Y, para tu información, lo eres.

Por un instante, su expresión se vuelve pensativa y, después, asiente con la cabeza.

—No me parece mal.

—Uau, qué generoso por tu parte, amor. Deberíamos serigrafiar «no me parece mal» en unas camisetas a juego.

Su risa flota y me hace cosquillas en la barbilla. Me encanta su risa. Es la hostia de auténtica. Todo en ella es *auténtico*. Me he liado con demasiadas chicas que juegan a jueguecitos, que dicen una cosa y quieren decir otra, que mienten o manipulan para conseguir lo que quieren. Pero Grace no. Ella es abierta y sincera, y cuando algo le cabrea o le molesta, me lo dice. Y eso me mola.

Agacho la cabeza para besarla y, cuando nuestras lenguas se encuentran, una sacudida de placer baja hasta mi polla, que va engordando contra su pierna. Echo mis caderas hacia delante y esa mínima fricción me hace gemir. Dios. Quiero correrme. Esta semana ya me ha provocado esto dos veces. Una, con una paja, y la otra, con su boca. Las noches en las que no ha habido orgasmo, me he pajeado en la ducha imaginándome que me la follaba a ella en vez de a mi puño, pero el autoplacer no es nada comparado con lo que está haciendo en este momento: me baja la cremallera de los pantalones y rodea mi polla con sus dedos.

Mis ojos ruedan a la parte superior de mi cabeza con ese primer golpe suave.

—¿Cuándo vuelve Daisy a la residencia? —murmuro.

—Por lo menos tardará una hora. —Hace un lento círculo alrededor de mi capullo. El líquido preseminal mancha sus dedos y facilita que su puño se deslice de arriba abajo en mi pene. Empujo las caderas y la beso, y con una mano recorro el camino que va desde su estómago hasta su pequeño y firme pecho. No lleva sujetador, y sus pezones presionan el suave algodón de su camiseta. Froto la palma de mi mano en la bolita dura, jugueteo con la yema de mi dedo pulgar y finalmente la pellizco y arranco de sus labios un ruido entrecortado.

Estoy tan empalmado que no puedo pensar con claridad. Esta necesidad de liberación resulta insoportable. Mi respiración se vuelve superficial cuando dejo su pecho y deslizo mi mano hacia abajo, avanzando poco a poco hacia la goma de sus mallas.

Ella rompe el beso y se tensa cuando la toco.

—Uh... —El rubor tiñe sus mejillas—. Estoy cerrada al público esta noche. Es mi momento lunar.

Ahogo una risa.

—¿Tu momento lunar?

—¿Qué pasa? —dice a la defensiva—. Suena mucho más enigmático que «estoy menstruando».

Me estremezco, e inmediatamente me siento transportado a esos incómodos momentos de instituto en clase de Educación Sexual.

—¿Ves? —se burla—. Mi forma de decirlo es mejor. —Después retira mi mano de su entrepierna y planta sus dos manos en mi pecho para darme un suave empujón—. Échate hacia atrás. Quiero provocarte un poco.

Dios. Y vaya que si me provoca. Me quita la camiseta y explora cada centímetro de mi pecho con su boca. Sus labios suaves plantan besos fugaces por toda mi clavícula, luego bailan sobre mi pectoral izquierdo, flotando por encima de mi pezón y provocando que toda mi carne se cubra de piel de gallina. Su lengua sale para saborear, y el pequeño golpecito que me da en el pezón lo siento en el interior de mi polla. Palpita dolorosamente y estoy muy cerca de empezar a retorcerme. Quiero que su boca esté en mí otra vez. Quiero que chupe la punta, con solo un toque de succión y que su lengua se arremoline. Quiero...

Ay, Dios. Sus besos están bajando por mi estómago, dándome exactamente lo que quiero. Juro que esta chica puede leerme la mente. Sus labios se cierran a mi alrededor, su lengua hace ese remolino *sexy* con el que estaba fantaseando.

Debo de haber hecho algún tipo de ruido, porque se asoma con una sonrisa de satisfacción.

—¿Todo bien por ahí arriba?

—Joder. Sí. Más que bien.

—Pregunta —dice, y ahora yo también sonrío, porque me encanta cuando hace eso. Anuncia que está a punto de hacer una pregunta en lugar de simplemente hacerla.

Yo respondo con mi estándar «dispara».

—¿Qué piensas de tu culo?

Mi frente se arruga.

—¿Qué quieres decir?

—Quiero decir que si hago *esto*... —Sus dedos se deslizan hacia un punto que *no* esperaba que fuera a tocar—. ¿Te vas a cabrear o te excitarías?

Lo hace de nuevo y me quedo asombrado cuando una descarga de placer sube por mi columna vertebral.

—Me excitaría —gimo—. Sin duda.

Los ojos de Grace parpadean con sorpresa e intriga a partes iguales. Después baja la cabeza y me chupa hasta llenar su boca; otro movimiento inesperado que nubla mi visión. Dios santo.

Estoy completamente rodeado por calor húmedo. Mi capullo roza la parte posterior de su garganta y mis caderas se mueven antes de que pueda detenerlas; las aparto dos centímetros, cinco, y, a continuación, vuelvo a meterme dentro.

Su gemido reverbera a mi alrededor. Su dedo sigue volviéndome loco. Suave y exploratorio, provocando un extraño placer que no había previsto.

Dios, esto es la hostia de intenso. Y no para. Grace me tortura con la lengua, lamiendo mi polla, lentamente, a fondo, como si fuera una cartógrafa que planeara hacer un mapa más tarde. Y ese dedo. Frotando, provocando.

Mis huevos se tensan, tengo la garganta tan seca que apenas puedo decir una palabra. Finalmente me las arreglo para decir dos.

—Estoy cerca. —A continuación, dos más—. Muy cerca.

La última vez que hizo eso, no se quedó conmigo hasta el final. Esta vez, aprieta sus labios alrededor de mi polla, su pelo largo cosquillea mis muslos mientras su cabeza se mueve por encima de mí. La descarga es inminente. Toda mi sangre late. Pero todavía no llega, una provocadora palpitación de tensión me hace gemir con impaciencia. Lo quiero. Lo necesito. Lo...

Ella desliza su dedo dentro y, hostia puta, no voy a mentir, es supergustoso. Le da una succión larga y fuerte a mi polla, mete el dedo más adentro y exploto como una granada.

Abro la boca para coger aire, mis caderas salen disparadas de la cama mientras me corro con el sonido de sus gemidos y jadeos irregulares. Su garganta trabaja mientras traga, cada pequeña contracción ordeña más placer de mi cuerpo, hasta que no soy más que una piltrafa jadeante y aturdida tirada en una cama. Grace sube, se acurruca junto a mí y posa su mano en mi estómago; un ancla pequeña y cálida que impide que salga flotando.

—Eso ha sido... —Cojo aire—. Alucinante.

Su risa calienta el hueco de mi cuello.

—Lo apuntaré. Jugueteos con culo: alucinante. Jugueteos normales: ¿cómo lo llamaste la última vez? Solo «increíble», creo.

—Todo lo que me haces es a la vez alucinante e increíble —corrijo mientras paso mis dedos por su pelo. No creo que me haya sentido tan satisfecho en mi vida—. Oye. Pregunta.

—Dispara.

Sonrío por la inversión de roles y a continuación digo:

—Mi primer partido de pretemporada es mañana por la noche. Sé que no te gusta el *hockey*, pero... ¿quieres venir?

—Jo, lo haría si pudiera —responde, y suena sinceramente apenada—. Pero ya he quedado con un chico de mi clase de Psicología.

Me muevo a un lado y entrecierro los ojos. Algo extraño y desconocido me atraviesa.

Estoy sorprendido cuando caigo en la cuenta de que son celos.

—¿Qué chico?

Ella se ríe.

—Tranquilo, chaval. No es más que un compañero de clase. Nos han puesto juntos para hacer un trabajo: un estudio de casos. Nos veremos unas cuantas veces las próximas semanas.

—Unas cuantas veces, ¿eh? —Paro—. ¿Es guapo?

—Normal, supongo. Muy delgado, pero a algunas chicas les mola eso.

¿A algunas chicas? ¿O a una en particular?

Cuando se da cuenta de la expresión de mi cara, se ríe todavía más fuerte.

—Ajá. ¿Quién está celoso *ahora*?

—Yo no —miento.

—Claro que lo estás. —Se acerca unos centímetros y planta un sonoro beso en mis labios—. No lo estés. Tengo novio, ¿recuerdas?

—Ya te digo que lo tienes.

Joder, ahora entiendo cómo se sentía en la fiesta la otra noche. La contracción posesiva en mi pecho es... una novedad. No me gusta, pero no puedo evitarla. He ido de flor en flor desde que empecé en Briar, pero ha habido unos cuantos rollos que me han durado más de una noche. Chicas a las que veía de vez en cuando. Nada serio, pero vernos esas veces sí que me hicieron sentir algo leve, pero algo. Pero ninguna de esas relaciones fue en exclusiva. Yo era consciente de que se veían con otros chicos y no me importaba.

Esta vez sí me importa. La idea de ver a Grace con otro tío es inaceptable. No iré tan lejos como para decir que ella es *mía,* pero..., bueno, sí, ella es mía. Mía para abrazarla y mía para besarla y mía para reírme con ella.

Sí, mía.

—¿Qué hora es? —pregunta—. Me da demasiada pereza levantar la cabeza.

Estiro el cuello para ver mejor el reloj de la alarma.

—Las 22.32.

—¿Terminamos de ver la peli?

—Claro. —Me inclino para coger el portátil, que se pone a sonar a todo volumen cuando lo levanto—. Eh... alguien te llama por Skype, creo.

Se asoma a la pantalla y, a continuación, entra en pánico.

—¡Oh, no! ¡Ponte los vaqueros!

Arrugo la frente.

—¿Por qué?

—¡Porque es mi madre!

Si todavía me duraba la erección, en este instante se acaba de desinflar como un globo. Subo a toda prisa los pantalones hasta la cintura y los abrocho cuando Grace pone el portátil en su regazo. Sus dedos se ciernen sobre la almohadilla y me mira.

—Muévete un palmo a la izquierda si no quieres que te vea.

—¿No quieres que me vea?

Grace resopla.

—No me importa si te ve. En realidad, lo sabe todo sobre ti, así que guay si la saludas. Pero entendería que no te apeteciera todo el rollo de «conocer a los padres» en este momento.

Me encojo de hombros.

—No tengo problema con eso.

—Vale. Entonces, prepárate. Mi madre está a punto de dejarnos sordos con...

Un grito de alegría. El grito más fuerte del planeta.

Afortunadamente, su voz baja a un nivel de decibelios razonable cuando habla.

—¡Cariño! ¡Hurra! ¡Has respondido!

El chat de vídeo llena la pantalla y muestra una rubia muy atractiva que parece demasiado joven para ser la madre de una chica de diecinueve años. En serio, la madre de Grace parece tener treinta. Como mucho.

—Hola, mamá —dice Grace—. ¿Quiero saber por qué estás despierta a las cinco y media de la mañana?

La sonrisa con la que su madre responde es totalmente diabólica.

—¿Quién ha dicho que me he acostado?

Grace me había contado que su madre es alegre e impulsiva y que, básicamente, se comporta como una adolescente; ahora veo que no había exagerado.

Mi novia gruñe.

—Por favor, dime que te has quedado pintando hasta tarde y no... haciendo otras cosas.

—Me acojo a la Quinta Enmienda.

—Mamá...

—Tengo cuarenta y cuatro años, cariño. ¿Esperas que viva como una monja?

¿Cuarenta y cuatro? Uau. No lo parece ni de coña. Además, no puedo reprimir la risita que me sale tras su respuesta despreocupada. Eso hace que entrecierre sus ojos marrones.

—Grace Elizabeth Ivers, ¿hay un *hombre* sentado a tu lado? Pensé que ese bulto era un edredón, pero ¡es el hombro de alguien! —grita—. Identifíquese, señor.

Con una sonrisa, me deslizo más cerca de la cámara para que vea mi cara.

—Buenas tardes, señora Ivers. O buenos días, supongo.

—La señora Ivers vive en Florida. Llámame Josie.

Reprimo una risa.

—Josie. Soy Logan.

Otro gritito.

—¿Logan, «Logan»?

—Sí, mamá. Logan, «Logan» —confirma Grace con un suspiro.

Josie cambia su mirada a Grace y pone cara seria.

—Cariño, me gustaría hablar un momento a solas con el señor Logan. Ve a dar un paseo o algo.

Mi mirada alarmada vuela a Grace, que parece estar reprimiendo una carcajada.

—Oye, has dicho que no tenías ningún problema —me susurra. Después, me planta un beso en la mejilla—. Tengo que ir a hacer pis de todos modos. Hala, flipad un poco los dos.

El pánico llena mis tripas cuando mi novia salta de la cama y, literalmente, me *abandona* para dejarme a merced de su madre. Joder. Debería haberme escondido cuando tuve la oportunidad.

En cuanto Grace sale de la habitación, Josie dice:

—¿Se ha ido?

—Sí.

—Trago saliva.

—Bien. No te preocupes, chaval, seré rápida. Y solo voy a decirte esto una vez, así que será mejor que me escuches con atención. Grace me ha dicho que te ha dado otra oportunidad, y yo apoyo plenamente esa decisión. —Josie se acerca a la cámara, su expresión está teñida de amenaza—. Dicho esto, si le rompes el corazón a mi hija, cogeré el primer avión que salga de aquí, apareceré en tu puerta y te daré una paliza con una funda de almohada llena de pastillas de jabón hasta matarte.

A pesar del escalofrío de miedo provocado por la amenaza, no puedo evitar la risa que sale de mi garganta. Jesús. Eso ha sido una forma muy específica de violencia.

Pero cuando respondo, el humor ha desaparecido y mi voz es ronca.

—No le romperé el corazón —prometo.

—Bien. Me alegro de que eso haya quedado claro.

Juro que esta mujer tiene múltiples personalidades porque, en un abrir y cerrar de ojos, vuelve a ser la señora Felicidad.

—Y ahora cuéntame todo acerca de ti, Logan. ¿Qué carrera estás estudiando? ¿Cuándo es tu cumpleaños? ¿Cuál es tu color favorito?

Tragándome otra risa, voy contestando sus preguntas aleatorias, que dispara una tras otra. Pero no me importa. La madre de Grace es supergraciosa, y solo me lleva unos segundos averiguar de dónde ha sacado Grace su sentido del humor y su tendencia parlanchina.

Cuando llevamos tres minutos hablando, suena el teléfono de Josie. Dice que tiene que coger la llamada y promete llamarnos enseguida. Después, la pantalla se queda en negro. Estoy a punto de cerrar el portátil, pero cuando oigo los pasos que se acercan a la puerta, de repente tengo una idea.

También conocida como la venganza perfecta por el abandono de Grace.

Justo cuando se abre la puerta, miro fijamente a la pantalla y actúo como si todavía estuviese charlando con su madre.

—… Y me ha metido el dedo en el culo mientras me la chupaba, y ha sido la hostia; increíble. Nunca pensé que me fuera a gustar tener nada ahí dentro, pero…

Grace grita horrorizada.

—¡Oh, Dios mío! —Viene corriendo a la cama y coge el portátil—. Mamá, ¡no le hagas caso! Está bromeando. —Se detiene abruptamente y parpadea ante la pantalla antes de girarse hacia mí—. Eres un idiota.

Me parto de la risa, lo que solo consigue cabrearla más, y no tarda en empezar a pegarme con sus puños pequeñitos, como si de verdad pudiese hacerme algún daño.

—¡Eres lo peor! —grita, pero a la vez se ríe mientras me lanza los puños—. ¡Me he creído que se lo estabas contando!

—Esa era la intención. —Aúllo de la risa y nos hago rodar hasta que ella está sobre su espalda y yo me cierno sobre ella—. Lo siento. No he podido evitarlo.

Grace levanta la mano y me da una torta en la frente.

—Idiota.

—¿Me acabas de dar una torta?

Me da otra.

—¿Me acabas de dar *otra* torta?

Ahora es ella la que aúlla, porque le estoy haciendo cosquillas sin parar. Y mientras se retuerce en la cama y trata de escapar de mis implacables dedos, llego a varias conclusiones. La primera es que nunca en toda mi vida me había divertido tanto con una chica.

La segunda es que no quiero que esto se acabe nunca.

Y la tercera…

Creo que me puedo estar enamorando.

CAPÍTULO 28

GRACE

—¿Apareció de repente en medio de la sesión de estudio? —Ramona parece estar pasándoselo pipa cuando coge su café. Esta es la primera vez que la veo desde nuestro incómodo encuentro a principios de mes, y estoy sorprendida por lo bien que está yendo. No ha habido ningún parón en la conversación, ni resentimiento por mi parte, y parece realmente interesada por lo que está pasando en mi vida.

—Sí —contesto—. Dijo que me traía un café, pero los dos sabíamos que era una excusa absurda.

Ramona sonríe.

—Así que John Logan es celoso. ¿Honestamente? No me sorprende. Los jugadores de *hockey* están acostumbrados a la agresión. Son grandes machos alfa que se ponen en plan cavernícola cuando otro tío intenta robarles el disco.

—¿Y aquí yo soy el disco?

—Más o menos, sí.

Resoplo.

—Bueno, que le zurzan. En todo caso, *soy yo* la que debería estar celosa. ¿Sabes cuántas tías le entran? Pasa todo el tiempo, incluso cuando estoy con él. Pero el otro día tuvimos un encontronazo increíblemente satisfactorio. —Hago una pausa dramática—. Nos topamos con Piper en el cine de Hastings.

Ramona ahoga un grito.

—Oooh. Qué fuerte. ¿Qué dijo?

La satisfacción sale de mí.

—Al principio fue muy dulce, pero probablemente porque no se dio cuenta de que yo estaba allí. Se puso a flirtear con él, pero era evidente que no era recíproco, así que cambió de táctica y empezó a hablar de *hockey*. De repente se dio cuenta de que yo estaba con él, y no solo de pie junto a él, y fue como si acabara de entrar en el sótano de un asesino en serie. Horror puro.

Ramona se ríe.

—Logan me presentó como su novia y te juro que parecía estar a punto de matarme. —Cuando cuento esta historia, me pongo alegremente vengativa—. Después resopló fuerte y se fue con sus amigas.

—¿Con quién estaba?

—Con unas chicas a las que no reconocí. —Me detengo—. Y Maya. Quien, por cierto, ni siquiera me saludó.

Eso no parece sorprender a Ramona.

—Maya piensa que la odias —admite—. Ya sabes, por lo que pasó con el asunto de Twitter.

—Yo no la odio. —Me encojo de hombros y le doy un bocado a mi *muffin* de chocolate y plátano—. Pero tampoco me apetece estar con ella. No tenemos nada en común.

No se me escapa la forma en que Ramona se estremece, como si la acusación estuviese dirigida *a ella*. Pero esa no era mi intención. Nosotras dos nos lo hemos pasado genial muchas veces. En una ocasión, cuando íbamos al instituto, nos quedamos toda la noche de charleta. Ni me acuerdo de lo que hablamos, solo que de repente amaneció.

La melancolía se enrosca en mis entrañas. Echo de menos eso. Aparte de Daisy, no he hecho ninguna amiga más este semestre y, aunque Daisy y yo nos llevamos muy bien, no tenemos la cercanía que teníamos Ramona y yo.

Como si leyera mi mente, su voz se suaviza.

—Te echo de menos, Gracie. Te echo mucho de menos.

Mi corazón se contrae.

—Yo también te echo de menos, pero…

Pero ¿qué? ¿No confío en ti? ¿No te he perdonado? No estoy segura de cómo me siento ante nuestra amistad, y todavía no estoy preparada para analizarlo con atención.

—Pero creo que es mejor que vayamos así como ahora, poco a poco —termino. A continuación, pongo una sonrisa alentadora—. Bueno, y ¿qué has hecho últimamente? ¿Qué tal van las clases?

Durante los siguientes minutos me cuenta cosas de sus clases de teatro y de algunas fiestas a las que ha ido, pero una sombra en sus ojos me preocupa. Su voz no tiene el tono despreocupado al que estoy acostumbrada; incluso su aspecto físico es un poco... raro. Lleva más maquillaje, su top está más ajustado de lo habitual y el pecho prácticamente se le sale fuera del escote. Por muy horrible que suene, parece demacrada y vulgar. En el pasado, podía ponerse ropa vulgar sin ningún problema y estar *sexy*, porque tenía la confianza suficiente como para defenderlo. Pero, ahora mismo, su rollo *cool* no se ve por ningún lado.

La conversación pasa entonces a nuestras familias y nos quedamos otros cuarenta minutos en el Coffee Hut poniéndonos al día sobre nuestros padres y riéndonos de sus payasadas. Cuando le digo que tengo que irme a clase, su sonrisa se desvanece, pero simplemente asiente y se pone de pie. Tiramos nuestros vasos vacíos al cubo de la basura, nos damos un abrazo de despedida y nos marchamos cada una por nuestro lado.

Cuando la veo alejarse, con los hombros encogidos y las manos en los bolsillos de sus pantalones vaqueros, mi corazón me da un latigazo. ¿Soy una amiga de mierda por mantenerla alejada de mí? Honestamente, ya no lo sé.

Reflexiono sobre este tema mientras camino por el sendero empedrado que me lleva al auditorio donde se imparte la clase magistral de Teoría del Cine que he elegido como optativa este semestre. Estoy subiendo las escaleras del edificio cubierto de hiedra cuando mi teléfono suena. Es Logan.

Suspiro cuando pulso el botón para contestar. Espero que la llamada no sea para pedirme disculpas otra vez por lo del café de ayer. Todavía no he decidido si su aparición durante mi sesión de estudio con mi compañero de clase de Psicología me molestó, me pareció lo más mono del mundo o las dos cosas. Al final, volvió esa misma noche más tarde y mantuvimos una conversación bastante larga sobre la confianza del uno en el otro, y pienso que conseguimos entendernos en cuáles son nuestros límites.

—Hola, preciosa. Genial, te pillo antes de que entres en clase.

El sonido de su voz ronca me hace sonreír.

—Ey. ¿Qué pasa?

—Quería contarte una cosa, a ver qué opinas. Resulta que Dean y Tuck van a un concierto el sábado por la noche a Boston y han decidido pasar allí el fin de semana. Van a pillar una habitación de hotel y todo eso. Y Garrett se va a quedar en casa de Hannah hasta el domingo, así que...

Hace una pausa, y prácticamente me imagino el rubor en sus mejillas. Eso es algo que jamás habría esperado: Logan se sonroja cuando está nervioso, y es increíblemente adorable.

—Pensé que quizá te gustaría pasar el fin de semana conmigo.

La emoción bombea en mi interior. Nervios, pero tampoco mogollón. Llevamos casi tres semanas siendo una pareja «oficial» y, ni una vez, Logan me ha metido presión para que nos acostemos. En realidad, ni siquiera ha sacado el tema, lo que me parece a la vez desconcertante y tranquilizador.

Y no tarda ni un segundo en ofrecer esa tranquilidad de nuevo.

—Cero expectativas, por cierto. No es que te esté invitando para, no sé, tener un festival de tres días de folleteo *non-stop*, ni nada así.

Resoplo. Mi novio, el poeta.

—Incluso, si quieres, puedo tirar todos los condones que hay en casa. Ya sabes, para eliminar la tentación.

Reprimo una carcajada.

—Es muy amable por tu parte.

Su voz se vuelve más grave.

—Solo quiero dormir contigo. Y despertarme contigo. Y hacerte..., ya sabes, si es que te apetece un orgasmo marca Logan.

La carcajada se escapa. Y él me contesta con otra que se mete en mi oído y hace que me tambalee un poco.

—Me encantaría quedarme en tu casa durante el fin de semana —le digo con firmeza—. Oh, acabo de recordar que tengo que cenar con mi padre el domingo por la noche. ¿Podrías dejarme en su casa sobre las seis?

—Sin problema. —Una pausa—. No le vas a contar dónde has pasado el fin de semana, ¿verdad?

Palidezco.

—Por Dios, ¡por supuesto que no! No quiero que le dé un ataque al corazón. A veces todavía intenta atarme los cordones de los zapatos.

Logan se ríe.

—Mañana iré al súper. ¿Hay algo especial que quieras que compre? ¿Patatas fritas o algo así? ¿Helado?

—Oh, sí. Helado. De menta y pepitas de chocolate.

—Hecho. ¿Algo más?

—No, pero si se me ocurre algo te mando un mensaje.

Mi corazón late más rápido de lo que debería: solo estamos hablando de quedarme en casa de Logan el fin de semana. Por el amor de Dios, no es que nos vayamos a fugar. Pero, aun así, todo mi cuerpo arde por la expectación, porque tres días seguidos con Logan suena como estar en el paraíso.

—Entonces, me paso a por ti mañana después de la última clase. Acaba sobre las cinco, ¿verdad?

—Sí.

—Vale. Te escribo cuando esté de camino. *Ciao,* preciosa.

—¿Logan? —suelto antes de que cuelgue.

—¿Sí?

Respiro hondo.

—No tires los condones.

Es viernes por la noche. Logan y yo estamos acurrucados en el sofá de su salón a punto de ver una peli de terror que ha elegido del canal de películas de la televisión. Cuando hemos vuelto de cenar del Fish and Chips de Hastings, pensaba que iríamos al piso de arriba a arrancarnos la ropa el uno al otro. Ya sabes, porque así podría darle mi flor, como diría mi madre. Pero en vez de eso, me ha sorprendido sugiriéndome ver una peli.

Creo que está intentando no parecer demasiado ansioso, pero las miradas ardientes que lanza en mi dirección todo el rato me indican que tiene tantas ganas como yo. Aun así, no me parece mal que lo hagamos poco a poco. Dejando que la tensión crezca, que la expectación se cueza a fuego lento.

—No puedo creer que hayas elegido esto —me quejo mientras los títulos de crédito del principio brillan en la pantalla.

—Me dijiste que podía elegir yo —protesta.

—Sí, porque pensaba que escogerías algo *bueno*. —Miro al televisor—. Ya sé que esto me va a cabrear.

—Espera, ¿te va a cabrear? —Me lanza una mirada desconcertada—. Pensaba que protestabas porque no querías pasar *miedo*.

—¿Miedo? ¿Por qué debería pasar miedo?

Una carcajada sale de su garganta.

—Porque es una película de miedo. Un fantasma va a matar a gente de forma cruel y horrible, Grace.

Resoplo.

—Las películas de miedo no me dan miedo. Me cabrean, porque los personajes siempre son rematadamente imbéciles.

Toman las peores decisiones posibles y ¿debemos, teóricamente, sentir pena por ellos cuando mueren? Ni de coña.

—Es posible que estos personajes en concreto sean adultos sensatos e inteligentes que hacen las cosas bien, pero que incluso así acaban asesinados —señala.

—Hay un *fantasma* en la casa y deciden quedarse ahí, ¿cuál es la respuesta sensata? *Largarse.*

Coge un mechón de mi cabello y su tono adquiere cierto tono de reprimenda.

—Sé paciente y ya verás como hay alguna razón de peso por la que no pueden irse de la casa. Te apuesto cinco pavos.

—Trato hecho.

Nos ponemos cómodos para ver la peli, Logan apoyado en su espalda y yo acurrucada junto a él, con la cabeza en su pecho. Me acaricia el pelo mientras la primera escena llena la pantalla. Es un comienzo que da cero miedo y que incluye a una rubia tetona, una fuerza diabólica invisible y una ducha hirviendo. La rubia encuentra su final macabro quemándose viva: el maléfico espíritu, por supuesto, se ha introducido en el agua y ha cambiado la temperatura. Logan intenta chocar los cinco conmigo después de la escena de la muerte, algo que yo me niego a corresponder, porque me siento realmente mal por la chica. La única decisión que ha tomado ha sido pegarse una ducha; ¿quién puede culparla por eso?

La película se desarrolla de la forma más predecible. Un grupo de estudiantes universitarios llevan a cabo experimentos paranormales en la casa fantasma y después, ¡pum!, la primera muere.

—¡Aquí viene! —digo alegremente—. La razón sensata por la que se quedan en la casa.

—Mira, ya verás que el fantasma no les deja irse —adivina Logan.

Lo adivina mal.

En la pantalla, los personajes discuten sobre si deben irse o no y una de las chicas anuncia:

—Chicos, estamos haciendo un trabajo importante. ¡Estamos demostrando la existencia de entidades paranormales! La ciencia necesita esto. ¡La ciencia nos necesita!

Me echo a reír, temblando contra el pecho duro como una roca de Logan.

—¿Has oído eso, Johnny? ¡La ciencia los necesita!

—Joder, te odio —se queja.

—Cinco dólares... —digo con voz cantarina.

Su mano baja para pellizcarme el culo, y eso me hace chillar de sorpresa.

—Eso es, sigue así, regodeándote. Tú ganas la batalla de llevarte cinco dólares de mi bolsillo, pero yo gano la guerra.

Me incorporo.

—¿Por qué?

—Porque a ti todavía te toca quedarte aquí sentada durante el resto de la peli y vas a odiar cada segundo. Yo, por otro lado, estoy disfrutando un montón.

El idiota tiene toda la razón del mundo.

A no ser que...

Mientras vuelve a centrar su atención en la película, yo me acurruco más cerca, solo que esta vez no descanso mi mano en el centro de su pecho. La pongo más abajo, a pocos centímetros de la goma de los pantalones de chándal que se ha puesto después de cenar. No parece darse cuenta. Está demasiado metido en la película. Ja. No lo estará por demasiado tiempo.

Con la mayor de las indiferencias, arrastro mi mano hasta el borde de su camiseta de tirantes, que se ha subido un poco. A continuación, meto mis dedos por debajo y suavemente acaricio su duro estómago; su aliento se entrecorta. Mientras reprimo una sonrisa, pongo toda la palma de la mano sobre su piel y paro los movimientos. Unos segundos después, él se relaja.

En la pantalla, la absurda *troupe* de expertos paranormales intenta grabar la voz del fantasma utilizando un artilugio que parece sacado de *Los cazafantasmas*. Subo hacia su cuello y le doy un beso.

Se tensa, y una risa se escapa de sus labios. Es grave y burlona.

—No va a funcionar, cariño...

—¿Qué es lo que no va a funcionar? —pregunto con inocencia.

—Lo que estás intentando hacer en este momento.

—Mmmmm. Ya, seguro que no.

Le provoco plantándole suaves besos en uno de los lados de su cuello, curvando mi cuerpo para asegurarme de que siente el calor de mi coño contra su muslo. ¿He dicho «coño»? Dios. Incluso estoy empezando a pensar como él. Me ha corrompido con las palabras guarras que me susurra cuando nos liamos, y me gusta. Me gusta la excitación que me provoca ser valiente y lasciva, y me encanta la forma en que su cálida carne se estremece cuando lo lamo con la lengua.

Su cabeza se dirige a la pantalla, pero sé que ya no está prestando atención a la película. El bulto de sus pantalones de chándal crece y se endurece, y forma una larga y ancha cresta que empuja contra la tela. Le beso el cuello y siento la tensión de sus fuertes tendones, su nuez revoloteando bajo mis labios.

Cuando habla, su voz es tan áspera que lanza un escalofrío a través de mi cuerpo.

—¿Quieres que vayamos arriba?

Levanto la cabeza y lo miro a los ojos. Los tiene entrecerrados, nebulosos.

Asiento con la cabeza.

No apaga la película. Simplemente, se pone de pie, tira de mí y me lleva al piso de arriba, cogiéndome de la mano todo el tiempo. Su dormitorio está mucho más ordenado que la última vez que lo vi; la noche en la que aparecí para gritarle por lo de Morris. Dios, parece que ha pasado una eternidad.

Estamos a medio metro de distancia. Él no se mueve. No me toca. Solo me mira fijamente, sus ojos brillan con algo que nada más puede describirse como asombro.

—Eres tan guapa…

Lo dudo bastante. Llevo unos vaqueros viejos y desteñidos y una camiseta a rayas holgada que no deja de resbalar por uno de mis hombros; mi pelo está hecho un desastre, despeinado por el fuerte viento que hace fuera. Sé que ahora mismo no estoy guapa, pero la forma en la que me mira… Me hace sentir que sí.

Me desabrocho el botón de mi camiseta, me la saco por la cabeza y después dejo que caiga al suelo. Sus fosas nasales se dilatan cuando ve mi pequeño sujetador estilo bikini. Aguantando su mirada, llevo mis manos a la espalda y desabrocho el pequeño broche. Después el sujetador también cae al suelo.

La respiración de Logan para de cuajo. Ya ha visto mi pecho desnudo antes. La verdad es que me ha visto desnuda del todo, pero el hambre en sus ojos, la admiración... Es como si me mirara por primera vez.

Con un movimiento serpenteante, me quito los pantalones vaqueros y las bragas, y me acerco a él con una seguridad que me sobresalta. Debería estar nerviosa, pero no lo estoy. Mis manos están firmes cuando le quito la camiseta de tirantes. Dios, su pecho desnudo jamás dejará de conmoverme. Esculpido. Masculino. Perfecto.

Él no dice una palabra cuando le bajo los pantalones. No lleva calzoncillos. Su erección rebota fuera, dura e imponente, y cuando la rodeo con los dedos, él emite un ruido desesperado desde la profundidad de su garganta.

Pero sigue sin tocarme. Sus brazos permanecen pegados a sus costados y está ahí, de pie, sin hacer ningún movimiento; creo que ni siquiera parpadea.

—¿Alguna razón en especial para que tus manos no estén sobre mí en este momento? —bromeo.

—Estoy intentando ir lentamente —dice con desconsuelo—. Si te toco, no podré parar, y estaré dentro de ti y...

Lo callo con un beso firme mientras curvo mis manos en su nuca.

—En realidad, esa es un poco la idea. Tú dentro de mí. —A continuación, me mordisqueo el labio inferior y así, sin más, la cuerda de control a la que se estaba agarrando se rompe como una goma elástica.

Gruñendo contra mis labios, me lleva de espaldas hacia la cama; su fuerte cuerpo presiona con firmeza el mío, su erección está atrapada entre nosotros.

Mis pantorrillas se golpean con el borde de la estructura de la cama y caigo hacia atrás con un pequeño chillido, tirando de él hacia abajo conmigo. Aterrizamos en la cama con un golpe que nos hace reír. Las sábanas huelen a detergente de limón, limpio y acogedor, y esa fragancia, mezclada con el embriagador aroma masculino de Logan, empaña mi cerebro. Su cuerpo ondea con urgencia mientras me besa de nuevo. Su advertencia tenía sentido. No deja de besarme, ni siquiera

257

para coger aire. No deja de tocarme *por todas partes*. Hambriento, explora mi cuello, mi pecho, mi tripa, y de repente está entre mis piernas, y su lengua, caliente y ansiosa, resbala sobre mi clítoris.

Cuando mi novio del instituto me hacía eso, me sentía insegura. Siempre me parecía demasiado íntimo y me hacía sentir expuesta, pero con Logan estoy demasiado consumida por el placer como para que me preocupe la vulnerabilidad que implica esta posición.

Mis caderas se flexionan para acercarse, deseosas de más; él se ríe entre dientes y me da el contacto que suplico. Envuelve sus labios alrededor de mi clítoris. Dios, si no estuviera tumbada en este momento, me habría desplomado ahí mismo. El placer se dispara por mi columna vertebral y entra en mi torrente sanguíneo; y cuando empuja un largo dedo dentro de mí, mi mente se fragmenta en mil pedazos. Me corro más rápido de lo que esperaba; más rápido de lo que *él* esperaba. Gime mientras le golpeo la cara con mis sacudidas; su lengua y su dedo siguen trabajando durante el orgasmo. Cuando regreso de golpe a la tierra, levanta la cabeza.

—Me encanta hacer que te corras —murmura—. Me pone tanto... —Su dedo sale, después entra otra vez y una réplica ardiente de placer me atraviesa—. Y estás empapada.

Gruño cuando su dedo desaparece, pero a esa decepción la sustituye una emoción palpitante, porque le veo meter la mano en el cajón superior de la mesilla de noche para coger un condón. Trago saliva y miro cómo lo enrolla por su pene. Con mucha habilidad. Dios, probablemente se ha puesto un millón de condones en toda su vida. Es un experto en sexo. ¿Y si yo soy un desastre?

Mi corazón galopa a una velocidad de vértigo cuando cierne su fuerte cuerpo sobre el mío. Sus labios acarician mi sien. Con suavidad. Con dulzura.

—¿Estás segura de esto? —susurra.

Lo miro y mis preocupaciones se desvanecen.

—Sí.

Sus rasgos están tensos por la concentración mientras lleva su erección a mi apertura. Empuja y yo, involuntariamente, me tenso. No ha entrado más que un milímetro, pero la presión es intensa. Su pene es mucho más grande que el dedo que acaba de tener dentro de mí.

—¿Estás bien? —Su voz es ronca, mezclada con preocupación.

—Sí —repito.

El calor se despliega en mi interior y mi clítoris late al mismo ritmo que mi acelerado corazón. Logan entra otro centímetro y ahí se encuentra con una resistencia. Es una sensación extraña, pero no desagradable. Unas gotas de sudor salpican su frente y los músculos de su cuello se tensan; es como si estuviera luchando por no perder el control.

La expectación y el pavor se instalan en mi pecho. Probablemente no exista peor comparación posible para este momento, pero me recuerda a la primera vez que mi madre me llevó al salón de belleza para depilarme las piernas con cera. Yo, tumbada ahí, la esteticista poniéndome cera caliente en mi piel, yo mirándola mientras agarraba el borde de la tira templada, anticipando el dolor mientras esperaba a que pegara el tirón.

—Lo mejor será que hagamos esto tipo tirita —suelto—. Olvídate de ir despacio. Hazlo de una vez.

Reprime una carcajada.

—No quiero hacerte daño. —De hecho, ha dejado de moverse por completo. Su erección ni entra, ni sale. Simplemente, está... inmóvil.

—¿Qué te pasa, Johnny? ¿Estás asustado?

Una llamarada desafiante aparece en sus ojos.

—Burlándote de un chico no conseguirás echar un polvo.

—No hacer nada tampoco lo va a conseguir. —Le sonrío—. Venga, cariño, desflórame.

Logan mantiene una mano en mi cadera, pero eleva la otra hasta mi boca y le da un pellizco de castigo a mi labio inferior.

—No me metas prisa, chavala. —Su mirada se suaviza mientras me acaricia la cara—. ¿Estás segura?

—Sí...

Casi no ha salido esa sencilla sílaba de mi boca cuando se hunde hasta el final. Ahogo un grito, la sacudida de dolor me coge por sorpresa. Está dentro. Del todo. Y por la tensión de sus facciones, sé que está obligándose a sí mismo a permanecer quieto.

—¿Sigues aquí? —murmura.

Asiento con la cabeza. El dolor ya está disminuyendo. Con timidez, muevo mis caderas, y sus ojos ruedan hacia arriba.

—Dios santo —ruge.

Joder, ¿por qué no se mueve? Me siento completamente llena, pero extrañamente vacía.

Vuelve a preguntarme una vez más por mi estado mental, emocional y físico.

—¿Cómo estás?

Pongo los ojos en blanco.

—Genial. ¿Y tú?

—Me estoy muriendo aquí mismo. —Por fin, ¡por fin!, hace algo más que quedarse quieto y tumbado encima de mí.

Su erección sale un poco, un centímetro, y a continuación se desliza dentro otra vez.

El placer se dispara a través de mi cuerpo.

—Oh, haz eso otra vez.

—¿Estás segura? Intento darte tiempo para que te adaptes.

—Estoy bien. Te lo prometo.

Su boca se encuentra con la mía en un dulce y tierno beso, y a continuación sus caderas empiezan a moverse. Empujan y retroceden a un ritmo lento que provoca un ruido tembloroso en mi garganta. Me agarro a él con firmeza, clavándole los dedos en su fuerte espalda.

—Rodéame con las piernas —ruge.

Obedezco y el ángulo cambia de inmediato, el contacto es más profundo, la unión de nuestros cuerpos, más apretada que antes. Me llena, una y otra vez, cada golpe intensifica el deseo dentro de mí hasta que cada milímetro cuadrado de mi piel arde, se tensa y grita para ser aliviada. Necesito más. Mi clítoris palpita y está hinchado. Meto una mano entre nosotros y lo froto, y la estimulación adicional es maravillosa.

Los codos de Logan descansan a cada lado de mi cabeza mientras aumenta el ritmo. Sus caderas golpean hacia delante. Sus labios están enganchados a los míos, como si no soportara la idea de no besarme. Cuando toca un punto profundo dentro de mí, la tensión explota en un orgasmo tan intenso que no puedo ni emitir un sonido. Arqueo la columna y cierro los ojos de golpe, mi aliento está atrapado en mi garganta y mis labios pegados a los suyos.

—Ohhh, joder. —Arremete contra mí una última vez. Su espalda empapada de sudor tiembla bajo mis manos mientras gruñe cuando eyacula.

Su corazón golpea contra mis pechos y siento una ola de orgullo, casi engreimiento, porque yo he provocado que esté así. He provocado que maldiga y gima y tiemble, como si el mundo bajo sus pies hubiese desaparecido. He provocado que pierda el control.

Y él me ha provocado exactamente lo mismo.

Nos tumbamos de lado, el uno frente al otro. Estoy floja y saciada, demasiado relajada y perezosa como para moverme. Pero no demasiado perezosa como para admirar el hermoso cuerpo masculino que hay tendido a mi lado. Es largo y fuerte, sin una pizca de grasa, solo músculo grueso y apretado pegado al hueso. Sus brazos están deliciosamente musculados, sus muslos son gigantes.

—Eres enorme —comento.

—¿Me estás llamando gordo? —pregunta, pero sonríe mientras lo dice.

—No te preocupes, me gusta estar en la cama con un jugador de *hockey* grande y masculino. —Le acaricio suavemente los bíceps—. Pero ahora en serio, eres enorme… Pectoral grande, piernas grandes, manos grandes…

—Polla grande —añade—. No te olvides de la polla grande.

—¿Hablas de esta cosa pequeñita de aquí? —Mis dedos viajan hasta su ingle y acarician su dureza suave y satinada. No tengo ni idea de cómo puede seguir empalmado después de lo que hemos hecho—. Espera —le digo—. Voy a buscar una lupa para poder mirar mejor.

—Cállate, chavala. —Riéndose, me da la vuelta de tal forma que quedo atrapada bajo el musculoso cuerpo que acabo de admirar. Se agacha para besarme el cuello… No, el cabrón *no* lo besa. Me hace una pedorreta gigante que me lleva a gritar de felicidad—. ¿Qué decías de mi polla?

—Nada, nada —chillo—. Es el tamaño perfecto para mis necesidades.

Se ríe y después se da la vuelta, con lo que volvemos a estar cara a cara otra vez, y desliza una pierna entre las mías.

—No había hecho esto antes —admite—. Ya sabes, estar tumbado en bolas con una chica, solo hablando.

—Yo no he hecho lo de estar en bolas —río—, pero mi novio del instituto y yo sí que nos tumbábamos a hablar de nuestras cosas todo el rato.

—¿Y de qué hablabais?

—De todo. Del instituto. De la vida. De series de televisión. De lo que se nos ocurriera.

—¿Por qué rompisteis?

—A Brandon le dieron una beca en UCLA y a mí me la dieron en Briar, y no queríamos tener una relación a distancia. Nunca funcionan.

—A veces sí que lo hacen —expresa su desacuerdo.

—Supongo. Pero ninguno de los dos quería intentarlo, así que... —Suspiro—. Así que, evidentemente, nuestro romance no ha pasado a los anales de la historia.

—¿Cómo es que nunca llegasteis a acostaros? —pregunta Logan con curiosidad.

—No lo sé. Simplemente, no sucedió. Tampoco ayudó mucho que casi nunca pudiésemos estar solos. Mi padre tenía una regla estricta sobre dejar la puerta abierta de mi habitación y los padres de Brandon eran incluso más estrictos. Ni siquiera nos permitían estar juntos en el piso de arriba. Teníamos que estar en el salón, con su madre espiándonos desde la cocina.

Logan arruga la frente.

—Me resulta difícil creer que no pudieseis encontrar algo de tiempo a solas durante... ¿Cuánto tiempo estuvisteis juntos?

—Seis meses. Y sí, obviamente hubo momentos en los que estábamos solos, pero, como te he dicho antes, simplemente no ocurrió.

Una mano enorme cubre mi pecho y lo aprieta con suavidad.

—¿Me estás diciendo que nunca intentó hacer esto? ¿Igual era gay?

—Créeme, no lo era. Además, se acaba de casar.

La boca de Logan se abre de par en par.

—¿En serio? ¿Era mayor que tú?

—No, tenemos la misma edad. Al parecer, se enamoró perdidamente de una chica el primer día de universidad y se ha casado este verano. Su madre le ha contado todo a mi padre.

Me estremezco cuando la yema de su pulgar roza mi pezón, pero no parece querer empezar nada. Su mejilla está apoyada contra la almohada y su expresión es relajada mientras me acaricia distraídamente.

—¿Tenías novia en el instituto? —pregunto.

Mueve las cejas.

—Tuve muchas.

—Oooh, eres un semental.

—Pero serias, solo dos. La primera fue en primero. Perdí mi virginidad con ella.

—¿Cuántos años tenías? ¿Quince?

—Catorce. —Me guiña un ojo—. Empecé temprano. Por eso soy tan bueno.

Resoplo.

—Y tan humilde. —Me detengo a reflexionar sobre el tema—. Catorce años…, me parece demasiado joven para mantener relaciones sexuales.

—No sé ni siquiera si se le puede llamar «relaciones sexuales» a lo que hicimos —responde con un bufido—. La primera vez duré unos tres segundos, si acaso. En serio, entré, me corrí y salí. Después de eso, duraba diez segundos. Como mucho. Era un puto salido y no podía controlarme cuando se quitaba la ropa.

—¿Y tu segunda novia?

—Eso fue cuando íbamos a tercero. Estuvimos juntos un año, más o menos. Era una chica genial; un poco consentida y mimada, pero no me importaba, porque a mí me gustaba consentirla. —Frunce el ceño—. Me puso los cuernos con un tío mayor. Un tío que, por cierto, creo que iba a Briar.

—Oh, lo siento.

—Me rompió el puto corazón. —Emite un gemido de exagerado dolor y, a continuación, coge mi mano y se la pone en el pecho—. He esperado durante años a que llegara alguien y lo remendara otra vez.

Yo también gimo, pero por lo cursi y simple de su declaración.

—Deberías haber puesto esa frase en tu poema.

—Te escribiré otro —promete.

—Oh, Dios. Por favor, no lo hagas. —Bostezo y me doy la vuelta para mirar el reloj de la alarma; me sorprende descubrir que solo son las diez y cuarto—. ¿Por qué estoy tan cansada?

—Te he agotado, ¿eh? —Sonríe orgulloso—. Tenía miedo de haber perdido mi estilazo durante mi PC, pero sigue conmigo.

—¿PC? —A veces, sus abreviaturas me ponen de los nervios. Rezo porque llegue el día en el que pueda entenderlas por mi cuenta.

—Periodo de celibato —explica.

—Solo han pasado tres semanas, salido.

—En realidad, han sido... ¿seis meses?

Mis cejas se disparan.

—¿No has tenido relaciones sexuales en seis meses?

—No. —Una expresión de timidez invade su cara—. No desde que te conocí.

—Y una mierda.

Ahora parece herido.

—¿Crees que te estoy mintiendo?

—No... Por supuesto que no... —Mi mente lucha por digerir la información. Incluso antes de conocerlo en persona, era consciente de su reputación; fui testigo en primera fila cuando salió a trompicones del cuarto de baño en aquella fiesta de fraternidad.

Y él y yo hemos pasado todo el verano separados. ¿De verdad me está diciendo que no se ha liado con nadie, ni una sola vez, durante todo este tiempo? Por supuesto, yo tampoco, pero ¡yo no soy John Logan! El zorrón que se ha acostado con la mitad de las chicas de Briar.

—Casi lo hago —añade. Parece dolido—. Fue a principios de verano. Tú seguías ignorando mis mensajes. Fui a casa de una chica con la intención de acostarme con ella, pero cuando intentó besarme... Me largué. Simplemente, no me parecía estar haciendo lo correcto.

Me ha dejado pasmada. Totalmente pasmada.

—Pero esto... —Se acerca más a mí y con suavidad presiona su boca contra la mía en el beso más dulce que uno se pueda imaginar—. Esto... —Otro beso—. Esto... —Y otro más—. Sí es lo correcto.

CAPÍTULO 30

LOGAN

Mejor. Finde. De. La. Vida. Sinceramente, no recuerdo la última vez que sonreí tanto. O reí tanto. O follé tanto.

Grace y yo y hemos estado follando como conejos desde el viernes por la noche, y cada vez es mejor que la anterior. Ahora es domingo por la mañana y seguimos en ello, enredados entre las sábanas mientras mi polla se hunde en su calor apretado. Por supuesto, he sido cuidadoso y le he preguntado si le dolía, pero insiste en que no. Y si le duele, lo está aguantando como una campeona. Como un jugador de *hockey* que se venda a sí mismo, se pone sus protectores y se va al hielo porque el partido es lo más importante.

Supongo que yo soy así de importante para ella, o quizá solo le mole la increíble cantidad de orgasmos que le estoy dando. Y está a punto de conseguir otro. La he chupado ahí abajo durante treinta minutos antes de no aguantarlo más y necesitar desesperadamente estar dentro de ella; su coño sigue húmedo e hinchado por las atenciones de mi lengua y me agarra como una puta abrazadera mientras su esbelto cuerpo se curva contra el mío; su columna vertebral se arquea para encontrarse con cada embestida apresurada que le doy.

Está a punto de correrse. He memorizado sus reacciones, los ruidos que hace y la forma en que sus músculos internos ondean en mi polla cuando su orgasmo es inminente.

—¡Oh! —Su respiración se entrecorta cuando muevo las caderas; sus ojos me miran—. Es... tan... bueno.

«Bueno» no se acerca ni remotamente a la realidad, es... la hostia de increíble. Divino. Es el paraíso aquí mismo en esta cama. Adoro su coño. La adoro a *ella*.

La base de mi columna vertebral hormiguea. El placer aprieta mis músculos. Bajo las manos hasta su culo y clavo los dedos en su carne firme. Ahora estamos más juntos, follando con más fuerza. Yo me corro primero, mi mente vuela, nublada e incoherente. Ella lo hace justo después, apretando mi polla a tope mientras emite un ruido entrecortado y maravilloso que me vuelve loco.

Después de cada uno de los polvos de este fin de semana, casi se me escapa decirle «te quiero», y cada vez he sellado mis labios para impedir que las palabras salgan porque tengo miedo de decírselo demasiado pronto. La conozco desde abril, pero no estábamos saliendo. Ahora sí salimos juntos y casi hemos llegado a la marca de un mes, pero no estoy seguro de cuáles son las reglas para eso. A mi primera novia le dije que la quería después de dos semanas. A la segunda, después de cinco meses. Así que tal vez debería hacer una media y decírselo a Grace... ¿a los tres meses? Sí. Eso parece un tiempo adecuado.

Una vez nos recuperamos de nuestros respectivos orgasmos, decidimos, por fin, salir de la cama. Es casi mediodía y no hemos comido nada desde que nos hemos despertado; mi estómago ruge como el motor de un coche antiguo. Nos ponemos algo de ropa porque, da igual las veces que intente convencerla, Grace se niega a caminar desnuda por la casa por si mis compañeros de piso vuelven de repente. Le he estado tomando el pelo sin parar por su pudor injustificado, pero descubro rápidamente que Grace tiene un rasgo increíblemente molesto: siempre tiene razón.

Acabamos de entrar en la cocina cuando oímos unos pasos que resuenan desde el salón.

—¡Lo ves! —Me mira regodeándose—. ¡Nos habrían pillado!

—Créeme, los chicos me han visto desnudo un millón de veces —respondo con sequedad.

—Vale. Pero a mí no me van a ver desnuda nunca, si lo puedo impedir.

De repente, me imagino a Dean mirando con lujuria sus tetas desnudas, y el fogonazo de celos que me provoca me hace darme cuenta de lo agradecido que estoy de que haya decidido ponerse ropa.

Pero no es Dean el que aparece en la cocina un minuto después. Es Garrett, con Hannah detrás. Aunque están sorprendidos de encontrarse a Grace en la encimera, la saludan con sonrisas amables antes de sonreírme a mí. Cabrones. Sé exactamente lo que está pasando ahora mismo por sus cabezas: una burla cantarina. Logan tiene noooooovia.

—Hola. —Entrecierro los ojos—. Pensaba que os quedabais en la residencia este finde.

—Ya veo que lo pensabas —se burla Garrett. Sus ojos grises brillan.

—Sí, porque eso es lo que me dijiste —contesto.

Hannah se acerca a Grace y le ofrece la mano.

—Hola. No nos han presentado formalmente. Soy Hannah.

—Yo soy Grace.

—Lo sé. —Hannah parece no poder quitarse la estúpida y amplia sonrisa de su cara—. Logan habla de ti todo el tiempo.

Grace me mira.

—¿En serio?

—Todo el santo día —confirma Garrett mostrando su sonrisa, igual de amplia y estúpida que la de Hannah—. También escribe poemas largos e intensos sobre ti y nos los recita en el salón todas las noches.

Hannah se ríe.

Le hago un corte de mangas.

—Oh, lo de los poemas me lo conozco —le dice Grace a mi mejor amigo—. De hecho, ya he presentado el que me envió a una editorial de antologías en Boston.

Me giro a toda velocidad para mirarla.

—Será mejor que estés de coña con eso.

Garrett suelta una carcajada.

—Da igual si lo está o no. Porque ahora lo voy a presentar yo.

—Me siento excluida —anuncia Hannah—. ¿Por qué soy la única que no ha leído ese poema?

—Te lo envío por *email* —se ofrece Grace, a lo que yo reacciono con un gruñido.

—¿Qué vamos a comer? —Garrett va hacia la nevera—. Me muero de hambre, y una que yo me sé no ha querido parar en el *diner* para tomar un *brunch*.

—Trabajo ahí cuatro días a la semana —protesta su novia—. Es el último sitio al que quiero ir en mis días libres.

Saca dos cartones de huevos.

—¿Os apetecen unas tortillas?

A todos nos parece bien, así que Garrett empieza a romper y batir huevos, mientras Hannah y Grace cortan verduras en la encimera. Mi trabajo es poner la mesa, lo que me lleva treinta segundos. Sonriendo, me dejo caer en un taburete y miro cómo trabajan los demás.

—Vas a lavar los platos, chaval —me advierte Hannah mientras le da a Garrett una tabla de cortar llena de pimientos verdes.

Ningún problema con eso. Apoyo mis codos en la barra y pregunto:

—¿Por qué habéis llegado antes de tiempo?

—Porque Allie y Sean están metidos en una bronca monumental ahora mismo. —Hannah mira a Grace—. Mi compañera de habitación y su novio.

—Bueno, según parece, más bien su inminente ex —añade Garrett desde los fogones—. Creo que nunca había oído a dos personas gritarse así.

Hannah suspira.

—A veces sacan lo peor el uno del otro. Pero, por otro lado, también saben sacar lo mejor de cada uno. Por eso siempre están rompiendo y reconciliándose. Estaba convencida de que esta vez durarían para siempre, pero quién sabe.

Un delicioso aroma empieza a invadir la cocina. Garrett no es el mejor chef del mundo, pero hace unas tortillas espectaculares. Diez minutos después, nos sirve unas tortillas esponjosas y doradas llenas de queso, champiñón y pimiento, y los cuatro nos sentamos a la mesa. Parece una cita doble y es la hostia de raro. Hasta el año pasado, a Garrett no le interesaban las novias; y hasta el mes pasado, a mí tampoco.

Pero me gusta. Hannah y Grace se llevan bien. La conversación es alegre. Nos reímos mucho. No recuerdo haberme sentido más en paz en la vida. Para cuando hemos terminado, ni siquiera me importa tener que encargarme de los platos sucios.

A Grace le doy pena y me ayuda a quitar la mesa, después me sigue a la pila donde rápidamente enjuago cada plato antes de meterlos en el lavaplatos.

—Entiendo por qué te gustaba. —Su voz apenas es audible, pero sí lo suficiente reflexiva y melancólica como para que mis hombros se pongan rígidos. Cuando me doy cuenta de que está mirando a Hannah, la culpa pincha mi corazón, lo que se traduce en una fuerte punzada de dolor. No mencioné el nombre de Hannah cuando le hablé de ella a Grace en abril, pero sí que admití que me gustaba la novia de mi mejor amigo. Es evidente que Grace ha sumado dos y dos—. Es divertida. Y muy guapa —dice Grace en un tono algo peculiar.

Me seco las manos con un trapo de cocina y le agarro la barbilla con suavidad para traer su mirada a la mía.

—No es *ella* lo que quería —murmuro. Dirijo la cabeza de Grace hacia la mesa otra vez—. *Eso* es lo que quería. —Garrett acaba de subir a Hannah en su regazo, pasa un brazo por su hombro mientras le da un beso en la punta de la nariz. Le pasa los dedos de su mano libre por su pelo oscuro y ella se acerca para susurrarle algo en el oído que le hace reír. La forma en que se miran…, la veneración con la que la toca… Están asquerosamente enamorados y cualquiera puede verlo.

Incluida Grace, que se gira hacia mí con una sonrisa.

—Sí. ¿Quién no querría algo así?

En cuanto la cocina está como una patena, volvemos al piso de arriba, pero no para hacer guarradas. Prácticamente, no hemos dormido en todo el fin de semana debido a nuestro maratón de sexo —por cierto, esto no es una queja—, así que hemos decidido echarnos una siesta. Programo la alarma para asegurarme de que no nos quedamos dormidos, porque tengo que llevar a Grace a casa de su padre a las seis.

Nos metemos bajo las sábanas, acerco su templado cuerpo hacia mí y la abrazo por detrás. Un suspiro de satisfacción se me escapa, y justo cuando empiezo a quedarme dormido, su voz me trae de nuevo a un estado de alerta.

—¿John? —murmura.

Mi corazón se contrae. No sé por qué pasa eso cada vez que utiliza mi nombre de pila. También me llama Logan, y Johnny cuando se está burlando de mí, pero cuando dice John mi pecho se inunda de emoción como ahora.

—¿Mmmmm?

—¿Quieres venir a cenar?

Me pongo rígido y ella se da cuenta. Suelta una leve risa y añade:

—Puedes decir que no. Pero... Bueno, se podría decir que más o menos ya has conocido a mi madre y, para que conste, mi padre no da demasiado miedo. Si acaso, te puede parecer aburrido. Habla mucho sobre ciencia.

Es verdad. Ya me dijo que es profesor de biología. Pero eso no es lo que me preocupa. La última vez que conocí a los padres de una chica iba al instituto, y en ese momento no parecía gran cosa. Si acaso era una situación inevitable, ya que tanto mi novia como yo vivíamos con nuestros padres. Y sí, ya sé que he hablado por Skype con la madre de Grace, pero no lo sentí como un encuentro oficial ni nada parecido. Fue algo divertido e informal; algo sin demasiada importancia. Pero el padre... en persona... Eso sí que parece algo importante. Dice el chico que está enamorado de ella.

Sí, es verdad. Qué narices. Ya me aventuré en el territorio de las cosas importantes cuando me di cuenta de cuáles eran mis sentimientos por ella.

—¿No le importará si voy?

—Para nada. Mi madre ya le contó que tenía novio, así que no ha hecho más que insistir en que quiere conocerte —confiesa.

—Vale. Entonces sí, claro. —Mi abrazo se hace más fuerte—. Me encantaría.

GRACE

Hace una tarde templada y muy agradable, así que mi padre decide que es mejor que cenemos en el patio. Pone unos chuletones en la barbacoa mientras Logan y yo nos encargamos del resto de la cena. A mí me toca preparar las patatas al horno y Logan se pone con la ensalada. Aunque si uno ve cómo se concentra al cortar los tomates en rodajas, podría pensar que es un aspirante en las pruebas de selección de algún *reality* culinario.

—Relax, Johnny —bromeo—. Tu destreza en la preparación de ensaladas no va a influir en que le caigas bien o no.

Además, creo que a mi padre ya le cae bien. No lo ha interrogado como yo esperaba, y creo que se ha sentido aliviado al escuchar la broma que Logan le ha soltado nada más hacer las presentaciones. Mi padre siempre pensó que Brandon carecía por completo de personalidad. Sí, el profesor de biología molecular me sentó un día en el sofá y me dijo que mi novio era aburrido. Algo que distaba mucho de la realidad: Brandon era tímido, no aburrido. Cuando estábamos solos hacía que me partiera de risa.

Pero papá nunca llegó a ver eso, y es indudable que Logan tiene mucha más confianza en sí mismo de la que Brandon tuvo jamás. A los cinco minutos de conocerlo, Logan le ha echado una bronca cariñosa a mi padre por educarme en el odio hacia el *hockey,* y mi padre saca el tema en cuanto nos sentamos en la mesa de cristal del porche.

—Esta es la cuestión, John —dice mientras corta su chuletón—. Grace es lo suficientemente inteligente como para reconocer que el nivel de habilidad que requiere el *hockey* es, a todas luces, inferior. —Sus ojos brillan juguetonamente.

Logan simula indignación.

—Cómo se atreve, señor.

—Asúmelo, chaval. El fútbol americano requiere de otro nivel físico.

Pensativo, mi novio mastica un bocado de patata al horno.

—De acuerdo. Un caso práctico para usted. Cogemos a todos los jugadores de los Bruins y los metemos en un campo de fútbol americano con la equipación. Le *garantizo* que jugarían los cuatros tiempos con solvencia e incluso podrían dar alguna que otra paliza. —Sonríe—. Ahora cogemos a los Pats, les damos unos patines y unos *sticks,* y los metemos en el hielo. Con honestidad, ¿podrían jugar los tres tiempos y hacerlo *bien?*

Mi padre entrecierra los ojos.

—Bueno, no. Pero porque muchos de ellos probablemente no saben patinar.

Logan sonríe, triunfante.

—Pero tienen un nivel físico superior, ¿no? —le recuerda a mi padre—. Entonces, ¿por qué no saben patinar?

Mi padre suspira.

—*Touché*, señor Logan, *touché*.

Yo me río.

El resto de la cena transcurre más o menos igual, con debates animados que terminan con uno de los dos, o ambos, sonriendo. No puedo contener la explosión de alegría que hay en mi corazón. Ver que se llevan bien supone un gran alivio. He conseguido que tanto mi madre como mi padre me den el visto bueno, y sus opiniones me importan profundamente.

Mi padre saca el tema de mi madre en la conversación mientras entre los tres recogemos la mesa.

—Tu madre está pensando en venir a Hastings en Acción de Gracias.

—¿En serio? —La noticia me emociona—. ¿Se va a quedar en el hostal o aquí en casa?

—Aquí, por supuesto. No tiene sentido gastar dinero en un hostal cuando aquí tiene habitaciones para elegir. —Mi padre hace equilibrios con su plato y el bol de la ensalada en una mano para abrir la puerta corredera con la otra—. He pensado que quizá me coja un par de días libres para ir a Boston con ella. Hay algunos amigos comunes que queremos visitar.

Cualquier otro hijo de divorciados podría ver este hecho como algo esperanzador. ¿Tus padres se van de viaje juntos? Pero para mí ese barco zarpó hace mucho tiempo. Sé que nunca volverán a estar juntos; son mucho más felices separados, pero me encanta ver que se llevan tan bien. Yo diría que incluso son muy buenos amigos. La verdad es que es bastante inspirador.

Para mi sorpresa, después de agradecerle a mi padre la cena y subir a la *pick-up* de Logan, el primer tema que saca es la relación de mis padres.

—Es genial que tus padres sigan siendo amigos después del divorcio.

Asiento con la cabeza.

—Ya lo sé, ¿verdad? Doy las gracias a mi buena estrella cada mañana. Odiaría que se pasaran todo el día discutiendo, utilizándome como un títere o algo así. —Pero enseguida me tenso. Acabo de caer en la cuenta de que quizá lo que acabo de describir son exactamente las consecuencias del divorcio de *sus* padres. Logan no habla mucho del tema, y yo tampoco he metido presión para que me cuente detalles porque es evidente que prefiere no hablar de su familia.

Especialmente de su padre. Y ese es un tema que no pienso sacar ni de casualidad, no por él, sino por mí misma, porque me horroriza revelar lo que de verdad siento y pienso de ese asunto: creo que Logan está cometiendo un gravísimo error al abandonar el *hockey* después de su graduación.

Él insiste en que llevar el negocio y cuidar a su padre es lo mejor para la familia, pero yo no estoy de acuerdo. Lo mejor para Ward Logan es una buena temporada en un centro de desintoxicación seguida de una intensa terapia por adicciones. Pero oye, ¿qué sé yo? Un año de clases de psicología no me convierten en psicóloga.

—Tu padre es increíble. —La mirada de Logan está pegada al parabrisas, pero detecto tristeza es un tono de voz—. Parece el tipo de hombre que siempre estará ahí para ti. Ya sabes, el tipo de hombre que no te abandonaría en el hospital si te rompieras un tobillo o algo.

Su ejemplo es tan inquietantemente específico que frunzo el ceño.

—¿Eso te... te ha pasado a ti?

—No. —Hace una pausa—. Pero le pasó a mi madre.

La arruga de mi frente es ahora más profunda.

—¿Tu padre la abandonó en el hospital?

—No, no fue así exactamente. Él... ¿Sabes qué? Ni te preocupes. Es una larga historia.

Su mano está apoyada en la palanca de cambios. Acerco la mía y cubro la suya.

—Me gustaría escucharlo.

—¿Para qué? —murmura—. Forma parte del pasado.

—Aun así me gustaría escucharlo —digo con firmeza.

Deja escapar un suspiro cansado.

—Ocurrió cuando yo tenía siete u ocho años. Yo estaba en el colegio, así que no sé exactamente qué pasó, pero me lo contó mi tía después. Y la verdad es que todo el vecindario se enteró de lo alto que gritó mi madre cuando mi padre finalmente se dignó a volver a casa.

—Sigues sin contarme qué pasó...

Mantiene la mirada en la carretera.

—Era invierno, hacía un tiempo de mierda y mi madre se resbaló con un trozo de hielo mientras quitaba nieve de la entrada de nuestra casa con una pala. —La amargura tiñe su tono de voz—. Mi padre estaba dentro, no superpedo, pero sí que llevaba unas copas encima. Ni siquiera se molestó en quitar la nieve, o al menos en ayudarla. Bueno, al grano: mi madre se jodió el tobillo pero bien, prácticamente se lo hizo añicos; él la escuchó pedir auxilio a gritos y corrió fuera. No quiso moverla porque no estaba seguro de la magnitud del accidente; lo que sí hizo fue ponerle una manta por encima y llamar a la ambulancia.

Los hombros de Logan están inmóviles en una postura de tensión, igual que su mandíbula. No estoy segura de querer escuchar el resto de la historia.

—La ambulancia se presentó, pero mi padre dijo que prefería no ir ahí con ella, que mejor la seguiría en el coche y así podría recogernos a mí y a Jeff del colegio. Eso fue lo último que supo de él en tres días.

Logan sacude la cabeza con enfado.

—Se metió en el coche y se largó. No tengo ni idea de a dónde fue. Lo único que sé es que no apareció por el hospital en el que a su mujer la tuvieron que operar dos veces para arreglarle el tobillo. Y también sé que no fue al colegio, porque Jeff y yo estuvimos esperando varias horas solos y no apareció. Uno de los profesores finalmente se dio cuenta de que estábamos ahí, hizo algunas llamadas y nos llevó al hospital. Mi tía condujo desde Boston para estar con nosotros mientras mamá se recuperaba, porque mi padre se había largado sin avisar.

Cojo aire.

—¿Por qué lo hizo?

—¿Quién coño lo sabe? Imagino que se dio cuenta de que tendría que cuidar de sus hijos, de la casa y de mi madre, y tanta presión lo acojonó. Se fue de juerga tres días y no la visitó en el hospital ni una sola vez.

La indignación de Logan se apodera de mi pecho y provoca que mis manos tiemblen. ¿Qué clase de marido hace eso? ¡¿Qué clase de padre?!

Logan ha leído mis pensamientos, porque gira la cabeza y me mira con dulzura.

—Sé que ahora mismo lo odias, pero hay algo que tienes que entender. No es un mal hombre... Tiene una enfermedad. Y créeme, él se odia a sí mismo por ello. Más de lo que tú o yo podamos odiarlo jamás. —Su respiración es temblorosa—. Cuando estaba sobrio, era un buen padre. Me enseñó a patinar, me enseñó todo lo que sé de coches. Un verano arreglamos un Pontiac GTO increíble... Pasábamos un montón de horas juntos en el taller.

—¿Y por qué empezó a beber otra vez?

—No lo sé. Creo que ni él mismo lo sabe. Es ese tipo de cosas que... Mira, cuando tú estás estresada, quizá te apetezca tomarte una copa de vino, ¿no? O una cerveza, o un *whisky;* algo que te relaje un poco. Pues él no se puede tomar solo uno. Él se bebe uno, dos, tres, o diez, y no puede parar. Es una adicción.

Me muerdo el labio.

—Ya lo sé. Pero ¿cuánto tiempo va a utilizar esa adicción como excusa para hacer lo que hace? Creo que hay un momento en el que hay que dejar de permitírselo.

—Ya lo hemos llevado, o más bien arrastrado, a un centro de desintoxicación, Grace. Y no se queda en la clínica a no ser que sea él mismo el que decida ir.

—En ese caso, quizá sea mejor romper el contacto con él. Dejar que toque fondo para que elija ponerse mejor.

—¿Y hacer qué? ¿Dejarlo en la calle? —dice Logan con suavidad—. ¿Dejar que los cobradores llamen a su puerta y que le embarguen la casa? ¿Que su negocio se arruine? Sé que no me entiendes, pero no puedo abandonarlo. Quizá si nos diera palizas, o si nos tratara como si fuéramos mierda, sería más fácil hacer algo así, pero no es ningún maltratador: es autodestructivo. Podemos motivarlo para que esté sobrio, podemos ayudarlo a que las cosas se mantengan a flote, pero no vamos a abandonarlo.

—Tienes razón. *No* lo entiendo —admito—. No entiendo de dónde viene esta lealtad inquebrantable. Sobre todo si me pongo a pensar en el ejemplo que está dando él... ¿Dónde está su lealtad? ¿Dónde está su altruismo?

Logan le da la vuelta a su mano y entrelaza sus dedos con los míos.

—Esa es la otra razón por la que estoy haciendo esto. Por el ejemplo que me está dando. Si lo abandono, no soy mejor que él. Si lo hago, *yo* soy egoísta, y eso es algo que no quiero ser jamás. A veces le odio tanto que me gustaría romperle los dientes, a veces incluso me encuentro a mí mismo deseando que se muera, pero independientemente de lo frustrante que puede llegar a ser todo, sigue siendo mi padre, y le quiero. —Su voz se quiebra—. Lo trato de la misma manera en que me gustaría que me trataran a mí si estuviera en su situación. Con paciencia y apoyo, aunque no se lo merezca.

Logan se queda en silencio y mi corazón se contrae; después se hincha rebosante de emoción. Este chico sigue sorprendiéndome. Asombrándome. Es mejor persona que yo, mejor de lo que él piensa que es, y si bien antes no estaba segura de esto, ahora tengo la certeza.

Le quiero.

CAPÍTULO 31

LOGAN

—¿Unas cervecitas en el Malone's? —pregunta Dean cuando salimos del estadio, después de jugar el que probablemente haya sido el peor partido de toda mi carrera en el *hockey*.

Aprieto los dientes.

—Tengo planes con Grace. Pero si no los tuviera, no me iría a celebrar nada a un puto bar, tronco.

Se pasa la mano por el pelo rubio y húmedo después de ducharse.

—Sí, ha sido duro ahí fuera. Pero ya está. El partido ha terminado. No tiene sentido mortificarse.

En momentos como este, me pregunto por qué juega al *hockey*. ¿Para follar? Porque desde el día en que se unió al equipo, Dean ha mostrado una absoluta falta de pasión por nuestro deporte. Una lástima, la verdad, porque es un jugador increíble. Pero no tiene ningún interés en jugar al *hockey* después de la universidad, por lo menos no profesionalmente.

—En serio, tío, deja de fruncir el ceño —me ordena Dean—. Vente al bar con nosotros. Le he conseguido un carnet falso al nuevo y le voy a enseñar unas cuantas cosas esta noche. Me vendría bien un poco de compañía.

El «nuevo» es, por supuesto, Hunter, a quien Dean ha acogido bajo su ala y a quien está llevando por el camino de la perdición.

—Naah, esta noche paso. Grace y yo vamos a ver una peli en casa.

—Qué coñazo. A no ser que veáis la peli en pelotas, en cuyo caso lo apruebo.

La verdad es que espero que hoy acabemos en pelotas. Necesito desesperadamente liberar toda la tensión acumulada que me ha atormentado desde que hemos entrado cabizbajos en el vestuario después del pitido final, dejando a nuestro paso una amarga y pestilente estela de un 0-5.

Vale, no es más que un partido de pretemporada y no cuenta para las clasificaciones, pero si hay que llevarse algo de la derrota de esta noche es esto: estamos muy lejos de estar preparados... Y nuestro primer puto partido es la próxima semana, joder. Además, los que nos han pegado esta paliza son los del Saint Anthony, algo que me cabrea incluso más, porque su equipo está formado por gilipollas y capullos.

Sigo preocupado por el partido cuando atravieso la puerta de Grace un poco más tarde. Me saluda con lástima al ver mi cara.

—No ha ido bien, ¿verdad? —Se acerca y me rodea con los brazos, sus labios suaves rozan mi piel al darme un beso suave en el cuello.

—El equipo sigue sin consolidarse —contesto irritado—. El entrenador no para de reorganizar las líneas para encontrar la fórmula en la que todo encaje bien, pero es como si mezclara piezas de distintos puzles de forma aleatoria.

Es frustrante, especialmente porque Dean y yo somos una máquina bien engrasada cuando jugamos en la misma línea. Pero también somos los mejores defensores del equipo, así que el entrenador nos divide con la esperanza de que ayudemos a las otras líneas a no ser tan rematadamente patéticas. Yo ahora juego con Brodowski, que necesita mejorar tanto que parece que me encargo yo solo de la zona defensiva.

—Estoy convencida de que irá a mejor —me asegura—. Y te prometo que te animaré desde las gradas la semana que viene.

Sonrío.

—Gracias. Sé el gran sacrificio que eso supone para ti.

Grace suspira.

—El más grande del mundo. —Recoge una camiseta del suelo y la echa al cesto de la ropa sucia—. Ordeno todo esto un momento y ponemos la peli, ¿te parece?

—Por supuesto. —Le doy una patada a mis zapatillas y me desabrocho la cazadora. La miro pasearse por la habitación recogiendo ropa por todas partes. Supongo que toda es de su compañera de cuarto. Madre mía, Daisy debe de adorar a Grace: una increíble compañera de habitación y una señora de la limpieza con TOC fusionadas en un cóctel adorable.

Grace se agacha para coger un calcetín metido entre el escritorio y la cama de Daisy, y ver su culo en pompa me hace gemir.

Gira la cabeza y me mira por encima del hombro.

—¿Estás bien?

—Oh, sí. Quédate en esa posición un minuto. En esa posición *exacta*.

—Pervertido.

—Tienes razón. ¿Cómo me atrevo a disfrutar de la visión del culo de mi novia así, *sexy* y en pompa? —Tengo la garganta seca—. Esta noche quiero follarte así mismo.

Su respiración se corta.

—No me parece mal.

Me río por su respuesta burlona.

—Entonces sube a la cama. Desnúdate. Ahora. Orgasmo extra si te das prisa.

Se quita la camiseta, las mallas y las bragas en un tiempo récord, y yo me río mientras me desabrocho el botón de los vaqueros.

—Dios, cualquiera diría que no he estado colmando tus necesidades.

Su mirada sigue el movimiento de mis dedos mientras me bajo la cremallera. Me encanta cómo me mira. Hambrienta y con admiración, como si no pudiera saciarse.

Un minuto después, estoy desnudo y tengo un condón puesto. Esta noche no necesito juegos previos: estoy empalmado como una roca y con muchas ganas de darle. Pero eso no me impide jugar con ella un poquito.

Me arrastro entre sus piernas y le beso la cara interna de los muslos. Su piel es suave como la de un bebé, sedosa bajo mi lengua, y cuando subo para lamerle el clítoris, sus dedos se enredan en mi pelo y me impide que me mueva de ahí.

Me río entre dientes y le doy lo que me pide. Lametazos suaves y lentos, y besos dulces hasta que se retuerce en el colchón. Pero no dejo que termine. Su primer orgasmo siempre es el más intenso y quiero sentir cómo me aprieta la polla y gime mi nombre cuando se corre.

Le doy un último beso, la cojo de las caderas y le doy la vuelta.

—A cuatro patas, peque. Acércame ese culito.

Y me lo acerca. Su culo firme choca contra mi ingle cuando me pongo de rodillas detrás de ella, después lo frota contra mi polla y envía un rayo de calor por mi columna vertebral. Dos meses juntos y sigue volviéndome loco. Deshaciendo mi puto cerebro con el placer que me da.

Agarro mi erección y la acerco a su culo; la bajo por su piel hasta que encuentra la apertura. La expectación calienta el aire. Este es mi momento favorito, el pequeño toque de succión en la punta, saber que pronto estará apretándomela fuerte, rodeándome con la calidez de su coño.

Está tan mojada que me deslizo perfectamente con mi primer impulso, llenándola hasta el final. La follo lentamente al principio, para prolongarlo, pero cada profundo golpe confunde mi cerebro más y más, y pronto el ritmo lento se vuelve rápido; un ritmo implacable que me hace gemir de forma desenfrenada. Pero aunque he hablado antes de tirármela a cuatro patas, esta posición es demasiado… impersonal. Así que tiro de ella para que su espalda quede pegada contra mi pecho y lleno mis manos con sus tetas, jugueteo con sus pezones mientras empujo la pelvis hacia arriba.

Su cabeza está de perfil y aprovecho para presionar mis labios contra su cuello. Respiro su piel, chupando su suave y fragante carne, mientras empujo mi polla dentro de ella. Golpes rápidos y poco profundos que nos hacen jadear a los dos. Acaricio su cuerpo con una mano, rozando sus tetas, bajando hasta el vientre, hasta que encuentro su clítoris y lo froto con el dedo índice; círculos suaves que contrastan con los golpes rápidos de mi polla.

Hemos avanzado mucho en simultanear nuestras respuestas, en sincronizar nuestros cuerpos para acabar estremeciéndonos en el placer final al mismo tiempo. Nos derrumbamos en una maraña sudorosa de brazos y piernas, con la respiración agitada por los orgasmos, besándonos frenéticamente mientras descendemos del clímax.

Después, coge su ordenador portátil, y nos abrazamos bajo la manta esperando a que empiece la película. Ha elegido ella, así que, como no podía ser de otra forma, toca una horterada de Jean-Claude Van Damme, que nos llevará irremediablemente a un ataque de histeria. Solo llevamos cinco minutos de película cuando suena el móvil de Grace.

Se inclina sobre mi pecho para mirar la pantalla, pero no responde a la llamada.

—Es Ramona —dice cuando le lanzo una mirada interrogante—. No estoy de humor para hablar con ella ahora. Sigamos con la peli.

El teléfono suena de nuevo. Grace hace un ruido de frustración y pulsa el botón de ignorar.

No la culpo. Dean me ha contado que se ha encontrado con Ramona en el bar un par de veces, pero yo no la he visto desde el semestre pasado. Y, personalmente, no me apetece mucho verla.

—Probablemente solo quiere ver si salimos por ahí —dice Grace, que pone el teléfono en vibración.

Está a punto de descansar su cabeza en mi pecho cuando, nada más hacer contacto, un fuerte zumbido sacude el colchón.

—Vale. Supongo que tenía que haberlo puesto en silencio en vez de en vibración. —Se sienta de nuevo, coge el móvil y se queda congelada.

—¿Qué pasa? —Intento mirar el teléfono.

Lo gira para que vea la pantalla.

SOS.

No dice más. Enviado por... ¿quién puede ser? ¡Ramona!

Tal vez soy un cínico hijo de puta, pero todo esto me huele a manipulación. Grace no contesta al teléfono y Ramona le obliga a responder.

—Tengo que llamarla.

Ahogo un suspiro.

—Peque, probablemente quiera asustarte para que llames.

—No. —Grace parece afectada—. Nosotras no usamos el SOS porque sí. *Nunca.* En todos los años que llevamos siendo amigas, solo lo hemos usado dos veces. Una vez lo hice yo en Boston porque pensaba que un tío superraro me estaba siguiendo, y otra vez ella, una noche, cuando íbamos al último curso de instituto, en que perdió el conocimiento en una fiesta y se despertó sin tener la más remota idea de dónde estaba. Esto va en serio, Logan.

Aunque hubiera querido discutir, ella ya está saltando de la cama y llamando por teléfono.

GRACE

Estoy asustada de verdad. Las manos me sudan, mi corazón galopa y mis pulmones me queman. Pero supongo que esa es la respuesta normal del cuerpo cuando descubres que tu amiga está retenida contra su voluntad por un grupo de gamberros, cuando te enteras de que ha tenido que esconderse en el cuarto de baño para llamarte, porque esos animales en cuestión han intentado confiscar su teléfono en cuanto ha dicho que quería marcharse de allí.

En el asiento de copiloto de la *pick-up* de Logan, repiqueteo mis dedos contra los muslos en un ansioso ritmo. No quiero pedirle que conduzca más rápido, porque ya está superando el límite de velocidad. Además, no para de hacerme preguntas; preguntas para las que no tengo una maldita respuesta, porque Ramona me ha colgado hace cinco minutos y ya no me coge el teléfono.

—¿Qué jugadores de *hockey* son? —pregunta Logan por tercera vez en diez minutos—. ¿La gente de Briar?

—Por última vez, no lo sé. Te he contado todo lo que me ha dicho, Logan, así que, por favor, deja de agobiarme.

—Lo siento —murmura.

Los dos estamos muy nerviosos. No sabemos lo que nos vamos a encontrar cuando lleguemos al motel, y mientras nos dirigimos a toda velocidad a Hastings, mi conversación con Ramona resuena en mi cabeza como un enjambre de abejas.

—Pensaba que habría más gente aquí, pero solo están los jugadores. Y no dejan que me marche, Gracie. Me han prometido que me llevarían a casa y ahora me están diciendo que me tengo que quedar a dormir en su habitación, y yo no quiero. Ni siquiera tengo mi bolso conmigo. Solo el teléfono. Y no tengo dinero para un taxi, y nadie quiere venir a recogerme... Y...

En ese momento, ha empezado a llorar y el miedo ha inundado mi estómago. Conozco a Ramona desde hace mucho tiempo. Conozco muy bien la diferencia que hay entre sus lágrimas de cocodrilo y sus lágrimas de verdad. Sé cuándo finge tener miedo y cuándo tiene miedo de verdad. Sé cómo suena su voz cuando está tranquila y cómo suena cuando está aterrorizada.

Y ahora mismo está aterrorizada.

El trayecto al pueblo está cargado de tensión. Mis músculos están agarrotados y el cuerpo me duele cuando llegamos al motel. El edificio de ladrillo en forma de L está a las afueras de Hastings y, aunque no tiene nada que ver con el bonito hostal de la calle principal del pueblo, tampoco es un cuchitril de mala muerte.

Cuando Logan se detiene en el aparcamiento, sus ojos azules se nublan de inmediato. Sigo su mirada y veo un autobús rojo brillante aparcado en la acera.

—Es el autobús del Saint Anthony —dice con tono cortante—. Mañana juegan contra el Boston College, así que supongo que tiene sentido que se queden aquí a dormir esta noche.

—Espera, ¿ese no es el equipo contra el que habéis jugado hoy?

Asiente.

—Son unos gilipollas, todos y cada uno de ellos. Incluido el equipo técnico.

Mi preocupación aumenta. Antes he oído que hablaba mal de sus contrincantes, pero cuando lo hace, es evidente que siente un cierto respeto. Como, por ejemplo, la rivalidad que existe con el equipo de Harvard. Logan puede quejarse de ellos, pero nunca dirá que los jugadores de Harvard son unos capullos y nunca atacaría su personalidad, como acaba de atacar a los chicos del Saint Anthony.

—¿De verdad son tan mala gente? —pregunto.

Apaga el motor y se desabrocha el cinturón de seguridad.

—A su antiguo capitán lo suspendieron la temporada pasada por romperle el brazo a un jugador de Briar. Nuestro chaval ni siquiera tenía el disco en su poder cuando Braxton estrelló su cuerpo contra él. Su capitán es un mierda prepotente de Connecticut que esta noche, cada vez que pasaba patinando junto a nuestro banquillo, escupía a los chicos. Un hijo de puta irrespetuoso.

Saltamos de la *pick-up* y vamos a paso ligero hacia la habitación 33, que es uno de los pocos detalles que le he sonsacado a Ramona mientras sollozaba. Logan me sujeta del brazo y me coloca detrás de él en un gesto protector.

—Yo me encargo de esto —me ordena.

El brillo letal de sus ojos es demasiado aterrador como para discutirle nada.

Golpea la puerta con el puño, y lo hace con tanta fuerza que el marco tiembla. Música a todo volumen resuena desde dentro de la habitación, también se oyen unas risas masculinas que me congelan la sangre en las venas. Es como si estuvieran celebrando una fiesta salvaje ahí dentro.

Un segundo después, un chico alto de pelo oscuro y perilla aparece en el umbral. Echa un vistazo a la cazadora de Briar que lleva Logan y levanta sus labios en una mueca de desprecio.

—¿Qué coño quieres?

—He venido a buscar a Ramona —suelta Logan.

La música rap sale de la puerta abierta con toda su potencia; el bombo vibra bajo mis zapatillas. Echo un vistazo desde detrás de la ancha espalda de Logan para intentar ver qué pasa dentro de la habitación, pero lo único que consigo ver es un muro de grandes cuerpos voluminosos. Cuatro. Quizá cinco. El terror se arremolina en mi tripa. Oh, Dios. ¿Dónde está Ramona? ¡¿Y por qué coño ha pensado que era buena idea irse de fiesta con estos tíos... *sola?!*

—Vete a tu casa, gilipollas —dice el jugador del Saint Anthony con una sonrisa de superioridad—. Acaba de llegar y no necesita que nadie la venga a buscar.

La mandíbula de Logan se convierte en piedra.

—Apártate, Keswick.

La música para de repente. Un instante de silencio la reemplaza. A continuación, oigo el golpe amenazante de unos pasos que se acercan: son los compañeros de equipo de Keswick, que se colocan detrás de él.

Un rubio gigante con ojos azul claro le ofrece una sonrisa burlona a Logan.

—Ooooh, qué mono. ¿Te vienes a nuestra fiesta de después del partido, Logan? Ah, ya lo pillo. Quieres saborear lo que se siente al ser campeón, ¿verdad?

La carcajada con la que responde Logan no tiene ninguna gracia.

—Sí, tengo una envidia de la hostia porque has ganado un puto partido de pretemporada, Gordon... Y ahora échate a un lado para que pueda ver que Ramona está bien, porque si le habéis hecho algo, yo...

—Tú, ¿qué? —se burla otro jugador—. ¿Nos das una paliza? Sí, inténtalo, tronco. Ni siquiera un matón como tú puede con cinco tíos a la vez.

—A no ser que sea por el culo —salta alguien—. Apuesto a que le mola que le den por el culo.

Los otros jugadores se ríen aún más fuerte, pero Logan ni se inmuta. Les muestra una sonrisa agradable y dice:

—Por muy tentador que suene eso de daros una paliza... a todos..., creo que esta noche prefiero pasarla fuera del calabozo. Pero no tengo ningún problema en llamar a todas las puertas de este hotel hasta que encuentre la habitación del entrenador Harrison para advertirle de esta pequeña fiesta de tíos que estáis celebrando. Así será él quien os dé una paliza.

—Probablemente se uniría a nosotros. Al entrenador le importa una mierda que nos pongamos pedo después del partido —dice Keswick con engreimiento.

—Ah, ¿sí? Bueno, estoy seguro de que no le hará ni puta gracia ver lo que te estás metiendo por la nariz.

Logan da un paso hacia delante y yo instintivamente me tenso; parece que le va a soltar un puñetazo. Pero lo que hace es darle un golpecito en la nariz. Me fijo mejor y veo unos puntos blancos pegados en las fosas nasales de Keswick.

Logan enseña los dientes en una sonrisa cruel.

—Se te ve la coca, gilipollas. Ahora, apártate de mi camino. No te muevas, Grace.

Entra en la habitación y yo me quedo fuera, obligada a que me miren de arriba abajo cuatro jugadores de *hockey* cabreados que, aparentemente, están puestos de cocaína. El pánico corre de arriba abajo por mi espalda, rápido e incesante, y no se esfuma hasta que Logan reaparece menos de un minuto después.

Para mi infinito alivio, Ramona está a su lado. Sus mejillas están más blancas que la cocaína de la nariz de Keswick, sus ojos están más rojos que el autobús aparcado fuera, y corre a mis brazos en cuanto me ve.

—Ay, Dios mío —gime, y me abraza hasta dejarme casi sin respiración—. Gracias. Menos mal que estás aquí.

—Tranquila. Todo está bien. —Acaricio cariñosamente su pelo—. Venga, vámonos.

Intento llevármela de allí, pero se detiene y dispara su mirada a la puerta.

—Mi móvil —balbucea—. Me lo ha cogido.

Señala al jugador que Logan ha llamado Gordon, y un gruñido escapa de la boca de mi novio cuando se echa encima de la puerta.

—¿Le has cogido su puto teléfono? ¿Para qué? ¿Para que no pudiese llamar pidiendo ayuda cuando vosotros, hijos de la gran puta, la violarais en grupo?

Nunca había visto a Logan tan enfadado. Sus ojos azules están desatados, su fuerte espalda tiembla.

—Dame el puto teléfono. Ahora.

Los gilipollas de la puerta se mueven de un lado para otro hasta que, por fin, uno de ellos saca el iPhone de Ramona de su bolsillo trasero. Se lo tira a Logan a la velocidad de la luz, pero mi chico tiene rápidos reflejos y coge el dispositivo antes de que le dé en toda la cara.

—Id al coche —nos dice sin darse la vuelta.

Me preocupa dejarlo ahí, pero Ramona está temblando sin parar, así que me obligo a alejarme. Mantengo la mirada fija en la habitación del motel todo el tiempo y veo cómo Logan se acerca y dice algo que no entiendo. Sea lo que sea, provoca que todos los jugadores del Saint Anthony lo miren con cara de asesinos, pero ninguno de ellos actúa de acuerdo a sus impulsos coléricos. Simplemente, entran de nuevo y cierran la puerta detrás de ellos.

Me deslizo en el asiento central de la *pick-up* y Ramona se coloca a mi lado, presionando su mejilla contra mi hombro.

—He pasado tanto miedo —solloza—. No me dejaban irme a casa.

La obligo a abrocharse el cinturón y después estiro el brazo sobre sus hombros.

—¿Te han hecho daño? —pregunto en voz baja—. ¿Te han obligado a...?

Niega con la cabeza con vehemencia.

—No. Te lo prometo. Llevaba ahí solo una hora, más o menos, y han estado demasiado ocupados esnifando coca y bebiendo vodka directamente de la botella. Ha sido justo antes de mi llamada cuando han empezado a manosearme y a intentar convencerme de que les hiciera un *striptease*. Cuando les he dicho que quería marcharme, han cerrado la puerta con llave y no me dejaban salir.

La desaprobación tensa mi mandíbula.

—Dios, Ramona. ¿Cómo se te ocurre *irte* con esos tíos? ¿Por qué has aceptado irte con ellos sola?

Vuelve a sollozar.

—Porque teóricamente no iba a estar sola. Jess y yo nos los hemos encontrado después del partido y nos han invitado a ir al motel, pero Jess tenía que pasar antes a ver al camello, así que me ha dado dinero para el taxi y me ha dicho que nos encontraríamos aquí. Pero cinco minutos después de llegar, me manda un mensaje para decirme que no viene.

Mi hombro está húmedo; las lágrimas de Ramona han calado a través de la manga de mi camiseta.

—¡Me ha dejado tirada! Me ha dejado sola con ellos. ¿Qué tipo de amiga hace eso?

Una amiga egoísta.

Me muerdo la lengua y acaricio su hombro; una parte de mí no puede evitar sentirse responsable de lo que ha pasado esta noche. Sé que es absurdo pensarlo, pero también sé que podría haber prevenido esta historia si hubiera estado más presente en su vida. Ramona y yo teníamos un… equilibrio, supongo. Ella me motivaba para que yo fuera impulsiva y dejara de cuestionarme a mí misma; y yo la motivaba a ella para que no fuera impulsiva y para que empezase a cuestionarse a sí misma.

Me obligo a eliminar la culpa. No. Me niego a sentirme responsable de esta «casi» catástrofe. Ramona es una persona adulta. *Ella* ha tomado la decisión de irse de fiesta con estos tíos y tiene suerte de que todavía sienta una pizca de lealtad hacia ella y que haya venido a su rescate.

Este último pensamiento me da qué pensar, y de repente me doy cuenta de que lo que he hecho esta noche es exactamente lo mismo que le he criticado a Logan: ayudar a alguien que quizá no se lo merezca. Permitir que los años de historia y la lealtad me lleven a hacer algo que no quiero hacer necesariamente, pero que *siento* como obligación.

Pego un respingo cuando la puerta del conductor se abre, pero es Logan, que se desliza detrás del volante con una mirada pétrea. No obstante, cuando se dirige a Ramona, su tono es infinitamente dulce.

—¿Estás bien? ¿Te han hecho daño?

—No —contesta con tono débil—. Estoy bien. —Eleva su cabeza y nos mira con infinita vergüenza—. Gracias por venir a buscarme. Os pido disculpas por arruinaros la noche.

—De nada —responde Logan—. Y por Dios, no te preocupes por la noche, Ramona. Lo único que importa ahora mismo es que te hemos sacado de ahí antes de que la cosa se desmadrara.

Sus bruscas palabras rodean mi corazón y lo llenan con calidez. Dios, adoro a este chico. Sé que su opinión sobre Ramona no es exactamente positiva, pero aun así no ha dudado en venir a ayudarla esta noche y le quiero más que antes solo por eso.

Siento la tentación de acercarme a él y susurrárselo en el oído. Decirle simplemente cuánto le quiero. Pero la valentía se esfuma.

La verdad es que estoy esperando a que me lo diga él primero. No sé, quizá sean los restos de mi inseguridad por lo que pasó en abril. Logan me *rechazó* y tengo mucho miedo de que vuelva a ocurrir. Tengo miedo de ser vulnerable, de darle mi corazón y que acabe tirándomelo a la cara.

Así que no digo nada. Lo mismo hace Ramona y lo mismo hace Logan. Y en el camino de vuelta al campus solo hay silencio.

Tres días antes de nuestro primer partido, el equipo finalmente parece encajar. Es como si alguien le hubiera dado al interruptor que va de «ay, Dios, somos un puto desastre» a «igual hasta tenemos alguna posibilidad». No creo que estemos todavía al cien por cien, pero esta semana hemos avanzado bastante y el entrenador ya no nos grita tantas veces, así que... estamos progresando. Dado que estamos a tope con los exámenes, Grace y yo no nos hemos visto en unos días, pero hoy vamos a tomarnos un descanso de estudiar para cenar con su padre. Como yo tenía entrenamiento, ha cogido un taxi a Hastings con Ramona, quien también ha decidido visitar a sus padres. No sé si me sienta del todo bien el hecho de que estén retomando su amistad, pero Grace insiste en que no va a permitir que la amistad con Ramona sea demasiado estrecha, y supongo que tengo que aceptar lo que dice. Además, después de la casi violación del viernes, siento más pena por Ramona. Por no hablar de que siento muchísima más rabia hacia los tíos del Saint Anthony.

¿He mencionado que nos enfrentaremos a ellos en el primer partido de la temporada? Al entrenador no le va a gustar un pelo, pero estoy prácticamente convencido de que esa noche pasaré un buen rato en el banquillo de los expulsados.

Miro mi teléfono mientras abandono el estadio. Tengo un mensaje de Grace en que me dice que ha llegado bien a casa de su padre.

Y también hay un mensaje de Jeff para que lo llame CUANTO ANTES.

Mierda.

Jeff normalmente no pone «cuanto antes» y menos en mayúsculas, a no ser que sea algo serio, así que le devuelvo la llamada de inmediato. Tarda cinco tonos en contestar y, cuando lo hace, parece nervioso.

—¿Dónde coño has estado la última hora? —pregunta.

—Entrenando. El entrenador no nos deja llevar los teléfonos al hielo. ¿Qué pasa?

—Necesito que vayas a ver cómo está papá.

—¿Por qué? —pregunto con inquietud.

—Porque estoy en el hospital con Kylie y no puedo hacerlo yo, hostias.

—¿En el hospital? ¿Qué ha pasado? ¿Está bien?

—Se ha cortado la mano haciendo la cena. —Jeff parece aterrado—. La médico de urgencias ha dicho que no es tan grave como parece… Solo va a necesitar unos puntos, pero Dios, nunca había visto tanta sangre antes, Johnny. La acaban de meter dentro, así que estoy aquí en la sala de espera, yendo de un lado para otro, y me estoy volviendo loco.

—Se pondrá bien —le aseguro—. Confía en lo que te dicen los médicos, ¿vale? —Pero sé que Jeff no se quedará tranquilo hasta que él y Kylie no salgan de urgencias. Están locamente enamorados desde que tenían quince años.

—¿Qué tiene que ver esto con papá? —pregunto.

—Estaba en casa de Kylie y lo he llamado para decirle que nos íbamos a urgencias. Arrastraba las palabras y farfullaba y no sé, ha podido caerse. No he entendido ni una puta palabra de lo que decía, y John, ¡yo soy solo una persona, hostias! No puedo encargarme de dos emergencias a la vez, ¿vale? Así que, por favor, ve a casa y asegúrate de que papá está bien.

La reticencia se apelotona en mi garganta como si fuese un chicle. Dios santo. No quiero ir a casa. Para nada. Pero ni de casualidad voy a empezar a discutir con Jeff, no ahora, con el estado de pánico en el que está por lo de su novia en el hospital.

—Yo me encargo —digo con voz firme.

—Gracias. —Jeff cuelga sin añadir nada más.

Respirando de forma entrecortada, le mando un mensaje a Grace para que sepa que es posible que llegue tarde a la cena; después voy hacia el aparcamiento.

Repiqueteo los dedos en el volante durante todo el trayecto hacia Munsen. El terror se agolpa dentro de mí, crece y se enreda en mi estómago hasta que se convierte en un nudo apretado que provoca una oleada de náuseas en mi garganta. No recuerdo la última vez que tuve que hacerme cargo de uno de los marrones de mi padre.

Imagino que sería en el instituto. En cuanto me fui a Briar, Jeff se convirtió en el único limpiamarrones. Apago el motor fuera del bungaló y me acerco al porche de la misma forma que los expertos de lo paranormal de la peli de terror se acercaban a la casa encantada. Cauteloso, lento, con temor.

Por favor, que esté vivo y bien.

Sí, a pesar de todas mis oraciones egoístas en las que deseaba que mi padre muriese, no soporto la idea de entrar en la casa y encontrar su cuerpo.

Utilizo mi llave para abrir la puerta y entro en el oscuro recibidor.

—¿Papá? —exclamo.

No hay respuesta.

Por favor, que esté vivo y bien.

Me acerco al salón con el corazón galopando a mil por hora.

Por favor, que esté...

Oh, gracias a Dios. Está vivo. Pero no está bien. Ni por asomo.

Mi pecho me aprieta tanto que me sorprende que no me rompa una costilla o dos. Mi padre está tumbado en la moqueta bocabajo y sin camisa; su mejilla descansa en un charco de vómito. Un brazo está estirado hacia un lado, el otro está plegado junto a él: sus dedos se aferran a una puta botella de *bourbon* como si fuese un bebé recién nacido. Dios, ¿estaría intentando proteger su preciado alcohol mientras caía borracho al suelo?

No siento nada mientras asimilo la lamentable escena que hay frente a mí. Un olor agrio flota en mi dirección. Arrugo la nariz, y casi me entra una arcada cuando me doy cuenta de que es orina. Orina y alcohol, los aromas de mi infancia.

Una parte de mí quiere darse la vuelta y marcharse. Marcharse y no mirar atrás.

Pero, en vez de eso, me quito la cazadora, la tiro en el sillón y, con cuidado, me acerco a mi padre desmayado.

—Papá.

No contesta.

—¡Papá!

Un gemido agónico sale de su garganta. Dios, los pantalones están empapados de pis. Y restos de *bourbon* de la botella manchan la moqueta *beige*.

—Papá, necesito comprobar que no tienes nada roto. —Le analizo todo el cuerpo con las manos, empiezo por los pies y voy subiendo, asegurándome de que no se ha roto ningún hueso en la caída.

Mi reconocimiento lo despierta de golpe de su estado de confusión. Sus ojos se abren de repente y muestran unas pupilas dilatadas y una mirada triste, que arranca de cuajo un trozo de mi dolorido corazón: la parte que me recuerda idealizándolo cuando era un niño.

Gime con pánico.

—¿Dónde está tu madre? No quiero que me vea así.

¡Crack! Ahí va otro trozo de mi corazón. A este ritmo, cuando salga por la puerta mi pecho será una caverna hueca.

—Mamá no está en casa —le aseguro.

A continuación, meto como puedo mis manos bajo sus axilas para poder sentarlo. Parece aturdido. Honestamente, no creo que sepa dónde está ni quién soy.

—¿Se ha ido a hacer la compra? —balbucea.

—Sí —miento—. No llegará a casa hasta dentro de varias horas. Tenemos tiempo de sobra para limpiarte, ¿vale?

Se balancea a lo bestia y eso que ni siquiera está de pie. El hedor combinado de vómito, alcohol y pis hace que me escuezan los ojos. O quizá no me escuecen por eso. Quizá estoy a punto de llorar, porque estoy a punto de arrastrar a mi propio padre hasta el baño para ayudarlo a que se pegue una ducha. Y después voy a vestirlo como si fuera un puto niño de tres años y a meterlo en la cama. Quizá por *eso* me pican los ojos.

—No le cuentes esto a tu madre, Jeffy. Se enfadaría muchísimo conmigo. No quiero que se enfade conmigo. Y no quiero despertar a Johnny... —Empieza a farfullar de forma incoherente. Me cuesta respirar cuando levanto el bulto apestoso y quejumbroso en el que se ha convertido mi padre y lo llevo al baño al final del pasillo. Solo hay un pensamiento que atraviesa mi cabeza.

Mi hermano es un santo. Es un puto santo.

Ha hecho esto un día sí y otro también desde que me fui a Briar. Ha limpiado el vómito de mi padre del suelo, y llevado el taller, y se ha ocupado de todo sin quejarse ni una sola vez.

Dios, ¿qué coño me pasa? Que le den por culo a la NHL. Jeff se merece la oportunidad de salir de esto durante un tiempo. De viajar con su novia y vivir una vida normal que no implique desnudar a su propio padre y subirlo a la ducha.

De pronto, los pulmones me arden, porque la fría realidad acaba de calar en mí. Dios mío. Este es mi futuro. En menos de un año, este será mi trabajo a tiempo completo.

Nunca he tenido un ataque de pánico y no estoy seguro de qué implica. Palpitaciones incontroladas... ¿Eso es un síntoma? ¿Manos frías y húmedas que no paran de temblar? ¿Que la tráquea no deje pasar ni un solo hilo de aire? Porque todo eso me está sucediendo en este momento, y me estoy asustando que te cagas.

—¿Johnny? —Mi padre parpadea cuando el agua caliente cae sobre su cabeza y aplasta su pelo oscuro en la frente—. ¿Cuándo has llegado? —Se tambalea en el suelo de baldosas mientras lanza su mirada en todas direcciones—. Voy a traerte una cerveza. Tómate una cervecita con tu padre.

Estoy a punto de vomitar.

Vale, sí. Creo que estoy teniendo un ataque de pánico.

Llego tres horas tarde a recoger a Grace. Mi teléfono se ha quedado sin batería en Munsen y no me sé su número de memoria porque lo tengo guardado en el teléfono, así que ni siquiera la he podido llamar desde el fijo para avisar que llegaba tarde.

Mi ataque de pánico ha disminuido. Un poco. O quizá es que estoy entumecido. Solo sé que necesito ver a mi novia. Necesito abrazarla para extraer el calor de su cuerpo porque en este momento me siento como un puto bloque de hielo.

La luz del porche está encendida cuando aparco en el camino de entrada de la casa de su padre; el brillo amarillo ilumina una chispa de culpabilidad. Son más de las diez. Llego megatarde y la he tenido esperándome durante horas.

«Que se acostumbre», se burla una voz cínica. Por todas las veces que va a tener que esperar el año que viene.

Mis pulmones se encogen. Dios. Es verdad. ¿Cuántas veces pasará lo de hoy cuando esté trabajando en Munsen a tiempo completo? ¿Cuántas veces llegaré tarde o tendré que cancelar nuestros planes? ¿Cuánto tiempo pasará antes de que me mande a la mierda por todo eso?

Aparto a un lado la terrible idea mientras llamo al timbre. El padre de Grace abre la puerta y frunce la boca cuando me ve allí.

—Hola. —Mi voz es ronca, está cargada de arrepentimiento—. Lo siento. No he podido llegar a la cena, señor. Habría llamado, pero me he quedado sin batería y cuando... —No. Ni de coña le voy a contar a lo que he tenido que enfrentarme esta noche—. Bueno, he venido para llevar a Grace al campus.

—Ya se ha ido —contesta el señor Ivers—. La madre de Ramona las ha llevado a las dos.

La decepción me da una bofetada.

—Oh.

—Grace te ha esperado todo lo que ha podido... —Vuelve a fruncir el ceño en un claro reproche—. Pero tenía que irse a casa a estudiar.

La vergüenza baja por mi garganta. Claro que me ha esperado. Y claro que se ha ido.

—Ah..., vale. —Trago saliva—. En ese caso, supongo que me iré a casa.

Antes de que me marche, el señor Ivers me pregunta:

—¿Qué te pasa, John?

El dolor en mi pecho aumenta.

—Nada. No es nada, señor. Yo he..., he tenido una emergencia familiar.

Parece preocupado.

—¿Va todo bien?

Asiento.

Después niego con la cabeza. Después asiento de nuevo. Dios, aclárate de una puta vez.

—Todo va bien —miento.

—No, no es cierto. Estás pálido como la leche. Y pareces agotado. —Suaviza su tono—. Cuéntame qué te pasa, hijo. Quizá pueda ayudarte.

Mi cara se desencaja. Oh, mierda. Oh, joder, ¿por qué me ha llamado *hijo*? El picor de mis ojos es insoportable. Mi garganta se cierra de golpe.

Necesito largarme de aquí.

—¿Por qué no pasas? —insiste—. Nos sentamos y te hago un café. —Una sonrisa irónica levanta sus labios—. Me gustaría ofrecerte algo más fuerte, pero aún eres menor de edad y tengo una norma estricta sobre el alcohol a…

Pierdo el control. Pierdo el puto control.

Sí. Lloro y berreo como un bebé, ahí mismo, delante del padre de Grace.

Él se queda congelado.

Pero solo un segundo. Después, da un paso rápido hacia delante y me rodea con sus brazos. Me atrapa en un abrazo del que no me puedo escapar, un sólido muro de consuelo sobre el que empiezo a sollozar. Estoy tan avergonzado… Pero no puedo reprimir más las lágrimas. He podido reprimirlas en Munsen, pero el pánico ha vuelto, igual que el miedo. Y el padre de Grace me ha llamado «hijo», y, Dios santo, soy un desastre.

Soy un puto desastre.

CAPÍTULO 33

GRACE

Nada más terminar mi examen semestral de Psicopatología, salgo corriendo del auditorio como si intentara escapar de un incendio forestal.

Mi padre no es de esas personas que reaccionan de forma exagerada o se regodean en el melodrama. Es una persona sensata al máximo e irritantemente honesto. Pero tiene la exasperante tendencia a quitarle importancia a las crisis en lugar de admitir que la mierda ha llegado al punto en el que salpica. Así que cuando me ha llamado esta mañana para sugerirme, como el que no quiere la cosa, que me asegurara de que mi novio estaba bien, he sabido de inmediato que algo andaba mal.

A decir verdad, lo sé desde antes de la llamada de teléfono. El mensaje de disculpas que Logan me envió anoche fue lo que desencadenó mi preocupación, pero cuando le pedí que me contara más cosas, él insistió en que todo iba bien y me dijo que simplemente tuvo que quedarse con su padre más tiempo de lo que había pensado en un principio. También insistió en que sentía muchísimo no haber llegado a cenar, ni haberme llevado de vuelta al campus.

Me fui a la cama incapaz de combatir la persistente sospecha de que algo malo había pasado, y ahora, con la llamada de atención sutil de mi padre, mis sospechas se confirman. Precisamente por eso decido ir en taxi a casa de Logan en vez de caminando o en autobús. Quiero verlo ya, antes de que la devastadora preocupación que siento empiece a dibujar las peores situaciones hipotéticas en mi cabeza.

Mientras me siento en la parte de atrás del taxi, saco mi teléfono y le envío un mensaje.

Yo: Estoy d camino a tu casa.

Pasa casi un minuto antes de que responda:

Él: No sé si es una buena idea, peque. Estoy d un humor d perros.

Yo: Bueno. Así te animo.

Él: No sé si podrás.

Yo: Lo intento.

Guardo mi móvil y me muerdo el labio, impaciente por descubrir qué le pasa. Es evidente que está relacionado con la visita a su casa de anoche. Pero ¿qué coño pasó ahí?

Una explosión de enfado detona dentro de mí. Se me está agotando la compasión por el padre de Logan. Es una realidad, y me está llevando a cuestionarme si acabaré siendo una buena terapeuta o no. Vale que no aspiro a especializarme en temas de adicción, pero ¿qué dice de mí el hecho de que sea incapaz de sentir compasión por el padre alcohólico de Logan?

Joder, ¿y este es el momento para cuestionarme mi carrera profesional? Solo estoy preparada para afrontar las crisis de una en una.

El taxista tiene que parar en la acera porque el camino de entrada de la casa de Logan está lleno. La *pick-up* de Logan y el Jeep de Garrett están uno junto al otro; el coche deportivo de Dean y el Toyota prestado de Hannah están detrás.

Cuando llamo al timbre, no es Logan quien me abre la puerta, sino Tucker. Una línea de pesar le cruza la frente cuando cierra la puerta detrás de mí.

—¿Os habéis peleado o algo? —me pregunta en voz baja.

—No. —De repente siento frío—. ¿Ha dicho él eso?

—No, pero lleva toda la mañana superborde e inaguantable. Dean ha pensado que quizá os habíais peleado.

—No, ninguna pelea —digo con firmeza. A continuación, un pensamiento inquietante se pasa por mi cabeza—. ¿Ha bebido?

—¿Eh? No, por supuesto que no. Es la una y media de la tarde. —Tucker parece confundido—. Está arriba. La última vez que he mirado estaba estudiando para su examen de *Marketing*.

Su respuesta me alivia, pero no estoy segura de por qué. Logan me ha dicho un montón de veces que no bebe cuando está cabreado. Sé que tiene miedo de haber heredado las tendencias adictivas de su padre, y de repente me siento como una capulla por hacerle esa pregunta a Tucker.

—Voy a subir a hablar con él. Quizá me cuenta qué le preocupa.

Dejo a Tucker en el recibidor y subo hasta la habitación de Logan, donde experimento otra oleada de alivio. Parece estar bien. Su pelo oscuro tiene el mismo aspecto. Sus ojos azules están alerta. Sus músculos *sexys* resaltan bajo su pantalón de chándal y su camiseta. No hay signos exteriores de autolesión. Pero cuando nuestros ojos se encuentran, descubro un universo de dolor en su mirada.

—Hola —digo con suavidad mientras camino hacia él para darle un beso—. ¿Qué te pasa?

Sus labios rozan los míos, pero el beso carece del cariño habitual.

—Tu padre te ha llamado, ¿eh? —dice con ironía.

—Sí.

Una sombra cruza sus ojos.

—¿Qué ha dicho?

—Prácticamente nada. Me ha contado que anoche pasaste por casa y que le pareció que estabas disgustado por algo. Y que me asegurara de que estabas bien. —Analizo su rostro—. ¿Qué pasó en Munsen?

—Nada.

—Logan.

—No ha pasado nada, peque. —Deja salir un suspiro cansado—. O, al menos, nada fuera de lo normal.

Le cojo la mano. Dios, parece hielo. Sea lo que sea lo que ocurrió anoche, sigue mostrando los efectos.

—Siéntate. —Tengo que tirar de su potente cuerpo con fuerza para sentarlo a mi lado en la cama, pero incluso cuando se rinde, mira de frente y no a mis ojos—. ¿Por favor, me puedes contar lo que pasó?

—Dios santo. ¿Qué más da?

—Pues *sí* que da, John. —Empiezo a sentirme inquieta—. Es evidente que estás disgustado y, si lo hablas conmigo, creo que podría ayudarte.

Su amarga risa resuena entre los dos.

—Hablarlo no va a conseguir absolutamente nada, pero vale. ¿Quieres saber qué pasó anoche? Que vi mi futuro. Eso es lo que pasó.

Me estremece la nitidez de su tono.

—¿Qué quieres decir?

—Quiero decir que vi mi puto futuro. Viajé en el tiempo hacia delante. Me visitó el fantasma de las Navidades futuras. ¿De qué otra manera quieres que te lo diga, Grace?

Mi cuerpo se tensa.

—No tienes que ser sarcástico. Ya lo pillo.

—No, no. *No* lo pillas. Cuando me gradúe, no tendré vida. No tendré futuro. Pero lo voy a hacer por mi hermano, porque él ya se ha encargado de todo durante cuatro años y ahora me toca mí. Y no me gusta una puta mierda, pero me lo voy a tragar y me voy a mudar otra vez a esa casa de los cojones, porque mi padre necesita mi ayuda.

Su ronco arrebato me parte el corazón en dos.

—Ya sé lo que provocará en mí —continúa, y suena cada vez más abatido—. Sé que me deprimirá, y probablemente desarrollaré odio hacia mi padre y, con el tiempo, acabaré perdiéndote...

—¿Qué? —lo interrumpo, en *shock*—. ¿Qué te hace pensar que vas a perderme?

Me mira y sus ojos azules están llenos de pesar.

—Un día te despertarás y te darás cuenta de que mereces algo mejor. ¿No lo ves? Anoche fue solo un anticipo de cómo va a ser. Haremos planes, pero tendré que trabajar hasta tarde, o mi padre se pillará un pedo y se caerá por las escaleras, y tendré que cancelar nuestras citas o peor aún, te dejaré esperando como hice anoche. ¿Cuánto tiempo crees que aguantarás eso?

La incredulidad me asalta.

—¿De verdad piensas que voy a romper contigo porque quizá llegas *tarde* un par de veces?

Logan no responde, pero su expresión inmutable me dice que lo piensa.

—¿Tu hermano no tiene una novia con la que lleva desde hace siglos? —señalo.

—Kylie —murmura.

—Vale, ¿Kylie ha roto con él? No, no lo ha hecho. Porque le quiere, y está dispuesta a quedarse a su lado pase lo que pase. —Ahora estoy cabreada. Tan cabreada que miro hacia mis pies luchando contra el impulso de darle una torta para que se le meta algo de sensatez en la cabeza—. ¿Qué te hace pensar que yo no me quedaré a *tu* lado?

Su silencio me irrita hasta niveles insospechados.

—¿Sabes qué, John? Que te den. —Me esfuerzo por controlar mi respiración—. Está claro que no me conoces en absoluto si piensas que soy de esas personas que renuncian a una relación en cuanto aparece algún obstáculo.

Por fin responde, aunque lo hace con un tono de voz bajo y taciturno.

—¿Podríamos dejar de hablar del tema, por favor?

Fli-po.

Me quedo mirándolo con la boca abierta, incapaz de procesar lo que acabo de oír. Incapaz de escucharlo ni un segundo más.

—Tienes razón. Vamos a dejar de hablar del tema. —Cojo mi bolso del suelo y me echo la correa por encima del hombro—. Porque me largo.

Eso llama su atención. Con el ceño fruncido, se levanta lentamente.

—Grace.

Lo interrumpo.

—No. No voy a escuchar más tus chorradas. Voy a dejarte aquí con tu mal humor y quizá, cuando hayas dejado de compadecerte de ti mismo, podremos tener una conversación racional. —Estoy que echo humo por las orejas cuando me encamino hacia la puerta—. Y si mi reacción a tu imbecilidad no te ha dejado clara cuál es mi posición en todo eso, te lo voy a traducir. —Me giro a toda velocidad y frunzo el ceño—. Te quiero, estúpido idiota.

A continuación, salgo disparada de su habitación y doy un portazo detrás de mí.

LOGAN

Salir del trance en el que he entrado me cuesta mucho, mucho más tiempo del que debería. Mi boca no hace más que abrirse y cerrarse, mis párpados se mueven a gran velocidad mientras miro fijamente la puerta por la que Grace acaba de salir pitando.

Tiene toda la razón del mundo. Soy un idiota. Y es verdad, *sí* que he dudado de su compromiso con nuestra relación, y...

Espera. *¿Me quiere?*

Mi boca se vuelve a abrir. Y se queda abierta. Estoy boquiabierto y pasmado, porque ahora es cuando mi estúpido cerebro ha asimilado sus últimas palabras. Me quiere. Incluso después de haberla acusado por una hipotética ruptura en el futuro y de decirle prácticamente que me iba a abandonar cuando las cosas se complicaran. Incluso con eso me ha dicho que me quiere.

Y dejo que se vaya. ¿Qué cojones me pasa? Salgo a toda hostia de mi habitación y bajo las escaleras de dos en dos. Ni de coña ha tenido tiempo de llamar a un taxi ni ha podido llegar a la parada de autobús, lo que significa que muy probablemente esté frente a la puerta principal o, como mucho, cerca del cruce. Y eso significa que todavía puedo alcanzarla.

Derrapo en el recibidor como un puto personaje de dibujos animados, pero me quedo congelado cuando me encuentro con Garrett en la puerta. Un segundo después, oigo un motor de coche en el exterior y mi corazón cae al suelo y se rompe como un saco de ladrillos.

—Hannah la está llevando a casa —dice Garrett en voz baja.

Maldigo con frustración mientras abro la puerta de golpe, justo a tiempo para ver las luces traseras del coche de Hannah en retirada. Mierda. Doy la vuelta y subo corriendo las escaleras, cojo el móvil y marco el teléfono de Grace. Después de que me salte directamente el buzón de voz, abro la pantalla de mensajes.

> **Yo:** Peque, por favor, vuelve. Soy un gilipollas. Necesito arreglar esto.

Hay una gran pausa. Cinco segundos. Diez. Y entonces contesta.

> **Ella:** Necesito un poco de tiempo para digerir tu estupidez. Te llamo cuando esté preparada para hablar.

Mierda. Me paso las dos manos por el cuero cabelludo, peleándome con las ganas que tengo de ahorcarme a mí mismo hasta morir. ¿Por qué siempre tengo que cagarla con esta chica?

Unos pasos resuenan en el pasillo y, cuando Garrett aparece, vuelvo a maldecir.

—Ahora mismo no voy a aguantar un sermón, tío. De verdad que no puedo.

—No te iba a echar ningún sermón. —Se encoge de hombros—. Solo quería ver si estabas bien.

Me hundo en el borde de la cama y sacudo la cabeza lentamente.

—Ni lo más mínimo. La he cagado otra vez.

—Ya te digo que si la has cagado. —Mi mejor amigo apoya el codo contra la pared y suspira—. Wellsy y yo hemos oído la bronca que te ha echado.

—Creo que la ha oído todo el vecindario. —Es la voz de Tucker. Entra en mi habitación y se apoya en la cómoda—. Excepto quizá Dean, pero eso es porque está en el salón con la salchicha metida hasta el fondo de una conejita.

Me quejo.

—¿En serio? ¿Por qué no puede follar nunca en su habitación?

—¿De verdad quieres discutir ahora la vida sexual de ese pervertido? —pregunta Tucker—. Porque no creo que eso deba estar en la parte de arriba de tu lista de prioridades en este momento.

Lo que dice tiene todo el sentido del mundo. Ahora mismo, mi única prioridad es arreglar las cosas con Grace.

Dios, no debería haber escupido toda esa mierda. Ni siquiera era mi intención soltarlo así. Al menos, no la parte de la hipotética ruptura. Era mi miedo el que hablaba. Y ella tiene razón: me estaba compadeciendo de mí mismo. Estaba acojonado por todo lo que pasó anoche con mi padre. Por no mencionar todo lo que pasó *después*. Cuando me puse a llorar en los brazos de su padre.

¡He llorado en los brazos de su padre!

Dejo salir otro quejido.

—¿Y si esta vez la he perdido para siempre?

Garrett y Tucker niegan de inmediato con la cabeza.

—No lo has hecho —me asegura Garrett.

—¿Cómo puedes estar tan seguro?

—Porque te ha dicho que te quiere.

—Estúpido idiota —añade Tucker con una sonrisa.

«Te quiero, estúpido idiota». No son las palabras que un hombre quiere oír. Las primeras dos sí, por supuesto. Pero ¿las últimas? Ni de coña.

—¿Cómo puedo arreglar todo esto? —pregunto entre suspiros.

—Rápido. Escribe otro poema —sugiere Garrett.

Frunzo el ceño.

—Lo que dice G tiene su punto —afirma Tuck—. Creo que la única manera que tienes para salvar esto es hacer otro gran gesto. ¿Qué más había en la lista?

—Nada —gimo—. Hice todo lo que ponía.

Tucker se encoge de hombros.

—Entonces se te tiene que ocurrir otra cosa.

¿Un gran gesto? Soy un tío, joder. Necesito asesoramiento.

—¿Wellsy va a volver? —le pregunto a Garrett.

Él sonríe a mi tono de súplica.

—Incluso si volviese, no voy a dejar que la interrogues. Vas a tener que arreglar esto tú solito...

Hay una pausa y despúes...

—Estúpido idiota —dicen mis amigos al unísono.

CAPÍTULO 34

GRACE

Todavía me sale humo por las orejas cuando entro en el edificio de Comunicación Audiovisual, unas horas después de salir pitando de la casa de Logan. Normalmente, los enfados se me pasan rápido, pero esta vez me está costando mogollón expulsar la energía colérica que fluye dentro de mí. No puedo creer que de verdad piense que voy a romper con él cuando le toque estar en Munsen todo el tiempo. Que me desharé de él como si fuera un viejo juguete roto y encontraré otro nuevo y brillante con el que jugar.

Gilipollas.

Cuando entro en la emisora, veo a Morris en la cabina de producción, sosteniendo el auricular del teléfono en su hombro, mientras apunta algo en un cuaderno. Frunzo el ceño cuando veo que Pace y Evelyn están preparándose en sus sillas en la otra cabina. Pace se pone los auriculares sobre la gorra de béisbol que lleva del revés mientras que Evelyn se inclina sobre un folio, concentrada.

¿He llegado tarde? Miro el reloj de la pared del fondo. No. De hecho, he llegado demasiado temprano. Y entonces, ¿por qué Morris está en mi cabina?

Me adelanto un paso y me detengo cuando Daisy sale del pasillo trasero. Se echa su flequillo, ahora azul fosforito, hacia delante y me sonríe tímidamente cuando me ve.

—Ey —saludo a mi compañera de cuarto—. ¿Qué haces hoy tú por aquí?

Normalmente no se queda en la radio a no ser que tenga que presentar su programa o producir, y hoy, con total seguridad, no tiene que hacer ninguna de las dos cosas.

—Ey. —Por alguna razón, parece un poco... ¿culpable? —Acabo de llegar. Os traigo cafés a todos.

—¿Desde cuándo eres la becaria de la radio? —Entrecierro los ojos—. Llevas la camiseta del revés. —Hago una pausa—. Y con la etiqueta delante.

Se mira el top de tirantes y hace una mueca cuando se da cuenta de que, efectivamente, la etiqueta le sale de la clavícula. Seguidamente, sus ojos revolotean hasta la cabina del productor. Sigo su mirada y ahogo un gritito cuando me encuentro a Morris sonriendo en nuestra dirección.

—Mierda. ¿Tú y Morris estáis enrollados?

Daisy suspira.

—Puede ser.

Mi enfado con Logan se ve momentáneamente eclipsado por la noticia. Nuestras agendas son tan caóticas que Daisy y yo prácticamente no estamos nunca al mismo tiempo en la habitación de la residencia, lo que es genial cuando quieres privacidad, pero, por otra parte, resulta imposible ponerse al día con los cotilleos.

—¡¿Desde cuándo?! —chillo con entusiasmo.

—Desde hace un par de semanas. —Se encoge de hombros—. No te lo he dicho porque hemos estado tan ocupadas las dos que... Pero te parece bien, ¿verdad?

—¡Por supuesto! ¿Por qué no debería parecerme bien?

—Bueno, ya sabes, porque tú y Morris tuvisteis... Salisteis en una cita.

Me río.

—Una sola vez. Y mi comportamiento no justificó exactamente una segunda. Pero esto es genial. Me acabas de alegrar el día... Y créeme, mi día ha sido una mierda total, así que realmente necesitaba esto.

—Oh, no. ¿Qué ha pasado?

Mi mal humor regresa como una molesta calentura en el labio.

—Me he peleado con Logan. Y eso es todo lo que voy a decir de este asunto, porque si hablo de esto ahora mismo me voy a mosquear otra vez, y estaré demasiado distraída para producir el *show* de *Dos tontos muy tontos*.

Ambas miramos a la cabina principal, donde Evelyn está usando el reflejo de su vaso de agua para retocarse el maquillaje y se frota con delicadeza su sombra de ojos. Pace está absorto en su teléfono y tiene la silla tan echada para atrás que puedo predecir un desastre muy ruidoso en un futuro cercano.

—Dios, me encantan —dice Daisy con una risita—. Creo que nunca he conocido a dos personas más narcisistas.

Morris sale de la cabina y se acerca a nosotras. Se da cuenta de cómo lleva la camiseta Daisy y dice:

—Mi amor, estamos en el trabajo. Muestra un poquito de decoro.

—Dice el chico que me ha arrancado la camiseta en el almacén. —Resopla y da un paso hacia atrás—. Voy a adecentarme en el cuarto de baño. Lo haría aquí mismo, pero me da miedo que Muy Tonto me haga una foto y la suba a una web porno.

—Espera, ¿los nombres «Tonta» y «Muy Tonto» les corresponden a cada uno en concreto? —dice Morris, sorprendido—. Pensaba que era así en general. ¿Cuál de los dos es Muy Tonto?

Un instante después de que la pregunta salga de sus labios, un golpe amortiguado suena desde la cabina. Todos nos giramos para ver a Pace enredado en el suelo. Sí, el chico que se pasó una hora presumiendo sobre su pasado tirando vacas al suelo en Iowa, ahora mismo está tirado en el suelo boca arriba. Detrás del cristal, Pace se levanta de un salto, se da cuenta de que lo estamos mirando, y articula exageradamente: «¡Estoy bien!».

Morris suspira.

—Retiro la pregunta.

Cuando Daisy se marcha para ponerse bien la camiseta, Morris me sigue hasta la puerta de la cabina.

—La primera llamada ya está en espera —me dice—. La he filtrado y he escrito su información en el cuaderno.

Frunzo el ceño.

—¿Has abierto las líneas antes de que yo llegase?

Me lanza una mirada avergonzada.

—No a propósito. Estaba hablando con mi padre y le he dado al botón equivocado, y después el teléfono ha empezado a sonar, y como ya estaba aquí en la cabina, pues he cogido la información de la chica que llamaba. Tiene una pregunta urgente sobre el punto G para Evelyn, así que promete ser interesante.

—¿Y cuándo no lo es? —digo con una sonrisa.

Me siento y llevo a cabo las comprobaciones habituales. La luz intermitente del teléfono me indica que hay más llamadas para filtrar. Hablo con el primero, le pregunto por su historia y lo pongo en espera. Estoy a punto de filtrar la siguiente llamada cuando Pace y Evelyn empiezan el programa.

—¡¿Qué pasa, coleguitas?! —Pace saluda a los oyentes—. Estáis escuchando... *¡Lo que necesitas!* con Pace y Evelyn.

Encogiéndose, Evelyn se inclina hacia su micrófono.

—Antes de empezar, me gustaría pedir a todos que hablaran a volumen de biblioteca, porque tengo una resaca de flipar en este momento. —Mira a su copresentador—. Estoy hablando por ti, tonto del culo.

Y así empieza.

—Vayamos con nuestro primer oyente —dice Pace alegremente—. ¿Con quién hablamos?

Como no me apetece mucho escuchar a Evelyn hablar sobre el punto G, me inclino hacia delante para contestar otra llamada, pero me quedo congelada en la silla cuando una voz familiar sale desde el altavoz que hay encima de la puerta.

—Hola, me llamo Logan.

Mi pulso se acelera. Ay, Dios.

¿Qué narices está haciendo?

—Amigo, cuéntanos qué es... ¡lo que necesitas!

Mi novio carraspea.

—A ver, Pace, esta es la cuestión. Y Evelyn... Oye, Evelyn, una opinión femenina sería muy de agradecer en este momento. Esperaba que pudierais darme consejo sobre cómo recuperar a una chica.

Pace se ríe en el micrófono.

—Oh, oh... ¿alguien se ha tenido que ir a dormir al sofá esta noche?

—Podría decirse que sí —confirma Logan.

—¿Qué has hecho para cabrear a tu chica? Necesitamos los detalles antes de ofrecer la sabiduría.

Cada centímetro de mi cuerpo se tensa mientras espero la respuesta de Logan. Dios, no puedo creer que esté a punto de airear nuestros trapos sucios en este estúpido programa de radio universitaria.

—Resumiendo un poco: he proyectado mis propios miedos e inseguridades en ella, y he hecho algunas presunciones que quizá no debería haber...

—Te voy a parar aquí mismo, coleguita —dice Pace, frotándose su barba desaliñada con consternación—. Acabas de soltar unas palabras muyyyy profundas. ¿Qué te parece si nos lo vuelves a contar todo en cristiano? Quiero decir, para la peña a la que igual no se le dé tan bien la literatura. Ey, por cierto, ¡un saludo a todos nuestros oyentes de fuera que aún no hablan nuestro idioma!

Una carcajada sale de mi garganta. Oh, Pace, no cambies nunca.

Logan suena como si intentara no reírse mientras reformula su frase.

—En resumidas cuentas, la he cagado. Dije un montón de chorradas estúpidas que no venían a cuento, se ha cabreado conmigo y se ha pirado.

Pace suspira.

—Mujeres... Están *pa'llá*.

—Oye, Logan —dice Evelyn, arrastrando las palabras.

—¿Sí?

—Por tu voz parece que estás cañón. ¿Estás seguro de que quieres algo con esa tía? Porque no tengo planes para esta noche. Si te interesa...

Una tos estrangulada llena las ondas.

—Gracias por la oferta. Pero sí, quiero algo con ella. —Hace una pausa—. Estoy enamorado de ella.

Mi corazón se eleva como una cometa en el viento. ¿Está *enamorado* de mí?

Pero enseguida se hunde como una piedra. Espera. ¿Y si solo lo dice porque yo le he dicho que le quería?

—Llevo enamorado de ella unos meses —continúa, y su ronca confesión vuelve a inflar mi corazón—. No se lo dije porque no quería asustarla diciéndoselo demasiado pronto.

—Tío, deberías habérselo soltado.

Me sorprende la respuesta sincera de Pace. Incluso me emociona. Pero solo hasta que termina esa primera frase.

—Si se lo sueltas enseguida, se abren de patas echando leches, lo que significa que no tienes que currártelo tanto para tirártelas.

—Ah, ya —dice Logan como si estuviera de acuerdo, pero lo conozco desde hace lo suficiente como para pillar su sarcasmo—. De todas formas, esta chica... es el amor de mi vida. Es inteligente, y divertida, e increíblemente compasiva. Perdona a las personas incluso cuando no se lo merecen. Ella es...

—¿Es buena en la cama? —interrumpe Pace.

—Oh, sí. La mejor.

Dios, mis mejillas arden ahora mismo.

—Pero el sexo es solo la guinda del pastel —dice Logan suavemente—. Todo lo demás es lo que más me importa.

Una sombra se cruza en mi visión periférica. Giro la cabeza esperando ver a Daisy en el otro lado de la puerta de cristal.

Mi respiración se corta cuando mi mirada se topa con la de Logan. Está hablando por el móvil, lleva unos vaqueros desgastados y su cazadora de *hockey*, y sus ojos azules brillan con sinceridad.

Nuestros queridos presentadores también lo ven, y un grito ahogado resuena en el aire.

—Espera... ¡¿Hemos estado hablando con John Logan?! —grita Evelyn.

—Espera... ¡¿Estabas hablando de Gretchen?! —exclama Pace y su mirada va de Logan a mí como una pelota de *ping-pong*.

—No, estoy hablando de Grace —dice Logan, que me sonríe a través del cristal—. Grace Elizabeth Ivers. La chica a la que quiero.

No sé si subirme a la silla y gritar «yo también te quiero», o si esconderme bajo la mesa de la vergüenza. Las grandes demostraciones públicas me asustan. Si tuviera una capa para hacerme invisible, me la pondría en todos mis cumpleaños y en todos los demás eventos importantes, porque odio, odio, *odio* ser el centro de atención. Pero no puedo apartar los ojos de Logan; no puedo respirar, ni moverme, ni generar un solo pensamiento que no sea: *él me quiere.*

—Bueno, de todas formas, voy a colgar ya —les dice Logan a los presentadores—. Estoy convencido de que puedo encargarme del asunto a partir de aquí.

La línea se corta y lanzo una mirada de pánico a la centralita. Mierda. El programa sigue en antena. Teóricamente, debo darle entrada al siguiente oyente.

Para mi alivio, aparece Morris, que le da un golpe amistoso a Logan en el brazo mientras se apresura a la cabina.

—Vete —me ordena Morris—. Yo me encargo del resto del programa.

—¿Estás seguro?

Sonríe.

—Ese ha sido el plan desde el primer momento. ¿Quién crees que ha cogido la llamada? —Señala la puerta—. Largo.

No necesito que me lo digan dos veces.

Salgo corriendo de la cabina y lanzo mis manos alrededor de los anchos hombros de Logan.

—No puedo creer que acabes de hacer eso —suelto.

Mientras su risa me hace cosquillas en la cabeza, sus brazos se deslizan hasta mis caderas, y sus largas y grandes manos se curvan en mi cintura.

—Pensé que solo algo así podría convencerte de lo mal que me siento por lo que ha pasado antes.

Me echo hacia atrás e inclino la cabeza para mirarlo a sus maravillosos ojos.

—Deberías sentirte fatal —le castigo—. No puedo creer que hayas dicho todo eso. No pienso romper *nunca* contigo.

—Guay. Porque yo *nunca* voy a romper contigo. —Me acerca una mano a la mejilla y la acaricia con infinita ternura—. A decir verdad, creo que me voy a casar contigo algún día.

El *shock* me sacude.

—¿Qué?

—¡Algún día! —repite cuando ve la expresión de mi cara—. Lo digo en serio, Grace, estoy contigo en esto para largo. A ti todavía te quedan dos años en Briar, y yo estaré en Munsen durante ese tiempo, pero te prometo que vendré a verte todo lo que pueda. Cada segundo que tenga disponible será tuyo. —Su voz se hace más densa—. Soy tuyo.

Se me forma un nudo de emoción en la garganta.

—¿Es verdad lo que le has dicho a Pace hace un momento?

—¿Que... te quiero?

Asiento con la cabeza.

—Cada palabra es verdad, preciosa. —Duda unos instantes. Traga saliva—. Hannah intentaba describir el amor el semestre pasado. Me dijo que uno siente como si el corazón estuviera a punto de desbordarse, y que cuando quieres a alguien, necesitas a esa persona más que nada en el mundo, más que la comida, o el agua, o el aire. Eso es lo que siento por ti. *Te necesito.* No soporto la idea de estar sin ti. —Deja salir un suspiro tembloroso—. Eres la última persona en la que pienso antes de irme a dormir, y la primera persona en la que pienso cuando abro los ojos por la mañana. Lo eres todo para mí, peque.

Las sentidas palabras desatan una ola de calor en mi interior, pero no puedo dejar de mirarlo con profunda tristeza.

—¿Qué pasa con todo lo que dijiste antes... sobre tu futuro, y que siempre estarás deprimido y que odiarás tu vida...? —Me muerdo el labio inferior—. No quiero que eso suceda, Logan. No quiero que te conviertas en una persona amargada y rencorosa y... —Dejo de hablar.

Sus dedos tiemblan contra mi mejilla.

—No lo haré. O, por lo menos, voy a intentar no hacerlo. Será una mierda, Grace. Los dos lo sabemos, pero te prometo que no dejaré que me destruya, ni que *nos* destruya. —Su voz se rompe—. Y no va a ser para siempre, solo hasta que Jeff vuelva y se haga cargo de todo de nuevo. Es probable que los próximos años tenga la sensación de estar dando vueltas en un túnel negro como el carbón, pero hay una luz al final de ese túnel. Y mientras estés conmigo, también habrá una luz dentro de él. Sin ti, no habría más que oscuridad.

Me echo a reír y una expresión de dolor llena sus ojos.

—¿Crees que es gracioso? —dice con tristeza.

—No, estaba pensando que es una lástima que no pusieras todo lo que acabas de decir en el poema que me escribiste.

Una sonrisa tímida levanta sus labios.

—Te ha gustado, ¿eh?

—Me ha encantado. —Mi corazón se contrae—. Me encantas... Te quiero.

Su sonrisa se ensancha.

—¿Incluso después de haberme comportado como un estúpido idiota hoy?

—Sí.

—¿A pesar de que probablemente actuaré como un estúpido idiota otra vez? Porque no puedo prometerte que no vaya a hacerlo de nuevo. Al parecer, soy un absoluto desastre en esto de las relaciones.

—No, no es verdad. —Me pongo de puntillas y le doy un beso en la mandíbula—. Eres un poco torpe, eso seguro. Pero también eres supertalentoso cuando se trata de hacer gestos románticos. Así que, si te vuelves a equivocar, estoy segura al noventa por cien de que podrás ganarme de nuevo.

—¿Solo el noventa por cien? —Parece preocupado.

—Bueno, depende de la equivocación. Quiero decir, que si se trata de una pelea conmigo como la de hoy, entonces, evidentemente, podremos solucionarlo. Pero si estoy en tu casa y bajo un momento al sótano y me encuentro una habitación secreta de asesino en serie... No puedo prometerte nada.

—Dios de mi vida, ¿por qué estás obsesionada con los asesinos en serie? —Sonríe—. Oye, deberías especializarte en eso. Perfil psicológico de los asesinos.

Ostras. No es mala idea. Decido guardarme eso para después y, de nuevo, rodeo su cuello con los brazos.

—Pregunta.

Sus ojos brillan.

—Dispara.

—¿Podemos besarnos ahora o todavía te queda un rato de arrastrarte y suplicarme?

—Depende. Si mi novia requiere que me arrastre un rato más...

—No. Lo que requiero es *esto*. —Llevo la mano hasta la parte posterior de su cabeza y empujo su boca sobre la mía.

El beso es... mágico. Todo es mágico cuando estamos juntos. Mientras nuestras lenguas se enredan en un nudo temerario, mi cabeza da volteretas y mi cuerpo canta.

—Te quiero, Johnny —le susurro en los labios.

Su risa calienta mi cara. Luego su boca roza la mía y me susurra:

—Yo también te quiero, preciosa.

CAPÍTULO 35

LOGAN

A la mañana siguiente, me despierto con Grace acurrucada a mi lado, y es la mejor sensación del puto universo. Se ha quedado a dormir en casa y anoche estuvimos hablando hasta las cuatro de la mañana, haciéndonos mimos y follando. Pero no es el sexo vacío sin sentido que he practicado desde que comencé la universidad. El sexo con Grace está cargado de significado. No me hace sentir vacío, sino todo lo contrario. Lleno. Lleno de emociones que ni siquiera puedo etiquetar.

Grace se agita en mis brazos y yo, ausente, jugueteo con un mechón de su cabello y lo enredo en mis dedos.

—Buenos días —dice, bostezando mientras levanta la cabeza.

—Buenos días.

—¿Qué hora es?

—Las diez y media.

—Oh, no. ¿Nos hemos quedado dormidos? ¿No tienes entrenamiento?

—No hasta dentro de unas horas.

—Ah, vale, mejor. Anoche nos quedamos despiertos hasta supertarde.

Salta de la cama y empieza a buscar su ropa por la habitación. Yo sonrío, porque soy el responsable de que sus pantalones estén encima de la cómoda y de que sus bragas de encaje estén echas una bola al otro lado de la habitación. Y sí, me declaro culpable: arrastrarme y suplicar también me pone cachondo.

—¿Te parece bien si invito a Morris y Daisy al partido mañana? —Se sube las bragas por sus piernas suaves y desnudas y, estoy tan distraído por lo que veo, que un nanosegundo después de que formule la pregunta se me olvida lo que ha dicho. Mi polla se empalma bajo las sábanas y forma una tienda de campaña; es como si quisiera llamar la atención de Grace.

Ella suspira cuando la ve.

—Tú, ¿qué? ¿Tienes el sexo metido en la cabeza cada segundo del día?

—La verdad es que sí —admito, y subo y bajo las cejas—. ¿Por qué te vistes? ¿No sería mejor que vinieses aquí y te sentaras sobre mi polla?

Me mira pasmada.

—Claro, si quieres me hago pis encima de ti... —Cuando abro la boca, levanta la mano en señal de advertencia—. Y no te atrevas a decir que te mola eso, porque no voy a incluir el pis en nuestra vida sexual.

Me pongo de lado y me río histéricamente.

—Relájate —balbuceo entre risas—. La lluvia dorada no es una idea que me vaya mucho.

Grace se ríe.

—Gracias a Dios.

Después de que salga al pasillo para ir al cuarto de baño, me arrastro reticente fuera de la cama y cojo un par de pantalones de chándal. Estoy pensando que voy a proponerle que vayamos a desayunar al *diner*. Después de la extenuante fiesta de sexo de anoche, me fliparía tomarme un buen plato grasiento de beicon, salchichas y... y el entrenador me matará si aparezco en el entrenamiento lento y flojo por un subidón de grasa. Puta dieta de temporada.

Camino inquieto de un lado a otro por la habitación mientras espero a que Grace salga del cuarto de baño, porque ahora soy yo el que necesita mear como una vaca. El zumbido de mi móvil me distrae de mi vejiga a punto de explotar, pero cuando veo el nombre de mi hermano parpadeando en la pantalla, mi buen humor mañanero se esfuma.

—Ey —dice Jeff cuando respondo—. ¿Puedes pasarte por aquí hoy?

Ahogo un gemido.

—Tronco, tengo entrenamiento a la una y media.

—En ese caso, ven ahora. Acabaremos mucho antes que eso.

—¿Acabar qué? —pregunto con recelo.

—Ni idea. Papá dice que tiene algo importante que decirnos, pero no me da ningún detalle más. Marty me está cubriendo en el taller, así que trae tu culo aquí, tío. No nos llevará mucho tiempo.

Cuelgo y me siento más receloso que antes. ¿Tiene algo importante que decirnos? ¿Qué coño puede ser? La última vez que tuvimos una reunión familiar fue… nunca. Mi padre nunca nos ha sentado a hablar a los hermanos, ni de algo serio, ni de nada.

Sigo con el ceño fruncido cuando vuelve Grace, y la preocupación marca su expresión de inmediato.

—¿Todo bien?

Niego con la cabeza, despacio.

—Mi padre quiere sentarse a hablar con Jeff y conmigo. Hoy.

—¿Hoy? Pero si tienes entrenamiento…

—Ha dicho que no llevará mucho tiempo. Solo necesita decirnos una cosa.

—¿Deciros qué?

—No lo sé.

Se queda callada un momento.

—¿Quieres que te acompañe?

Su ofrecimiento me conmueve, pero niego otra vez con la cabeza.

—No creo que él quiera que haya nadie más allí.

—Claro —dice con una sonrisa—. Pensaba que podría esperarte en el coche. Así, si algo va mal, tendrás a alguien con quien hablar en el camino de vuelta.

Dudo. No estoy seguro de querer asumir el riesgo de que Grace se tope con mi padre de repente.

Pero tampoco quiero estar solo.

—Vale —contesto, y dejo escapar un suspiro—. Pero solo si te quedas en el coche. No sé en qué estado estará cuando lleguemos allí.

Los dos estamos serios cuando salimos de casa quince minutos después, y el tiempo de fuera coincide con nuestras expresiones pesimistas. El cielo está nublado y el aroma metálico en el aire insinúa una tormenta.

Mi inquietud va creciendo a medida que nos acercamos a Munsen, y cuando llegamos al final del largo camino de entrada y aparco frente al bungaló, mis nervios han formado una bola sólida e inamovible en la boca de mi estómago.

—Ahora vuelvo —le digo a Grace y me acerco para besar su mejilla.

Sacude la cabeza.

—Tómate tu tiempo. —Desabrocha la cremallera de su mochila, saca un libro de psicología y lo sostiene en el aire—. Te prometo que aquí estaré bien. No intentes darte prisa por mí, ¿vale?

Exhalo un suspiro tembloroso.

—Vale.

Un minuto después, atravieso la puerta principal sin llamar. Me estremezco cuando el olor familiar a cerveza rancia llena mis fosas nasales. Es increíble; es como si las paredes de esta casa estuvieran empapadas en alcohol y fueran liberando poco a poco el olor agrio en el aire.

—¿John? —La voz de mi hermano llega por el pasillo—. Estamos en la cocina.

Me dejo los zapatos puestos, un hábito de la infancia. He pisado demasiados charcos en los suelos y moquetas de esta casa. Charcos que no siempre eran de bebidas alcohólicas.

Sé que ocurre algo un instante después de entrar en la cocina. Jeff y papá están sentados en la mesa de roble envejecido. Sentados uno frente al otro. Jeff está sorbiendo un café. Mi padre tiene una botella de cuello largo de cerveza frente a él y sus manos rodean la base.

—Johnny, siéntate —dice papá.

La cerveza no es una señal alentadora, pero al menos parece y suena relativamente sobrio. Y por sobrio quiero decir que no está desmayado en un charco de su propio vómito.

Me hundo en la silla más cercana sin decir una palabra. Analizo la cara de mi padre. Espero. Analizo la cara de Jeff. Espero.

—Chad Jensen vino a verme ayer.

Mi cabeza gira a toda velocidad hacia mi padre.

—¿Qué? ¿Lo dices en serio?

¿Para qué coño vendría el entrenador a hablar con mi padre?

Papá asiente.

—Me llamó y me preguntó si podía pasar un momento para charlar. Le dije que sí, que por qué no, y vino ayer por la tarde.

Sigo en *shock*. ¿El entrenador Jensen ha venido en coche hasta Munsen y se ha reunido con mi padre?

—Yo no sabía nada de esto —dice Jeff a toda prisa, que, obviamente, malinterpreta mi expresión—. Estaba en casa de Kylie cuando vino y papá me lo ha contado esta mañana.

Ignoro las declaraciones de Jeff.

—¿Qué quería? —pregunto con desconfianza.

Las mejillas de mi padre se ahuecan como si estuviera apretando los dientes.

—Quería hablar sobre posibles soluciones.

—¿Soluciones para qué?

—Para el año que viene. —Su mirada se queda fija en la mía—. Me ha asegurado que no quería ser irrespetuoso ni sobrepasar sus límites, que entendía que el accidente de coche hacía las cosas difíciles para mí y mi familia, y que entendía por qué era necesario que trabajaras en el taller después de tu graduación. —Las manos de mi padre aprietan más la botella—. Pero tenía la esperanza de que hubiese alguna posibilidad de que pudieras seguir jugando al *hockey* el año que viene mientras ayudabas a la familia.

Mis manos se enroscan para formar dos puños que aprieto con fuerza contra la mesa, intentando controlar mi enfado. Sé que el entrenador lo ha hecho con buena intención, pero ¡¿qué cojones?!

—También me preguntó por qué no pedía la incapacidad si los daños del accidente son lo suficientemente importantes como para no dejarme trabajar.

Puto Jensen. Ha sobrepasado los límites *del todo*.

—Tu entrenador no tiene ni idea de que soy alcohólico, ¿verdad? —murmura papá, y ya no me mira a los ojos. Ahora mira fijamente a sus manos.

—No, no lo sabe —murmuro—. Solo le conté lo del accidente. Y eso porque necesitaba decirle algo para que no me diese más el coñazo por no presentarme a los *drafts*.

Mi padre eleva su mirada y busca de nuevo la mía.

—Tenías que haberme contado que no te habías presentado.

—¿Qué diferencia habría supuesto?

—Una enorme. Ya es jodido haberme despertado la otra mañana llevando ropa interior limpia, arropado en la cama como un puto niño pequeño, sabiendo que ha sido mi hijo de veintiún años el que me ha puesto ahí. —Su cabeza va hacia Jeff—. Y que mi otro hijo esté llevando mi negocio porque yo soy un desastre y no puedo hacerlo yo mismo. Pero ¿ahora me estás diciendo que dejas pasar la oportunidad de jugar para los Bruins, para así poder cuidar mi puto culo?

Respira con dificultad y sus manos tiemblan tanto que está a punto de tirar la botella. La levanta hacia sus labios y toma un sorbo apresurado antes de dejarla de golpe en la mesa.

Jeff y yo intercambiamos una mirada recelosa. Verlo beber provoca idénticas expresiones en nuestras caras, lo que hace que mi padre gima de angustia.

—Maldita sea, no me mires así. Tengo que beberme esta mierda, porque la última vez que intenté dejar de beber de golpe acabé en el hospital con convulsiones.

Cojo aire en un aliento estupefacto. Jeff hace lo mismo.

Papá me mira a mí, después a mi hermano y, finalmente, se dirige a nosotros con un tono que suena desesperado.

—Voy a volver a la clínica de desintoxicación.

El anuncio es recibido con silencio.

—Lo digo en serio. He hablado con una persona del centro estatal al que fui la última vez y les he pedido que me pongan en la lista de espera. Pero me han dicho que se les acaba de quedar una plaza libre justo antes de mi llamada. —Resopla—. Si eso no es una intervención divina, no sé qué puede ser.

Mi hermano y yo seguimos en silencio. Hemos escuchado esto antes. Muchas veces. Y hemos aprendido a no sentirnos eufóricos.

Cuando se da cuenta de nuestro recelo, mi padre endurece el tono.

—Esta vez me quedaré en el centro. Me aseguraré de hacerlo.

Hay una pausa de un segundo y después Jeff se aclara la garganta.

—¿Cuánto tiempo dura la terapia?

—Seis meses.

Mis cejas se elevan a toda velocidad.

—¿Tanto?

—Con mi historial, piensan que será lo mejor.

—¿Interno? —pregunta Jeff.

—Sí. —La expresión de papá parece de dolor—. Dos semanas de desintoxicación. Dios, no tengo ganas de que llegue esa parte... —Después, niega con la cabeza como si se obligara a volver a la realidad—. Pero lo haré. Lo haré y lo terminaré. ¿Sabéis por qué? Porque soy vuestro *padre*.

Casi veo oleadas de vergüenza saliendo de él.

—Mis hijos no deberían estar cuidando de mí. Yo debería estar cuidando de vosotros. —Me mira con dureza—. No deberías renunciar a tus sueños por mí. —Se vuelve a Jeff—. Ni tú tampoco.

—Todo esto está muy bien —dice Jeff con tono cansado—. Pero ¿qué pasa con el taller? Incluso si la terapia funciona, seguirás sin poder trabajar por lo de las piernas. Puedes encargarte del tema administrativo, eso sí, pero no de la parte mecánica.

—Voy a solicitar la pensión por discapacidad. —Papá hace una pausa—. Y voy a vender el negocio.

Mi hermano *no* parece contento con eso. Para nada. ¿Yo? Yo sigo aturdido por todo lo que acaba de decirnos.

—Kylie y yo solo nos vamos de viaje un par de años —dice Jeff con tristeza—. Quiero trabajar aquí cuando volvamos.

—Entonces contrataremos a alguien para que lo lleve hasta que quieras volver. Pero ese alguien no va a ser tu hermano, Jeffrey. Y no vas a ser tú, si no quieres serlo. —Desliza su silla hacia atrás y se pone de pie con cuidado. Coge el bastón apoyado en la pared—. Chicos, sé que habéis oído esto antes. Sé que será necesario mucho más que unas cuantas promesas para demostraros que estoy hablando en serio.

Tiene razón.

—El coche del centro me viene a buscar en una hora —dice con brusquedad—. Tengo que hacer la maleta.

Jeff y yo nos miramos de nuevo el uno al otro. Hostia puta. Esta vez de verdad se va a un centro de desintoxicación.

—No espero un abrazo de despedida, pero estaría bien que me llamarais de vez en cuando, para decirme qué tal os va.

—Mira a Jeff—. Hablaremos del taller cuando haya hecho la maleta. No sé si deberíamos cerrar mientras estoy fuera, o si te apetece quedarte unos meses más. Si cerramos, te agradecería que terminaras los encargos para esta semana.

Algo aturdido, mi hermano consigue asentir una vez.

—Y tú... —Los ojos inyectados en sangre de mi padre se concentran en mí—. Más te vale ir al entrenamiento de los Providence Bruins. Jensen dijo que básicamente es una prueba, así que no la cagues.

He estado en silencio durante tanto rato que necesito un momento para encontrar mi voz.

—No lo haré —contesto con voz ronca.

—Bien. Me lo cuentas cuando te llame en dos semanas. Es probable que no sepáis nada de mí antes. No llamaré durante la desintoxicación. —Su voz también es ronca—. Ahora, lárgate de aquí, John. Tu hermano dice que tienes cosas que hacer hoy. Jeffrey, hablamos en un rato.

Un instante después, se marcha y escuchamos sus dificultosos pasos alejándose por el pasillo, en dirección a su dormitorio. De repente, me siento tan aturdido como Jeff, y una vez más, nos miramos boquiabiertos durante unos segundos.

—¿Crees que va en serio? —pregunta Jeff.

—Eso parece. —Las viejas dudas empiezan a colarse en mí y tiñen mi voz de cautela—. ¿Crees que esta vez no volverá a recaer?

—Joder, eso espero.

Sí, yo también. Pero mi padre me ha tomado el pelo muchas veces en el pasado. Me he dejado engañar por sus promesas y por su supuesta determinación. El cínico en mí piensa que tendremos esta misma conversación en un año o dos, o cinco. Y quizá la tengamos. O quizá se mantenga sobrio, vuelva a casa en seis meses y empiece a beber de nuevo. O quizá no.

De cualquier manera, soy libre. Tomar conciencia de eso me golpea con la fuerza de un maremoto y casi me tira de la silla. No tendré que vivir aquí en mayo. No tendré que trabajar aquí. Papá va a pedir la pensión por discapacidad. El taller, o bien se vende, o bien lo lleva otra persona hasta que Jeff esté dispuesto a asumir el control. Y yo seré ¡libre!

Me pongo en pie de un salto y, sin querer, asusto a mi hermano.

—Tengo que irme. Mi novia me está esperando en el coche.

Parpadea.

—¿Tienes novia?

—Sí. Te la presento en otro momento. De verdad, tengo que irme.

—John. —Su voz me detiene antes de llegar a la puerta.

—¿Sí?

—Me darás una camiseta firmada cuando entres en el equipo, ¿verdad?

Una sonrisa se extiende por toda mi cara.

—Por supuestísimo que sí.

Salgo de la cocina con el sonido de la risa de mi hermano a mi espalda y corro hacia la calle. Desde el porche veo a Grace en la *pick-up,* con los pies apoyados en el salpicadero y la nariz enterrada en su libro de texto. Su visión periférica debe de haber captado que la puerta principal se abría de golpe, porque levanta la cabeza y se gira hacia el porche, y debo de seguir sonriendo como un tonto porque una pequeña sonrisa curva sus *sexys* labios.

Bajo las escaleras del porche de dos en dos y voy hacia la *pick-up.* Fuera sigue haciendo muy mal tiempo. Los árboles se balancean amenazantes. Las nubes son una masa espesa y oscura que ondula sobre mi cabeza. El cielo es más negro que gris.

Y, sin embargo, mi futuro nunca ha sido más luminoso.

EPÍLOGO

GRACE

Dos años después

¡Uau! Este palco vip del TD Garden es supermegachic. Me siento como una reina sobre su trono cuando me inclino hacia delante en el lujoso asiento de cuero y miro las gradas del inmenso estadio. Miles de fans llenan los asientos, un mar infinito de caras, una mancha negra y amarilla ocasionalmente rota por el blanco y turquesa de los fans de los Sharks que han venido. Todos gritan.

—Esto es megaintenso —susurra Hannah en mi oído, y sé que está bajando la voz para que las tres esposas que beben cerveza a dos metros de nosotras no se burlen otra vez de nosotras por nuestro estatus de novatas. O, mejor dicho, el mío. Esta es la primera temporada de Logan con los Boston Bruins. Estuvo en la liga AHL durante un año después de la universidad, hasta que los Bruins decidieron que estaba listo y lo ficharon. Dado que el año pasado Garrett tuvo una increíble temporada como jugador novel, imaginé que Hannah sería ya toda una profesional en esto de la zona vip, pero mientras nos dirigían hacia el palco, me ha confesado que el año pasado prefería sentarse en las gradas reservadas, porque le intimidaba demasiado sentarse aquí sola.

No hemos dejado de alucinar desde que hemos llegado. Cada vez que las otras personas que hay por aquí giraban la cabeza, las dos soltábamos «ohs» y «uaus» por todo lo que veíamos: el bar privado, el *catering gourmet* en la encimera de granito, las butacas, las vistas. Ningún detalle ha dejado de recibir su «oh» o su «uau».

Espero que consigamos reprimirnos después de llevar algunos partidos a nuestras espaldas, aunque no estoy segura de que llegue a acostumbrarme a este tipo de lujo.

—Una parte de mí sigue pensando que el tipo de seguridad va a venir a echarnos a la calle —susurro—. Nunca me he sentido tan fuera de lugar.

Ella se ríe en voz baja.

—Me pasa lo mismo. Pero estoy segura de que nos acostumbraremos. —Sus ojos verdes se centran en la pista que hay debajo de nosotras. Los jugadores todavía están calentando y sé perfectamente cuándo su mirada se posa en Garrett, porque toda su cara se ilumina.

Estoy bastante segura de que me pasará lo mismo cuando mire a Logan.

—¿Crees que van a jugar muchos minutos?

Reflexiono sobre eso.

—Logan..., probablemente no. Garrett..., segurísimo. Él y Lukov fueron como una fuerza imparable de la naturaleza la temporada pasada.

Pensar en Shane Lukov trae una sonrisa a mi cara. Cuando lo conocí en persona por primera vez este verano, estuvo diez minutos burlándose de mí sin piedad por lo de la «aprobación» de mi famosa lista, y me dijo que se atribuía el éxito de mi relación con su nuevo compañero de equipo.

—Oye, tengo que preguntarte algo, y nada de trolas, ¿eh? —Hannah se acerca de nuevo—. ¿Realmente te gusta el *hockey* ahora o es lo que le estás contando a Logan?

Frunzo los labios para no reírme.

—Bueno, digamos que no lo detesto. Y lo que está claro es que ya no lo encuentro tan aburrido, pero... —Bajo la voz—. Sigo prefiriendo el fútbol americano.

Se ríe por la nariz.

La mujer de pelo oscuro que se desliza en la butaca a mi lado no lo encuentra tan divertido.

—Qué vergüenza, Grace Ivers —me regaña la madre de Logan—. Pensé que habíamos logrado convertirte.

—Lo siento, Jean, todavía no.

Ella suspira.

—Bueno, ese «todavía» me tranquiliza. Significa que aún hay esperanzas de que te des cuenta del error en tu forma de ver las cosas.

Hannah y yo nos reímos.

Dios, adoro a la madre de Logan. Es dulce y divertida, y apoya muchísimo a sus hijos. Su marido, David, por su parte, es uno de los hombres más sosos que he conocido en la vida, pero es tan bueno con Jean que es imposible que no me caiga bien.

Y, para ser honestos, el padre de Logan también me está ganando. Lleva sobrio casi dos años y parece decidido a que siga siendo así. Aunque a veces es difícil creer que el hombre encantador que he conocido es el borracho al que Logan tenía que despegar del suelo.

Jean todavía se niega a tener ningún contacto con Ward, así que los padres de Logan han acordado alternar sus visitas a los partidos. La misma regla se aplica a sus visitas a nuestro apartamento, que está a medio camino entre Hastings y Boston, para que el viaje sea de solo treinta minutos para cada uno de nosotros. En cuanto me gradúe este año, buscaremos una casa en la ciudad. Garrett y Hannah ya viven allí, en una preciosa casa de piedra rojiza que ayudé a decorar.

—Es supercurioso —reflexiona Hannah—. Garrett me contó que él y Logan se imaginaban con camisetas de los Bruins desde el primer año. Y ahora, míralos. —Sonríe—. Creo que algunos sueños se hacen realidad.

Sigo su mirada; una sonrisa curva mis labios cuando veo al hombre que amo, con la camiseta que ama, volando a través del hielo rodeado por el rugido de la multitud.

—Sí —respondo en voz baja—. Supongo que a veces pasa.

Una de las partes que más me gusta del proceso de escritura es interactuar con personas maravillosas. Cada libro que escribo me brinda la oportunidad de conocer nuevas personas y hacer nuevos amigos, y me resulta imposible agradecerles lo suficiente su apoyo, ayuda y motivación.

A las chicas del Locker Room: Kristen, Sarina, Monica y Cora. ¡Charlar con vosotras es la luz de mi día! Tengo un inmenso cariño a todos los increíbles miembros de este grupo por hacerme reír, descubrirme libros nuevos y ¡por subir fotos de deportistas superbuenorros!

A las primeras lectoras: Viv, Jane, Sarina y Kristen, por ayudarme a poner en forma a Logan.

Gracias extras a Viv, la mejorcísima mejor amiga que he podido tener.

A la maravillosa e increíblemente paciente Zoe York, por llevarme de la mano en el tedioso mundo de los «asuntos de empresa».

A Nicole Snyder, amiga, asistente y sobre todo salvadora: ¡eres la mejor de las mejores!

A la fabulosa Katy Evans, por sus ánimos infinitos, su entusiasmo contagioso y ¡por poner una enorme sonrisa en mi cara todo el rato!

A mi editora, Gwen Hayes, y a mi correctora, Sharon Muha: ¡ya sabéis cuánto os quiero!

A Sarah Hansen (Okay Creations) por la estupendísima portada de la edición inglesa original.

A mi publicista Nina Bocci: no estoy segura de cómo he podido sobrevivir antes de conocerte.

A todos los *bloggers* que habéis ayudado con reseñas y comentarios, y que prácticamente le habláis de la saga a todo aquel dispuesto a escuchar: sois lo más.

A todos mis lectores y lectoras: vuestra pasión y entusiasmo por esta saga me emocionan un montón. ¡Os quiero!

Sigue a Wonderbooks
en www.wonderbooks.es
en nuestras redes sociales
y suscríbete a nuestra *newsletter*.

Acerca tu teléfono móvil a los códigos QR
y empieza a disfrutar de información anti-
cipada sobre nuestras novedades y conte-
nidos y ofertas exclusivas.